La Fille de la Plage

Collection dirigée par Hugues de Saint Vincent

Graphisme de couverture : © R. Pépin
Mise en page : Christophe Petit
Photo de couverture : © Johner Images/Getty Images

34-36, rue La Pérouse
75116 - Paris
www.hugoetcie.fr

ISBN : 9782755637021
Dépôt légal : mai 2018
Imprimé en France par CPI Brodard et Taupin - N° d'impression : 3026543

ALEXIS
AUBENQUE

La Fille de la Plage

Hugo Roman

« Who cares if one more light goes out?
In a sky of a million stars...
Well I do »

À Chester Bennington, dont la chanson *One more light* m'a accompagné durant toute l'écriture de ce roman.

- 1 -

Samedi 6 juin

– Tu passes me chercher vers 18 heures ? demanda Tiffany.

– Oui, ne t'inquiète pas, on ne sera pas en retard, répondit Jason.

– À ce soir et encore merci, ajouta Nathan.

En ce début d'après-midi, ils se trouvaient tous les trois à l'extrémité du Stearns Wharf, la jetée qui s'avançait sur près d'une centaine de mètres de pilotis au-dessus de l'océan. Quelques petites boutiques pour touristes et des restaurants offrant une vue panoramique sur Santa Barbara jalonnaient la promenade.

Tiffany et Jason venaient de passer une heure sous un soleil de plomb à tenter d'apprendre à Nathan les bases de quelques pas de danse, sans trop de résultat.

– Je crois que je n'y arriverai jamais, se découragea ce dernier.

Le regard fixé sur les courbes de Tiffany qui remontait vers les quais, Jason répondit :

– Mais non, tout va bien se passer.

– Je vais appeler Laura et lui dire que je suis malade.

– Tu n'annules rien du tout. Ce soir, c'est ton soir.

– À quoi bon ? Elle va me trouver ridicule.

À vingt ans, timide et complexé par un certain embonpoint, il était tout l'inverse de Jason.

– Tu penses que Laura a accepté d'être ta cavalière juste pour danser avec toi pendant le bal ? Non, si elle a accepté, c'est qu'elle veut autre chose.

Jason baissa le regard sur sa braguette.

– N'importe quoi. Elle n'est pas comme ça.

– Tu crois qu'il n'y a que les garçons qui pensent au sexe ? Nathan, fais-moi confiance, les filles aiment autant faire l'amour que les mecs.

– Je sais, mais ce que je voulais dire, c'est que j'espère plus qu'une simple relation d'un soir.

Jason connaissait les déboires de son ami avec les filles.

– Laura a l'air plutôt sérieuse. A priori, elle n'est sortie avec personne cette année, le rassura-t-il.

– Oui, c'est une fille difficile. Alors justement, pourquoi moi ?

– Parce que tu es aussi difficile qu'elle ! Qui se ressemble s'assemble. CQFD.

Nathan était tombé sous le charme de Laura à l'instant même où il l'avait croisée devant l'amphi, en sortant du cours de lettres modernes du professeur Johnson. Il avait tout de suite compris que c'était enfin la bonne. Toute en rondeur, un visage radieux, et surtout un regard à vous transpercer l'âme.

Poussé par ses amis, il avait fallu attendre cette fin d'année pour qu'il ose enfin l'aborder, ou plutôt lui écrire sur Facebook. Une invitation à être sa cavalière au bal qui fêtait la fin de leur deuxième année de faculté. À sa grande surprise, elle avait accepté.

– Je ne sais pas parler aux filles. Et si on n'avait rien à se dire, et si...

– Arrête de stresser, le coupa Jason. On sera avec toi, on va la mettre à l'aise. Tout va bien se passer.

– Tu me le promets ?

– T'inquiète.

Jason adorait Nathan, mais son manque d'assurance devenait parfois pesant. Il se retourna et, s'adossant à la rambarde de sécurité de la jetée, reporta son regard sur Santa Barbara, le trésor de la côte ouest.

Avec ses nombreuses plages, ses palmiers, ses collines verdoyantes, ses maisons de grand luxe, son centre-ville historique et sa marina, elle était la perle de la Californie.

Pour rien au monde il ne quitterait cette ville.

Même si son université n'était pas la plus réputée du pays, il s'en moquait, son destin était tout tracé. Il avait juste besoin d'un diplôme pour faire plaisir à sa famille. Et puis, peu importe la qualité des cours: les deux années qu'il venait de passer à la fac avaient été mémorables.

–Il n'y a pas à dire, on a quand même de la chance de vivre ici, se réjouit-il. Franchement, on s'est bien marré cette année.

–C'est clair, valida Nathan.

Il repensa à tout ce qu'ils avaient fait. Les matchs de baseball et de football, les tournées des bars, les sorties au drive-in, les barbecues sur la plage, les innombrables soirées passées à refaire le monde dans leur chambre d'étudiants, et les anecdotes rocambolesques de certains cours.

« Oui, une très belle année », se félicita-t-il en lui-même en espérant que le bal en serait l'apothéose.

–Keith a dû arriver chez Sandy, dit Jason qui venait de regarder l'heure.

–Tu crois qu'elle va tenir sa promesse et s'habiller comme une vraie fille?

–Elle a intérêt. De toute façon, Keith va l'y obliger.

–Obliger Sandy? Alors là tu rêves, le reprit Nathan.

Jason sourit. Si elle avait réussi à éviter le bal de promo deux années plus tôt, elle n'échapperait pas à celui-ci.

Keith et Sandy étaient ses deux autres meilleurs amis. Ils se connaissaient depuis le collège et jamais leur amitié n'avait pu être brisée par les aléas de la vie.

Jason ouvrit sa main droite et regarda la cicatrice qu'il s'était faite en s'entaillant la main alors qu'il n'avait que douze ans. Chacun avait fait de même avant de se serrer la main. Un pacte de sang qui avait scellé leur amitié.

Les années avaient passé et les liens qui les unissaient étaient toujours aussi forts. À croire que la magie avait fonctionné.

–Allez, on y va, déclara Jason. Il faut qu'on aille t'acheter un costume, si tu veux être le plus beau mec de la soirée.

–Tu es sûr que c'est indispensable ?

–Tout le monde en aura un. C'est le bal. On ne peut pas y échapper.

–Okay, soupira Nathan qui détestait en porter.

Ils remontèrent la jetée et retrouvèrent la Porsche de Jason garée sur le parking aux côtés d'autres voitures, pour la plupart tout aussi luxueuses.

Nathan s'assit sur le cuir du siège côté passager et eut un petit rire.

–Qu'est-ce qui t'arrive ?

–J'essaye juste d'imaginer Sandy en robe !

Jason sourit à son tour et, mettant le contact, fit vrombir le moteur de son bolide.

- 2 -

–Laisse tomber, tu trouveras bien quelqu'un d'autre, ce ne sont pas les filles qui manquent.

–Sandy ! Tu n'as pas le choix, tu dois accepter ou je te jure que je ne te parle plus jamais de la vie, fit Keith.

Garçon manqué, Sandy s'était toujours refusée à mettre en avant sa féminité, malgré un physique avantageux et un visage poupon.

–N'insiste pas, regarde, je ne ressemble à rien.

Elle était campée devant la psyché du dressing et avait enfin enfilé sa robe pour le bal. Une vaporeuse robe longue en tulle ivoire dont le corsage en dentelle ton sur ton mettait en valeur sa carnation ambrée.

–Tu es magnifique et tu le sais.

–Si c'était le cas, tu crois que je me serais rabattue sur toi ?

–Tu avais amplement le choix, lui rappela Keith. Tu oublies Mark, Brady, Julian... Tu veux que je continue la liste des prétendants que tu as rembarrés ?

–Tu les connais, tu me vois arriver au bal à leurs bras ? Ils collectionnent les filles comme des trophées. On est juste des trous pour eux !

–Ne parle pas comme ça. N'oublie pas que tu es une fille.

–C'est justement ce que je déteste. Vous, les mecs, vous comprendrez jamais qu'on n'est pas vos mères, et que nous aussi on peut être vulgaires si ça nous chante !

–Tout se passe bien là-dedans? demanda une voix étouffée de l'autre côté de la porte.

–Oui! mais n'entre pas... commença Sandy.

Mais la porte s'ouvrit quand même, et Meredith Dawson s'invita dans le dressing.

–Tu es sublime.

–Maman, je t'en prie, elle ne me va pas du tout.

Meredith se posta derrière sa fille et posa délicatement les mains sur ses épaules. Ses yeux brillaient d'émotion.

–C'est avec cette robe que j'ai connu ton père. Il y a vingt-deux ans...

–Justement, elle fait complètement has been, j'ai l'air d'une vieille fille! Je n'irai pas au bal.

–Keith, dis-lui.

Le garçon haussa les épaules.

–Je n'arrête pas, mais elle ne veut rien entendre.

–Sandy, tu ne vas pas laisser ton meilleur ami sans cavalière ce soir. Il y a deux ans tu as raté le bal de promo, ce soir, il faut que tu en profites. Tout le monde y sera accompagné, sauf les losers.

–Keith n'est pas seul, et tu le sais.

Sa petite amie, Tess, était partie en stage à New York et n'avait pu se libérer pour le bal.

–Je parlais de toi. Tu es belle comme un cœur, mais tu ne fais aucun effort. Tu parles de vieille fille, mais c'est toi qui te comportes comme l'une d'elles. Tu me fais penser à Tante Alicia.

À cette évocation, Sandy eut un coup au cœur. Sa tante était le prototype de la quadragénaire désespérée de trouver l'amour et qui passait sa vie entre ses chiens et les médocs.

–Regarde, tu la portes mal. Redresse-toi et mets bien ta poitrine en place.

Meredith joignit le geste à la parole et ajusta la robe aux formes voluptueuses de sa fille. Lentement, la transformation opéra.

–Viens, maintenant on va se maquiller et se coiffer.

– Maman, il n'en est pas question !

– S'il te plaît. Si après ça tu te trouves moche, je te promets de te laisser tranquille.

– Sandy, fais un effort. Laisse-toi faire et après on te fiche la paix, renchérit Keith.

La jeune fille capta le regard de sa mère et celui de son ami dans le miroir et, poussant un profond soupir, elle abdiqua tel un condamné remontant le couloir de la mort.

Sa mère l'entraîna dans sa propre chambre, devant sa coiffeuse sur laquelle tout un assortiment de pinceaux, tubes, pots de crèmes, rouges à lèvres et autres fonds de teint étaient méthodiquement rangés. Sandy n'en revenait pas. À quoi pouvait donc servir tout cela ? Jamais elle ne s'y ferait.

– Prête pour un « relooking extrême » ? plaisanta Keith.

Longtemps, avec Jason et Nathan, ils l'avaient chambrée pour qu'un jour elle se décide à s'habiller comme une fille. Mais jamais elle n'avait accepté. Ils l'avaient même inscrite à une fameuse émission en envoyant sa photo. Sa candidature avait été retenue mais Sandy, folle de rage, avait rejeté l'offre et avait boudé durant près d'un mois ses meilleurs amis, qui avaient dû s'excuser platement.

– Je me demande si je ne préférerais pas me pendre, lança-t-elle, conciliante malgré tout.

Keith éclata de rire. Il adorait Sandy. Il avait même cherché à sortir avec elle, mais elle l'avait repoussé, arguant qu'elle savait qu'il la quitterait dès que la première bombe atomique passerait dans son viseur, et qu'elle préférait de loin leur amitié à une aventure sans lendemain.

– Tu vas voir, tu ne vas pas en revenir…

– Toi, tu sors.

– S'il te plaît, je veux assister à la transformation du monstre !

Elle lui fit son plus beau sourire tout en levant son majeur bien haut.

–Sandy! s'offusqua sa mère outrée, avant de se tourner vers le jeune homme: Keith, laisse-nous entre filles. Je t'appelle quand c'est fini.

–Ok, je reviens vite, ma princesse.

Sandy se retint de lui adresser un nouveau doigt d'honneur alors qu'il sortait de la chambre, fier de sa blague.

Enfin seules, Meredith demanda à Sandy de fermer les yeux et s'attela aux grands travaux.

Après un nettoyage complet de la peau, elle sublima son teint avec une délicate BB crème couleur pêche dorée. Après avoir accentué la courbe de ses sourcils par une discrète épilation, elle souligna son regard d'un fin trait d'eye-liner et d'une légère ombre à paupière, puis termina par une touche de mascara pour allonger les cils bien que ce ne fût pas réellement nécessaire.

Ensuite, elle ourla ses lèvres pulpeuses d'un léger trait de crayon et mit en valeur sa bouche avec un rouge à lèvres d'un rose subtil. Pour terminer son œuvre, elle lui passa un gros pinceau à blush en formant un « 3 » de chaque côté du visage.

Satisfaite d'elle-même, Meredith coiffa avec plaisir les beaux cheveux bruns de sa fille. Après les avoir longuement brossés, elle les coiffa en un magnifique chignon bas.

–Et voilà, dit Meredith, tu peux ouvrir les yeux.

Sandy obéit. Face au miroir, elle eut un choc terrible. Qui était cette jeune femme qui la regardait d'un air étonné?

–Maman, qu'est-ce que tu as fait?

–Je t'ai transformée en Reine des Neiges. Tu es encore plus belle que moi à ton âge.

Cette manie de tout ramener à elle! Mais Sandy ne lui en fit pas le reproche, car passée l'horreur de ne pas se reconnaître, elle était fascinée par ce nouveau visage. La magie de la trousse de maquillage. Les filles avaient bien plus d'un tour dans leur sac pour transformer la réalité.

– Ne me dis pas que tu ne t'aimes pas ?

– Je ne sais pas, ce n'est pas moi.

– Si, c'est toi. Le vilain petit canard est devenu un véritable cygne.

– C'est comme ça que tu me vois ?

Meredith se sentit stupide.

– Mais non, tu sais très bien que je t'aime comme tu es. Mais regarde-toi, est-ce que tu n'es pas plus jolie ?

Certes, c'était époustouflant, mais les filles avaient-elles pour seule qualité d'être belles ?

– Tu vas en faire tourner des têtes ce soir.

– Je m'en moque, je suis avec Keith. C'est lui mon cavalier.

– Ton cavalier, mais pas ton petit ami. Je te rappelle qu'il sort avec Tess. À ce propos, ne bouge pas, je vais le chercher.

Meredith sortit de la chambre et revint quelques instants plus tard, accompagnée du jeune homme.

Keith ouvrit de grands yeux et fut littéralement subjugué par la beauté qui lui faisait face.

– Où est passée Sandy ?

– Très drôle. Si tu te moques de moi, je te jure, je t'étrangle.

– Tu es superbe. Je n'en reviens pas. Tu nous avais caché ça. Tu es magnifique.

Qui a dit que l'habit ne faisait pas le moine ? Keith était stupéfait. Une vraie Miss Monde se tenait devant lui. Elle aurait pu être reine de beauté. Incroyable.

– Bon, ce n'est pas tout. Maintenant il te faut des talons hauts, et ce sera parfait, intervint Meredith.

– Jamais ! se ressaisit Sandy.

- 3 -

Nathan regarda sa montre. 19 h 20. Il était temps de partir chercher Laura.

Il jeta un œil sur le miroir de l'entrée et détesta l'image qu'il lui renvoya. Rien à voir avec la plupart des autres étudiants qui, ce soir, paraderaient en couple. Il aurait dû rester seul, avec les losers, et regarder du fond de la salle les vraies stars de l'université.

– Regarde-toi, tout le monde va se foutre de ta gueule. Je serais toi, je n'irais pas. Tu n'es pas beau, c'est comme ça, c'est la vie, déclara Dorothy Harper.

– Maman, laisse-moi tranquille. Ce sont mes amis.

– Tu n'as pas d'amis. Ils ne sont tes copains que par intérêt.

– Jason est aussi riche que nous ! la reprit Nathan.

Si tout le monde à Santa Barbara était plutôt aisé, la famille de Nathan était de loin la plus fortunée, avec celle de Jason. Son père était un milliardaire, absent la plupart du temps du foyer, qui avait laissé femme et enfants dans une villa grand luxe, près d'une falaise bordant l'océan.

– Mais je dis ça pour ton bien. Tu vas te faire humilier. Tu ne devrais pas traîner avec ces garçons. Tu es leur faire-valoir. À côté de toi, ils paraissent d'autant plus beaux.

– Maman !

– Tu ne connais pas la famille de Jason comme je la connais, ce sont des ordures !

Une silhouette apparut dans le vestibule.

– C'est clair, tu ne devrais pas traîner avec eux. Viens avec moi, j'ai plein de copines à te présenter qui seraient ravies de sortir avec toi, dit Fiona.

– Qu'est-ce que tu fais là ? s'étonna Nathan.

Sa sœur, vingt-quatre ans, étudiante en business school à Los Angeles, aurait dû être en week-end avec ses meilleures amies.

– Je suis venue te proposer de passer la soirée avec nous. Tu n'es pas obligé d'aller à ce bal.

Le bal de fin de deuxième année d'université était certes une institution à Santa Barbara, mais bien moins que celui de la fin du lycée.

– Franchement, c'est gentil, mais j'ai promis d'y être.

Un garçon au T-shirt débraillé, mal rasé, le visage carré et les cheveux faussement décoiffés fit à son tour son apparition dans la pièce. Darren, un des innombrables sex-friends de sa sœur.

– Ne dis pas ça, tu vas venir avec nous. Tu t'en fous du bal. On va t'inviter à une soirée géniale.

– Désolé, j'ai promis d'y aller et surtout, j'ai promis d'être le cavalier de Laura Thompson.

– N'essayez pas de l'en dissuader, il est plus têtu que son père ! soupira Dorothy Harper.

– Nathan, Laura Thompson n'est pas une fille pour toi. Tu mérites tellement mieux. Ses parents ne sont pas de notre monde.

– Et alors ? Je m'en fous. Et d'abord, ça veut dire quoi « de notre monde » ?

– Tu sais très bien ce que je veux dire.

– Non, et je ne veux pas le savoir. Je dois y aller.

Nathan se faufila entre sa sœur et Darren et sortit de chez lui. Sans un regard en arrière, il traversa l'allée fleurie jusqu'au préau où l'attendait son plus beau jouet : une Ferrari Testarossa d'un rouge flamboyant, spécialement lustrée par l'un de leurs domestiques en prévision de cette soirée mémorable.

Il s'assit au volant et dès qu'il mit le contact, il adora le vrombissement du moteur qui ronronnait telle une chatte en mal d'amour.

Il écrasa la pédale d'accélération et sortit de la propriété sur les chapeaux de roue. D'un coup d'œil dans le rétroviseur, il aperçut sa famille qui, rassemblée sur le perron, le regardait partir sans réagir.

Il quitta le quartier des villas de grand luxe qui bordaient l'océan pour se retrouver sur la voie rapide menant au cœur de Santa Barbara.

Nathan adorait le panorama qu'offrait la route. Un zeste de ciel bleu, un océan translucide, une langue de plage sur sa droite et la colline verdoyante sur sa gauche.

Ce n'était pas sans raison que cette côte était surnommée la Riviera californienne. Un vrai petit paradis.

D'après ce qu'en disaient les chiffres, Santa Barbara connaissait le plus haut revenu par habitant de tous les États-Unis.

Pas étonnant, s'était dit Nathan en découvrant cette information. Rien n'était plus beau que ce paysage bucolique, où le soleil flottait dans le ciel près de quatre-vingt-dix-neuf pour cent du temps !

Il mit la radio sur WKFM. Daughtry : *Waiting for Superman.* Il adorait ce morceau, et surtout le clip. Un jeune garçon qui aidait anonymement des personnes en détresse sans en attendre de reconnaissance.

Nathan était fasciné par la figure du justicier solitaire. Celui qui redressait les torts quand la justice était bafouée. Il avait longtemps fantasmé à l'idée d'être un Batman ou un Kick-Ass, mais avec son surpoids, il avait oublié ses rêves, du moins en partie.

Inscrit à la faculté de droit, il était certain d'en sortir avec un diplôme d'avocat en poche, et se promettait de venir en aide à ses concitoyens désargentés.

Il était encore plongé dans ses pensées lorsqu'il arriva dans le quartier résidentiel situé sur les hauteurs de la ville. De part et d'autre d'une vaste avenue, les maisons qui se succédaient, séparées par de petits jardins parfaitement entretenus, n'avaient rien à voir avec les luxueuses villas du front de mer.

En cette fin de journée, le soleil commençait à décliner vers l'horizon et baignait la ville d'une lumière mordorée de toute beauté. Des palmiers gigantesques appliquaient leur ombre légère sur les larges trottoirs.

Nathan sourit alors qu'il arrivait en vue du 125 Lincolnwood Drive.

Il se gara devant le portail, éteignit le contact et se sentit soudain moins confiant.

Et si elle avait changé d'avis ? Et si elle refusait de l'accompagner au bal ? Après tout, ils ne s'étaient presque jamais parlé.

Une porte s'ouvrit et la huitième merveille du monde jaillit sur le perron.

Laura Thompson. Moulée dans une robe mauve en satin chatoyant, évasée en vagues ondulantes et dont le délicat corsage en dentelle venait frôler ses hanches et mettre en valeur ses courbes voluptueuses, elle était resplendissante.

Il sortit de sa Ferrari et remonta l'allée centrale pour se retrouver face à elle.

– Tu es superbe, bredouilla-t-il alors que ses joues étaient en feu.

– Toi aussi, répondit Laura.

Malgré le maquillage, il vit qu'elle rougissait autant que lui.

Un silence gênant s'installa entre eux.

Pourtant, Jason n'avait pas manqué de lui donner des leçons de séduction et de lui apprendre des phrases toutes faites à utiliser justement dans ce genre de moment, mais rien ne sortait. Il était incapable d'ouvrir la bouche. Tellement mal à l'aise. Maudite timidité !

– Bonjour, Nathan, fit une voix chaleureuse alors qu'un couple de quadragénaires venait les rejoindre sur le perron.

– Bonjour.

Joe et Amanda Thompson. Lui, architecte, elle, femme au foyer, bénévole au sein d'une association venant en aide aux déshérités de la région.

– Vous êtes très élégants tous les deux. J'espère que vous allez être élus roi et reine de la soirée, dit Amanda.

– Non merci, je déteste les honneurs, répliqua Laura.

– Moi aussi. Pour vivre heureux, vivons cachés, ajouta Nathan.

Un large sourire éclaira le visage des époux Thompson.

– Je peux te parler, mon garçon ? dit Joe qui posa une main paternelle sur l'épaule de Nathan.

– Bien sûr.

Il le conduisit légèrement à l'écart, près d'un bananier en fleurs.

– Tu sais, je suis un bâtisseur. J'ai créé des centaines de villas tout au long de ma carrière, mais rien ni personne ne m'a rendu plus fier que Laura. Elle est ma perfection.

Nathan hocha la tête et se sentit ému face à une telle confidence. Il repensa à sa propre mère qui le rabaissait en permanence.

– Et c'est pour cela que je veux que tu me promettes de bien la traiter. C'est une jeune fille fragile. Elle a besoin de beaucoup d'attention, et si tu ne dois pas être sérieux avec elle, alors je te le demande, d'homme à homme : arrête tout de suite.

– Monsieur Thompson, jamais je ne ferais ça. Je veux dire, j'aime beaucoup votre fille, balbutia-t-il alors que son cœur battait le tambour dans sa poitrine.

Joe lui jeta un regard scrutateur. Nathan se retourna et vit Laura qui bavardait avec sa mère, toujours sur le seuil de la porte d'entrée.

– Je vais te parler franchement. Je n'étais pas favorable à ce qu'elle accepte ta proposition. Ne le prends pas mal, mais nous sommes des gens simples, et je ne veux pas que tu joues avec elle. On dit beaucoup de choses sur ta famille, je suppose que tu le sais.

Nathan rougit jusqu'à la racine de ses cheveux. Il savait que toutes sortes de rumeurs couraient sur son père, et n'ignorait pas que nombre d'entre elles étaient fondées.

– Je suis quelqu'un de bien, monsieur Thompson. Je vous le promets, jamais je ne blesserai Laura, jamais.

– Je l'espère, mon garçon. Je te surveille.

Nathan hocha la tête et déglutit difficilement. Il était impressionné par le charisme de cet homme. Tout au long de son adolescence, il avait vu tellement de parents tenter de lui mettre leur fille dans les bras que cela en était totalement déroutant.

L'homme lui fit un vrai sourire et le raccompagna vers l'entrée.

– Allez, il est temps que vous y alliez, déclara Joe.

– Et surtout vous ne buvez pas, et je veux que vous soyez rentrés avant minuit, promis ? demanda Amanda.

– Je vous le promets, fit Nathan avec un sérieux non feint.

– On verra, tempéra Laura. J'ai vingt ans, je suis majeure.

– Oui, mais tu vis encore sous notre toit, ma chérie, et tu dois te plier à nos règles, la reprit Joe.

La jeune fille marmonna un assentiment et leur fit un bref baiser.

– On rentrera quand on voudra, dit-elle en remontant l'allée vers la voiture.

– Mais ton père ?

– Il n'a pas à m'interdire quoi que ce soit. Je suppose qu'il t'a fait tout un sermon, c'est ça ?

– Non, enfin, oui, un peu, il a peur que... commença-t-il sans réussir à finir sa phrase.

– Que quoi ?

– Que je ne sois pas sérieux.

Laura eut un petit rire.

– Nathan, si j'ai accepté d'être ta cavalière, c'est que j'ai confiance en toi. J'ai raison, n'est-ce pas ?

Nathan était en nage. Jamais il ne s'était retrouvé dans une telle situation. S'il avait déjà embrassé des filles, c'était toujours à cause des plans foireux de Jason, mais jamais il n'avait fait la cour de sa propre initiative.

– Oui, mais je me demande...

Une fois de plus, il ne put terminer sa phrase, alors qu'ils arrivaient près de sa Ferrari.

– Tu te demandes quoi ?

– Je me demande si tu ne devrais pas te trouver un autre cavalier, tu as encore le temps, tu sais, je ne sais pas danser et...

Un nouveau sourire éclaira le visage de Laura, la rendant encore plus radieuse.

– Nathan, tu crois que c'est toi qui m'as choisie ?

– Ben oui, non ?

– Peut-être, mais tu crois que j'ai accepté juste comme ça ?

– Je ne sais pas, avoua-t-il en baissant la tête.

Quand il lui avait envoyé une invitation la semaine précédente, sur Facebook, jamais il n'aurait cru qu'elle accepterait. Et depuis, ils ne s'étaient pas vraiment parlé, ce qui l'arrangeait car il ne voulait surtout pas savoir ce qui l'avait décidée à sortir avec lui.

– J'ai accepté parce que j'ai une très bonne opinion de toi.

– Mais qu'est-ce que tu connais de moi ? Je n'ai pas vraiment une bonne image.

– Je suis une grande fille, je sais juger par moi-même. Je t'ai observé toute l'année. Tu es le cavalier idéal.

Nathan, écarlate, sentit une bouffée de pur bonheur l'envahir.

– Et tu ne vas pas le regretter. Je te le promets, dit-il en se sentant, pour la première fois de sa vie, l'âme d'un vrai chevalier.

– Je n'en doute pas une seule seconde.

Nathan lui ouvrit la portière puis s'installa derrière le volant. Et tandis qu'il mettait le contact, il osa croire qu'une nouvelle vie débutait.

- 4 -

Au volant de sa Porsche, Jason roulait à toute vitesse sur l'asphalte de la promenade longeant Harbor Beach. Le soleil déclinait au-dessus de l'océan et promettait un crépuscule paradisiaque.

– Arrête, tu me fais peur, s'inquiéta Tiffany.

– Quoi, tu n'as pas confiance ? se moqua Jason qui quitta la route des yeux pour croiser son regard.

– Arrête !

Jason sourit et ralentit enfin. Il adorait conduire son bolide. Il l'avait reçu pour ses vingt ans, six mois plus tôt. Un joli cadeau de Noël qui était venu rejoindre la Tesla X qu'il avait déjà en sa possession.

La plupart des étudiants arrivaient au bal en limousine ou en berline pour marquer le coup, mais Jason n'avait que faire des traditions, du moins de certaines.

Il s'était mis sur son trente-et-un. Costume noir et chemise blanche, après un passage chez David Frederic, le coiffeur des stars, qui lui avait fait une coupe impeccable.

De son côté, Tiffany avait enfilé un fourreau rouge très décolleté qui épousait toutes ses formes et laissait admirer une bonne partie de son anatomie.

Ils arrivèrent enfin en vue du parking de l'université, déjà bondé. Il dut se garer loin de l'entrée pour trouver une place.

– Je t'avais dit qu'on était en retard ! râla Tiffany.

– C'est bon, la cérémonie commence dans une demi-heure.

Néanmoins, ils remontèrent le parking d'un pas vif, et ne tardèrent pas à rejoindre l'entrée principale où un service de sécurité privé avait été mis en place pour parer à tout débordement.

Ils franchirent sans encombre le rideau de vigiles et arrivèrent près du gymnase de l'université, reconfiguré en salle de fête pour l'occasion. De nombreux étudiants faisaient les cent pas devant l'entrée, fumant une cigarette ou attendant d'autres amis, tels Keith, Sandy, Laura et Nathan, tous déjà là.

– C'est pas trop tôt, grogna Keith qui regarda ostensiblement sa montre.

Jason s'apprêtait à répondre une vacherie mais resta bouche bée devant la beauté qui se trouvait à ses côtés :

– Sandy ?!

– C'est bon, encore un qui me fait une remarque et je me tire !

– Non, mais je ne me moque pas, tu es superbe.

– N'exagère pas, le modéra Tiffany.

– Jalouse ! la reprit Nathan.

– Toi, je ne t'ai pas parlé !

– Hé, on se calme, intervint Jason qui reprit d'un ton plus léger : On y va ?

Même si tout le monde jouait le jeu, il savait que peu de ses amis appréciaient Tiffany et son côté « petite peste ». Heureusement, elle avait de bons côtés, du moins pour lui !

Ils entrèrent sous les notes de *Circus* de Britney Spears. La salle de sport, déjà prise d'assaut, avait été totalement métamorphosée. Au plafond, de grands voilages avaient été tendus en vaporeuses vagues blanches le long desquelles scintillaient une multitude de guirlandes lumineuses. L'orchestre de l'université avait pris place sur une estrade montée contre le mur du fond. De l'autre côté, encadrées par deux magnifiques palmiers artificiels, de longues tables nappées de blanc étaient destinées au buffet et aux boissons. Quelques sièges étaient disséminés autour de la piste de danse, surplombée par une gigantesque boule à facettes.

–S'il vous plaît, c'est par ici! lança un homme dont la tenue indiquait qu'il était le maître de cérémonie.

Il leur désigna un espace sur la gauche où tous les couples devaient s'arrêter pour la séance photo qui immortaliserait cette soirée.

Keith et Sandy avancèrent les premiers, projecteurs à fond sur un décor blanc crémeux.

–Souriez, s'il vous plaît.

Le couple d'un soir s'exécuta, obéissant à toutes les recommandations et prenant diverses poses, jusqu'à ce qu'il leur soit demandé:

–Un petit baiser pour finir!

–Ce n'est pas mon petit copain, expliqua Sandy. Keith est gay.

–Jamais de la vie!

–Vous savez, vous n'avez pas à avoir honte, fit le photographe. En tout cas vous en avez l'allure.

–Mais je ne le suis pas!

Des rires éclairaient tous les visages.

–Je vous taquine, allez, au suivant!

Jason et Tiffany prirent place, tandis que Keith, en colère, se tournait vers Sandy.

–Merci de m'avoir mis la honte.

–Ça va, tu ne vas pas me dire que tu es homophobe?

–Non, mais je n'aime pas qu'on raconte des conneries sur moi.

–Mon pauvre chou, se moqua Sandy.

Puis, se penchant vers lui, elle lui accorda le baiser furtif qu'elle venait juste de lui refuser.

Malgré lui, Keith adora ce contact délicieux et s'obligea à se ressaisir.

–Hey, je suis déjà en couple.

–Ok, je croyais que ça te ferait plaisir. Tant pis.

Souvent, ils se charriaient et se draguaient l'un l'autre, sachant que jamais rien ne se passerait. Keith avait toujours vu son amie comme un garçon manqué, mais ce soir, avec cette robe, ce maquillage et les lumières de la salle, elle était sacrément attirante.

Il détourna la tête et vit Nathan et sa cavalière prêts à prendre le relais pour la photo.

– Ça va être à nous, tu sais on n'est pas obligés... dit Nathan.

– Tu plaisantes, je veux immortaliser ce moment. Qui sait, si jamais il se passe quelque chose entre nous, on se rappellera que tout a démarré ici.

Nathan rougit une fois de plus, et n'en revint pas d'une telle confidence.

– Fais pas cette tête. Souris, lui conseilla Jason qui venait de les rejoindre.

– Oui, oui, bredouilla Nathan qui alla prendre la pose.

Le photographe les mit à l'aise et commença sa série de portraits puis de photos en pied, avant de conclure par sa demande rituelle :

– Le petit baiser !

Laura se pencha vers Nathan, qui était dans un état second. C'était tellement improbable. Laissant parler son instinct et sans plus se soucier de son esprit embrumé, il s'avança et posa délicatement ses lèvres sur celles de sa cavalière.

– C'est mieux si tu fermes les yeux, intervint le photographe.

Un rire bon enfant éclata autour d'eux. Nathan reprit la pose et s'enivra à nouveau de la chaleur des lèvres de Laura.

– Voilà, parfait. Bon bal à vous tous !

Nathan sentit une main se poser dans la sienne, celle de Laura qui le guidait pour rejoindre leurs amis.

– Vous faites un super couple, les félicita Tiffany.

Autant elle jalousait Sandy, autant elle se sentait nettement plus belle que Laura.

–Merci, c'est gentil, fit Nathan.

–Ouais, c'est vous qui allez être élus roi et reine du bal, renchérit Jason.

–Venez, on va voir ce qu'il y a à grignoter, je n'ai pas mangé depuis midi, intervint Keith.

Ils passèrent dans le coin de la salle où, sur de longues tables, étaient disposés toutes sortes de mets et de boissons.

–Putain, tu sais qu'il n'y a que dans ce fichu pays que les jeunes n'ont pas le droit de boire de l'alcool avant vingt et un ans ! râla Jason devant les sodas et les jus de fruits. En Europe, c'est dix-huit ans.

Des étudiants dansaient sur la piste centrale, alors que la musique avait monté d'un cran.

–Ça n'empêche personne de se mettre à l'envers, le reprit Keith.

–Il me semble que pour tes dix-huit ans, tu n'y es pas allé de main morte, valida Sandy.

Jason s'en souvenait comme si c'était la veille. Jamais il n'avait autant bu. Il s'était réveillé dans la niche du chien d'un voisin, uniquement vêtu d'un boxer, après que tout le monde l'avait cherché pendant des heures.

–Wouaff, wouaff ! se moqua Keith.

–Gentil petit toutou, enchaîna Tiffany.

–De quoi vous parlez ? demanda Laura.

Jason détestait qu'on lui resserve à chaque fois cette histoire, mais faisant contre mauvaise fortune bon cœur, il resta auprès d'eux d'un air souriant. Rien ne pouvait le blesser quand cela venait de ses amis. Il savait qu'il n'y avait que de la bienveillance derrière leurs moqueries.

–Hey, salut tout le monde, s'incrusta une voix par-dessus la musique.

Les regards se tournèrent vers Victor Waugh. Un beau gosse qui aimait se la jouer bad boy.

–Dis donc Sandy, tu nous avais caché que tu es super bien foutue !

Sandy prit un air agacé. Elle le détestait. Trop arrogant, trop sûr de lui.

– C'est clair, tu es une vraie beauté, intervint un autre garçon. Tu as un cavalier pour ce soir ?

Bart Collins. Tout aussi insupportable que son ami.

– Les mecs, vous voyez pas qu'on est entre nous ? Allez jouer ailleurs, s'imposa Jason.

Victor eut un sourire narquois et répondit :

– Pourquoi ? Tu crois que Sandy t'appartient ?

La jeune fille riposta à son tour :

– Oui, je lui appartiens, tu peux nous laisser maintenant ? le rembarra-t-elle.

– Et si j'ai envie de rester, vous allez faire quoi ?

Jason se décala pour se placer devant lui, en soutenant son regard.

Victor perdit son sourire, mais Bart lui attrapa alors le bras et, sentant que les choses pouvaient dégénérer, déclara :

– Putain, regarde, c'est Emmy, dit-il. Qu'est-ce qu'elle est bonne celle-là ! Tu viens ?

Victor eut un ultime rictus méprisant à l'attention de Jason et suivit son ami vers un autre groupe d'étudiants.

– Qu'est-ce qu'ils sont lourds ces mecs, je les supporte pas ! grogna Nathan.

– Tu as raison, mais bon, ils ne vont pas nous gâcher la soirée. Ce soir c'est la fête. Notre fête à tous, dit Keith.

– Bien parlé ! confirma Laura.

Chacun leva son verre et ils trinquèrent à leur amitié.

* * *

– Attention, attention ! tonna le major de promo. Le moment est venu de découvrir ce que vous attendez tous.

La musique avait été coupée et la lumière projetée sur la petite estrade située au fond du gymnase.

– Les lauréats des « Class Awards » !

Un tonnerre d'applaudissements et de sifflets retentit sous le plafond. Pas un étudiant n'aurait raté ce moment.

Une vingtaine de trophées pour les plus « méritants ». L'Award du plus sportif, du plus drôle, du plus fayot, du plus intelligent. Mais le prix se voulait avant tout ironique, et était décerné à celui qui respectait le moins le critère.

– Alors pour ouvrir la cérémonie, nous avons...

Il ouvrit une enveloppe :

– L'Award du plus élégant. Shelby, dis-nous qui est le lauréat ?

La jeune fille prit l'enveloppe et annonça dans le micro :

– Garth Peterson !

Sous une salve d'applaudissements, mais surtout de rires, le jeune homme à l'allure totalement débraillée monta chercher son prix, très fier de lui.

Les prix se succédèrent jusqu'à ce que soit enfin l'heure du tout dernier.

– Et pour finir, car un bal ne saurait être un bal sans son roi et sa reine, le jury a longuement délibéré avant de déclarer vainqueurs cette année...

Dans la foule massée devant l'estrade, Tiffany, certaine d'être choisie, se rapprocha encore un peu plus de Jason.

– ... Ryan Benson et Sofia Montana !

Nouveau tonnerre d'applaudissements. La lampe « poursuite » chercha le couple et le suivit jusqu'à sa montée sur l'estrade.

– C'est pas vrai ! Ce devait être nous ! se figea Tiffany.

Jason n'en revenait pas. Il avait filé mille dollars en sous-main pour être sûr de gagner. Qu'est-ce qui s'était passé ?

– Ils vont me le payer !

À tous les coups, une vengeance de Rupert, qui n'avait sans doute pas supporté qu'il lui pique Tiffany quatre mois plus tôt.

– C'est pas possible, mais elle est moche ! s'indigna Tiffany, incrédule.

– Faut que tu arrêtes ! Sofia est sublime, la reprit Sandy qui la supportait de moins en moins.

Les larmes roulèrent sur les joues de la jeune fille qui partit d'un pas vexé.

– Ta meuf, elle craint trop, soupira Keith.

Jason haussa les épaules et partit la retrouver.

Tiffany était allée s'enfermer dans les toilettes pour filles. Jason y entra alors qu'une étudiante se remaquillait devant la glace.

– Hey, tu n'as rien à faire ici !

– Va te faire foutre.

– Je vais appeler la sécurité.

– Vas-y, espèce de pisseuse, casse-toi !

La jeune fille rassembla ses affaires et s'en alla outrée. Jason poussa la porte d'un cabinet de toilette et retrouva Tiffany assise sur l'abattant.

– Bébé, c'est bon, tu ne vas pas en faire tout un drame. On s'en fout de ce prix.

– Tu ne comprends pas ! Tu m'avais dit qu'on allait le gagner. On devait le gagner !

– Je sais, et je te jure que je vais tout faire pour comprendre, mais entre nous, je sais que c'est toi la plus belle et tout le monde le sait aussi. C'est le principe des Class Awards : les donner à ceux qui le méritent le moins.

– Pas celui du roi et de la reine !

Jason se mit à genoux devant elle.

– Tu es ma reine, tu le sais.

Il lui prit ses mains dans les siennes.

– Qu'est-ce que tu veux ? Dis-le-moi, je te l'offre.

Tiffany releva la tête. Son rimmel avait coulé sur ses joues, la rendant d'autant plus touchante.

– Un diamant.

– Tu l'auras.

– Cinq carats ?

Jason n'y connaissait rien en prix et répondit :

– D'accord.

Le sourire retrouva le chemin du visage de la jeune fille et elle se releva.

Jason referma la porte des toilettes et posa une main ferme sur ses fesses.

–Mmm, susurra-t-elle alors qu'elle frôlait son entrejambe du bout de ses doigts taquins.

Jason était dur comme un roc. Il entendit le zip d'une fermeture éclair qu'on descendait et quand il sentit les doigts soyeux se glisser sous son boxer, il tressaillit de plaisir.

Tout en l'embrassant, il lui caressa les fesses à travers le tissu moulant de sa robe.

Tiffany recula légèrement et, le regardant droit dans les yeux, elle se mit à genoux devant lui. D'un geste expert, elle sortit son sexe qu'elle engloutit entre ses lèvres.

Jason émit un râle de plaisir...

–Veuillez sortir de là ! rugit une voix masculine.

Tiffany se figea sur place.

Jason rentra aussitôt son attirail dans son pantalon, tant bien que mal.

–Je suis aux toilettes, vous n'avez pas le droit d'entrer ! réagit Tiffany sur un ton scandalisé.

–Elle est avec son mec. Je vous le jure, monsieur l'agent !

–Ouvrez cette porte ou je la force !

Jason fit la grimace et chuchota :

–Mets-toi à genoux au-dessus des toilettes.

Tiffany comprit et s'exécuta.

Il ouvrit la porte et sortit, un sourire contrit sur les lèvres.

–Mon amie s'est sentie mal, elle avait envie de vomir, je l'ai juste aidée.

L'agent de sécurité lui décocha un regard glacial, alors que Tiffany tournait la tête vers Jason :

–J'ai encore envie de vomir, reste avec moi.

–Vous voyez, dit Jason en montrant ses deux paumes d'un air désolé.

–Mademoiselle, sortez d'ici !

–Je suis malade !

– Malade mon cul ! répondit l'autre jeune fille.

– Sortez tous les deux, ou je vous jure que je vous fais arrêter pour exhibitionnisme ! s'énerva l'agent.

– On faisait rien, je vous le promets sur la tête de ma mère.

– Allez-vous-en !

Tiffany se redressa et sortit des toilettes l'air penaud, avant d'éclater de rire à peine en eurent-ils franchi la porte.

Le bal avait commencé et ils avaient raté la danse du couple star de la soirée. « Tant mieux », se dit Jason qui retrouva ses amis sur le bord de la piste.

– Bon, on y va ? dit-il l'air satisfait de lui.

– On vous suit, répondit Sandy.

– Non, je te connais. On y va tous ensemble ou on n'y va pas du tout.

Don't stop the music de Rihanna sortit des enceintes.

– J'adore ce morceau, dit Laura.

Elle prit la main de Nathan. Keith fit de même avec Sandy.

– Je te finirai ce soir, chuchota Tiffany d'un ton coquin en attrapant celle de Jason.

Les trois couples se trouvèrent une place sur la piste parmi une foule d'étudiants trop heureux que leur année universitaire s'achève.

La lumière se fit stroboscopique, et les mouvements saccadés.

Jason adorait danser et voir Tiffany se déhancher près de lui, prenant des postures lascives, agrémentées de gestes équivoques.

Si seulement il pouvait avoir un peu bu... mais il se rattraperait à l'after.

Nathan, lui, se sentait stupide. Un pied à gauche, un pied à droite. La tête baissée. Une main douce la lui releva.

« Regarde-moi », articula en silence Laura par-dessus la musique.

Il s'excusa d'un sourire niais et essaya de se souvenir des cours que Jason et Tiffany lui avaient prodigués en début d'après-midi.

De son côté, Sandy, maudissant les stilettos que lui avait infligés sa mère, se baissa et enleva la paire d'escarpins qu'elle tendit à Keith.

– Tu es mon cavalier ou pas ?

Keith explosa de rire et obtempéra. Sandy rapetissa d'un coup de onze centimètres, et celle que personne n'avait jamais vu danser commença à se prendre au jeu, laissant son corps s'abandonner à la rythmique démoniaque.

Elle ondulait avec grâce et aisance, frappant des mains, se caressant les hanches, basculant la tête en tous sens. Elle dénoua son chignon et libéra ses longs cheveux bruns qui jouaient avec la lumière.

– Tu nous avais caché ça ! s'émerveilla Keith qui dansait devant elle.

– Je suis pleine de secrets.

Si elle n'avait jamais osé danser devant ses amis, elle le faisait tout le temps dans sa chambre ou dans le gymnase de la faculté quand il n'y avait personne pour la regarder, apprenant des chorégraphies entières, trop honteuse pour se montrer à quiconque.

D'autres danseurs commencèrent à la remarquer et l'encerclèrent, formant un vide autour d'elle. À sa propre surprise, elle adora ça. Elle se lâcha totalement, tandis que de plus en plus de monde s'agglutinait tout autour pour la voir danser.

Un étudiant sortit du rang et vint la rejoindre.

« Peter Evans ! Évidemment ! » se dit Keith en sentant poindre la jalousie.

Le jeune homme avait participé à l'émission *Dance with the juniors* à l'époque du collège et avait fini demi-finaliste.

Sandy s'en donnait à cœur-joie et se mit très vite au diapason du nouveau venu.

Le DJ enchaîna avec *Diamonds* et la danse devint complètement torride. Des sifflets surgirent de la foule qui applaudissait d'admiration. Garçons comme filles, tous appréciaient le spectacle.

– Regarde-la, tu as vu comme... fit Jason qui se tourna vers Tiffany.

Mais la jeune fille était partie.

« Quelle conne ! » se dit-il. Cette fois-ci, hors de question de la suivre.

Sur la piste, Peter venait d'enlever sa chemise et, après l'avoir envoyée dans la foule, il attrapa Sandy par la taille et la fit basculer en arrière.

Le temps sembla se suspendre. La jeune fille était dans un état de transe. La sueur coulait sur tout son corps, sur son visage, et elle aimait ça.

Elle avait toujours admiré Peter. Elle aimait sentir ses muscles noueux la serrer contre lui, et son visage, sans être d'une beauté renversante, était de ceux, étranges, qui la charmaient, tel un Robert Pattinson aux cheveux noirs.

Le morceau se termina enfin, et le DJ prit la parole :

– Vous pouvez les applaudir... notre roi et notre reine de la nuit !

Peter et Sandy firent une révérence et quittèrent la piste pour aller se rafraîchir auprès des tables.

– J'espère que je ne me suis pas incrusté, mais quand je t'ai vue danser, ça a été plus fort que moi, s'excusa Peter en remettant sa chemise.

« Dommage », se désola Sandy qui adorait mater ses abdos.

– Non, tu plaisantes. Je suis trop fière de danser avec la star de la fac. C'est plutôt à moi de m'excuser. Je n'ai pas été trop nulle ?

– Tu te fous de moi ? Tu es incroyable, tu as un déhanché imparable, et une grâce sauvage. Tu me tues.

Elle vit son regard briller de mille feux. Elle n'avait aucun doute sur ses intentions, mais elle se sentait tellement euphorique qu'elle aurait été prête à lui céder à la première tentative.

– Tu m'as l'air bien vivant pour un mort.

Peter riait de plus belle lorsqu'une silhouette apparut et s'interposa.

– Tu as été génial, mon amour.

Daria prit son homme dans ses bras et l'embrassa langoureusement.

Sandy l'avait oubliée, celle-là.

Fallait pas rêver. « Une fille comme toi n'aura jamais un garçon comme lui. »

Elle fit demi-tour et, sans se retourner une seule fois, fila vers la sortie du gymnase. Au fond d'elle-même, elle espérait qu'un bras viril la retiendrait et que Peter lui dirait : « Je viens de la quitter, je suis tout à toi. » Mais ça, ça n'arrivait que dans les romances. Et elle sortit sous une légère brise d'été.

Dehors, des garçons et des filles fumaient joints ou cigarettes. Sandy en détestait l'odeur et se mit à l'écart. Elle se sentait tiraillée entre deux sentiments : le bonheur inouï d'être enfin libérée et d'avoir vécu une expérience incroyable, mais aussi la douleur terrible de sentir son cœur se briser alors même qu'elle pensait enfin avoir trouvé la perle rare.

Elle alla s'asseoir sur un des bancs de la cour qui longeait le gymnase et baissa la tête, se sentant désespérément seule.

– Ça va ?

Sandy leva les yeux. Nathan et Laura l'avaient rejointe.

– Oui, je suis crevée, c'est tout, dit-elle en se ressaisissant aussitôt.

Ne jamais montrer ses failles, sa douleur ni sa tristesse. Elle était la meilleure copine, imperturbablement drôle et sarcastique. Pas une midinette qui pleurnichait sur son cœur brisé.

– Tu as été incroyable. Pourquoi ne nous avoir jamais dit que tu prenais des cours de danse ?

–Parce que je n'en ai jamais pris.

–Arrête, tu n'as pas inventé ça toute seule, la tacla gentiment Laura.

–Non, mais j'ai appris toute seule. Et avec *Just dance* sur la Wii.

–À d'autres. Allez, comment tu as fait ?

–Mais c'est vrai, j'ai appris toute seule !

Nathan eut un petit rire. Il rayonnait de bonheur, et cela réchauffa le cœur de Sandy. L'un d'eux au moins avait enfin trouvé l'amour, se dit-elle en observant le couple qu'il formait avec Laura.

–Tiens, tiens, les losers se retrouvent entre eux !

Les trois regards se portèrent sur Victor Waugh et sa petite bande.

–C'est bon, lâche-nous ! grogna Sandy.

–Tu nous avais caché que tu avais le sang chaud. Non seulement tu es bien foutue, mais en plus tu es une vraie coquine.

Sandy le regarda dans les yeux et comprit que même si l'alcool était interdit sur le campus, il s'était débrouillé pour en trouver.

–Va te faire voir !

–Fais pas ta mijaurée, je suis sûr que t'es jamais sortie avec un mec de mon genre. Je pourrais t'apprendre des tas de trucs.

Son regard brillait d'une lueur malsaine. Sandy ne put réprimer un frisson en s'imaginant dans les bras de ce type.

–Fous-moi la paix. Va voir ailleurs. C'est pas les filles qui manquent ce soir.

–Pas faux, mais c'est toi que je veux. Tu sais, je pourrais te faire jouir comme tu n'as jamais joui.

–Elle t'a dit de la laisser tranquille, alors laisse-la tranquille ! s'interposa Nathan.

Mais Victor le dépassait d'une tête et surtout sa musculature était aussi abondante que la graisse autour du ventre de Nathan.

–Regardez-moi ça, le gros lard qui se prend pour un héros. Ne te mêle pas de ça, et va jouer avec les autres losers de ton espèce.

Les rires goguenards de ses comparses appuyèrent la réplique.

–On ne vous a rien fait ! Laissez-nous tranquilles ! s'emporta Laura.

–Qu'est-ce qu'elle a, le boudin ? Tu crois que quelqu'un voudrait baiser un monstre comme toi ?

Le poing de Nathan partit tout seul et frappa Victor en plein visage. La douleur lui irradia aussitôt la main, alors que du sang coulait du nez de son adversaire.

–Il m'a pété le nez ! rugit Victor.

–On va se le faire !

Bart et un autre garçon de la bande, Harvey, attrapèrent Nathan et l'immobilisèrent, tandis que Laura s'agrippait à eux pour les faire lâcher prise.

Mais une gifle l'envoya à la renverse.

Nathan tenta de se libérer, pleurant de rage et de frustration.

–Je vous tuerai, je vous tuerai ! hurla-t-il.

–Tu veux me tuer ? On va te massacrer, et on s'occupe de ta pute après, le prévint Victor, le visage sanguinolent.

Le poing partit sans prévenir et Nathan crut sa dernière heure venue, tant la douleur fut fulgurante.

En plein dans le plexus solaire. Incapable de respirer, il ouvrit de grands yeux et croisa le regard de Laura assise à même le sol, et qui pleurait toutes les larmes de son corps.

–Relevez-le, je vais lui apprendre à...

Victor n'eut pas le temps de finir sa phrase qu'il sentit une main le pousser fortement dans le dos, et il manqua de trébucher. Mais à peine avait-il retrouvé l'équilibre qu'il se prit un coup de pied en plein dans les parties, suivi d'une gauche bien placée sous le menton qui l'envoya au tapis.

–Maintenant, tu t'excuses, et tu dégages ! ragea Jason, son sang bouillonnant dans ses veines.

Personne ne s'en prendrait à ses amis, et encore moins à Nathan. Un garçon qui ne ferait pas de mal à une mouche.

– Va te faire enc... tenta d'articuler Victor.

Mais Jason lui envoya son pied dans l'abdomen et le projeta au sol, puis le souleva par l'encolure de son T-shirt avant de lui redonner une droite en plein visage.

– Arrêtez ! Je vous ordonne d'arrêter ! tonna un agent de sécurité qui tenait un taser dans la main.

Mais Jason voyait rouge, il était prêt à frapper et frapper encore celui qui s'en était pris à son meilleur ami.

– Lâche-le, il n'en vaut pas la peine !

C'était la voix de Tiffany. Il croisa son regard et la tension diminua.

– C'est eux qui nous ont provoqués, se justifia Sandy qui était allée chercher du renfort. On n'y est pour rien.

Jason se redressa tandis que l'agent aidait Victor à se relever.

– Vous puez l'alcool, vous avez bu ?

– C'est bon, on se casse, dit Victor.

– Non, je dois appeler le directeur, vous n'allez pas...

– Mon père est le premier adjoint au maire, alors tu fermes ta grande bouche et tu nous laisses partir.

– Laissez-les partir, confirma Sandy.

L'agent regarda les trois garçons, hésitant sur la conduite à tenir.

– Si jamais vous remettez les pieds ici, adjoint au maire ou pas, je vous arrête. Vous m'entendez ?

Victor ne se retourna pas et lui fit un doigt d'honneur.

L'agent fit un pas en avant, mais Jason l'arrêta.

– Son père est vraiment le bras droit du maire, vous devriez faire comme si vous n'aviez rien vu, ce sera mieux pour tout le monde.

– On veut juste être tranquilles, renchérit Sandy.

– Comme si rien ne s'était passé, valida Keith qui avait accouru en même temps que Jason.

–Très bien, mais vous partez vous aussi. Allez-vous-en, avant que je change d'avis.

–Ok, fit Jason.

Il se rapprocha de Nathan, qui tenait Laura dans ses bras. La jeune fille était sous le choc et n'arrêtait pas de pleurer.

–On va vous raccompagner.

Le silence s'installa et lentement, ils retournèrent vers la sortie, attendant de voir passer la voiture de Victor pour rejoindre à leur tour le parking.

–Et si on restait ? Je veux dire, on ne va quand même pas gâcher notre soirée à cause de ces enfoirés ! On va à l'after, non ? demanda Keith.

–Ce sera sans moi, dit Nathan.

–Ni moi, je rentre, déclara Sandy. Tu me ramènes ?

Keith n'en revenait pas. Il se sentait terriblement frustré.

–C'est notre dernier jour. Allez, Jason, tu ne me lâches pas ?

–On y va ? demanda Tiffany.

–Je ne sais pas.

–Allez-y, tous les trois. Nathan, tu peux me ramener ? demanda Sandy.

–Bien sûr.

–Keith, je n'ai plus très envie, hésita Jason.

–Si, on y va, s'il te plaît, dit Tiffany.

Se rappelant la promesse qu'elle lui avait faite sur la piste de danse, Jason céda et décida de la suivre.

–Ok, vous m'appelez pour me dire que vous êtes bien rentrés.

–Oui maman ! ironisa Sandy.

- 5 -

– Salut, Sandy, et encore merci pour avoir prévenu la sécurité, dit Nathan.

– De rien. Bonne fin de soirée, répondit la jeune fille en sortant de la Ferrari.

Elle claqua la portière arrière et Nathan la regarda monter l'allée éclairée par les lampadaires jusqu'à ce qu'elle rentre chez elle.

Nathan remit la première et se tourna vers Laura, assise côté passager.

Ils n'avaient pas parlé durant tout le trajet du retour, laissant la musique remplir l'habitacle.

– Tu te sens comment ?

Laura lui jeta un regard trouble, sans répondre.

– Quoi ? J'ai un truc ?

– Oui, tu as un sacré truc ! s'amusa-t-elle.

All good things de Nelly Furtado enchaîna en sourdine à la radio.

– Mais quoi ?

Il se pencha pour se regarder dans le rétroviseur intérieur.

– Idiot, tu n'as rien, c'est juste que je repense au coup de poing que tu as mis dans la figure de cet enfoiré de Victor.

– M'en parle pas, je crois que je me suis cassé une phalange.

– Fais voir ?

Elle lui prit la main et lui passa un doigt caressant sur la pulpe de chacun des siens.

–Tu as mal ?

–Non, ça va.

Elle les lui plia doucement. Il siffla en sentant une douleur intense lui irradier l'index droit.

–Chut, fit-elle avant de porter sa main endolorie à sa bouche et de lui sucer chaque doigt.

Nathan était aux anges. C'était tellement bon. « Mange-les ! » eut-il envie de crier.

Une voiture de police passa dans la rue et il retira sa main précipitamment, comme pris en faute.

–On ne fait rien de mal.

–Oui, excuse-moi. Je te ramène, fit-il.

Il se maudit dans l'instant. Pourquoi lui avait-il dit ça ? Il aurait voulu que ce moment dure éternellement. Qui sait si elle n'allait pas changer d'avis dès le lendemain ?

–Pourquoi ? Tu tiens tant que ça à te débarrasser de moi ?

–Non, mais il est tard.

Laura posa les yeux sur l'horloge du tableau de bord. 21 h 34.

–Tu trouves ?

Nathan était totalement désarçonné et, ne trouvant pas ses mots, il éclata de rire.

–Je suis désolé, tu dois penser que je suis le mec le plus pataud du monde. Je ne suis pas un garçon pour toi.

–Tu plaisantes, tu es mon héros. Personne ne s'est jamais battu pour moi auparavant.

–C'est Jason qui t'a sauvée.

–Non, c'est toi. Roule, je veux te montrer un endroit que j'adore.

Le « Tu es sûre ? » qu'il s'apprêtait à balbutier resta dans sa gorge, et Nathan fut heureux d'avoir enfin réussi à prendre le contrôle sur ses pensées misérabilistes.

Il quitta le quartier de Sandy et, suivant les instructions de Laura, n'eut pas trop de doute quant à leur destination.

Il osa enfin croire en sa bonne étoile.

Ils arrivèrent sur la longue promenade qui bordait la plage. Les voitures étaient nombreuses en ce samedi soir. Mais elle lui demanda de continuer et, très vite, ils quittèrent la ville et longèrent la colline.

Fields of gold de Sting avait pris le relais à la radio.

Nathan se sentait d'une sérénité à toute épreuve alors qu'il aurait dû être en panique. Il se doutait de ce qui allait se passer. Il en avait rêvé depuis si longtemps.

Ils passèrent un coude de la route et arrivèrent le long de Blue Beach.

– Gare-toi ici, lui indiqua Laura.

C'était le coin des pêcheurs. La plage était plus petite et escarpée. Aucune autre voiture en vue.

Ils descendirent de la Ferrari. Une lune aux trois quarts pleine éclairait de sa lumière spectrale le paysage. Des reflets fluorescents étaient projetés sur l'écume des vagues qui se brisaient à la surface de l'océan.

– J'adore cet endroit. Mon grand-père m'y emmenait souvent pour pêcher.

– Je ne savais pas que tu aimais la pêche.

– Il y a beaucoup de choses que tu ignores sur moi. Tu as une serviette de plage ?

– Bien sûr.

Comme tout bon habitant de Santa Barbara, il gardait toujours dans sa voiture la panoplie indispensable aux plaisirs de la plage pour parer à toute éventualité : maillot, crème solaire, serviette de bain, palmes et masque.

Il ouvrit le coffre et sortit seulement la serviette. Toute prête, toute propre.

– Suis-moi, dit Laura qui lui tendit la main.

Des phares de voitures apparurent au loin, et les dépassèrent tandis qu'ils s'avançaient sur la plage.

Un petit vent frais les accueillit alors qu'ils approchaient du rivage. Un escarpement rocheux se dressait sur leur droite.

– Viens.

Le silence était étourdissant, juste ébréché par le bruit des vagues. Nul besoin de musique au cœur de ce décor à couper le souffle. Nathan était en plein rêve.

Ils arrivèrent au pied du premier rocher et s'aventurèrent prudemment pour le gravir.

Malgré la clarté de la lune, ils n'y voyaient pas grand-chose, et Nathan faillit déraper avant de se rattraper de justesse.

Soudain, ils découvrirent une crique naturelle où le sable reprenait ses droits. Une enclave à l'abri des regards.

– Là. C'est ici que l'on venait.

Laura lui prit le drap de bain des mains et l'étala sur la plage. Elle s'assit dessus et Nathan vint s'installer à ses côtés.

– J'adore regarder l'océan. Je me dis qu'un jour je m'achèterai un bateau et je vivrai sur l'eau.

– Tu sais que j'ai un bateau, on pourrait se balader.

– C'est gentil, mais je veux que ce soit mon bateau. Pouvoir partir quand j'en ai envie, ou quand j'en éprouve le besoin.

Nathan aimait ça. Enfin une fille qui ne voyait pas en lui qu'une montagne d'argent.

– Moi, c'est les chevaux. J'adore partir à cheval dans les collines.

– C'est vrai ? Je ne savais pas.

– Toi aussi il y a beaucoup de choses que tu ignores de moi, dit-il.

Laura lui sourit et sans qu'il s'y attende, elle plaqua ses lèvres sur les siennes. Mais à l'inverse du baiser de la séance photo, il sentit sa langue forcer le passage. Il se laissa faire, et fit tourner la sienne autour de celle de la jeune fille.

Ils basculèrent sur la serviette et se pelotèrent sans cesser de s'embrasser. Une main d'une douceur infinie passa sous sa chemise et lui caressa le torse.

Il détestait son corps, mais Laura n'avait pas l'air de s'en émouvoir. Elle se colla à lui tel un aimant. Il lui caressa les fesses à travers sa robe, puis il la lui souleva et trouva sa petite culotte. Il passa la main par dessous.

Il sentit son sexe devenir aussi dur que de l'acier, tandis que Laura approchait une main aventureuse. Leurs bouches restèrent soudées mais leurs corps se séparèrent juste assez pour qu'elle puisse lui déboutonner son pantalon, puis le faire glisser jusqu'à ce qu'il se retrouve en slip.

Une main se faufila à l'intérieur et commença à le masturber.

Nathan gémit de plaisir. Surtout, tenir bon. Et ne pas éjaculer trop vite.

– Laura, je t'aime.

– Prouve-le-moi.

Elle cessa de le caresser et, se redressant sur ses fesses, fit glisser sa longue robe pour s'en débarrasser. Nathan l'imita et se déshabilla lui aussi. Toute timidité avait disparu, et l'afflux d'hormones lui donnait un courage dont il ne se serait jamais cru capable.

Il n'était plus qu'en slip, et Laura en sous-vêtements.

Elle dégrafa son soutien-gorge et, sous les rayons de lune, il découvrit deux magnifiques rondeurs qui ne demandaient qu'à être léchées.

Puis, sans aucune pudeur, elle enleva sa culotte qu'elle posa sur le reste de ses affaires. Nathan enleva son slip et l'envoya balader.

Laura s'allongea à nouveau sur la serviette et Nathan se colla à elle.

Après des préliminaires qui les avaient amenés au comble de l'excitation, le moment vint où Nathan sentit qu'elle s'abandonnait. Il s'apprêtait enfin à la pénétrer doucement, quand il crut apercevoir une forme près du rivage. À moins d'une dizaine de mètres d'eux.

Malgré la faible luminosité, il plissa les yeux et eut soudain la peur de sa vie. Quelqu'un les regardait.

– Nathan, qu'est-ce qui t'arrive ? s'effraya Laura.

– Il y a quelqu'un là, rhabille-toi !

Laura se redressa aussitôt et s'empara de ses vêtements posés à proximité. Nathan avait fait de même, priant pour qu'aucune photo n'ait été prise ; sinon, c'était la honte assurée. Misant sur le clair-obscur, il se rassura en se disant que de toute façon elles seraient inexploitables. D'ailleurs ils n'avaient remarqué aucun flash.

Tout en enfilant son slip, il s'aperçut que la forme restait immobile, et fut soudain pris d'un gros doute.

– Attends, je crois que je me suis trompé.

En panique, Laura chercha ce qui l'avait alerté, et repéra alors elle aussi la forme inerte.

– C'est un phoque, non ?

– Je ne sais pas, je vais aller voir.

– Non, on ne sait jamais. Reste avec moi.

– D'accord.

Ils finirent de se rhabiller et quand ils furent enfin prêts, Laura le tira par la main pour s'en aller au plus vite.

– Attends, je veux quand même aller voir.

– Non, s'il te plaît, on rentre.

– Et si c'était un corps ? Il faut en être sûr.

Le justicier qui sommeillait en lui ne pouvait quitter cette plage en prenant le risque d'abandonner une personne en détresse.

– Alors je viens avec toi, concéda Laura.

Nathan prit son téléphone et le mit en mode lampe de poche, puis avança près de la forme mystérieuse.

Des images plus terribles les unes que les autres, peuplées de cadavres décomposés rejetés par la mer dans un état de putréfaction avancée, traversèrent son esprit. Mais il les chassa aussitôt en se disant qu'une odeur nauséabonde les aurait alertés. Rassuré sur ce point, il continua prudemment sa progression.

Et distingua clairement une forme humaine.

Toujours aucun mouvement.

Un noyé.

Au temps pour sa théorie sur les odeurs !

Parcourant les derniers mètres, il reconnut le corps d'une femme, la tête presque enfouie dans le sable mouillé du rivage. Immobile, alors que les vagues venaient lui lécher les pieds.

– Mon Dieu, faites qu'elle ne soit pas morte, pria-t-il en s'accroupissant.

Le visage était juvénile. Vingt ans maximum. Ses vêtements étaient trempés. Il la retourna et posa un doigt sur son cou. Un sentiment de soulagement intense le traversa quand il sentit des pulsations.

– Elle est en vie ! s'écria-t-il en se retournant.

Laura, qui l'avait suivi, attrapa son téléphone.

– J'appelle les urgences ou la police ?

La fille ouvrit alors les yeux et, remuant ses lèvres souillées de sable, réussit à articuler :

– Je vous en supplie, n'appelez personne, s'il vous plaît, n'appelez personne, ils vont me tuer.

Laura et Nathan se regardèrent. Que devaient-ils faire ?

– On veut juste vous aider, vous ne pouvez pas rester comme ça.

– Je vous en supplie, s'ils me retrouvent je suis morte.

Elle avait l'air au bord de l'épuisement. Les yeux vitreux, la voix tremblotante.

– Qu'est-ce que je fais ? demanda Laura.

– Je ne sais pas, dit Nathan, tiraillé entre son devoir, qui lui dictait d'appeler les urgences, et son instinct, qui lui soufflait de respecter la volonté de cette inconnue.

– Je vais bien. Laissez-moi récupérer, pour l'amour de Dieu, n'appelez pas les secours, ni la police, insista-t-elle d'un ton désespéré.

Elle ferma les yeux et sa tête retomba sur le sol. Nathan craignit qu'elle ne soit morte pour de bon cette fois. Heureusement, quand il tâta son cou il sentit de nouveau des pulsations régulières.

– Elle respire toujours, dit-il à Laura.

– On devrait appeler la police, tu ne crois pas ?

– Je ne sais pas. Et si elle disait vrai ? Et si ceux qui lui en veulent la retrouvaient et la tuaient ?

– Mais qu'est-ce que tu veux qu'on fasse ? On ne peut pas la laisser là, tout de même.

Nathan en convint, mais il sentait au plus profond de lui-même qu'il devait faire confiance à cette inconnue. Et soudain, une idée lui traversa l'esprit.

- 6 -

L'after battait son plein. L'alcool coulait à flots et les visages resplendissaient de sourires. Un seul mot d'ordre: « Party ! »

De nombreuses soirées avaient été organisées après le bal, mais *the place to be* était celle qui se déroulait chez Donovan. Les parents du jeune homme – d'anciens hippies qui avaient fait fortune dans la commercialisation du cannabis depuis l'arrêt de sa pénalisation dans l'État de Californie – lui avaient laissé la villa.

Musique à fond, méga-enceintes posées près de la piscine, jeux de lumière spectaculaires sur les façades de la propriété: rien n'était trop beau ni trop puissant pour les dizaines de garçons et de filles qui dansaient, hurlaient ou se bécotaient, une bière ou un verre d'alcool à la main.

TiK ToK de Ke$ha sortit des baffles.

– Yes ! hurla Jason qui dansait comme un dément dans le grand salon aux côtés de Tiffany et d'autres comparses.

Il finit d'une traite son verre de tequila et attrapa un joint qui passait par là.

C'était ça, la vie. Faire la fête, boire, fumer, et du sexe !

Tant de chair fraîche qui ne demandait qu'à se faire déflorer. En voyant Tiffany qui se trémoussait devant lui, il oublia ses pensées infidèles. Elle était magnifique.

Il lui prit la main et l'entraîna vers l'escalier central à double volée qui desservait l'immense demeure.

– Où on va ? demanda-t-elle d'un air ingénu.

– Tu m'as fait une promesse. Tu te souviens ?

Elle lui sourit et lui posa la main sur son entrejambe.

– Ça te va comme réponse ?

Tiffany avait elle aussi bu plus que de raison, et elle suivit son boyfriend jusqu'au deuxième étage, l'esprit émoustillé.

D'autres étudiants étaient en train de se tripoter dans les couloirs. Mais Jason avait réussi à convaincre Donovan de lui refiler la clé d'une des nombreuses chambres d'amis.

Ils passèrent devant tout le monde et ouvrirent la dernière porte, découvrant une jolie chambre de fille. Rose bonbon.

Jason allait la refermer quand un bras l'en empêcha.

– Hey, tu peux nous laisser entrer ? Il y a de la place pour quatre, là-dedans.

Stuart et Nelly. Hors de question. Jason n'avait jamais fait l'amour en présence d'un autre couple et il n'avait pas l'intention de commencer ce soir.

– Désolé. Tu vas devoir te trouver un autre endroit.

– S'il te plaît ! Tu ne peux pas me refuser ça.

– Si !

Et il lui claqua la porte au nez avant de la refermer à clé.

– Il est gonflé, lui ! s'étonna Tiffany qui vint se coller à Jason.

Leurs bouches se trouvèrent. Leurs salives se mélangèrent. Jason n'en pouvait plus. La soulevant du sol, il la porta sur le lit et se jeta sur elle sans ménagement.

Il imaginait par avance ce qu'il allait lui faire tandis qu'il repoussait les fines bretelles de sa robe pour lui pincer un téton.

– Mmm, gémit Tiffany.

C'est à ce moment-là qu'il sentit une vibration dans sa poche. Son téléphone !

« Et merde ! »

– Éteins-le, ça me gêne.

Jason se redressa et sortit l'appareil pour l'éteindre quand il lut le nom de Nathan.

Il hésita et, repensant à l'avant-soirée, un fond de culpabilité le saisit au souvenir du pauvre garçon qui s'était fait défoncer devant sa propre petite amie.

– C'est Nathan, je dois répondre, dit-il la mort dans l'âme.

– Fait chier, celui-là !

Tiffany s'assit sur le lit, les bras croisés sur la poitrine, et bouda ostensiblement tandis qu'il prenait la communication.

– Allô ?

– Jason, j'ai besoin de toi.

– Quoi ? Qu'est-ce qui t'arrive ?

Il se rapprocha d'une des fenêtres donnant sur la piscine. Ses coéquipiers de l'équipe de foot avaient enlevé leurs vêtements et nageaient sous la lumière des projecteurs.

– J'ai besoin d'aide.

– Tu es encore avec Laura ?

– Oui. Il faut que tu viennes m'aider. C'est une question de vie ou de mort.

Jason eut un petit rire, et comprit le message. Cet idiot était sur le point de conclure avec sa chérie et avait oublié les préservatifs ! Sacré Nathan !

– Écoute, laisse tomber les capotes, c'est une oie blanche, Laura. Tu lui fais l'amour et tu te retires juste avant. C'est pas compliqué !

– Ça n'a rien à voir. J'ai vraiment besoin que tu viennes, et seul. Je t'en supplie. C'est très important.

Jason regarda Tiffany qui avait fini de bouder et entamait un strip-tease sous ses yeux. « Putain, Nathan, pourquoi tu me demandes ça ? »

– Ok, j'arrive, mais je te jure, je te hais ! Dis-moi où tu es.

Quand Jason raccrocha après que Nathan lui eut donné les indications, Tiffany, abasourdie par ce qu'elle venait d'entendre, se planta devant lui et lui demanda :

– Tu t'es foutu de lui, j'espère ? Tu ne comptes pas me laisser tomber maintenant ?

– Je n'ai pas le choix, Tiffany. Nathan veut se suicider. Et il ne rigole pas, inventa-t-il. C'est mon ami, je ne pourrai plus jamais me regarder dans une glace si demain je découvre qu'il est mort.

– Il ne le fera pas. Il n'en aura pas les couilles.

– Je ne prendrai pas le risque.

– Mon cul ou ton ami, c'est toi qui vois.

La garce !

– Tiffany, tu sais que je t'adore, mais tu ne peux pas me demander ça. Si je ne suis pas fidèle en amitié, tu crois que je serai fidèle en amour ?

L'argument la toucha, et elle calma ses ardeurs de tigresse.

– Très bien, va aider ton pote, mais rien ne dit que j'aurai envie d'assouvir ton fantasme la prochaine fois.

Jason eut un triste sourire et vint l'embrasser avec passion.

- 7 -

– Tu crois que c'est quoi ? interrogea Keith.

Lui aussi avait reçu un appel de Nathan, et comme il n'avait rien de mieux à faire que de mater les filles qui plongeaient topless dans la piscine, il avait accepté d'aider son ami sans avoir à être supplié.

– Je n'en sais rien, mais ça a intérêt à être grave ! ragea Jason, les mains crispées sur le volant de sa Porsche.

– Il avait l'air totalement affolé. Tu crois qu'il a mis Laura enceinte ?

Jason avait pensé à tout sauf à ça... mais si c'était le cas, en quoi serait-ce grave ? Une petite pilule du lendemain et le tour était joué.

– Je ne sais pas. Peut-être qu'il l'a tuée et qu'il veut qu'on enterre son cadavre ! ironisa-t-il.

Le regard tourné vers la plage qu'ils longeaient à vive allure, Keith eut une illumination qui lui fit perdre tout humour.

– Et s'il avait tenté de la violer ? Je veux dire, si cette conne l'accuse de harcèlement et de tentative de viol pour lui foutre un procès et lui soutirer des millions ?

Jason regarda son ami et reprit lui aussi son sérieux. Voilà une théorie qui semblait enfin être dans le réel, un putain de réel. Dans une société pudibonde où chaque parole pouvait être mal interprétée, un puceau timide qui ne savait rien des choses de l'amour pouvait très vite passer pour un pervers sexuel.

– La salope, elle n'aurait pas fait ça !

– Peut-être qu'elle est chez les flics en train de faire une déposition, continua Keith.

Jason appuya sur l'accélérateur. Un léger nuage passa dans le ciel, occultant la lune et assombrissant la route.

Quelques instants plus tard, ils arrivaient sur Blue Beach.

– Là, c'est sa caisse ! s'exclama Keith tandis que la lumière des phares de la Porsche accrochait la carrosserie d'une Ferrari stationnée sur le bas-côté.

Jason se gara à sa suite et jaillit du véhicule. Personne. Où était-il ?

– Nathan ? cria-t-il dans la nuit.

– La ferme, je l'appelle, le tempéra Keith qui avait pris son portable.

Mais à peine les sonneries se firent-elles entendre qu'ils virent s'approcher une silhouette.

Certainement pas Nathan. Une fille.

– Laura ? s'étonna Jason.

Elle les rejoignit rapidement, essoufflée d'avoir couru.

– Venez vite, on a besoin de vous.

– Qu'est-ce qui s'est passé ? Où est Nathan ?

– Derrière les rochers, vous verrez, il y a une petite crique un peu cachée.

Keith et Jason échangèrent un sourire de connivence. Du genre : « Ce con de Nathan s'est cassé la bite ou s'est pété le frein du gland et ne veut pas aller à l'hôpital tout seul ! »

– Ok, on y va.

Keith prit le temps de s'allumer une cigarette puis ils partirent rejoindre Nathan.

Un petit vent frais soufflait sur la plage. Un joli coin pour faire l'amour. Nathan était romantique, s'amusa Jason alors qu'ils arrivaient sur les rochers.

Ils avancèrent avec précaution pour ne pas glisser et aperçurent enfin leur ami.

– Merci, vous êtes de vrais potes, je vous adore ! s'enthousiasma Nathan qui les serra dans ses bras.

– C'est quoi le souci ? demanda Jason, décontenancé.

À l'évidence, pas de problème de bite cassée !

– Je crois que j'ai compris, dit Keith qui en laissa tomber sa cigarette sur le sable. Vous avez tué cette pauvre fille !

Un corps était allongé sur le sable, inanimé.

– Mais non, on l'a trouvée comme ça, et elle n'est pas morte.

– Nathan, t'es complètement con ou quoi ? Il faut appeler les secours tout de suite ! s'exclama Jason en cherchant son portable.

– Surtout pas. Elle est en danger. Elle nous a interdit d'appeler à l'aide.

– C'est quoi ce délire ? s'étonna Keith.

Il se pencha près d'elle et, malgré le sable qui lui couvrait le visage, réalisa qu'elle était superbe.

– J'en sais rien, mais je lui ai promis de respecter son choix. Je peux compter sur vous ?

– Tu déconnes, bien sûr que non. J'appelle les secours.

– Jason, non, je t'en prie, ne fais pas ça. Elle risque sa vie. Tant qu'on n'en saura pas plus, on attend.

– On attend quoi ? Cette fille a failli se noyer si je comprends bien, et on la laisse là sans rien faire ?

– Justement, non. Vous allez m'aider à la porter sur mon bateau. J'ai les clés. Je ramène Laura et je vous rejoins. Ensuite, vous rentrez chez vous. Je m'occupe du reste. Vous, vous n'avez rien vu, rien entendu. S'il y a un problème, je dirai que vous n'étiez pas dans le coup.

– Si la police demande comment cette fille est arrivée sur le bateau, tu diras quoi ?

– Que tu n'étais pas au courant, que c'est moi et Nathan qui l'avons portée, intervint Keith.

– C'est de la folie, on ne sait rien de cette nana.

– Tu n'es pas obligé de t'en mêler. Rentre, on va se débrouiller avec Nathan, fit Keith.

Jason poussa un soupir sonore et une fois de plus préféra jouer la carte de l'amitié plutôt que celle de la prudence.

– On l'amène sur ton bateau, mais tu nous as pas vus, ok ?

– Ok, fit Nathan.

Keith et Jason s'accroupirent auprès de la fille et après plusieurs essais trouvèrent la bonne prise pour la transporter avec le maximum de délicatesse jusqu'à la Porsche.

Laura ouvrit la portière et quelques instants plus tard, la fille était allongée sur la banquette arrière.

– Tiens, c'est la clé de la baie vitrée du pont inférieur, fit Nathan en la tendant à Jason. Je t'envoie le code de l'alarme par SMS.

– Tu sais, je crois qu'on est en train de faire une énorme connerie.

– Non, on est en train de sauver cette fille, rétorqua Keith.

Jason ne chercha pas à argumenter.

– Je ramène Laura et je vous rejoins, d'accord ?

– D'accord.

***

Durant tout le trajet jusqu'à la marina, Jason n'avait eu qu'une seule idée en tête :

– Si la police nous arrête, on va passer pour deux psychopathes qui ont enlevé une fille, fit-il alors qu'ils approchaient du port de plaisance.

– Ne sois pas parano. On ne risque rien. Surtout ce soir, avec le bal. Les flics sont occupés aux abords des night-clubs et des soirées privées, ils ont mieux à faire que de regarder des bateaux. Détends-toi, le rassura Keith.

Le jeune homme jetait de fréquents coups d'œil à l'arrière, mais l'inconnue, allongée de façon gracieuse, n'avait toujours pas donné de signes de réveil.

– Putain, jamais je n'aurais dû accepter. Je la sens vraiment pas cette fille.

– Arrête avec ça. Tu crois quoi ? Que c'est un serial killer recherché par le FBI ?

– Et pourquoi pas ? On ne sait rien sur elle.

– C'est pour ça qu'il faut attendre qu'elle se réveille et elle nous dira tout.

– Et si c'est une tueuse, ou une folle qui s'est échappée d'un asile ?

– Eh bien, on appellera les flics.

– Toi, tu appelleras les flics. Moi, je te dépose et je me tire.

Keith faillit le traiter de poule mouillée mais, après tout, il préférait qu'elle ne voie que lui à son réveil.

– D'accord, va rejoindre Tiffany, ça paraîtra moins suspect.

– Oui, c'est ça, bien vu, fit Jason soulagé d'apercevoir enfin le bout du tunnel. Je vais l'appeler.

Ils arrivèrent à la marina où il n'y avait pas grand monde. De nombreux bateaux de plaisance étaient amarrés aux différents pontons, mais le plus beau de tous occupait un ponton à lui tout seul.

L'*Ocean's Pearl*. Un yacht Azimut de toute beauté. Trois ponts de plus de quarante mètres de long. Les aménagements intérieurs associant l'acier, le verre et le bois de Zebrano mettaient en valeur une décoration basée sur le cuir blanc, et permettaient aux occupants de bénéficier d'un confort digne d'un palace.

– Bon, tout se joue maintenant.

Jason sortit de son petit bolide et aida Keith à en extraire la jeune fille. Ils la soutinrent chacun sous les aisselles, s'interdisant de la porter afin de donner l'illusion qu'elle avait trop bu pour marcher toute seule.

Jason ne cessait de prier pour que tout se passe bien, jusqu'au moment où il posa enfin un pied sur la passerelle menant au pont médian.

– C'est bon, fit-il en la posant délicatement sur le sol.

Keith prit son téléphone où il trouva le code que Nathan lui avait transmis. Il le rentra dans le digicode, et le petit déclic qui s'en suivit leur confirma que c'était le bon.

Après avoir ouvert la baie vitrée, Jason aida Keith à porter la fille à l'intérieur d'un spacieux salon. Là, ils la déposèrent sur un canapé.

– Bon, je vais rentrer.

– Donne-moi juste un coup de main pour la porter dans une chambre. On ne va pas la laisser comme ça.

Jason maugréa dans sa barbe et, de mauvaise grâce, aida Keith à la descendre par l'escalier en colimaçon qui menait au pont inférieur, où se trouvaient les cabines.

Cette fois, ils ne s'embarrassèrent pas de donner le change et, la tenant par les bras et les jambes, la trimbalèrent le long d'une coursive sur laquelle donnaient plusieurs portes. Ils s'arrêtèrent devant la dernière.

Jason se souvenait parfaitement. C'était la plus grande des cabines. Celle où, trois ans plus tôt, il avait fait perdre sa virginité à Helen Foster.

Ils passèrent la porte et la posèrent sur le lit king size. Tout était impeccable. Même s'ils n'utilisaient pas souvent leur « bateau », Nathan et sa famille faisaient en sorte de le garder en bon état afin de pouvoir prendre la mer dès que l'envie leur venait.

– Je peux y aller maintenant, ou tu veux qu'on la déshabille et que je te regarde la violer ?

– Très amusant. Allez, casse-toi !

– J'y vais, mais je continue à penser que tu devrais appeler les secours à défaut des flics.

Keith regarda son ami partir et se retrouva seul avec l'inconnue de la plage.

Qui était-elle ? De quoi avait-elle peur ? Qui fuyait-elle ?

Tant de questions dont il enrageait de ne pas connaître les réponses.

Il songea à la déshabiller pour l'installer plus confortablement dans le lit, mais étant le seul homme dans la pièce, quand elle se réveillerait, il serait bon pour une plainte pour enlèvement et tentative de viol !

Il la laissa donc ainsi, allongée sur le lit, dans son pantalon et son T-shirt raidis par le sel de mer, ses longs cheveux blonds emmêlés, le visage souillé de croûtes de sable. Il rapprocha du lit un des deux fauteuils de la chambre pour s'asseoir confortablement et s'alluma une cigarette. À la lumière tamisée de la lampe de chevet, il observa longuement la jeune fille.

Son téléphone vibra, l'arrachant à cet instant féerique.

Un SMS de Nathan.

« Je ne pourrai pas vous rejoindre, ma sœur m'a posé plein de questions. Je vous en supplie, ne dites rien. »

À croire qu'il y avait un dieu dans le ciel, se dit Keith qui répondit :

« Aucun problème. Jason est parti retrouver Tiffany. Je la surveille, tu peux compter sur moi. »

« Je te revaudrai ça. À demain. »

Keith tira sur sa cigarette et savoura cette étrange intimité avec la fille de la plage.

- 8 -

Dimanche 7 juin

Keith atterrit en douceur et se redressa. Il ôta son casque et respira l'air ambiant. Yondu ne lui avait pas menti. La planète avait une atmosphère analogue à celle de la Terre, mais c'était bien leur seul point commun. Le paysage qui s'offrait à ses yeux était incroyable. Un véritable royaume magique. Une végétation luxuriante aux fruits de mille couleurs et aux formes improbables. Des animaux sortis tout droit d'un livre pour enfants se baladaient autour de lui, émettant des petits bruits semblables à un chant.

Engoncé dans sa tenue de spationaute, il n'en revenait pas. Une licorne passa au loin et se cabra sur ses pattes arrière alors que trois lunes miroitaient dans un ciel rouge sang.

–Qui es-tu ? D'où viens-tu, l'étranger ?

Keith se retourna et tomba nez à nez avec une véritable princesse, le visage encadré par une chevelure féline, tressée de brillants et d'or.

–Je m'appelle Starlord, répondit-il.

L'apparition lui sourit et, ouvrant soudain la bouche en grand, révéla une dentition aux longues canines pointues.

D'un geste vif, elle approcha son visage du sien et planta ses crocs en plein dans sa jugulaire...

Keith se réveilla en sursaut et tomba de son fauteuil.

Il lui fallut un instant avant de reprendre ses esprits et de se souvenir de tout. Du sauvetage de cette fille, la veille au soir, sur la plage. De son transfert en catimini ici, sur ce yacht luxueux. Il réalisa que le visage de son cauchemar était le même. Était-ce un mauvais présage ?

Il secoua la tête, se redressa et regarda le lit. Elle avait disparu !

« Et merde ! »

Il releva les stores et la lumière timide d'un soleil naissant s'invita dans la cabine. Keith prit son téléphone : 7 h 33.

Mais quel con ! Il avait dormi toute la nuit !

Elle avait pu partir n'importe où ! Jamais il ne la reverrait, il n'aurait...

Soudain, il crut entendre de l'eau couler. Il s'arrêta net de broyer du noir et entrouvrit la porte de la salle de bains privative.

Au pied d'une vasque de marbre gisaient un T-shirt, un pantalon, une culotte et un soutien-gorge. Il eut aussitôt un sourire de soulagement.

Il se tourna vers la cabine de douche, dont la vitre était obscurcie par la buée, l'empêchant de distinguer la moindre silhouette. Mais quelqu'un était là, il en était certain, et l'eau ricochait en cascade contre les carreaux de céramique des parois.

À quoi jouait-elle ?

– Ohé ! lança-t-il.

Pas de réponse.

Il s'approcha davantage, avec précaution, et il lui sembla apercevoir une forme.

– Tout va bien ?

Toujours pas de réponse. Il ne manquerait plus qu'elle soit morte d'hydrocution ou Dieu sait quoi !

– Je vais ouvrir, si tu n'es pas d'accord, dis-le-moi !

Mais toujours aucune réponse.

D'un geste mal assuré, il entrouvrit la cabine et découvrit la jeune fille recroquevillée au sol, la tête baissée sur ses cuisses, les jambes repliées entre ses bras. L'eau ruisselait sur elle sans qu'elle paraisse s'en apercevoir.

–Tu vas bien ?

La fille redressa la tête et lui renvoya un regard qui aurait brisé le cœur le plus endurci.

–Aide-moi, fit-elle.

Keith avança la main et éteignit le jet de la douche avant d'attraper sur une étagère une grande serviette de bain.

–Viens, ne reste pas là.

La jeune fille se releva et Keith détourna le regard. Mais il eut le temps d'entrevoir du coin de l'œil un corps sculptural et de distinguer dans le reflet du miroir du lavabo un étrange tatouage sur son omoplate.

Un serpent bicéphale. Les deux têtes du reptile se faisaient face. Un côté noir, un côté blanc. Une tête maléfique, l'autre plus apaisante.

Keith frissonna alors qu'elle s'enveloppait dans la serviette.

Il lui sourit.

–Tout va bien, tu es en sécurité avec moi. Je te le promets.

La fille lui jeta un regard désespéré à travers sa chevelure ruisselante. L'eau dessinait sur son visage comme une barrière de larmes.

–Je m'appelle Keith, et toi ?

–Je ne sais pas comment je m'appelle, je ne me souviens de rien...

Et les vraies larmes se mêlèrent aux gouttes d'eau.

Keith sentit son cœur se serrer tandis qu'il la raccompagnait dans la chambre.

La fille se baissa au passage pour ramasser ses affaires.

–Non. Laisse ça. Il doit bien y avoir quelque chose à ta taille, là-dedans. Regarde.

Il ouvrit une des penderies et découvrit toutes sortes de pantalons et de robes. Uniquement des vêtements féminins. Deux grands tiroirs regorgeaient de chaussettes et de sous-vêtements.

– Fais ton choix. Je t'attends au-dessus.

– Tu ne me laisses pas, promis ?

Keith lui aurait promis la lune si elle la lui avait demandée.

Je te le promets.

– Et tu n'appelles pas la police ?

– Non, je n'appellerai personne. Tu peux avoir confiance en moi.

Un léger sourire éclaira son visage, et Keith sentit son cœur fondre.

Il la laissa seule et remonta par l'escalier en colimaçon dans le salon du pont supérieur. Il enclencha l'ouverture de tous les hublots et fenêtres, et la lumière entra à flots. Il ouvrit les placards et finit par trouver les capsules de café et la machine Nespresso.

Était-elle vraiment amnésique ? Ou était-ce juste un effet passager, un traumatisme dû au choc ? Que lui était-il réellement arrivé ? Était-elle tombée d'un bateau ? Cela semblait être la théorie la plus plausible. Et que signifiait ce tatouage angoissant ?

Il sortit son smartphone et tapa les mots : « serpent, deux têtes, yin, yang, blanc, noir ». Des dizaines d'images de bras et de torses tatoués apparurent, ornés de multiples serpents, tous magnifiques. Il en fit défiler plusieurs pages mais n'en vit aucun qui soit tout à fait semblable à celui de la jeune fille.

Il redressa la tête et se passait la main sur le visage lorsque son portable sonna. Nathan. Il hésita un instant et décrocha :

– Salut !

– Salut, Keith, la fille est toujours avec toi ?

– Oui, si on veut.

– Comment ça, si on veut ?

– Elle s'est pendue, fit-il un ton plus bas.

– Quoi ? hurla Nathan.

– Je déconne. Bien sûr qu'elle est là. Tout va bien, je gère.

–Parfait. Je vais tout faire pour venir le plus vite possible. Mais j'ai ma sœur qui ne me lâche pas d'une semelle.

–Prends ton temps, je te dis, je gère.

–Elle s'est réveillée ?

Keith entendit des pas monter l'escalier en colimaçon.

–Non, toujours pas. Mais tout va bien. Allez, je te laisse, à tout à l'heure.

Il lui raccrocha au nez alors qu'une vraie beauté s'avançait vers lui.

–Tu étais au téléphone, je t'ai dérangé ?

–Non, j'avais fini. Tu veux un café ?

La voir ainsi, habillée d'un petit top blanc qui mettait en valeur un bronzage doré et d'un pantalon en lin naturel, ses longs cheveux d'un blond très clair décolorés par le soleil et la mer soigneusement brossés, et surtout son visage lavé de toute impureté dans lequel de magnifiques yeux d'un vert émeraude le regardaient d'un air apaisé, l'intimidait beaucoup moins que lorsqu'il l'avait surprise en pleurs dans la salle de bains.

Keith était incapable de lui donner un âge. Entre dix-huit et vingt-deux ans, peut-être.

–Oui, je veux bien.

Il se leva et mit une double capsule dans la machine et deux tasses sous les becs verseurs.

–Je crois que ma mémoire commence à revenir, dit-elle avec un petit sourire.

–Tu te rappelles de quoi ?

–Pas grand-chose. Juste mon prénom. Mais je me dis que c'est un début.

–C'est sûr. Tu as dû subir un traumatisme, tout va te revenir. Donc, moi c'est Keith, dit-il en lui tendant la main.

–Chelsea, répondit-elle en la lui serrant.

Il adora ce contact.

–Tu peux me dire ce que je fais là, et qui tu es ?

–Bien sûr.

Quel idiot, c'était évident qu'elle allait lui poser cette question, et il n'avait pas préparé de réponse. Alors que faire ? Il opta tout simplement pour la vérité.

– C'est mon ami, Nathan, celui que je viens d'avoir au téléphone, qui t'a trouvée. Il était avec sa copine sur la plage, si tu vois ce que je veux dire.

Chelsea eut à nouveau un petit sourire.

– Et ils t'ont trouvée inanimée, et...

– Oui, je me souviens, je leur ai demandé de ne pas appeler les secours, ni la police. Après, en revanche, c'est le black-out total.

– Il m'a appelé pour venir l'aider. On t'a mise dans sa voiture, puis transportée jusqu'ici. Ce bateau appartient à sa famille, ils ne s'en servent quasiment jamais.

À quoi bon lui parler de Jason ? Après tout, il n'était pas d'accord pour la garder.

– Et où est Nathan ?

– Il est rentré chez lui et c'est moi qui ai veillé sur toi.

Chelsea sourit et lui dit :

– Je t'ai vu quand je me suis réveillée. Tu dormais, je n'ai pas osé te déranger. J'avais besoin de prendre une douche. Je me sentais tellement mal.

Quand les cafés furent prêts, Keith lui tendit le sien avant de prendre sa tasse et de la porter à sa bouche.

Elle fit de même et émit un petit soupir de satisfaction.

– Ristretto, le meilleur.

Keith n'en avait aucune idée, mais la crut sur parole.

– Moi, je suis incapable de faire la différence entre les arômes.

– Et moi, je ne sais même pas pourquoi je sais ça. Je ne comprends pas ce qui m'arrive.

Le ton était de nouveau mal assuré. Il vit son visage perdre de sa jovialité. Il posa alors ses mains sur les épaules de la jeune fille en la regardant droit dans les yeux.

– Chelsea, cesse de te poser des questions. Tout va te revenir. J'ai lu des trucs sur l'amnésie, la mémoire revient toujours.

Il n'avait jamais rien lu de tel, mais un petit mensonge ne pouvait pas faire de mal.

–Et si ça ne revenait pas et que je ne me souvenais que de mon prénom...

Elle s'arrêta en pleine phrase et sentit sa vision devenir trouble. Une image s'imposa à sa conscience.

–Je revois ma maison. J'en suis sûre. Au milieu d'une prairie, dit-elle tout excitée.

Keith était ravi pour elle. Même si, au fond de lui, il espérait que tout ne lui revienne pas trop vite avant qu'elle ne s'en aille pour reprendre le cours de sa vie.

Soudain, il vit des larmes couler de nouveau sur les joues de la jeune femme.

–Chelsea, qu'est-ce qu'il y a ?

–Je revois mon chien. J'ai cinq ans et je suis à côté de lui.

–C'est une bonne nouvelle, non ?

–Un chasseur l'a tué. Il agonise dans mes bras.

Elle se retourna et redescendit l'escalier, incapable de contrôler son émotion.

Keith était tellement désolé pour elle. Il poussa un profond soupir, espérant que des souvenirs plus joyeux viendraient rapidement effacer celui-ci.

- 9 -

Jason se réveilla dans un lit désespérément vide. Il bascula les jambes sur le plancher et, assis sur le bord du matelas, repensa à la soirée de la veille.

Il avait été à deux doigts de faire la totale à Tiffany, et cet abruti de Nathan avait tout gâché.

Quand il était retourné chez Donovan, Tiffany avait déjà mis les voiles et avait refusé de lui répondre.

Il attrapa son portable posé sur la table de nuit et, à la lumière qui filtrait à travers les interstices des volets clos, vit qu'il avait un message. Il l'ouvrit et découvrit un sublime fessier avec la ficelle du string légèrement décalée sur le côté, accompagné de cette légende : « Tant pis pour toi ! »

La garce. Elle allait le rendre fou... Il zooma sur la photo et eut un petit rire dépité.

« Bitch », écrivit-il en ajoutant un smiley qui tirait la langue.

Jason se leva et, en simple boxer, traversa son immense chambre pour ouvrir les volets.

Le domaine de l'hacienda familiale s'étala devant lui. Une vallée digne du jardin d'Éden. Des vignes à perte de vue qui descendaient vers l'océan.

Au loin, sur sa droite, il apercevait les premiers contreforts de Santa Barbara.

Il aurait bien aimé prendre un appartement en ville, mais son père avait catégoriquement refusé – jusqu'à nouvel ordre en tout cas.

Il s'étira alors qu'un petit vent chaud et sec lui caressait le corps.

Jason respira avec délectation l'odeur particulière qui émanait de cette terre agricole, ensoleillée toute l'année.

Une partie de sa famille était en train de prendre le petit déjeuner à l'ombre des oliviers, sur la terrasse. Tandis que Claire, sa grande sœur, lisait un livre près de la piscine.

Il passa à la salle de bains attenante à sa chambre et apprécia son reflet dans le miroir qui lui faisait face. Musclé à souhait. Il se pinça un peu à la hanche et découvrit un micro-bourrelet. Quelques séances de musculation et ce serait parfait. Il se sourit alors à lui-même et se demanda quelle fille pourrait résister à un tel sourire.

D'humeur légère, il entra dans la douche et en sortit cinq minutes plus tard. Dans son dressing, il se choisit une nouvelle tenue – jean et T-shirt des Rams – avant de descendre rejoindre sa famille sur la terrasse.

Un rossignol installé sur une branche d'olivier chantait, manifestement désireux d'éloigner tout concurrent, tandis que le soleil entamait sa montée dans un ciel d'un bleu éclatant. Une certaine idée du paradis.

– Bonjour, la compagnie.

– Bonjour, Jason, lui répondit Emily, sa petite sœur de sept ans.

– Bonjour, trésor, on ne t'a pas réveillé, au moins ? s'inquiéta Lauren Zimmer, sa mère.

– Non, ça va.

Il tendit le bras et attrapa la bannette remplie de viennoiseries. Pains au chocolat et croissants, tout chauds sortis du four de la boulangerie française de Palm Street.

– Bonjour, Jason, je vous sers un café ? s'enquit Maria, leur cuisinière.

– S'il te plaît.

Il étendit ses jambes sous la table en teck et salua sa grande sœur qui quitta sa chaise longue près de la piscine pour le rejoindre.

–Alors, tu as été élu roi de la soirée? demanda-t-elle en tirant une chaise à ses côtés.

–Non, je laisse ça aux autres, je sais ce que je vaux.

–Toujours aussi prétentieux.

–Non, réaliste.

–Tu as vingt ans, mais tu es encore très jeune dans ta tête! se moqua-t-elle.

–C'est toujours mieux que d'être une vieille fille.

–Très amusant.

Claire avait vingt-huit ans, et elle était seule et sans enfant. Elle changeait régulièrement de petit ami.

–Claire n'est pas vieille! la défendit Emily.

–Je plaisantais.

–Alors, comment ça s'est passé hier soir, vous n'avez pas trop bu? intervint Lauren.

–Non, deux bières, pas plus. Je conduisais.

Un petit rire sortit de la gorge de Claire.

–Comme si cela changeait quoi que ce soit! ironisa-t-elle.

–Tout va bien avec Tiffany? reprit Lauren.

–Bien sûr, pourquoi cette question?

–Tu es rentré tôt. Tu sais, s'il y a un problème, tu peux te confier à moi.

Jason connaissait les travers de sa mère. Une vraie mère poule qui se mêlait en permanence de la vie de ses trois enfants.

–Maman, tout va bien. Tiffany s'est sentie mal. Je crois qu'elle avait trop bu, alors je l'ai ramenée et je suis rentré.

–Quitte cette fille, je ne l'aime pas du tout, intervint Claire.

–Tu ne la connais même pas.

–Le peu que j'en ai vu m'a suffi. Elle n'a jamais lu un livre de sa vie et en plus elle en est fière.

–Regarde où ça te mène de lire des livres. Ça ne sert absolument à rien.

–Au contraire, si les gens étaient un peu plus cultivés, ça nous aurait évité d'avoir un président aux cheveux jaunes, alors qu'on aurait pu avoir enfin une femme.

Jason eut un franc sourire. Il adorait taquiner sa sœur. Une vraie féministe démocrate. Toujours prête à défendre ses idées, engagée dans de nombreuses associations, elle était avocate et commençait à se faire une petite réputation dans le coin.

– J'aime beaucoup Tiffany. Ses parents sont adorables, intervint Lauren.

– Moi aussi, je l'aime. Elle m'a offert une trousse de beauté, se réjouit Emily.

Claire secoua la tête.

– Il y a d'autres choses que la beauté. Le plus important, si tu veux réussir dans la vie, c'est d'être la meilleure à l'école.

– Mais c'est moi la meilleure ! se vanta la petite fille.

Tout le monde sourit.

Jason prit le café que lui avait apporté Maria et en savoura la première gorgée.

– Papa est parti ? demanda-t-il.

Son père lui avait parlé d'une surprise pour fêter son passage en troisième année d'université.

– Oui, il est désolé, mais il avait une affaire urgente à régler. Tu sais ce que c'est...

Terence Zimmer était à la tête d'un empire qui comprenait des dizaines de sociétés dans des secteurs allant de la mode à l'agroalimentaire. Un conglomérat qu'avait bâti son propre père avant lui, et dont il avait hérité. *Work-addict*, il avait du mal à lâcher les rênes. À quarante-huit ans, il se disait trop jeune pour prendre sa retraite, malgré les milliards accumulés sur leurs comptes en banque.

– Mais il t'a laissé un petit cadeau, ajouta-t-elle avant de se tourner vers Maria. Vous pouvez nous l'apporter ?

La domestique acquiesça et retourna à l'intérieur de la maison par la grande baie vitrée.

– C'est quoi ? Une nouvelle voiture ? demanda Jason.

Mais il n'y croyait guère. Malgré leur fortune, ses parents avaient fait en sorte qu'il ne devienne pas oisif, et étaient attentifs à ne pas trop le gâter.

– Non, tu vas voir.

Maria revint avec une toute petite boîte joliment empaquetée, agrémentée d'un ruban.

– Je peux l'ouvrir ? demanda Emily qui s'était levée et s'accoudait au fauteuil de son frère.

– Vas-y, porte-moi chance.

Emily se saisit du petit paquet et, après avoir déchiré le papier avec énergie, ouvrit le couvercle d'une élégante boîte en bois. Elle fut totalement désemparée par ce qu'elle découvrit à l'intérieur.

Jason lui prit la boîte des mains et en sortit une clé.

– Ne me dis pas que vous l'avez fait ?

– Si, tu peux t'envoler, mon ange.

– Maman, je t'aime, je te jure, ne change pas !

Il n'en croyait pas ses yeux. Il avait enfin son appartement rien qu'à lui. Finis les banquettes arrières des voitures, les petites criques désertes ou les après-midi dans sa chambre avec la hantise constante que quelqu'un frappe à sa porte.

Il allait pouvoir faire ce qu'il voulait du matin au soir !

Jason sortit son smartphone de sa poche et envoya aussitôt un message groupé à ses amis pour leur annoncer la nouvelle.

- 10 -

Sandy entendit son téléphone vibrer. Pleine d'espoir, elle sortit un bras du lit et regarda le nom qui s'affichait : Jason.

Son enthousiasme retomba aussitôt et elle se décida enfin à se lever, sans prendre la peine d'ouvrir le SMS. Elle avait passé la pire nuit de sa vie. Incapable de trouver le sommeil, elle s'était tournée et retournée dans son lit, se repassant en boucle sa danse avec Peter. Jamais soirée ne lui avait paru aussi merveilleuse.

À vingt ans, elle n'avait pas encore connu la passion qui embrasait le cœur des filles de son âge. Jamais elle n'avait pleuré pour un amoureux, jamais elle n'avait patienté des heures dans l'espoir qu'on la rappelle. Jamais elle ne s'était sentie devenir folle à attendre un signe de la part d'un garçon...

Pourtant, elle avait déjà flirté avec six garçons, et couché avec deux d'entre eux. Une catastrophe. Le premier lui avait fait horriblement mal, et elle l'avait quitté sur-le-champ. Quant au deuxième, il avait été incapable de lui procurer le moindre orgasme. Quatre mois d'une relation insipide...

Sandy en avait conclu que le grand amour n'était pas pour elle, et se moquait du comportement de midinette de certaines de ses camarades de cours.

Mais en cette matinée, c'était à son tour d'être prise au dépourvu par une vague de romantisme juvénile.

« Tu es ridicule », se dit-elle en observant son reflet dans le miroir de sa chambre. Dans sa nuisette de grand-mère, elle se trouva horrible, comme d'habitude. Mais elle n'avait pas oublié les compliments de la veille. Et s'ils étaient sincères ? Peut-être qu'il était temps que la chenille sorte de sa chrysalide et devienne un vrai papillon.

Un mince sourire étira ses lèvres, la rendant tout de suite plus attirante.

Sandy eut un vrai rire et reprit légèrement confiance en elle. « Non, tu n'es pas si moche, c'est juste une question de maquillage et de vêtements. »

Elle réalisa qu'elle allait avoir besoin d'aide, mais il était hors de question qu'elle demande conseil à sa mère. Elle n'avait jamais partagé son intimité avec elle et n'avait aucune envie de commencer maintenant. Quant à ses amies… elle n'en avait pas vraiment et, vu le regard que lui avait lancé Tiffany, en aucun cas elle ne pourrait lui être d'une aide quelconque.

Sandy se regarda encore une fois dans le miroir et scruta son grain de beauté sur le front, puis ses oreilles un peu décollées qu'elle cachait derrière ses longs cheveux. Elle soupira et se demanda pour la millième fois comment faisaient les autres filles pour être aussi belles.

Son portable sonna à nouveau. Elle le prit en main et d'un geste mécanique, sans vraiment regarder ce qu'elle faisait, accepta la communication en balayant l'écran de son doigt.

– Qu'est-ce que tu veux ? grogna-t-elle.

– Excusez-moi, je crois que je me suis trompé de num…

– Peter ! se reprit-elle en reconnaissant la voix du jeune homme.

– Sandy ?

Mais quelle idiote ! Elle venait de rabrouer le seul homme au monde qui lui avait fait tourner la tête.

– Oui, c'est moi. Excuse-moi, je croyais que c'était Jason.

– Tu as une drôle de façon de répondre à tes amis, plaisanta Peter.

–Il me harcèle, je ne sais pas comment m'en débarrasser! dit-elle alors que son reflet dans la glace lui était insupportable.

–J'ai cru que c'était une vieille. Tu as une voix à faire peur quand tu veux.

–Merci, c'est gentil.

Une nuisette de vieille et maintenant une voix de mémé! C'était foutu... Elle n'avait rien d'une fille sexy. Seules la robe et la lumière tamisée en avaient créé l'illusion. Si Peter la revoyait comme elle était vraiment, il reprendrait ses esprits et lui mettrait le plus grand vent de sa vie.

–Je plaisante. Tu as une très jolie voix, du moins quand tu ne cries pas.

Sandy n'en revenait pas. Un vrai compliment. Se pouvait-il qu'il la drague réellement?

–Il y a un problème? s'étonna Peter face à son silence.

–Non, je suis en train de m'habiller. Désolée.

–Wouah! Ne me dis pas que tu es nue?

Jamais de sa vie Sandy n'avait joué à un seul jeu coquin, et elle sentit ses joues rosir en répondant:

–Ben, presque.

–Tu m'enverrais pas un selfie, par hasard?

–Et puis quoi encore!

La proposition était totalement indécente, mais le pire était qu'elle en était flattée.

–Excuse-moi, je plaisantais encore. Je crois que je suis le type à l'humour le plus pourri de la Terre.

–De la Terre, j'en sais rien, mais de Santa Barbara, c'est certain.

Un rire charmant répondit à Sandy qui se sentit fondre de nouveau.

N'y avait-il pas un dicton qui prétendait qu'homme qui rit est à moitié dans ton lit? se dit-elle.

–Bon, je ne peux pas rester longtemps. En fait, je t'appelais pour savoir si ça te dirait qu'on se revoie? J'ai adoré notre danse d'hier soir. On pourrait peut-être remettre ça?

Sandy se sentait incapable d'affronter son regard quand il la reverrait en plein soleil.

– Malheureusement ça ne va pas être possible.

Et dire que tout le monde pensait que Nathan était le plus timide de tous. Même si elle cachait bien son jeu, elle savait qu'elle l'était au moins autant que lui. Et elle se détestait pour cela.

– Pourquoi tu dis ça ? Tu n'as pas aimé ? J'ai fait quelque chose qui t'a vexée ?

– Comment tu as eu mon numéro ? demanda-t-elle, soudain agressive.

« Pourquoi tu l'engueules ? Il t'a rien fait ! »

– Par Lisa.

Lisa Benton. Elles avaient fait un exposé ensemble pour le cours de chimie.

– Elle n'aurait pas dû. Tu sais, je vais être très prise ces prochains jours. Je suis vraiment désolée.

– Non, c'est moi qui suis désolé de t'avoir importunée. Est-ce que je peux quand même te dire quelque chose ?

– Bien sûr.

– J'ai vraiment envie qu'on se revoie, alors n'efface pas mon numéro et si ça te dit de danser à nouveau, ce sera avec grand plaisir. Il y a un concours demain soir au Velvet Jones. Faute de partenaire, je ne comptais pas le faire, mais si tu changes d'avis, appelle-moi.

Le mec savait vraiment y faire ! Mais il n'avait pas conscience qu'elle n'était pas la Belle qu'il croyait.

– Je ne changerai pas d'avis, mais c'est très gentil de ta part. Et passe le bonjour à Daria.

– Je ne crois pas. Elle n'a pas apprécié notre danse. Elle te déteste.

– Merci, j'en suis ravie.

– Je veux dire, elle est jalouse. Elle n'a pas confiance en moi. Elle peut être tellement bête parfois !

Sandy eut l'impression qu'un seau d'eau froide lui tombait sur la tête. N'était-il pas en train de la draguer juste avant ? Elle était complètement perdue : d'un côté, elle ne voulait plus le voir, de l'autre, elle adorait l'idée qu'il pensait à elle, mais le fait qu'il ne voie en elle qu'une danseuse changeait toute la donne.

– En fait, tu veux juste qu'on danse pour le concours ?

– C'est ça. Je crois qu'on pourrait gagner tous les deux. Il y a deux mille dollars à la clé. Ça vaut vraiment le coup.

Sandy sentit ses yeux piquer. Non, il ne fantasmait pas sur elle. Il n'allait pas quitter une cheerleader pour un garçon manqué qui savait à peu près danser.

– Deux mille dollars, répéta-t-elle le cœur brisé.

– C'est une belle somme. Tu y penses et tu me rappelles ?

– Ok, dit-elle, alors que « va te faire foutre » lui restait en travers de la gorge.

– Cool, tu es vraiment une fille sympa. À plus, finit-il avant de raccrocher.

« Une fille sympa. » Le pire compliment que l'on puisse faire ! Et pourquoi pas « gentille », « brave fille » ou encore « tu es ma meilleure amie » !

Sandy se regarda dans le miroir et jeta son téléphone au sol. Mais il ne se cassa pas, et se mit au contraire à sonner de nouveau.

Une rage soudaine la saisit. Elle le ramassa et, les yeux embués de larmes, elle décrocha.

– Va te faire foutre ! hurla-t-elle.

– Sandy ?

Elle reconnut aussitôt la voix.

– Jason ?

– Oui, mais pourquoi tu me hurles dessus ?

– Je ne savais pas que c'était toi.

– Tu pensais à qui ?

– Quelqu'un qui a fait un faux numéro et qui n'arrête pas de m'appeler. Qu'est-ce que tu veux ? lui demanda-t-elle, pressée de mettre un terme à la conversation.

– Mes parents m'ont offert un appartement. Je dois y aller dans la journée et je voulais que ma meilleure amie soit là avec moi.

La fameuse meilleure amie! Même si elle n'avait jamais fantasmé sur Jason, bien trop sûr de lui et un tantinet misogyne, elle aurait bien aimé que, pour une fois, il ne la considère pas comme un garçon manqué.

–Cela ne va pas être possible, je...

–Je, rien du tout. Si tu ne viens pas, c'est moi qui viens te chercher. On est amis de sang pour la vie, n'oublie jamais ça.

Le petit salaud. Il lui rappelait le pacte conclu quand ils n'avaient que douze ans. Jamais aucun n'avait failli. Sandy oublia sa peine de cœur et répondit:

–Ok. À quelle heure et où on se retrouve?

–Je vois avec les autres et je te tiens au courant, dit Jason qui ajouta: Au fait, il y a un truc que je voulais te dire.

–Oui?

–Tu étais super jolie hier soir, et même si j'adore ton côté « j'en ai rien à foutre des autres », tu devrais t'habiller plus souvent en fille. Je te jure, t'es une bombe.

Sandy n'aurait jamais cru entendre un tel compliment de la part de celui qui l'avait toujours considérée comme une bonne copine, avec qui il pouvait parler jeux vidéo, comic books, baseball, football et hockey.

–Une bombe qui va t'exploser à la figure! répliqua-t-elle.

–J'étais sûr que tu le prendrais mal. Mais je te jure, penses-y. Tu pourrais avoir tous les mecs que tu veux, si tu le voulais. Tout le monde ne regardait que toi, hier soir.

–C'est bon, n'en rajoute pas, je t'ai dit que je venais. À plus.

Elle raccrocha, mais remercia le ciel d'avoir un ami comme Jason. Équipée des écouteurs de son smartphone, elle se mit à danser lentement devant la glace de son dressing alors que les paroles de Pink résonnaient dans sa tête:

Pretty, pretty, please, don't you ever, ever feel
Like you're less than fucking perfect...

- 11 -

–Arrête de regarder ton téléphone. Qu'est-ce que tu crois ? Qu'elle va t'appeler par le miracle de la télépathie ? lança Dorothy Harper.

–Maman, laisse-le tranquille, tu ne vois pas qu'il est triste ? tempéra Fiona.

Nathan remercia sa grande sœur d'un regard appuyé.

Ils étaient installés sur la vaste terrasse du premier étage d'une immense résidence victorienne qui n'avait rien à envier à l'hacienda de Jason.

Située sur Marina Drive, à l'est du centre-ville, elle donnait accès à un panorama de toute beauté, avec une vue incroyable sur l'océan qui, au loin, marquait la limite de leur domaine. Et même si le quartier était le plus huppé de la ville – les propriétés y rivalisaient de luxe, certes de plus ou moins bon goût –, la leur était haut la main la plus impressionnante.

La décoration intérieure associait le marbre et l'or, tandis que la lumière des lustres en cristal se reflétait sur les colonnades en granit. Dans les jardins entretenus avec soin par une armée d'employés, on découvrait au détour d'une allée de petits bassins aux fontaines délicieusement rafraîchissantes, quelques sculptures romaines, une piscine à débordement, un court de tennis et un mini-golf...

Mais Nathan, qui avait toujours connu cela, n'y trouvait guère de réconfort en cette matinée où Laura refusait de lui répondre depuis les événements de la veille.

– Oublie cette conne, si elle n'a pas compris que tu étais l'homme parfait, c'est qu'elle n'en vaut pas la peine.

– Ton frère n'est pas parfait. Ne va pas lui mettre des idées en tête, la reprit leur mère.

Installée sur un transat, elle bronzait sous les premiers rayons du soleil qui montait dans un ciel d'azur, tandis que ses deux enfants prenaient leur petit déjeuner.

– Maman, il va vraiment falloir que tu arrêtes, la recadra Fiona.

– Laisse, j'ai l'habitude.

Avoir une mère alcoolique et accro aux médocs, et qui avait fait plusieurs séjours en clinique spécialisée pour des cures de désintoxication, ça laissait des traces.

– Je t'avais dit de sortir avec moi. J'ai plein de copines qui ne demandent qu'à te connaître.

– Elles sont toutes plus âgées que moi et trop parfaites.

Dans une ville où l'apparence physique était primordiale, les enfants de la bonne société faisaient très attention à leur corps. Et pour avoir déjà vu les amies de sa sœur, il avait l'impression d'assister à un véritable défilé de mannequins chaque fois qu'elles venaient profiter de la piscine.

– Aucune fille n'est trop jolie pour mon petit frère. Et tu sais, les filles âgées en ont bien plus dans le crâne que les gamines que tu côtoies.

– Laura est loin d'être une idiote, au contraire. C'est une des meilleures de sa promo.

Fiona se leva de table et, s'approchant de son frère, elle se pencha au-dessus de lui et le prit par l'épaule.

– Dans ce cas, laisse ton téléphone. C'est elle qui te rappellera.

– Et si elle ne rappelle pas ?

– Je te l'ai dit, c'est qu'elle n'est pas aussi parfaite que tu l'imaginais.

– Au contraire, intervint Dorothy. Ça veut dire qu'elle n'en veut pas à notre argent. Je trouve que c'est plutôt bon signe.

Enfin une pensée réconfortante. Pour le coup, Nathan était tout à fait d'accord avec sa mère, une fille vénale n'hésiterait pas à le rappeler.

–En même temps, ça veut dire qu'elle doit te trouver vraiment pas à son goût pour passer à côté de notre fortune, ajouta-t-elle.

–Maman ! Ça suffit ! s'insurgea Fiona.

–Tu ne me parles pas comme ça !

–Je te parle comme je veux. Ne va pas te plaindre que papa te trompe tout le temps, si tu te comportes aussi mal avec les gens.

Dorothy regarda sa fille d'un air stupéfait et se mit soudain à pleurer.

Nathan détestait quand elle faisait ça.

–Mon Dieu, qu'ai-je fait pour avoir des enfants aussi insensibles ? pleurnicha-t-elle.

–Viens, je ne la supporte plus.

Nathan se leva de table et suivit sa sœur à l'intérieur de la maison.

–Il faut que tu te changes les idées. On va aller faire un tour au yacht cet après-midi. J'ai invité des amies, tu n'as qu'à venir avec nous, et même si tu sais ce que je pense de Jason, invite-le si ça te fait plaisir.

Nathan sentit une enclume lui tomber sur le crâne. Surtout pas le yacht !

–Non, tu ne peux pas y aller.

–Quoi ?

–Je veux dire, depuis quand tu aimes le bateau ?

Fiona eut un petit rire.

–On ne va pas partir en mer. Juste prendre le soleil et en profiter pour faire des plongeons. Après tout, à quoi bon l'avoir acheté si on ne s'en sert jamais ?

Le portable de Nathan sonna. Il s'en saisit aussitôt, et ne réussit pas à cacher sa déception en voyant apparaître le nom de Jason.

–Ce n'est pas elle ? demanda Fiona.

–Non, c'est Jason.

Il s'éloigna un peu pour répondre.

– Allô ?

– Salut, Nathan. Je t'appelle juste pour t'annoncer une bonne nouvelle. Mes parents viennent de m'offrir un appartement. Je vais le visiter à midi. Je peux compter sur toi ?

– Bien sûr, j'arrive immédiatement.

– Mais...

Nathan raccrocha au nez de son ami et se tourna vers sa sœur.

– Jason veut me voir tout de suite. Ses parents viennent de lui offrir un appartement. Il veut que je le visite avec lui. J'y vais. À tout à l'heure.

L'excuse parfaite pour foncer au bateau et prévenir Keith qu'ils avaient un problème. Et même un gros problème.

Fiona regarda son frère sortir en courant de la pièce. Et elle se promit de tout faire pour lui trouver une copine digne de ce nom.

- 12 -

Accoudé à la rambarde du pont avant, Keith regardait l'océan. Il aurait tout donné pour larguer les amarres et s'enfuir avec la belle inconnue qu'ils avaient ramenée de la plage. Mais au-delà du fait qu'il fallait tout un équipage pour conduire un tel bateau, jamais il ne ferait un coup pareil à Nathan.

Ses amis étaient tout pour lui, depuis le suicide de son père survenu sept ans plus tôt. L'homme avait laissé femme et enfant sans le sou après la faillite de son entreprise.

Keith n'avait que treize ans. Il avait cru que son monde s'écroulait, mais ses amis ne l'avaient pas laissé tomber. Bien que jamais personne ne le lui ait dit, il avait découvert par hasard que la famille de Jason et celle de Nathan versaient tous les mois une somme substantielle à sa mère. Cela dans une totale discrétion.

Quelqu'un toussota dans son dos.

Il se retourna et retrouva sa protégée. Elle avait un petit sac de voyage à la main.

–Excuse-moi, je peux te déranger ?

–Tu ne me déranges pas. Ça va mieux ?

–Oui, j'avais besoin d'être seule. C'est tellement dur, j'aimerais tant que tout me revienne.

–Tu n'as pas eu de nouveau flash ?

–Non. Mais je me dis que si un souvenir est revenu, d'autres vont suivre, non ?

– C'est certain.

– Je me suis permis de prendre ce sac. J'y ai mis mes affaires. Je vais te laisser.

Keith fronça les sourcils.

– Tu vas où ?

– Je ne sais pas. Mais je ne veux pas m'imposer plus longtemps. Je voulais juste te remercier de ne pas avoir appelé la police.

– C'est normal. Mais tu sais, tu n'es pas obligée de partir. Où tu vas dormir ? Tu as de l'argent ?

– Non, mais je vais me débrouiller. On doit bien rechercher des serveuses dans les restaurants ou les bars, peut-être qu'ils pourraient me loger et au pire, je dormirai sur la plage.

– Et si on faisait appel aux médias ?

– Non, je t'en supplie, le coupa-t-elle brusquement. Il faut que personne ne sache que je suis vivante.

– Tu crois vraiment qu'on a voulu te tuer, c'est ça ?

Chelsea hocha la tête.

– Peut-être que tu es juste tombée d'un bateau et que tout le monde te cherche ?

Keith avait regardé les infos sur son portable mais personne ne parlait d'une disparition inquiétante. Il est vrai que cela ne voulait rien dire. Toutes les disparitions ne sont pas signalées à la télé, ni sur les réseaux sociaux.

– Tu as pensé à ta famille ? Elle doit se faire un sang d'encre.

– Je sais, ou plutôt je ne sais pas. C'est une conviction au plus profond de moi, je ne dois pas appeler la police. C'est tout ce que je sais. Tu ne me trahiras pas, tu me le promets ?

– Oui, mais tu ne peux pas partir comme ça. Tu peux rester sur ce bateau tant que tu veux. Il n'y a jamais personne.

– Mais ton ami ?

– Justement, c'est un ami. Il est d'accord. C'est avec lui qu'on t'a ramenée.

Chelsea serra les lèvres d'un air dubitatif.

–Et si je mettais vos vies en danger en restant avec vous ? Vous en avez déjà fait bien assez. Je vais me débrouiller.

Elle haussa les épaules et eut un petit sourire triste avant d'ajouter :

–C'est dingue, je ne me rappelle rien de moi, mais je sais tout sur tout le reste. Santa Barbara et les environs. J'ai plein d'images dans la tête. Je crois que je sais faire la cuisine et que je sais conduire. Mais je suis incapable de me revoir devant une plaque électrique, ni au volant d'une voiture.

–C'est normal, c'est une amnésie partielle. Juste la mémoire personnelle. Les mystères du cerveau... On pourrait aller voir un spécialiste. J'ai lu un article sur l'hypnose. On pourrait essayer.

–Oui, enfin, quand j'aurai de l'argent.

Keith éclata de rire.

–Écoute, ne te pose pas de questions pour l'argent. Peut-être que tu es milliardaire, et tu nous rembourseras quand tu auras retrouvé la mémoire.

–Tu y crois vraiment ?

–Quoi ? Tu es radine ?

–Mais non, que je suis une petite princesse ? Peut-être que mon père était un nabab de la finance.

–Si tu es de Santa Barbara, il y a des chances. Et je continue à penser qu'on devrait en parler aux médias.

–Ne fais pas ça. Laisse-moi le temps. Si j'ai disparu, ce n'est que depuis hier. Personne ne doit être vraiment inquiet, si ?

–Je ne sais pas. Il n'y a que toi qui sache.

Chelsea tourna la tête et vit alors une silhouette remonter le ponton en courant.

–C'est qui ?

Keith se pencha pour voir qui arrivait.

–C'est Nathan, l'ami dont je t'ai parlé.

Le jeune homme monta par l'arrière et ne tarda pas à les rejoindre.

Il était en sueur.

– Vous ne pouvez pas rester ici ! dit-il d'un ton affolé.

– Nathan, calme-toi, tout va bien. Explique-nous ce qui se passe.

– Non, tout ne va pas bien. Ma sœur veut utiliser le bateau cet après-midi. On va devoir trouver un autre endroit pour te cacher.

– Je te l'avais dit, je suis plus un problème qu'autre chose, dit Chelsea.

Keith repensa au SMS qu'il avait reçu de Jason et un sourire de vainqueur éclaira ses traits.

– J'ai une solution.

– Peut-être, mais il y a un autre problème, fit Nathan en regardant Chelsea. Tu ne peux pas garder ces vêtements, ils sont à ma sœur. Si elle s'aperçoit qu'ils ont disparu, elle va poser plein de questions.

– Comment tu veux qu'elle s'en rende compte, il y en a plein l'armoire, ironisa Keith.

– Mais je ne comptais pas les garder. Je pensais les rendre dès que je pourrai m'en acheter d'autres.

– Oui, mais tu ne connais pas Fiona.

Chelsea eut comme un choc et attrapa vigoureusement le bras de Keith pour ne pas tomber.

– Qu'est-ce qui se passe ?

– Ce prénom. Ça m'évoque quelque chose.

– Tu connais ma sœur ? s'étonna Nathan qui attrapa son portable.

Il chercha dans l'album photos et lui montra plusieurs portraits de sa sœur.

Chelsea les regarda attentivement ; malheureusement, ce visage ne lui évoquait aucun souvenir.

– Non, ça ne me dit rien. Je ne la connais pas.

– Mais peut-être qu'elle, elle te connaît, et que tu ne t'en souviens pas.

– On pourrait lui montrer ta photo ? Qu'est-ce qu'on risque ? enchaîna Keith.

– Je ne sais pas. Pourquoi pas ? Mais comment vous allez lui expliquer qui je suis sans l'inquiéter ?

– Je dirai que tu es la petite amie de Keith, fit Nathan.

« Oh que je t'aime, toi ! » eut envie de hurler l'heureux élu.

– Tu n'as pas de petite amie ? s'étonna Chelsea.

– Non, mentit-il en pensant à Tess. Mais par contre, j'ai une amie qui va nous aider à te trouver des fringues.

– Si tu penses à qui je pense, franchement, je ne suis pas sûr qu'elle soit la mieux placée, fit Nathan dubitatif.

– Aie confiance, Sandy est une fille. Elle sait forcément ce qui est beau.

– Qui est Sandy ?

– Notre meilleure amie.

- 13 -

– Quoi ? s'étrangla Sandy.

Keith et Nathan venaient de tout lui raconter. De la découverte du corps à leur départ du bateau en passant par le refus de la jeune fille d'alerter les autorités.

Sandy regarda par la fenêtre de sa chambre. Chelsea attendait dehors, sur le trottoir bordé de magnolias en fleurs. Une fille élancée, très jolie. Pas étonnant que ses deux amis soient tombés sous le charme.

– On ne peut pas la laisser tomber. On doit l'aider, dit Keith.

– Bien sûr qu'on va l'aider. En appelant la police. Sa famille doit se faire un sang d'encre. Vous êtes complètement irresponsables !

– On vient de te le dire, quelqu'un en veut à sa vie.

– Qu'est-ce que tu en sais ?

– On ne tombe pas d'un bateau par hasard.

– Vous ne savez même pas si elle est vraiment tombée d'un bateau. Vous ne savez rien d'elle. Peut-être que c'est une mytho totale.

– Laisse tomber, intervint Nathan. On va trouver une autre solution.

Sandy dévisagea ses deux amis. Jamais elle ne les avait déçus, mais cette histoire était tellement improbable. Qu'est-ce qu'il leur prenait ? Pourquoi courir autant de risques en aidant une parfaite inconnue ? Quand Chelsea retrouverait la mémoire, elle était capable de leur faire un procès pour ne pas avoir alerté la police. Et elle aurait raison !

– Pas la peine, c'est bon. Je m'occupe d'elle.

– Mais tu viens de dire…

– J'ai changé d'avis. Je vais lui trouver des fringues et on se rejoint après.

– Tu n'es pas obligée, si tu n'y tiens pas.

– Je vais le faire. Est-ce qu'une seule fois je vous ai laissés tomber ?

Ne jamais trahir ses amis. Tel était le pacte. Le prix à payer pour avoir la certitude de les garder toujours auprès de soi, même dans les pires moments.

– Non, firent les deux garçons en chœur.

– Alors, soyez rassurés, je m'en occupe.

– Tu vois, je te l'avais dit qu'elle ne nous lâcherait pas, dit Keith.

– J'ai jamais dit le contraire, rougit Nathan.

Sandy lui sourit. Quel piètre menteur !

– Et si vous me la présentiez à présent ?

Tandis qu'ils sortaient tous trois de la chambre, ils se firent interpeller par la mère de Sandy.

– Nathan, c'est qui la jeune fille qui tourne autour de ta voiture ? demanda Meredith Dawson.

Ils l'avaient saluée en arrivant, mais auraient préféré l'éviter à cet instant précis.

– C'est la nouvelle copine de Keith, répondit-il spontanément.

– Tu as quitté Tess ?

Ce fut au tour de Keith de rougir comme une pivoine. Meredith secoua la tête, l'air déçu.

– Je suppose que tu l'as rencontrée au bal ?

– C'est ça, dit-il en baissant les yeux.

– Et Tess est au courant que c'est fini entre vous ?

Le ton était dur. Rien à voir avec sa gentillesse de la veille, quand Keith était venu chercher Sandy pour être son cavalier.

– Pas encore, mais je vais le lui dire.

–Loin des yeux, loin du cœur, nota Meredith. Quand j'avais ton âge, un garçon m'aurait fait un coup pareil, je crois que je l'aurais tué.

–Maman ! De quoi tu te mêles, ça ne te regarde pas, intervint Sandy.

Mais en vérité, elle était terriblement fière d'avoir une mère pareille. Femme au foyer, elle était loin d'être aussi docile qu'elle pouvait le laisser paraître.

–Je n'avais vraiment pas l'intention de lui faire du mal, ça m'est tombé dessus, je vous le jure.

–Si tu le dis. Mais un conseil, ne romps pas avec un SMS. Tess mérite que tu lui dises la vérité en face.

En tant que petite amie de Keith, Tess était souvent invitée à la maison par Sandy, et il est vrai que c'était une fille épatante. Peut-être manquait-elle un peu de fun, mais était-ce vraiment un défaut ? se dit Sandy qui se promit de rester en contact avec elle.

–Je le ferai.

–J'y compte bien.

Keith fit la grimace. Mais de quoi elle se mêlait, celle-là ! Il faisait ce qu'il voulait de sa vie.

Il sortit de la maison, prêt à dire à Sandy tout le mal qu'il pensait de sa mère, quand Nathan prit les devants et s'excusa :

–Je suis désolé de t'avoir mis dans l'embarras. Mais ne t'inquiète pas, jamais Tess n'apprendra qu'on a dit que Chelsea était ta petite amie. Je suis sûr que tout sera réglé avant qu'elle revienne à Santa Barbara.

–J'espère bien ! grogna-t-il.

Mais au fond de lui, il avait fait le deuil de sa relation avec Tess. Quoi qu'il arrive, il savait qu'il n'était plus vraiment amoureux.

Ils retrouvèrent Chelsea près de la voiture.

–Bonjour, tu es Sandy, je suppose ?

–Oui, c'est moi qui vais m'occuper de toi à présent. Il paraît qu'il te faut des vêtements ?

La fille était encore plus ravissante de près que de loin.

Pas étonnant qu'un mâle alpha tel que Keith soit tombé amoureux d'une telle beauté. Mais pourquoi Nathan en était-il dingue lui aussi ? Il avait trouvé la perle rare avec Laura. Espérait-il avoir une chance avec cette fille ?

– Keith t'a raconté ?

– Elle sait tout, et elle est prête à t'aider, n'est-ce pas ?

– Bien sûr, à partir du moment où quelqu'un me rembourse à la fin, dit Sandy.

Même si sa famille n'était pas aussi riche que celles de Jason ou de Nathan, elle avait suffisamment d'argent pour ne manquer de rien. Mais de là à offrir des fringues à une parfaite inconnue, juste pour faire plaisir...

– Je te rembourserai, promis, la rassura Nathan.

– Bon, on prend ma voiture, dit Sandy qui bipa sur sa clé.

Deux phares arrière clignotèrent un peu plus loin.

– J'espère que tu n'as rien contre les voitures moins bling bling, s'amusa-t-elle en se dirigeant vers sa New Beetle cabriolet.

– Non, pas du tout, au contraire !

– Tant mieux, alors allons-y.

Sandy avait apprécié la remarque. Elle méprisait les midinettes qui étaient en admiration devant les voitures de sport. Un attrape-filles totalement ringard.

Elles montèrent dans la petite voiture. Sandy déboîta pour s'insérer dans la circulation et fit un au revoir de la main à ses deux amis restés sur le trottoir.

Deux idiots énamourés d'une belle inconnue.

« Il n'y en aura pas pour tout le monde », se dit-elle, en osant croire que Jason ne tomberait pas à son tour dans les filets de cette jeune ingénue.

– Tu sais, tu n'es pas obligée de m'aider. Dépose-moi dès que tu ne les auras plus en vue. Ce sera mieux pour tout le monde, dit Chelsea d'un ton neutre.

Terrible tentation. Pourquoi s'en priverait-elle ?

– Si je t'abandonne, je crois qu'ils me tueront. Je ne sais pas ce que tu leur as fait, mais ils tiennent plus à toi qu'à la prunelle de leurs yeux.

–J'ai remarqué et je vais te dire, j'en suis très gênée. Ils ne me doivent rien et sont prêts à tout pour moi.

–Tu n'as pas ta petite idée sur la question, par hasard ? s'amusa Sandy alors qu'elle quittait le quartier pavillonnaire et ses rangées de résidences uniformes.

Chelsea eut un petit sourire.

–J'ai tout oublié de moi, mais je sais que je ne suis pas trop mal fichue. Et que les garçons sont des garçons.

Sandy apprécia qu'elle n'essaye pas de la jouer en mode « je ne vois vraiment pas ce qu'ils me trouvent ! »

–Je crois que Keith et Nathan ont vraiment eu un coup de cœur pour toi.

Le visage de Chelsea perdit son sourire.

–Oui, je m'en suis rendu compte, mais il est hors de question que je sorte avec l'un ou l'autre. Tu sais, je me dis qu'il est possible que j'aie un petit ami. Alors, comme on dit, ne fais pas à autrui ce que tu ne voudrais pas qu'on te fasse.

Sandy eut un petit rire. Cette fille était loin d'être une ingénue. Mais comment pouvait-elle se rappeler ce genre de proverbe, et absolument rien sur elle...

–Keith m'a dit que tu avais eu un flash concernant ton chien ?

–Je suppose qu'il t'a aussi dit dans quelles circonstances ?

–Oui, c'est affreux.

–J'avais cinq ans...

Chelsea s'arrêta au milieu de sa phase et serra les lèvres, tandis que des larmes coulaient sur ses joues.

–Je suis désolée, s'excusa Sandy.

–Tu n'as pas à l'être, c'est moi qui suis trop émotive.

–On le serait à moins. Je me demande comment tu arrives à tenir.

–Je n'en sais rien. En fait, j'ai surtout l'impression de ne pas exister. J'ai l'impression d'être irréelle, à part ce souvenir.

–Il y en aura d'autres, c'est certain.

– Oui, mais s'ils sont aussi douloureux ? Est-ce que j'ai une famille ? Est-ce qu'ils sont en vie ? Et pourquoi j'ai si peur de la police ? Peut-être que je devrais quand même y aller ?

– Si c'est ce que tu veux, je peux t'y conduire tout de suite.

Chelsea se passa la main dans ses longs cheveux blonds et garda le silence avant de répondre.

– Je préfère qu'on attende encore un peu. Mais laisse-moi descendre, je vais me débrouiller. J'ai peu de certitudes, mais je sens que je ne suis pas quelqu'un qui se laisse abattre. Je crois que je suis plutôt forte.

Sandy était touchée par cette fille. Une fragilité alliée à une grande force émanait d'elle.

– Tu sais, je viens de comprendre pourquoi Nathan et Keith sont mes meilleurs amis.

Chelsea lui lança un drôle de regard.

– En fait, je pensais qu'ils ne te voyaient que comme une jolie fille qu'ils aimeraient mettre dans leur lit, mais non, ils ont juste vu qui tu étais, et je crois qu'ils ont raison. Tu es une fille bien. On va tous t'aider.

– C'est gentil, mais vous ne savez rien sur moi.

– Alors nous l'apprendrons à tes côtés. À moins que tu ne veuilles vraiment pas de notre aide.

Chelsea regarda la longue route qui défilait devant elles. Elle s'imagina toute seule sur cette même route, et même si elle n'éprouverait pas de réelle peine à quitter ces personnes qui l'avaient aidée, elle avait conscience de la chance qu'elle avait eue de tomber sur eux, et elle sentait qu'elle pouvait leur faire confiance.

– D'accord, je reste, mais dès que je deviens un poids pour vous, vous me laissez.

– Ne dis pas de bêtises. Allez, il est temps d'aller faire les filles. Tu es plus jupe ou pantalon ?

– Pantalon, je crois, dit-elle en montrant celui qu'elle avait trouvé dans le yacht. J'ai choisi cette tenue au premier coup d'œil. Mais, dis-moi, tu es certaine que ce n'est pas mon charme qui agit sur Keith et Nathan ?

Sandy tourna la tête et vit l'œil de sa passagère briller d'espièglerie.

Les deux filles éclatèrent de rire et, cheveux au vent, roulèrent vers l'artère commerciale de la cité balnéaire.

- 14 -

– Tu es certain que c'est une bonne idée ? demanda Keith.

– Oui, il faut que je lui parle.

Profitant d'être dans le quartier pavillonnaire, Nathan avait décidé de passer voir Laura.

– Essaye de l'appeler encore une fois.

Nathan prit son téléphone et, une fois de plus, tomba directement sur le répondeur. Il raccrocha.

– Tu vois, je te l'avais dit. Elle refuse de me parler.

– Et c'est pour ça que tu vas aller la harceler chez elle !

– Je ne la harcèle pas, je veux juste lui dire que je tiens à elle.

– Tu lui as laissé une centaine de messages. Je crois qu'elle a compris.

– Mais pourquoi elle ne me répond pas ?!

Keith était désolé pour son ami. C'était la première fois qu'il tombait amoureux, et il fallait que cela se passe mal. Lui aussi avait connu bien des désillusions en amour, mais c'était quand il était adolescent.

Cinq ans après son premier flirt et une dizaine de filles plus tard, dont quatre qui étaient passées dans son lit, il savait que le véritable amour était rare et éphémère. Juste une succession de moments de bonheur, souvent fugaces, toujours fragiles.

– Ne cherche jamais à comprendre les filles, tu auras plus vite fait d'apprendre le chinois !

– Merci de ton soutien.

– Je te le dis comme je le pense. Les filles ne savent jamais ce qu'elles veulent, et plus tu leur montres que tu tiens à elles, plus elles te fuient.

– C'est n'importe quoi ! Tu n'y connais rien et c'est pour ça que tu en changes tout le temps, le reprit Nathan avec une agressivité qui ne lui était pas habituelle.

Il bondit de sa Ferrari et d'un pas décidé remonta l'allée jusqu'au perron de la maison. À peine avait-il sonné que la porte s'ouvrit en grand.

– Nathan, je te laisse dix secondes pour foutre le camp, lança Joe Thompson, le regard assassin.

– Je vous en supplie, il faut que je parle à Laura. Je vous promets qu'après je vous laisserai tranquille et que vous n'entendrez plus jamais parler de moi.

– Neuf, huit, sept, six...

– Je vous en prie, juste une minute...

– Cinq, quatre, trois...

Nathan vit un poing se fermer et se lever devant lui.

La douloureuse humiliation infligée la veille par Victor lui revint en mémoire, mais il ne flancherait pas. Il avait déjà pris des coups pour Laura, et en reprendrait autant qu'il en faudrait pour rester avec elle.

– Deux, un...

– Joe ! s'exclama Amanda Thompson qui se précipitait depuis le fond du couloir.

– Nathan, reprit Joe qui baissa la main. Je ne veux pas savoir ce qu'il s'est passé entre Laura et toi, mais à l'évidence, il y a eu un problème, et elle ne veut plus te parler.

– Je vous en supplie, juste une minute. Je veux seulement pouvoir m'expliquer avec elle.

– Je t'avais prévenu de bien traiter ma fille. Tu as de la chance que mon épouse soit là, sinon je t'aurais massacré, aussi riche sois-tu !

– Joe ! intervint une nouvelle fois Amanda. Ne dis pas des choses pareilles. Personne ne va frapper personne.

Joe grogna et préféra s'en aller avant que les choses ne dégénèrent.

–Nathan, rentre chez toi. Laisse passer du temps et peut-être qu'elle te rappellera. Si tu n'as rien fait de grave, Laura saura te pardonner.

–Je vous jure que je n'ai rien fait de mal. J'aime votre fille.

Et, à bout de nerfs et de frustration, il sentit les larmes rouler sur ses joues.

Émue, Amanda le prit dans ses bras et le serra contre sa poitrine.

Dans son immense chagrin, Nathan était profondément ému par la chaleur de ce réconfort maternel. Un sentiment qu'il n'avait jamais ressenti dans son propre foyer. Il donnerait tout ce qu'il possédait pour pouvoir vivre dans cette famille où l'on s'aimait et se respectait.

–Maman, laisse-le monter.

Nathan s'écarta des bras qui l'enserraient et découvrit Laura en pyjama, en haut de l'escalier.

–Sois gentil avec ma fille. Tu me le promets? lui souffla Amanda.

–Je donnerais ma vie pour elle, répondit-il.

Amanda eut un petit sourire amusé, et passa un doigt affectueux sur les joues humides du garçon.

Nathan passa devant le salon où il aperçut Joe assis dans un fauteuil. Celui-ci le regarda d'un œil implacable mais ne dit rien. Un frisson lui parcourut l'échine et, détournant les yeux, il pressa le pas et grimpa l'escalier.

Quand il arriva sur le palier, il releva la tête et fit face à Laura. Les yeux rougis, pas coiffée, sans aucun maquillage, comme si elle tenait à se montrer sous son plus mauvais aspect. Mais l'effet fut inverse. Jamais il ne l'avait trouvée aussi attirante. Telle qu'elle était, il voyait une fille naturelle, sans artifice et c'est pour ça qu'il l'aimait.

–On va dans ma chambre, dit-elle d'une petite voix.

Pas l'ombre d'un reproche. Pouvait-il espérer que tout s'arrange?

Pour la première fois, il entra dans la chambre de Laura et en apprécia la simplicité.

Une pièce lumineuse avec un grand lit recouvert d'une couette en coton blanc, une penderie, un bureau en bois clair et des étagères chargées de livres. Seulement des classiques de la littérature. *Jane Eyre, Autant en emporte le vent, Les Légendes d'automne,* mais aussi un livre qu'il n'aurait jamais pensé trouver parmi ses auteurs préférés.

– Tu as aimé ? dit-il en prenant *After* d'Anna Todd.

– Oui, dit-elle en refermant la porte de sa chambre.

– Si c'est ton genre de héros, pourquoi tu m'as choisi ? Je ne ressemble pas du tout à Hardin, et encore moins à un bad boy.

– C'est juste un livre. Qui te dit que Hardin n'avait pas ton visage quand je le lisais ? Et je vais te dire, dans la réalité, les filles préfèrent les gentils garçons, le rassura-t-elle. Mais toi, comment tu connais le prénom du héros ? Tu l'as lu ?

– Qui ne l'a pas lu, répondit-il.

Nathan reposa le livre et regarda Laura dans les yeux.

– Pourquoi tu ne me réponds plus depuis ce matin ? Je te dégoûte, c'est ça ?

Il se revoyait, sur la plage, se mettre nu devant elle. Peut-être n'avait-elle jamais vu un « petit-gros-tout-nu ».

– Bien sûr que non. Je n'ai jamais aimé les tablettes de chocolat. Sauf pour les manger, dit-elle. Tu es très beau, Nathan, cela n'a rien à voir.

Il vit son visage perdre de sa superbe et elle se mit à pleurer. Les nerfs à vif, il ne put retenir ses propres larmes et, dans le halo brumeux qui troublait sa vision, aperçut une Laura floue venir se réfugier contre lui et blottir son visage au creux de son épaule, avant de l'enlacer pour le faire basculer sur le lit.

Leurs langues se trouvèrent avec autant de fougue et de passion que la veille.

– Attends, lui souffla-t-elle.

Elle tendit le bras pour attraper du bout des doigts la télécommande de la chaîne hifi posée sur la table de nuit. Elle l'alluma et la musique du dernier album de Linkin Park, *One more light*, envahit la chambre.

Laura s'allongea de nouveau et posa sa main sur le sexe de Nathan, qui avait baissé son pantalon.

Étendus sur le lit, ils se caressèrent l'un l'autre, se procurant mutuellement un plaisir indicible. Nathan sentit que tout le stress de la matinée le quittait et qu'une sensation de plénitude l'envahissait.

Il espérait que contrairement à la veille, cette fois-ci, personne ne les dérangerait et qu'ils pourraient aller au bout...

Non, non, pas ça...

Trop tard.

Il ne put se retenir et aspergea le haut de pyjama de sa partenaire.

– Je suis désolé.

Laura eut un petit rire.

– Je te pardonne si tu ne me laisses pas en plan.

Alors, mettant à profit les heures passées à regarder des vidéos sur internet, il descendit le long de son ventre et enfonça sa tête entre ses cuisses.

Excité par les petits cris de Laura, il lui attrapa les jambes sans cesser ses succions sur ses lèvres, puis dans un dernier long gémissement orgasmique Laura se laissa emporter à son tour.

Doucement, il vint se replacer auprès d'elle et lui murmura à l'oreille :

– Je t'aime.

– Chut, il ne faut jamais dire cela. Ça porte malheur.

Ils s'embrassèrent à nouveau et Nathan posa une main délicate sur les courbes généreuses de Laura. Un corps parfait. Pour lui, une fille se devait d'être ronde, le seul vrai canon de beauté. Il détestait la dictature de la minceur, surtout dans un pays qui faisait tout pour vous inciter à prendre du poids. Le paradoxe américain !

– Tu préfères que je te dise que je te déteste ? fit Nathan quand ils reprirent leur souffle.

– Pourquoi ?

– Parce que j'ai cru que tu ne voulais plus me voir.

Le visage de Laura prit un air peiné.

– Je suis désolée. C'est ce que j'avais en tête, c'est vrai. Mais comment résister à un garçon comme toi ?

– C'est gentil, mais ça ne m'explique toujours pas pourquoi.

Laura se redressa et attrapa son iPad. Elle ouvrit sa boîte mail puis cliqua sur un fichier. Une photo d'elle-même entièrement nue sur la plage s'afficha en grand.

– Non ! s'indigna Nathan.

– Si.

– Tu ne crois quand même pas que c'est moi qui ai fait ça ?!

– Bien sûr que non. C'est bien pire.

Nathan n'avait pas besoin d'en savoir plus. Une ordure qui allait réclamer des milliers de dollars pour éviter que la honte ne s'abatte sur eux.

– Il y a d'autres photos où on me voit aussi, je suppose ?

– Oui.

– Je vois. Tu aurais dû m'en parler, et je t'aurais dit ce que je vais te dire : quelle que soit la somme demandée, je vais payer, et ces photos ne sortiront jamais.

– C'est gentil, mais tu n'y es pas du tout. Regarde.

Et elle lui fit lire le mail qui accompagnait la photo.

« Espèce de garce sadique, plus jamais tu ne dois revoir ce petit porc, ou je te promets que je déverse cette photo sur tous les réseaux sociaux », signé « Ton Prince charmant ».

– Je ne comprends pas. C'est qui celui-là ? Qu'est-ce qu'il veut ?

– C'est une longue histoire. C'est un sex-friend facebookien. On a échangé des tchats érotiques depuis quelques semaines, mais on ne s'est jamais vus. Jamais je n'aurais imaginé qu'il m'espionnait.

– Il était là hier soir. Il nous a suivis, comprit Nathan.

– Oui, et il veut me le faire payer.

– Il faut porter plainte.

– Surtout pas. Personne ne doit voir ces photos. J'en mourrais.

Sa voix s'était faite fragile. Il comprenait. Lui non plus n'avait pas envie qu'elles sortent sur les réseaux sociaux.

– Mais qu'est-ce qu'on va faire ?

– Je ne sais pas.

Un téléphone fit entendre sa petite mélodie.

– C'est le mien, reconnut Laura qui l'attrapa.

Une notification Facebook du « Prince charmant » : « Fous-le dehors, ou je te jure que je publie les photos ! »

- 15 -

Parmi les personnes que Jason adorait sur cette planète, une comptait plus que toute autre. En cette journée particulière où il allait enfin prendre son envol, il tenait à ce que sa première visite soit pour elle.

Il arriva en vue du Pacific Hospital. Un centre hospitalier de grand luxe où les chambres étaient trois fois plus grandes que dans n'importe quelle autre clinique américaine. La sienne bénéficiait d'une vue incomparable sur l'océan et la plage. Chaque soir, Jason était heureux de savoir qu'elle pouvait contempler un splendide coucher de soleil.

Il se gara sur le parking réservé aux visiteurs. Pas grand monde. Comme d'habitude, se désola-t-il.

Pas une semaine sans qu'il ne passe lui rendre une petite visite. D'ailleurs, il lui arrivait souvent de faire la leçon au reste de sa famille, qui aussitôt s'excusait et promettait de passer à son tour.

Il salua la réceptionniste et monta directement au quatrième étage de l'établissement. Une odeur reconnaissable de propreté totale. Pas de fleurs. Pas d'animaux. Rien de ce qu'elle avait toujours adoré.

Il remonta le couloir et croisa un jeune garçon sans cheveux ni sourcils, assis sur un fauteuil roulant poussé par ses parents. Il les salua et marqua un temps d'arrêt devant la porte 44, puis frappa et entra sans attendre.

Une vieille dame à demi-allongée dans un lit tourna la tête vers lui.

– Mais qu'est-ce que tu es beau ! s'enthousiasma Dodi.

– Merci.

Dodi lui sourit et, malgré les rides qui striaient son visage, elle était magnifique.

– Je suis si fière de toi, mon petit ange. Tu vas passer en troisième année. Tu es aussi doué que ton père.

S'il avait la chance d'avoir encore ses deux aïeules, Jason avait beaucoup plus d'affection pour Dodi, sa grand-mère paternelle.

– C'est grâce à toi. Si tu ne m'avais pas promis de me déshériter, jamais je n'y serais arrivé.

– Petit sacripant, tu n'as pas honte de dire ça à une vieille femme comme moi ?

Depuis toujours, Jason avait une admiration sans borne pour sa grand-mère. Elle avait toujours vécu à l'hacienda avec eux.

Elle possédait une fraîcheur d'esprit et un humour qui n'appartenaient qu'à elle. Elle avait fait dix fois le tour du monde, et avait vécu des milliers d'aventures.

– Tu n'es pas si vieille, et il te reste au moins trente ans à vivre.

– J'espère bien. Cent ans. Je ne sais pas si ça fait rêver.

– Tu m'as promis d'y arriver.

– Alors, je vais tout faire pour. Promis.

Jason sentit l'émotion le saisir ; il ne pouvait supporter de la voir partir. Chaque fois qu'il venait lui rendre visite, il la voyait un peu plus affaiblie par cette maudite maladie. C'était bien la peine d'avoir des millions de dollars sur un compte en banque pour ne pas être foutue de guérir.

– Papa m'a dit que les docteurs étaient optimistes.

– Et ils peuvent l'être, je suis en pleine forme. Aide-moi à me lever.

Jason lui tendit le bras et, lentement, elle sortit ses jambes du lit et se tint debout devant lui.

– Regarde-moi ça ! Je ne ressemble à rien, se lamenta-t-elle en montrant sa tenue de malade. Tu sais que le processus de déshumanisation commence par donner à autrui une apparence uniforme ?

– Tu exagères.

– Va dire ça aux victimes des camps de concentration, le reprit-elle. On devrait tous avoir au moins le droit de porter chacun une tenue différente.

– Écoute, je crois que c'est dans nos moyens. On va te trouver une styliste qui te fera la plus belle tenue d'hôpital de la planète.

– Je ne parlais pas que pour moi, mon petit ange. Tous les malades devraient se sentir « normaux ». Je déteste cet endroit.

Dodi fit quelques pas vers la large fenêtre de sa chambre. Un soleil de plomb faisait scintiller l'océan et frissonner la plage.

– J'ai envie de sortir.

– Bientôt, dès que tu iras mieux.

Jason essayait de se persuader qu'avec la volonté qu'elle avait, elle saurait tenir bon et vaincre cette terrible maladie.

– Vous avez gardé mon surf, j'espère ?

– Dodi, tu ne comptes tout de même pas t'en resservir ?

– Et pourquoi pas ? Tu ne m'en crois pas capable ?

– Bien sûr que si, j'ai vu tes vidéos.

Des films réalisés en super 8 dans les années soixante-dix. On y voyait une jeune femme d'une trentaine d'années qui surfait sur les vagues telle une sirène des temps modernes. Dodi était incroyable.

– Je veux que tu me voies en faire en vrai. Tu m'aideras à sortir ?

– Bien sûr, dès que tu seras guérie.

– Mais je suis guérie. Regarde.

Dodi prit alors la position caractéristique du surfeur : tête levée, genoux pliés, pieds écartés, bras en avant.

Paradoxalement, ce qui aurait pu paraître pathétique chez une femme de soixante-douze ans, vêtue d'une tenue rose au milieu d'une chambre d'hôpital, s'avérait au contraire fascinant. Jason la voyait comme elle se voyait. L'esprit plus fort que le corps. Dodi n'arrêtait jamais de dire qu'elle avait toujours vingt ans dans sa tête. Et il la croyait.

– Ça suffit, je ne parle que de moi. Raconte-moi plutôt comment ça s'est passé hier soir ? Vous avez été élus roi et reine de la soirée avec Tiffany ?

– Oui, c'était génial. Je suis trop content.

Dodi fit la moue.

– Jason, je sais quand tu me mens. On est du même sang. Dis-moi la vérité.

Impossible de mentir devant elle. À croire qu'elle avait un sixième sens.

– Non, on a perdu. Pourtant j'avais payé le jury !

Dodi eut un petit rire.

– Tu es bien le fils de ton père Pourquoi tu as fait ça ? Tu as dû les vexer. Il n'y a pas que l'argent dans la vie. Tu dois apprendre à avoir confiance en tes propres capacités. Tu es le plus mignon, tu aurais certainement gagné si tu n'avais pas tenté de les corrompre.

– Je voulais être certain.

– On ne peut jamais être certain de rien. Le hasard et la chance font partie de la vie, tu ne pourras jamais tout contrôler.

– Je sais, mais Tiffany y tenait tellement.

– Comment ça se passe avec elle ?

– Super.

Dodi se rapprocha de lui et enfonça son regard dans le sien.

– Toi, tu me caches quelque chose. Qu'est-ce qu'il s'est passé hier soir ?

– Mais rien, rien du tout. En fait, je suis venu te dire que papa et maman m'ont offert un appartement. Je vais enfin être libre.

Dodi ne le lâcha pas du regard, mais il fit comme s'il n'avait rien d'autre à ajouter.

– C'est une très bonne nouvelle, mais une très grande responsabilité. Je ne sais pas si je te l'aurais accordée.

– Oh, Dodi, c'est pas gentil, ça.

– Tu es mon petit garçon, et tu es bien moins mature que ta grande sœur. Je crains que tu ne fasses des bêtises.

– Pourquoi tu dis ça ? Je n'ai jamais eu de problèmes.

– Je sens ces choses-là. Je ne suis pas certaine que ce soit une bonne idée.

– Tu ne vas quand même pas demander à papa que je lui rende la clé ?

Dodi reporta son regard sur la plage.

– Non, bien sûr que non. Je te fais confiance. Je veux juste que tu me promettes de ne pas faire de bêtises.

– Je te le promets.

– Pas de soirées alcoolisées. Tu n'as que vingt ans.

– Promis.

– Tu te prépareras de vrais repas, et pas seulement des conserves et des plats surgelés.

– Je ne sais pas trop, je comptais manger quand même à l'hacienda régulièrement.

– Je plaisante ! Je sais très bien que tu ne vas en faire qu'à ta tête et après tout, chacun doit vivre ses expériences. Je suis extrêmement fière de toi, mon petit ange. Tu m'inviteras chez toi ?

– Dès que ce sera possible.

Rassurée, Dodi se remit en position de surf, à moins que ne soit du tai-chi, comme le font les grand-mères chinoises au lever du jour, à Pékin.

Jason sourit, et sentit ses yeux piquer.

- 16 -

– Tu es magnifique, s'enthousiasma Sandy.

– Tu trouves ?

Chelsea se regardait sous toutes les coutures, face au miroir de la cabine d'essayage. Un petit haut rouge très échancré mettait en valeur ses seins.

– C'est clair, j'aurais ton corps, je me l'achèterais.

– C'est pas un peu trop... sexy ?

– C'est le but. On est à Santa Barbara. Le plus sûr moyen de ne pas se faire remarquer, c'est de ressembler à une fille lambda. Et ici, toutes les filles prennent soin de leur apparence, lui expliqua Sandy, qui ajouta : à part moi !

– J'adore comment tu es habillée. Un jean, une chemise. Moi ça me va.

– Non, oublie ça, je ressemble à rien. Je ne suis vraiment pas un exemple.

– Arrête, tu es carrément craquante. Je suis sûre que ton mec doit être hyper jaloux.

Sandy fit la moue.

– Ça risque pas.

– Et pourquoi ? Je serais un gars, je te sauterais dessus, dit Chelsea tout en continuant à se contempler dans la glace.

– Parce que j'ai pas de mec, et je viens en plus de me prendre le plus grand vent de la Terre ce matin même.

– Tu déconnes ! Mais c'est qui, ce type ? Il est aveugle ou quoi ? Tu es ravissante.

– Alors tu iras le lui dire. Il n'en a rien à foutre de moi. Il pense que je vaux deux mille dollars.

Toute trace de légèreté disparut du visage de Chelsea et des éclairs de colère traversèrent ses pupilles.

– Il t'a prise pour une pute ?!

– Non, j'ai pas dit ça, se reprit Sandy. C'est compliqué, je t'expliquerai. Essaye celui-là pour voir.

Chelsea comprit qu'il ne fallait pas insister et poursuivit ses essayages pour finalement tomber amoureuse d'un petit haut blanc.

– Tu crois que je peux prendre les deux ?

– Fais-toi plaisir. Si c'est trop cher, les garçons me rembourseront, mais avec ce haut blanc tu devras te choisir un soutien-gorge de couleur.

Chelsea sourit, puis enchaîna avec des pantalons. Tandis qu'elle se débarrassait de celui de la sœur de Nathan, Sandy fut une fois de plus sidérée par le physique de cette fille. Bien qu'étant élancée avec de longues jambes fines, elle avait un fessier incroyable. Personne ne pouvait rivaliser avec ça.

– Je suis sûre que tu es mannequin, lui dit-elle alors que Chelsea enfilait un short en jean.

– Jamais de la vie. Je ne suis pas ce genre de fille.

– Elles sont loin d'être aussi connes que les clichés le laissent croire.

– Je ne pensais pas à ça. Ce milieu, c'est plein de gros pervers qui aiment mater des jolies filles. Et je ne te parle même pas de la drogue qui circule librement. Elles sont toutes sous cocaïne. Un milieu de mafieux. En tout cas c'est ce que j'en pense.

– Tu ne crois pas que c'est encore plus cliché ?

Chelsea, qui venait de boutonner son short sur un ventre doré parfaitement plat, se justifia :

– Je n'en sais rien, je suis amnésique.

– La bonne excuse ! Peut-être que tu te souviens de tout et que tu te moques de nous.

–Va savoir...

–Tu as intérêt à l'être vraiment, sinon tu devras tout me rembourser, et ça va te coûter la peau des fesses.

–Je ne me rappelle rien, je te promets, dit Chelsea qui joignit ses mains en signe de repentir.

–Ouais, tu dis ça pour avoir encore plus de fringues. Tu as de la chance que je t'aime bien. Allez, enlève-moi ce short, il est temps que tu essayes des chaussures.

Les deux filles passèrent l'heure suivante à remonter Figueroa Street, tandis que les sacs s'ajoutaient les uns aux autres. Pantalons, short, jupe en jean, sous-vêtements et pour finir, des baskets et une paire de sandales plateforme.

–Je crois que ça y est, dit Sandy alors qu'elles sortaient d'un salon de beauté où elles avaient fait une razzia sur les cosmétiques. Tu te rappelles comment on se maquille ? Parce que ce n'est pas moi qui vais t'aider.

–On verra bien. Si je ressemble à un clown, tu me le diras ?

–Tu ressembles déjà à un clown.

Chelsea lui fit une grimace et les deux filles éclatèrent de rire sous le regard éberlué des passants, les uns amusés, les autres atterrés par ces deux folles hystériques.

–Tu sais, quand j'aurai récupéré ma mémoire et ma vie d'avant, j'espère qu'on restera amies, dit Chelsea d'un ton redevenu sérieux après avoir repris son souffle.

Bien qu'elles n'aient fait connaissance que depuis deux heures, une vraie complicité s'était instaurée entre elles.

Sandy, qui n'avait jamais eu de véritable amie-fille, n'en revenait pas. Chelsea était à part. Qui était-elle ? Pourquoi quelqu'un avait-il voulu la tuer ? Mais était-ce vraiment le cas ?

–Tu sais, peut-être que quand tu auras récupéré ta mémoire, tu vas te souvenir que tu es une vraie peste qui déteste les filles comme moi.

Tandis qu'elles marchaient d'un bon pas en direction de la New Beetle garée en haut de la rue commerçante bordée d'immenses palmiers, Chelsea s'arrêta net.

– Ne dis jamais ça. Peu importe qui j'ai pu être. Même si j'étais une petite conne dans ma vie d'avant, je n'oublierai pas ce que toi et tes amis avez fait pour moi.

– On n'a pas fait grand-chose.

– Tu plaisantes ! Sans vous, j'aurais erré dans Santa Barbara comme une âme en peine. Les flics m'auraient embarquée et foutue dans une cellule de dégrisement pour vagabondage.

– Tu crois pas que tu exagères un peu ?

– Non, et peut-être bien qu'un type serait venu me chercher en se faisant passer pour mon père, alors que c'est un tueur en série. Celui qui m'a jetée par-dessus bord depuis son bateau.

Sandy n'avait pas pensé à ça et un frisson la parcourut.

– Je suppose qu'il aurait dû prouver que tu étais bien sa fille ?

– Tu supposes trop de choses. Les flics auraient été bien trop contents de se débarrasser de moi.

– Mais tu crois vraiment que quelqu'un a voulu te tuer ? C'était peut-être juste un accident.

– Peut-être, mais je le sens au plus profond de moi. Je ne dois faire confiance à personne, en tout cas pas aux autorités.

« Et si ta mémoire ne revient jamais ? » se dit Sandy qui préféra garder sa question pour elle. Pas la peine de stresser Chelsea pour rien.

– C'est toi qui vois, mais une chose est sûre, tu peux nous faire confiance.

Chelsea s'approcha de Sandy et lui déposa un petit baiser sur la joue.

– Toi, je t'adore.

– Merci, dit-elle toute gênée de cette marque d'affection.

– Dis-moi, si on parlait du garçon qui t'a mis un vent hier soir ?

– Heu, j'ai pas vraiment envie.

– Allez, s'il te plaît.

Sandy n'avait jamais eu l'habitude de confier ses états d'âme. Il est vrai que le fait de n'avoir que des amis garçons n'aidait pas.

– Écoute, un de perdu, dix de retrouvés, c'est pas grave.

– Tu sais, tu peux tout me dire. Si ça se trouve, demain j'aurai tout oublié !

– Tu es bête ! s'en amusa Sandy alors qu'elles arrivaient à la voiture.

Incroyable, cette capacité à prendre sur elle, à tourner en dérision un tel drame. Ne plus se souvenir de rien, de son passé, de ses amis, de sa famille, de soi-même. Horrible !

– Je me demande si je sais conduire, dit Chelsea.

– Tu crois que je vais te donner les clés ?

– Il faut vivre dangereusement !

Sandy la regarda droit dans les yeux et, savourant le risque qu'elles prenaient, lui confia les clés.

– Si tu l'érafles, je t'étrangle.

Chelsea s'installa au volant et, après avoir mis le contact, elle ferma les yeux pour faire le vide.

« Laisse parler ton corps », se dit-elle.

Et comme par enchantement, sa main enclencha la marche avant et, dans un crissement de pneus, la New Beetle sortit de sa place de parking, manquant de peu de se faire emboutir par une voiture arrivant de derrière. Un klaxon retentit. Mais Chelsea maîtrisait sa conduite et, accélérant sans à-coups, elle remonta Haley Street sous l'ombre des palmiers.

- 17 -

–Dis donc, tu en as mis du temps ! grogna Keith. Ça fait une demi-heure que je t'attends. J'espère au moins que vous vous êtes réconciliés.

Assis dans la Ferrari garée juste devant la villa des Thompson, il avait tué le temps en cherchant des mentions de disparitions inquiétantes sur l'internet de son smartphone. Mais non, rien de nouveau.

–C'est l'horreur, fit Nathan en se remettant au volant.

–Je t'avais bien dit que ça ne servirait à rien. Oublie cette fille, l'été arrive, tu vas en trouver une autre.

–Au contraire, je suis fou d'elle. Je ne veux pas la perdre.

Keith soupira bruyamment.

–Tu me désoles !

–Tu ne comprends pas. En fait, elle est toujours amoureuse de moi, mais...

Nathan hésita. Pouvait-il tout lui raconter ? N'allait-il pas se moquer de lui et en parler à tout le monde ?

–Mais quoi ?

–Tu me promets de ne rien dire ?

–C'est très vexant comme question. Tu as oublié notre pacte ?

Nathan se reprit.

–Non, mais c'est hyper grave.

–Plus grave que de cacher une inconnue amnésique ?

– Oui, déclara-t-il en mettant le contact et en reprenant la route.

– Tu vas me dire ce que c'est ou je vais devoir te torturer ?

Nathan prit une grande inspiration au moment où il bifurquait sur Elbow Road.

– Quelqu'un nous a pris en photo avec Laura sur la plage.

– Et c'est quoi le problème ?

– On nous voit à poil !

Keith ne put se retenir de rire.

– Tu vois, je savais que je ne pouvais pas te faire confiance, se vexa Nathan.

– Excuse-moi, je suis désolé. C'est juste que...

– Que quoi ?

– Ben, ce serait pas toi, on en rirait, non ?

– Non, il n'y a rien de drôle à faire du chantage à la sex-tape.

Pas faux, mais qui n'avait jamais rêvé de voir des photos volées de ses camarades de classe ? se dit Keith.

– Ok, tu as raison. Vas-y, dis-moi tout.

– Je viens de te le dire. Un type a pris des photos de nous à poil.

– Il vous demande combien ?

– Il ne veut pas d'argent, il veut juste que Laura me quitte. En fait, c'est un gars qu'elle a rencontré sur Facebook. Elle a eu des relations virtuelles avec lui, mais jamais elle n'aurait pensé qu'il l'espionnait.

– Putain de malade, fit Keith qui prenait enfin conscience de la gravité de la situation. Vous allez faire quoi ?

– On n'en sait rien. Pour l'heure, on va faire comme il demande. On ne va plus se voir, le temps de trouver une solution.

– Tu vas en parler aux flics ?

– Non, surtout pas !

– Je disais ça comme ça, mais je ne vois pas trop ce que tu peux faire.

–Je ne sais pas, justement. Il faut qu'on réfléchisse. Il doit bien y avoir une solution.

–À part la quitter, je ne vois pas.

–Merci, fit Nathan. C'est un plaisir de pouvoir compter sur toi.

Keith réalisa qu'il avait une fois de plus froissé son ami, mais il avait la tête ailleurs et, très égoïstement, les problèmes de Nathan lui paraissaient être à des années-lumière de ses préoccupations, à savoir Chelsea.

–Il savait que j'étais chez elle à l'instant.

–Tu veux dire qu'il surveille sa maison ?

–Exactement.

Keith eut alors une idée.

–Dans ce cas, pourquoi on ne surveillerait pas la maison de Laura, nous aussi ? Dès qu'on voit un type louche, on l'interpelle, non ?

Nathan avait pensé à toutes sortes de plans, mais pas à celui-là. Ce n'était pas idiot du tout.

–Tu veux dire, genre détective privé ?

–Oui, genre.

–C'est une putain de bonne idée, Keith. Je t'adore.

–Mais maintenant que j'y pense, s'il a des photos de vous deux, il doit en avoir aussi de Chelsea ?

–Non, il a dû penser qu'on l'avait ramenée chez elle. Après tout, ça pouvait être une fille qui s'était écroulée sur la plage après un coma éthylique.

–Oui, ou il est tellement obsédé par Laura que tout le reste n'a aucune importance.

Dix minutes plus tard, Nathan le déposait à Red Rose Way, un des rares quartiers résidentiels où l'on pouvait trouver des appartements dans des petits immeubles de deux étages. Loin des grandes villas luxueuses qui colonisaient la plupart des autres quartiers, Red Rose Way accueillait les employés de bureau, le personnel d'entretien, les serveurs des cafés et des restaurants... Ici, pas de jardins, mais des espaces verts bien entretenus où, dans de grands bacs placés en bordure des trottoirs, une profusion de céanothes étalaient en abondance leurs fleurs d'un bleu rappelant l'océan.

– Bon, on se dit à tout à l'heure ?

– D'accord.

Keith traversa le hall et monta l'escalier menant à l'étage. À peine entré dans l'appartement, une odeur particulière lui agressa les narines. Maudit encens.

Sa mère vint l'accueillir avec un sourire radieux, enveloppée dans le sari qu'elle ne quittait plus depuis que, trois mois plus tôt, elle avait adopté la religion hindoue. La vision du monde de Sharon avait été bouleversée par la mort de son mari et, depuis des années, elle cherchait inlassablement un réconfort intérieur. Elle était prête à toutes les expériences qui lui permettraient d'avancer dans sa quête.

– Bonjour, mon chéri. Alors, comment s'est passée votre soirée ? Tu n'as pas trop bu, j'espère ?

Elle s'approcha de lui et lui déposa un baiser sur le front.

– Tu devrais changer de vêtements, c'est à croire que tu as dormi avec !

– Bien sûr que non, mentit-il.

Il adorait sa mère mais n'avait aucune envie de lui raconter sa folle soirée. Elle avait beaucoup de qualités, mais son plus gros défaut était de bavarder avec tout le monde.

– Tess a appelé. Elle a dit qu'elle n'arrivait pas à te joindre.

Lui aussi avait reçu les messages de sa petite amie, mais il ne les avait pas encore écoutés.

– Je n'ai pas eu le temps de la rappeler.

– Tu peux me dire où tu as dormi ?

Keith sentit aussitôt le piège.

– J'avoue, je n'étais pas chez Jason.

– Je sais, j'ai eu Lauren au téléphone. Je peux savoir où tu as passé la nuit ?

– Sur le bateau de Nathan.

–Tu veux dire sur leur yacht.

–C'est ça.

–Et tu peux m'expliquer pourquoi tu es allé dormir sur ce bateau ?

–J'étais avec une fille. Voilà, tu es contente ?

–Dans ce cas, soit tu appelles Tess tout de suite et tu lui dis tout, soit c'est moi qui le ferai.

–Maman ! Mais de quoi tu te mêles ? À croire que tu n'as jamais été jeune !

Depuis qu'elle vénérait Bouddha ou il ne savait quelle divinité, elle prônait la transparence totale et vouait un culte à la vérité. Plus de mensonges, et surtout ne plus jamais faire de mal à qui que ce soit.

–Je n'ai aimé qu'un seul homme dans ma vie et c'était ton père.

–Papa n'aurait pas aimé que tu restes seule. Personne ne t'interdit de refaire ta vie.

–Tu as oublié ce que tu me disais.

Keith s'en souvenait, évidemment. « Ne remplace jamais papa, jamais ! »

–J'avais treize ans ! C'était normal. Mais si tu tiens à avoir ma bénédiction, bien sûr que tu peux sortir et rencontrer quelqu'un, je t'y encourage, même.

–J'y réfléchirai, mais cela ne change rien au fait que tu as trahi Tess. C'est du sérieux ou c'est juste pour un soir ?

–Je crois que je suis amoureux.

–Je peux savoir qui c'est ?

–Non.

–Comme tu veux. Mais si Tess me rappelle, ne compte pas sur moi pour lui mentir.

–Maman, s'il te plaît, laisse-moi deux jours. Deux jours pour me préparer à le lui dire. D'accord ?

Elle le regarda droit dans les yeux.

–D'accord. Si je vois son numéro, je ne répondrai pas. Mais dans deux jours, il faut que tu sois en paix avec ta conscience.

–Ce sera le cas, maman.

- 18 -

La New Beetle s'engagea sur Grove Lane. Le soleil était haut dans le ciel et l'ombre des jacarandas qui jalonnaient la rue rétrécissait d'autant plus qu'ils commençaient à perdre leur éblouissante floraison. Leurs pétales mauves donnaient des reflets bleutés aux petites haies de buis qui bordaient la chaussée et les pelouses des jardins alentour.

– Merde, mais qu'est-ce qu'il fait là ? s'étrangla Sandy en découvrant la plus improbable des scènes.

Devant leur maison, Peter jouait au ballon avec son petit frère de huit ans.

– Plutôt beau gosse, dans le genre ténébreux, apprécia Chelsea d'un œil expert.

– Ne m'en parle pas. C'est le connard qui m'a mis un vent.

– Monsieur deux mille dollars ?

– Lui-même !

Sandy sortit de la voiture et, traversant la pelouse, se précipita vers son frère.

– Jay, rentre à la maison. Ne joue pas avec lui.

– Mais pourquoi ? Pour une fois que tu as un copain qui aime le foot !

– Jason aussi adore le foot, le reprit-elle.

– Oui, mais il ne veut jamais jouer avec moi.

– Je suis désolé, Sandy, mais dès que je vois un ballon, c'est plus fort que moi, intervint Peter.

– Il n'y a pas de problème. Qu'est-ce que tu viens faire ici ?

– Je suis venu te relancer. Je veux que tu sois ma partenaire demain soir. On va gagner, c'est sûr. Tu es douée, très douée.

– Douée en quoi ? intervint Chelsea qui les avait rejoints tout en restant légèrement en retrait.

Peter prit conscience de sa présence et son visage changea du tout au tout.

– Salut, je suis Peter, tu étais à la fac ? Je veux dire avec nous cette année ?

– Non. Je ne suis pas d'ici. Tu disais que Sandy est douée ?

Peter se ressaisit et répondit.

– En danse. Elle est aussi douée que moi. D'ailleurs, tu m'as peut-être vu à la télé ?

– Je ne crois pas.

– Il croit que tout le monde est accro à *Dance with the juniors*, ironisa Sandy.

– J'ai perdu en demi-finale.

– Jamais vu.

Peter eut un petit rire.

– Ce n'est pas grave, il y a les vidéos sur YouTube.

– Je déteste la danse. Je n'ai jamais compris pourquoi tu aimais ça, déclara Chelsea en se tournant vers Sandy.

– Tu as tort, tu devrais essayer, dit-il.

– J'ai déjà essayé, et je déteste. Mais si tu peux gagner deux mille dollars, Sandy, ne t'en prive pas.

Sandy pensa alors à ce que lui avait coûté leur petite séance de shopping. Elle comptait bien s'en faire rembourser une partie par les garçons, mais après tout, si elle gagnait cet argent, elle n'aurait pas à le faire et en paraîtrait d'autant plus généreuse.

– Ok, je suis partante, accepta-t-elle.

Cet abruti n'avait d'yeux que pour Chelsea. Heureusement, cette dernière ne semblait pas le moins du monde subjuguée par la ridicule tentative de séduction de ce charmeur de pacotille.

– Par contre, c'est deux mille dollars à diviser par deux.

– Deux tiers, un tiers, répliqua-t-elle.

– Ce n'est pas juste.

– C'est ça, ou tu vas tout seul au concours.

Peter fit contre mauvaise fortune bon cœur.

– D'accord, tope là.

Sandy lui tapa dans la main, scellant leur alliance pour le concours.

– On a très peu de temps pour s'entraîner. J'ai déjà quelques morceaux en tête. Tu crois que tu seras disponible cet après-midi pour qu'on répète, et demain aussi ?

– C'est à quelle heure ?

– C'est demain soir, au Velvet Jones.

– Rien ne dit qu'on gagnera.

– Il n'y a qu'un moyen de le savoir, dit Peter de son sourire éclatant.

– Vous allez gagner. Sandy est la meilleure, déclara Chelsea d'un ton assuré.

Elle avait vite compris de quoi il en retournait et ferait tout pour soutenir sa nouvelle amie.

– Si tu veux venir nous voir nous entraîner, tu es la bienvenue.

– Non, franchement, je déteste la danse. Je viendrai demain soir, juste pour vous voir gagner le gros lot.

– Elle est toujours comme ça, ta copine ? demanda Peter qui commençait à la trouver moins drôle.

– Non, là elle est plutôt conciliante, rétorqua Sandy.

– Je vois. Bon, cet après-midi vers 15 heures, ça te va ?

– Je vais me débrouiller.

– Super. Je viendrai te chercher.

Peter lui fit un clin d'œil appuyé et retourna à sa voiture. Une vieille Chevrolet. En voilà un qui ne roulait pas sur l'or, se dit Chelsea.

– Insupportable de prétention ! s'exclama-t-elle sans se soucier de savoir s'il l'entendait.

– Tu l'as dit. Je regrette déjà de lui avoir dit oui.

– Laisse tomber, tu sais, je vais rembourser tout ce que j'ai acheté, il me faut juste le temps de trouver un travail.

– Arrête de dire ça. Tu vas plutôt retrouver ta mémoire, et ta famille me remboursera, je veux dire s'ils en ont les moyens. Sinon, c'est cadeau.

Chelsea apprécia la remarque mais ajouta :

– Dans ce cas, je crois que tu vas être obligée de gagner ce concours !

– Mais de quel concours vous parlez ? intervint Jay. Et c'est qui elle ?

Le jeune garçon s'était bien gardé de rentrer à la maison.

– Jay, je te présente Chelsea, la petite copine de Keith. Elle vient de Los Angeles, improvisa-t-elle.

– Il sort pas avec Tess, Keith ?

– Oui, mais en fait, c'est compliqué. Ne répète jamais ce que je viens de te dire. C'est un secret.

– Combien tu me donnes ?

– Un coup de pied aux fesses !

Jay eut un petit sourire espiègle et reprit son ballon.

– Je suis désolée, mais j'ai improvisé. Il va falloir qu'on se mette tous d'accord sur ton passé, sinon, ça risque de se voir.

– Nathan a eu la même idée que toi. Il veut me faire passer pour la petite amie de Keith.

– Je crois que c'est le mieux à faire, mais on dit quoi sur ton passé, à part que tu viens de Los Angeles ?

– Que j'ai eu mon diplôme à l'UCLA, et que je veux devenir professeur. Je me souviens d'un tas de livres, mais étrangement je ne me rappelle pas les avoir lus. Je crois que j'adore la littérature.

– Cool, c'est parfait. Bon, il va aussi falloir qu'on te trouve un toit pour ce soir. Au pire, tu dormiras dans ma chambre, si c'est la seule solution.

– Je pourrais aller à l'hôtel.

– Une fille toute seule dans un hôtel, ça va faire bizarre.

– Tu crois que je peux passer pour une escort ?

–Il ne faut prendre aucun risque. Imagine, si jamais quelqu'un essayait de t'aborder avec de mauvaises intentions.

–Oui. Tu as sans doute raison.

–Allez, viens, je vais te présenter à mes parents.

- 19 -

Jason était en transe et avait du mal à cacher son excitation. Il allait enfin être indépendant.

– Tu as bien compris ? À la moindre plainte des voisins, on te le reprend, l'avertit Lauren Zimmer.

Ils se tenaient devant la porte de l'appartement situé sur State Street, en plein *downtown*. Le quartier des touristes, qui venaient dépenser leur argent dans les centaines de boutiques et restaurants installés à l'ombre des incontournables palmiers.

Les façades blanches ou ocre et les toits de tuiles en terre cuite typiques du *spanish revival* renvoyant au passé colonial de la ville côtoyaient des devantures design derrière lesquelles des enseignes prestigieuses de la mode ou de la joaillerie proposaient à une clientèle fortunée des produits haut de gamme.

L'appartement de Jason se trouvait au troisième et dernier étage d'un petit immeuble. Il y avait un Starbucks juste en bas de chez lui. Parfait.

– Tu l'ouvres ou quoi ? s'impatienta Claire.

– Oui, ouvre ! renchérit la petite Emily.

Ses deux sœurs avaient tenu à l'accompagner pour l'inauguration.

Jason mit la clé dans la serrure et poussa la porte. À peine en avait-il franchi le seuil qu'il se retourna vers sa mère.

–Vous l'avez meublé ? dit-il surpris.

–On n'allait pas faire les choses à moitié, répondit Lauren en souriant.

Persuadé d'avoir un appartement vide qu'il meublerait au fil des semaines, Jason n'en revenait pas.

Tout avait été refait. Les cloisons avaient été abattues pour obtenir un espace de vie étonnamment spacieux. Un immense canapé en cuir vieilli en était la pièce maîtresse, faisant face à une longue table basse en verre autour de laquelle étaient placés deux fauteuils club.

Dans l'angle, une cuisine high-tech était séparée du salon par un bar flanqué de tabourets hauts en cuir noir et aux pieds chromés. Une grande baie vitrée, dont les volets étaient tirés, occupait tout un pan de mur.

–Maman ! Tu es géniale.

–Tu devrais plutôt remercier ta sœur. C'est elle qui s'est occupée de toute la décoration.

–Tu aimes ? demanda Claire.

–Si j'aime ? J'adore !

Il sauta au cou de sa grande sœur pour la serrer très fort dans ses bras.

–Dieu sait que tu es bourrée de défauts, mais tu as toujours eu du goût ! C'est trop la classe.

Jason ouvrit les placards de la cuisine où était rangée toute la vaisselle nécessaire à des repas entre amis. Dans l'immense réfrigérateur Big Chill, il ne trouva qu'une bouteille de champagne californien.

–Tu ne croyais tout de même pas qu'en plus, on allait te nourrir, s'amusa Claire.

Il rit aussi, se demandant si Tiffany était un fin cordon bleu.

Il reprit la visite de l'appartement, suivi par sa famille.

Un petit couloir desservait deux autres pièces. La première n'était pas très grande.

–Ton bureau.

Des étagères, un bureau en teck aux multiples tiroirs et un canapé-lit.

Puis ils passèrent à la dernière pièce. Sa chambre. Un grand lit, un dressing, des étagères. Au mur, un tableau de Brent Heighton représentant des amoureux à Paris.

–Tu sais, tu pourras changer tout ce que tu veux, lui proposa Claire.

–Non, c'est sublime.

Jason avait la gorge nouée. C'était incroyable. La différence entre savoir et avoir. Il savait que ce jour arriverait, mais jamais il n'aurait imaginé que ce soit aussi bon !

–T'es content ? demanda Emily.

Jason prit sa petite sœur dans les bras.

–Et comment! Je suis l'homme le plus chanceux de la Terre.

Ils finirent la visite en passant par la salle de bains. Depuis le temps qu'il rêvait de faire l'amour dans une baignoire entourée de bougies.

Ils retournèrent dans le salon où Lauren ouvrit la grande baie vitrée avec une télécommande pour révéler une petite terrasse sur le toit. L'air chaud de cette fin de matinée les cajola.

Jason était ravi.

Il se voyait déjà savourant des mojitos avec sa bande d'amis, à regarder les voitures qui passaient dans la rue et les jolies filles sur les larges trottoirs, sous un soleil couchant.

–Moi je veux le même quand je serai grande ! déclara Emily.

Tout le monde sourit.

–Bien sûr que tu l'auras. Mais il faudra avoir d'aussi bonnes notes à l'école que ton frère et ta sœur.

–Je suis meilleure qu'eux à leur âge, non ?

–Je ne sais pas, éluda Lauren.

–Si tu sais, tu me l'as dit !

Jason et Claire regardèrent leur mère qui se sentit un peu gênée.

–Je disais ça, mais...

–Maman, ne t'excuse pas, on sait tous que le petit génie de la famille c'est Emily, reconnut Jason conciliant.

Il était trop content pour que son ego puisse être blessé par quoi que ce soit.

–Bon, et si on mangeait ici ? proposa Lauren.

–Il n'y a rien dans le frigo, à part le champagne. On l'ouvre ?

–Après. D'abord on va faire les courses en bas. Il y a tous les commerces qu'il faut, précisa Claire.

–Oui, oui ! On va faire la cuisine ! s'enthousiasma Emily.

- 20 -

–Je ne crois pas la moitié de tout ce que tu racontes, dit Jay entre deux bouchées de gâteau au chocolat.

–Tu penses que je mens ? s'indigna Chelsea.

–Oui ! Personne n'a jamais marché sur Mars !

–J'avoue, je me suis juste arrêtée sur la Lune, admit-elle. Mais c'est déjà pas mal, non ?

–N'importe quoi ! bougonna le petit garçon.

Sandy n'en revenait pas. Elle s'était mis toute la famille dans la poche. Cette fille était en parfaite empathie avec son entourage. Elle ne semblait juger personne et se mettait au niveau de ses interlocuteurs avec un naturel désarmant. L'amie rêvée !

Jay, qui l'avait tout de suite adoptée, l'avait monopolisée pour jouer avec lui tandis que Sandy et sa mère préparaient le repas de midi.

–Moi, je te crois. D'ailleurs, si je me souviens bien, on s'est rencontrés sur la base lunaire, non ? intervint Robert Dawson, le père de Sandy.

–Oui, je me rappelle, vous étiez venu réparer mon astronef avec votre équipe. Merci, ça m'a été très utile pour aller sur Vénus !

–C'est pas drôle ! se vexa Jay qui fit mine de bouder.

–On s'amuse, c'est du second degré, dit Chelsea assise à sa gauche.

–M'en fous, c'est pas drôle quand même.

– Dis donc, tu pourrais être gentil avec notre invitée. Elle s'est occupée de toi pendant qu'on préparait le repas, intervint Meredith.

– Je boude pas, je plaisante ! ricana Jay, heureux d'avoir réussi à berner tout le monde.

– Petit bandit ! J'ai bien cru que je t'avais réellement froissé, dit Chelsea.

Jay lui fit son plus beau sourire à la crème et au chocolat.

– Si tu veux encore du gâteau, ne te prive pas, lui proposa Sandy.

Chelsea avait savouré chacun des plats, mais secoua la tête.

– Je n'ai pas l'habitude de manger autant. C'était délicieux, vous devriez monter un restaurant.

– C'est ce que je m'évertue à lui dire. Un tel talent, c'est du gâchis, déclara Robert.

– Non, la cuisine c'est un plaisir, pas un travail, se défendit Meredith.

– On peut très bien allier les deux. Regarde, moi.

Robert Dawson baignait dans l'informatique depuis son adolescence et s'était investi dans l'une des start-up les plus dynamiques du sud de la Californie, dont il était désormais l'un des associés. Outre les nouvelles technologies, c'était un aficionado de jeux vidéo, de science-fiction et de football, qui avait transmis ses passions à sa fille, puis à son garçon lorsque celui-ci était arrivé, bien plus tard.

– Tu es un homme, ce n'est pas pareil.

– Maman, les filles ont exactement les mêmes droits que les garçons ! se révolta Sandy.

Femme au foyer, Meredith n'avait jamais éprouvé le besoin d'exercer un métier, le salaire de son mari suffisant amplement au confort de la famille. Elle croyait fermement qu'une mère se devait d'être auprès de ses enfants et de les élever du mieux qu'elle pouvait.

– Et où je trouverais le temps pour mes cours de gymnastique, mes séances de shopping, mes virées au cinéma avec mes copines, et pour me faire belle pour ton père ? Tout cela est extrêmement chronophage !

Chelsea était complètement stupéfaite par une telle déclaration.

– Moi aussi je peux plaisanter ! se défendit Meredith, très heureuse de l'effet produit.

– Ah bon, ce n'est pas ce que tu fais ? enchaîna Robert.

– Tu me prends pour qui ?

– Alors tu fais quoi de tes journées ? Tu vois un autre homme ?

– Et pourquoi pas plusieurs ?

– Arrêtez, intervint Sandy. Vous allez nous faire passer pour une famille de fous !

Elle avait beau avoir toujours trouvé amusants les conversations de ses parents, leur excentricité et leur humour particulier, la présence de Chelsea les rendait tout à coup extrêmement gênants.

– On est tous un petit peu fous. La normalité, quel ennui ! réagit Chelsea.

– Voilà qui est bien parlé, jeune fille, la félicita Robert. Et pour le coup, en quoi es-tu anormale ? À part ton idée saugrenue d'être amie avec ma fille, bien sûr !

– Votre fille est la perfection incarnée. Et si je vous disais en quoi je ne suis pas normale, je devrais tous vous tuer après, répondit-elle d'un ton glaçant.

Robert, Meredith et Jay éclatèrent de rire, mais Sandy se sentit mal à l'aise. Chelsea avait sorti sa riposte si naturellement...

– Fais pas cette tête, Sandy ! Elle ne va pas te tuer ! se moqua son petit frère.

Chelsea comprit aussitôt la méprise.

– Jamais je ne tuerais qui que ce soit. La vie est trop précieuse.

– Bien dit. Je suis ravi d'entendre enfin quelqu'un se prononcer contre la peine de mort dans cette maison, dit Robert.

– Même pour les tueurs d'enfants ? le reprit Meredith.

–Oui, même pour les tueurs d'enfants. La prison à vie est une punition suffisamment atroce. Chelsea a raison, la vie est sacrée, nous n'avons pas le droit de l'enlever.

Sandy n'avait pas vraiment d'avis et préféra rester en retrait.

–Les tueurs sont avant tout des victimes. La plupart sont d'anciens enfants maltraités. On ne naît pas psychopathe, on le devient, intervint alors Chelsea.

Les paroles sortaient toutes seules. Comme si elle avait longuement réfléchi à la question. Elle sentit alors sa vision devenir floue et un frisson lui parcourir le corps tandis qu'une sueur glacée perlait sur son front. Et soudain, un flash lui apparut. Une image abominable, insoutenable.

Une femme. Le visage en sang. Elle regarde Chelsea d'un air désespéré. La terreur se lit au fond de ses yeux.

Un cri resta coincé dans sa gorge et Chelsea se raidit avant de se sentir partir en arrière. En tentant de se rattraper, elle s'agrippa à la nappe et tira avec elle tout ce qu'il y avait sur la table avant de s'étaler sur le sol.

Robert se porta aussitôt à son secours.

–Elle respire ? demanda Sandy effrayée.

–Oui.

–Elle est peut-être allergique au chocolat, suggéra Meredith d'un ton fébrile.

Choqué et ému par la chute de cette jeune fille à la fois si fragile et si déterminée, Robert se ressaisit, la prit dans ses bras et la porta jusqu'au salon pour la déposer délicatement sur le canapé.

Chelsea entrouvrit les yeux et, durant un instant, ne reconnut pas ces gens qui se penchaient sur elle. Elle les referma aussitôt et vit de nouveau l'image d'un visage hurlant à la mort. Celui d'une femme en sang. Qui était-elle ? Et qui lui avait fait ça ? Tremblante de peur, elle se sentait trop faible pour tenter le moindre mouvement. Comme si cette image atroce paralysait son corps autant qu'elle hantait son esprit. Mais lentement, elle reprit pied dans le présent et discerna des sons. Des voix bienveillantes. Au prix d'un effort intense, elle se focalisa sur elles, s'accrocha et...

–Chelsea ! Chelsea, on est là ! Respire, tout va bien, la réconfortait Sandy.

–Je vais lui chercher un verre d'eau, dit Meredith.

Chelsea rouvrit enfin les yeux. Jay se tenait debout près du canapé, tétanisé. Il ne cessait de pleurer. Alors, chassant l'image cauchemardesque qui la poursuivait, elle s'obligea à se ressaisir et se redressa.

–Je vais bien, j'ai juste eu une absence. Ça m'arrive quelquefois. Je suis désolée, j'aurais dû vous prévenir.

–Je veux pas que tu meures ! sanglota Jay.

–Personne ne va mourir, mon trésor, le rassura Meredith qui revenait de la cuisine avec un verre d'eau.

Elle le tendit à Chelsea qui le but d'un trait.

–Tu es sûre que ça va mieux ? Tu ne serais pas allergique à un truc par hasard ? demanda Sandy.

–Je ne crois pas. Tout va bien, j'ai l'habitude. C'est quand je mange trop, improvisa-t-elle.

–Déjà que tu n'es pas tellement épaisse, si tu n'as pas le droit de manger !

–Sandy, ce n'est pas le moment de plaisanter ! la rabroua Meredith. On va appeler un médecin.

–Non, je vous jure, tout va bien. Ce n'est rien, je vous assure. Je vous rembourserai pour la vaisselle. Je suis désolée.

–Tu plaisantes. D'ailleurs je la trouvais horrible. Grâce à toi, on va pouvoir en changer, dit Robert, soulagé.

–Comment ça elle est moche, ma vaisselle ? Elle était à ma mère ! s'insurgea exagérément Meredith, tout aussi rassurée.

Les sourires étaient de retour sur les visages. Plus de peur que de mal. En apparence, du moins.

Car l'image d'une femme agonisante restait gravée au fer rouge dans la conscience de Chelsea.

- 21 -

Enfermé dans sa chambre, assis sur son lit, le dos appuyé au mur, Keith faisait défiler toutes les photos de Tess qu'il avait sur son téléphone. Une jolie brune, pétillante et pleine d'esprit, d'une intelligence brillante. Pouvait-il la quitter sur un coup de tête, pour une histoire qui ne durerait sans doute pas ? Sans compter que rien n'indiquait que Chelsea soit amoureuse de lui. La probabilité était même assez faible.

Non, si Chelsea devait craquer, ce serait certainement pour Jason. Même si tous les deux avaient des physiques de sportifs et des gueules d'anges. Qui pouvait résister à un garçon dont les parents étaient milliardaires ?

« Tu n'as aucune chance », se dit-il.

Il tomba sur un selfie coquin de Tess et lui au lit. On voyait un sein dépasser du drap ; et ce sein magnifique l'excita. Il quitta l'album photos et retrouva une vidéo de leurs ébats. Il se tenait derrière elle et la prenait en levrette. Quelle cambrure incroyable, et ces fesses !

Il éteignit tout et souffla un grand coup. Jamais il ne s'était senti aussi perdu avec les filles. Contrairement à Jason, il ne changeait pas de partenaire tous les six mois. Tess n'était que la quatrième fille avec laquelle il avait couché, et leur relation durait depuis presque un an. Pouvait-il tout risquer pour une fille dont il ne savait rien ?

Mais dès qu'il repensa à Chelsea, à son air de petit oiseau blessé dans la douche du yacht, son cœur bondit dans sa poitrine. Jamais il n'avait ressenti cela pour une fille. Elle avait quelque chose d'hypnotique. Une sirène capable de vous attirer à elle irrémédiablement.

Keith connaissait la légende. Mais quelque chose lui soufflait que Chelsea n'était pas une Lorelei, et ne comptait tuer personne. Bien au contraire.

Il ne cessait de songer à ce qui avait pu lui arriver. Qui lui en voulait ? Qui l'avait frappée à la tête et jetée par-dessus bord depuis un bateau? Quel monstre était capable de faire ça à une fille comme elle ?

Aussi solide que Chelsea s'efforce de paraître, il n'oubliait pas ses larmes du matin. Elle avait besoin d'aide. De son aide. Désespérément. Il serait son chevalier servant. Quoi qu'il en coûte.

Il attrapa sa balle de baseball fétiche et l'envoya taper sur le mur, où elle rebondit pour revenir dans sa main. C'était un des rares souvenirs qu'il gardait de son père. Il le revoyait jouer sur les larges pelouses de Pershing Park. Il pensait souvent à lui, et se dit que la vie aurait pu être tellement différente. Aussi doué que le père de Nathan ou celui de Jason, il était l'un des premiers à s'être lancé dans les nouvelles technologies et l'entreprise qu'il avait créée avait connu un démarrage foudroyant; mais il avait rapidement dû faire face à des problèmes de trésorerie. Les mauvaises nouvelles s'étaient accumulées, de nombreuses commandes avaient été annulées et l'entreprise avait fini par faire faillite.

Keith était encore un enfant, mais il se souviendrait toujours des derniers jours de son père. Un homme qui n'était plus que l'ombre de lui-même. Son visage avait perdu la joie de vivre qui le caractérisait, et la lueur rieuse qui brillait dans ses yeux s'était éteinte au fil des mois. Si seulement on pouvait tout recommencer. Si seulement il avait demandé de l'aide. Mais il n'avait parlé à personne des pensées morbides qui voguaient dans son âme.

C'est en rentrant de l'école que Keith avait découvert la dépouille de son père au sous-sol de leur maison. Son corps se balançait au bout d'une corde. Le garçon avait bien tenté de le soulever, mais il était trop jeune et n'avait pas la force nécessaire pour y parvenir.

Keith lui en avait longtemps voulu de les avoir abandonnés, sa mère et lui, avant que sa colère ne se transforme en fatalisme et qu'il se demande ce qu'il aurait fait à la place de ce père qu'il admirait tant si, comme lui, il avait vu tous ses rêves détruits les uns après les autres.

Il renvoya la balle un peu plus fort et la récupéra aussitôt.

Keith avait souvent eu envie de changer de vie. Il n'avait jamais jalousé ses amis, du moins jusqu'à ces derniers temps. Même s'ils avaient tous une voiture, et pas n'importe laquelle. Et même s'il voyait bien que les filles en pinçaient toutes pour Jason, et certaines pour Nathan, alors que son physique n'était pas vraiment celui d'un dieu grec.

Keith avait beau être un des quarterbacks vedettes de la fac, dans la vraie vie, les champions étaient ceux qui avaient de l'argent. Qui savait si leur amitié résisterait à l'épreuve du temps ? Nul doute que les liens se distendraient progressivement. Les riches restent avec les riches, les pauvres avec les pauvres.

La balle tapa encore plus fort sur le mur. Il avait envie de tout plaquer. Prendre son sac à dos et faire la route. Découvrir une autre Amérique, celle de Kerouac, de Steinbeck ou de Faulkner. Des petites gens, des vies anonymes. D'autres paysages. Une autre réalité, un autre monde. Loin de Santa Barbara et de son atmosphère aseptisée et acidulée, où tout le monde souriait tout le temps et où les rues étaient d'une propreté aveuglante. Non, une vraie ville se devait d'être à l'image de l'humanité et ne cacher ni ses plaies, ni sa douleur...

La sonnerie de son portable le sortit de ses pensées ténébreuses. « Tess ».

Il hésita. Il n'avait pas du tout la tête à ça, mais il se souvint des recommandations de sa mère et décrocha.

– Salut, dit-il en se raclant la gorge.

– Dis donc, tu pourrais répondre de temps en temps ! Ça fait dix messages que je te laisse ! Je n'ai pas arrêté de harceler ta mère qui ne savait pas où tu étais.

Le ton était plus inquiet qu'agressif.

– Excuse-moi, je me suis réveillé il y a seulement une demi-heure, mentit-il. J'ai dormi sur le yacht de Nathan.

– Je m'en doute. J'ai essayé de joindre tout le monde, personne ne répond. Vous vous êtes couchés à quelle heure ?

– Au bout de la nuit. Ça a été une soirée de dingue ! Dommage que tu n'aies pas pu venir, dit-il en s'efforçant de prendre un ton désolé.

– J'aurais adoré être là, tu le sais. Tu m'enverras des photos de la soirée ?

– Bien sûr, mais je n'en ai pas pris tant que ça.

– Pas grave. Mais dis-moi, comment s'est passé le bal ? Sandy ne t'a pas fait faux bond ?

Keith réalisa qu'il n'avait pas envie de lui raconter. Comme si quelque chose s'était brisé. Pourtant il ne s'était rien passé. Elle n'y était pour rien. C'est lui qui avait changé.

– Elle a été incroyable, elle nous a tous bluffés, en fait elle danse super bien.

– Déconne pas. Elle t'a mis la honte, c'est ça ?

– Non, je te jure. Peter Evans l'a rejointe sur la piste, elle nous a fait la totale.

Le rire cristallin de Tess, qui l'émoustillait habituellement, le laissa cette fois de marbre.

« Dis-lui que tout est fini. Un peu de courage. »

– Tu me manques, lui dit Tess.

– Toi aussi.

Après tout, ce ne serait pas très délicat de rompre au téléphone. Le vrai courage n'était-il pas de le lui dire en face ? songea-t-il en trouvant des excuses à sa propre lâcheté.

–Je suppose que des tas de filles sont venues papillonner autour de toi... Tu as été sage ?

–Tu doutes de moi ?

–Tu es le plus beau gosse de la fac, tu étais seul, et pour peu que tu aies bu...

–Jamais je ne te tromperais, je ne suis pas comme ça.

Et d'ailleurs, n'était-ce pas la vérité? Il ne s'était strictement rien passé.

–C'est pour ça que je t'aime.

–Et toi, qu'est-ce qui me dit que tu ne vois pas un autre gars à New York ?

–Jaloux ? minauda-t-elle.

–Oui.

Un nouveau petit rire.

–Tu es bête. Je t'aime. J'ai envie de toi.

–C'est gentil.

–Je veux ton sexe, il me manque.

Ces derniers mots ne le laissèrent pas insensible et il sentit de nouveau monter l'excitation.

–Tu lui manques à lui aussi, dit-il un ton plus bas.

Keith connaissait les travers de sa mère, capable de coller son oreille contre la porte et de tout écouter.

–Mmm, j'en salive d'avance. Vivement la semaine prochaine.

–J'ai hâte.

–Bon, il faut que je te laisse, je te rappelle ce soir.

–À ce soir, bébé.

Il raccrocha et se sentit misérable. Pourquoi tout était-il toujours si compliqué ? Il n'avait aucune envie de lui briser le cœur, il n'était même pas sûr de vouloir vraiment la quitter. Peut-être devrait-il d'abord tâcher de savoir si Chelsea était ok, avant de rompre. Après tout, on a bien le droit d'essayer une voiture avant d'en changer, non ?

Il n'avait qu'à dire à sa mère qu'il avait décidé de rester avec Tess. Il n'aurait jamais dû lui avouer qu'il avait rencontré quelqu'un d'autre.

Oui, autant faire simple. Il retrouva un semblant de sourire, juste au moment où son portable se remit à biper. Un SMS de Nathan.

« Je suis devant chez toi, je t'attends. »

Il sortit de sa chambre et retrouva sa mère assise en tailleur dans le salon. Encore ses exercices de yoga.

– Je file, à tout à l'heure.

– Tu vas où ?

– Voir le nouvel appartement de Jason. Ses parents le lui ont offert pour fêter son passage en troisième année.

Sharon prit un petit air contrit.

– Tu peux ouvrir le placard, là ? dit-elle en restant assise sur son tapis de sol.

Keith s'exécuta et découvrit une petite boîte empaquetée.

– Il y a quoi dedans ?

– Ouvre, tu verras bien.

Il déchira l'emballage et trouva un carnet.

– C'est quoi ?

– C'était à ton père. Je l'ai retrouvé hier dans ses affaires.

Keith commença à le feuilleter. Des pages et des pages remplies d'esquisses au crayon : paysages, mais aussi personnages ou objets. Son père avait un réel talent pour le dessin. Une feuille tomba du carnet. Il la ramassa et la déplia.

C'était un texte écrit dans une écriture dont il était incapable de déchiffrer l'origine.

– Je n'y comprends rien. C'est quelle langue ça ?

Sharon se leva et vint se poster derrière son fils.

– Aucune idée, mais ce n'est pas de l'hindou. Peut-être de l'hébreu ou de l'arabe ?

– Super, dit Keith avec un zeste d'ironie. Tu peux le reposer dans ma chambre ?

Sharon prit son fils par les épaules et le regarda comme seules les mères savent le faire.

–Ton père serait fier de toi. Tout comme je suis fière de toi et de ce que tu es devenu.

–Merci, maman, dit-il gêné.

Keith se doutait que sa mère avait dû se faire un trip « retour dans le passé ». Elle avait gardé toutes les affaires de son père et les déballait de temps à autre pour revivre des moments disparus à jamais. À quoi bon ? Les jours heureux étaient révolus.

–Je dois y aller.

–Amuse-toi bien.

Il sortit de l'appartement et retrouva la chaleur de ce début d'été. Il étouffait dans cette ville. Il fallait qu'il en parte.

Dans la rue, il rejoignit Nathan qui l'attendait dans sa Ferrari. Pourquoi certains possédaient-ils tout, tandis que d'autres n'avaient rien ? Était-ce normal ? Qu'avait fait Nathan pour avoir droit à ce super bolide ? Rien, si ce n'est d'être le fils d'un homme richissime. Tellement injuste.

–Ça va ? Tu en fais une tête ! dit Nathan.

–Non, c'est ma mère. Je crois que je vais me tirer.

–Quoi, tu déconnes ! Tu vas pas nous lâcher ? On reste tous à Santa Barbara.

Keith s'assit côté passager, haussa les épaules et mit ses lunettes de soleil.

–J'en ai marre de ce trou à rat.

–Keith, dès que je peux disposer de mon compte, je te jure que je te paie une maison.

Nathan lui en avait fait la promesse cinq ans plus tôt pour son anniversaire. Un morceau de papier sur lequel il avait écrit « Bon pour une villa d'une valeur de cinq millions de dollars, pour nos vingt et un ans ».

–C'est des conneries d'ados ça, c'est ton argent.

Nathan lui attrapa le bras.

–Ne dis jamais ça. Je me fous de cet argent. Tu crois que ça me manquera ? On est milliardaires. Tu auras cette villa, dit-il avant d'ajouter d'un air malicieux : Sauf si tu te barres d'ici. C'est à prendre ou à laisser.

– Tu comptes vraiment me laisser tout ce pognon ?

– Keith, j'ai trois amis, je ferais tout pour ne jamais les perdre.

– Garde ton fric. Je me l'achèterai moi-même. Je veux dire, notre amitié n'a pas de prix, dit Keith.

Aussi ombrageux que puissent être ses états d'âme, la réalité finissait toujours par s'imposer, simple, évidente : Nathan, Jason et Sandy étaient ses meilleurs amis et jamais il ne les quitterait.

– Tu as raison, je te ferai crédit. Tu me rembourseras quand tu pourras, ça te va ?

– Dix dollars par mois ?

– Vingt.

– Quinze, chipota Keith.

– Ok.

– Tu as quand même conscience qu'il faudra un millier d'années pour que je te rembourse ?

– On est patient dans la famille, dit Nathan en souriant. Allez, tope là.

Et ils scellèrent leur nouveau pacte.

– Tu me laisses le volant ?

– Fais-toi plaisir, dit Nathan.

- 22 -

–Tu es certaine que tu ne veux pas rester ? Si les chambres d'amis s'appellent chambres d'amis, ce n'est pas par hasard, dit Sandy.

–C'est gentil, mais j'ai besoin d'être seule. Et je n'ai pas envie d'avoir d'autres crises devant ta famille. Ils risquent de s'inquiéter et d'appeler un médecin.

Les deux filles étaient installées sur des transats dans le jardin inondé de soleil. Meredith leur avait préparé du jus d'orange et apporté des cookies faits maison, qu'elles grignotaient à l'ombre d'un grand chêne.

–Tu vas encore râler, mais je crois qu'on devrait aller voir la police. Tu ne peux pas rester comme ça. Ça peut prendre des jours avant que tu retrouves toute ta mémoire. Pense à ta famille.

Chelsea attrapa son verre et en but une gorgée à la paille avant de répondre.

–Je ne pense qu'à ça. Mais il faut que j'attende encore. Je ne sais pas comment te l'expliquer. Ma priorité, c'est que je retrouve la mémoire. Et que je comprenne pourquoi quelqu'un veut me tuer.

Elle devait découvrir qui était cette femme au visage recouvert de sang. Était-elle elle-même responsable de cet acte barbare ou avait-elle surpris un meurtre ?

Le doute était insupportable.

Une main se posa sur la sienne.

–Ne dis pas des choses pareilles. Personne ne veut ta mort.

–J'aimerais tellement que tu aies raison. Mais si tu avais tort ? Si quelqu'un voulait vraiment me tuer ?

Chelsea ressentait toujours au plus profond d'elle-même ce sentiment d'oppression. Et la bosse sur son crâne lui rappelait qu'elle n'était pas simplement tombée à l'eau.

–Alors on te protégera. Personne ne tue les gens dans la rue à Santa Barbara. Nous ne sommes pas à Los Angeles.

–Je ne sais pas. Laisse-moi encore du temps pour réfléchir.

–C'est toi qui décides. Mais je ne te lâcherai pas.

–C'est gentil.

Un bruit de voiture roulant à toute allure rompit la quiétude de ce moment.

–Il y a des enfants ici ! grogna Sandy en pensant à son petit frère.

Elle se leva et vit une Ferrari foncer vers eux. Keith était au volant.

D'un pas décidé, elle traversa le jardin jusqu'au trottoir, Chelsea à ses côtés. La Ferrari s'arrêta dans un brusque crissement de pneus.

–Salut, les beautés. Vous montez ? les invita Keith, fier de lui.

–Vous êtes débiles ou quoi ? se fâcha Sandy. On est dimanche. Toutes les familles sont dehors. Vous voulez vraiment écraser quelqu'un ?

–C'est bon ! Pour une fois ! Tu vas quand même pas te fâcher pour ça !

–Il n'y a pas de « pour une fois ». Imagine si tu avais écrasé Jay !

–Je lui ai dit, je te promets, dit Nathan en se désolidarisant lâchement de son ami.

–Tu n'as pas dû être très persuasif, à ce que je vois.

–Je ne le referai plus, promit Keith.

– C'est clair, je te reprends les clés, ajouta Nathan qui les retira du tableau de bord.

Il ouvrit la portière de la décapotable et rejoignit Sandy et Chelsea sur le trottoir.

– On va chez Jason. Vous êtes prêtes ?

– Il ne devait pas nous appeler ? s'étonna Sandy.

– Si, justement. Il m'a appelé pour me demander de rapatrier tout le monde. Sa famille vient de partir. Il est tout seul, déclara Nathan.

– Vous croyez vraiment que je dois venir ? s'interrogea Chelsea.

– Évidemment. On a pensé que ce serait une bonne idée de lui demander de t'héberger, le temps que la mémoire te revienne, dit Nathan.

Chelsea ne s'attendait absolument pas à cette proposition. Et bien qu'elle en mesure toute la bienveillance, elle ressentit un petit pincement au cœur. Elle avait appris à apprécier la famille de Sandy et se serait bien vue rester dans ce cocon si accueillant.

– Et s'il ne veut pas ?

– Dans ce cas, tu dors ici, décida Sandy.

Chelsea eut un large sourire. Elle ne savait rien de ce Jason, et pria intérieurement pour qu'il n'accepte pas de lui prêter son appartement.

Keith sortit à son tour de la voiture et se rapprocha du petit groupe.

– En tout cas, félicitations pour le choix des fringues.

– C'est grâce à Sandy. Elle a vraiment l'œil.

– Si seulement elle se l'appliquait à elle-même, la nargua Keith.

– Pauvre type ! Je suis très bien comme je suis.

– Au fait, tu as des nouvelles de Peter, par hasard ? rebondit-il.

Sandy se mit à rougir.

– Je crois que ça veut dire oui, s'amusa Nathan.

– Alors, dis-nous ! renchérit Keith.

– Cela ne vous regarde pas. Ouvre plutôt ton coffre.

Sandy détestait quand ils se mêlaient de ses affaires de cœur. Elle leur tourna le dos et se dirigea vers sa New Beetle pour y récupérer les emplettes de la matinée. Chelsea la rejoignit, laissant les garçons en tête à tête.

Tu crois qu'elle a ses chances avec Peter ? demanda Nathan.

–J'en sais rien. Il me semble qu'il est toujours avec Daria. Mais bon, elle est tellement conne.

–Depuis quand Peter s'intéresse à ce qu'il y a dans la tête des filles ? Il n'aime que les bimbos.

–C'est bien pour ça que je ne voudrais pas que Sandy se fasse des idées. Elle mérite qu'on la traite bien.

–Si jamais il s'amuse avec elle, on se le fait, d'accord ?

–C'est clair, dit Keith.

Personne ne faisait du mal à l'un d'entre eux sans en payer les conséquences.

–Qu'est-ce que vous complotez, les gars ? demanda Sandy en revenant les bras chargés de sacs. Je ne t'avais pas demandé d'ouvrir ton coffre ?

–Oui, tout de suite, s'empressa Nathan.

Les filles le remplirent de leurs achats, puis tout le monde s'installa dans la voiture. Nathan reprit le volant.

* * *

Dix minutes plus tard, ils arrivaient en plein *downtown*, le centre-ville et ses rues commerçantes aux façades hispaniques.

–On ne va pas rendre tout ce qu'on a acheté ? s'inquiéta Chelsea à mi-voix, en reconnaissant quelques-unes des boutiques où elles étaient passées dans la matinée.

Sandy eut un petit rire.

–Tu me diras combien ça a coûté, je te rembourserai, lui dit Nathan qui avait entendu la question.

–C'est bon, je peux encore me permettre quelques folies.

– Non, sérieux, tu me dis et je te rembourse.

– On verra. Roule et tâche de n'écraser personne.

Sandy se tourna vers Chelsea. La méfiance qu'elle avait ressentie de prime abord avait totalement disparu. Bien au contraire, elle se sentait presque responsable du bien-être de cette fille. Impossible qu'elle puisse être mythomane.

– Normalement, c'est là, annonça Keith qui utilisait le GPS de son smartphone. 821 State Street.

– Impossible de se garer dans le coin.

Comme de nombreuses rues de centre-ville, celle où avait emménagé Jason ne proposait pas la moindre place de parking. Tant pis pour les touristes et les riverains.

– Je vous dépose, je me gare et je vous rejoins, leur proposa Nathan.

– C'est bon, on y va tous ensemble. Tourne à gauche.

Ils finirent par trouver une place sur Canon Perdido Street.

– Parfait, se réjouit Nathan qui descendit ouvrir le coffre de sa Ferrari.

Les garçons eurent la galanterie de se charger des sacs du shopping des filles et tous quatre remontèrent la rue pour retrouver State Street, au milieu des nombreux touristes qui flânaient sur les larges trottoirs bordés de hauts palmiers ou faisaient du lèche-vitrine devant les boutiques de luxe.

Ils trouvèrent l'immeuble et, après avoir composé le code d'accès, traversèrent le hall d'entrée et prirent l'ascenseur dont les portes s'ouvrirent trois étages plus tard sur un long corridor.

– Tu as aussi le numéro de...

Nathan n'eut pas le temps de terminer sa phrase. Une porte venait de s'ouvrir au fond du couloir. Jason s'était précipité pour les accueillir.

– Vous en avez mis du temps !

– C'est le bordel pour se garer chez toi, grogna Keith.

– Toujours en train de râler, soupira Jason dont le regard venait d'être happé par une inconnue. Ne me dis pas que tu es la fille qu'on a retrouvée hier soir ?

– Si, c'est elle, intervint Keith. Je te présente Chelsea.

Chelsea lui tendit la main, et Jason apprécia la douceur de son contact quand il la lui serra. Rien à voir avec l'épave qu'ils avaient repêchée la veille.

– Salut, heureux d'avoir pu t'aider.

Chelsea regarda Keith. Il lui avait dit qu'il n'y avait que Nathan et lui-même. Pourquoi lui avoir menti ?

– Je ne savais pas que tu y étais, s'étonna Sandy à qui l'on avait raconté la même fable.

Nathan sentit le malaise et tenta de s'expliquer :

– Il ne voulait rien avoir affaire avec toi. Il voulait qu'on appelle la police. On a réussi à le convaincre de venir nous aider à condition de lui foutre la paix après.

Jason hocha lentement la tête en réalisant qu'il ne s'était pas vraiment comporté en gentleman sur le coup, et surtout qu'il passait pour un trouillard.

– On était en train de faire la fête chez Donovan quand Nathan nous a appelés. J'avais un peu bu, et je n'avais pas toute ma tête. Mais c'est bon, tu es la bienvenue, fit-il pour se rattraper.

Keith sentit une pointe de jalousie le saisir. Et même si Jason n'avait rien dit de particulier, il ne supportait pas la façon dont il la regardait. « Tu te fais des idées », s'admonesta-t-il en essayant de ne plus y penser.

– D'ailleurs, si tu veux tout savoir, il y avait aussi Laura. Elle est au courant de tout, intervint Nathan.

– Toute la fac était là hier soir, ou on a fait le tour ? se vexa Sandy.

Elle se mettait à la place de Chelsea et s'imaginait ce qu'elle devait ressentir face aux mensonges de parfaits inconnus. Qu'est-ce qu'elle devait penser d'eux ?

– Non, c'est tout. C'est la vérité. En fait, on était sur la plage avec Laura, tu comprends, quoi... et c'est là qu'on l'a trouvée, se justifia-t-il d'un air niais.

–C’est bon, je comprends, fit Chelsea d’un ton rassuré. Mais ta copine, elle en pense quoi ?

–Elle ne dira rien. En revanche...

Il rougit et se mit à suer.

–Je crois que tu devrais tout leur dire, l’encouragea Keith.

–Nous dire quoi ? s’inquiéta Sandy.

–Je vous le dirai à l’intérieur.

–Il t’est arrivé quelque chose ?

–Allez, entrez, vous le mettez mal à l’aise, intervint Jason qui s’écarta pour laisser passer la troupe.

Mais lorsqu’il vit tous les sacs, un sourire éclaira son visage.

–Fallait pas, c’est super gentil.

–C’est pas pour toi, tête de lard, ce sont des fringues pour Chelsea. Allez, pousse-toi, dit Sandy en le dépassant.

Dès qu’elle eut franchi le seuil, elle poussa un « wouah » de stupéfaction.

–Putain, ils se sont pas foutus de toi ! C’est sublime !

–C’est clair, acquiesça Nathan.

–C’est un appartement, quoi ! ronchonna Keith.

–Ça sent le neuf, compléta Chelsea.

–Exact. J’emménage aujourd’hui. Faites gaffe à pas salir, fit Jason qui ajouta : Mais non, je déconne. Une femme de ménage passera une fois par semaine. Vous pouvez tout saloper !

–Ce n’est pas parce que quelqu’un doit passer qu’on peut tout se permettre, le reprit Chelsea.

Jason se sentit confus. Combien de fois sa mère lui avait fait le même reproche ! On devait traiter un employé de la même manière qu’un membre de la famille.

–Je sais. De toute façon, le premier qui fout le bordel, je le sors. À part toi, Chelsea.

Même si cela avait été dit sur le ton de la plaisanterie, Keith sentit la jalousie refaire surface.

–Et Tiffany, elle n’est pas là ? demanda-t-il en se rapprochant du groupe.

–Non. J'avais envie d'inaugurer mon appartement avec mes meilleurs amis.

–Elle sera ravie d'apprendre qu'elle compte si peu pour toi.

–Tiffany est la petite amie de Jason, précisa Sandy avant que Chelsea ne pose la question. Je la déteste.

–Hey, je t'interdis de dire ça, la reprit Jason.

–C'est bon, tu as vu la scène qu'elle m'a faite, hier soir? Cette fille est super jalouse, tu devrais la quitter, déclara Sandy.

Même s'il ne se sentait pas follement amoureux de Tiffany, il détestait qu'on dise du mal d'elle. Mais plutôt que de surréagir, il décida de le prendre avec humour.

–Bon, d'accord, je vais la quitter. Chelsea, tu as un mec? dit-il tout sourire.

–Je n'en sais rien, dit-elle platement.

–Comment ça, tu n'en sais rien ? Tu veux dire « *It's complicated* » ? dit-il en faisant des guillemets avec ses doigts.

–Chelsea est amnésique. Elle ne se rappelle de rien.

–Tu déconnes ! Mais qu'est-ce que vous attendez pour appeler la police? Sa famille doit être folle d'inquiétude.

–Non, dit Chelsea. On a essayé de me tuer. Si c'est ma présence qui t'embête, je peux partir, il n'y a pas de problème. Mais tant que la mémoire ne m'est pas revenue, je préfère me faire discrète.

Jason fronça le regard. Tout cela était des plus suspects. Ne disait-on pas que le mal se cachait dans les plus belles roses ?

–Comment es-tu certaine qu'on a essayé de te tuer, si tu ne te rappelles de rien?

–J'ai échoué sur la plage. J'ai une bosse sur la tête. (Elle lui prit la main et la posa sur son cuir chevelu.) Si j'étais tombée sous les yeux de gens qui tiennent à moi, je ferais la une des médias, non ?

–Pas faux, reconnut Jason qui sentait parfaitement une grosse bosse sous les cheveux soyeux de Chelsea. Et qu'est-ce que tu comptes faire ?

–Justement, on voulait t'en parler. Est-ce que tu crois que tu pourrais lui prêter ton appartement quelques jours ? demanda Sandy, hésitante.

Jason ouvrit de grands yeux. Il s'était attendu à tout, mais certainement pas à une telle requête. Il regarda Chelsea droit dans les yeux et se demanda ce que pouvaient cacher un regard si diablement attirant et un visage si angélique. Qui était-elle ? Devait-il avoir peur d'elle ? Sous la pression de ses camarades, il décida de lui faire confiance. Lui non plus ne pouvait croire qu'il s'agisse d'une psychopathe.

–Bien sûr. Il y a un canapé dans le bureau, dit-il avant de se reprendre : À moins que tu ne préfères un vrai lit, dans ma chambre.

–Tu es super lourd, soupira Sandy.

–Je voulais dire que dans ce cas, c'est moi qui dormirais dans le bureau. Venez, je vous montre.

Keith détestait cette situation. Mais que pouvait-il faire ? L'inviter à dormir chez eux, alors qu'il n'y avait même pas de chambre d'amis ? Elle dormirait dans le salon avec Sharon dans les pattes, son encens et ses exercices de yoga ?

Il suivit le reste du groupe à la découverte de ce « petit appartement » plus grand que celui qu'il partageait avec sa mère. L'envie de tout quitter le reprit, car il savait que jamais il n'accepterait la proposition de Nathan. Se faire offrir une maison. Sa fierté lui interdisait d'accepter un tel cadeau. Non, le jour venu, il irait rouler sa bosse à l'autre bout du monde.

–Voilà, ça c'est le bureau, dit Jason. Il y a un canapé-lit.

–C'est parfait, répondit Chelsea. Je dormirai là, si tu es d'accord.

–Pas de problème. Mais il va falloir qu'on parle sérieusement. Tu crois vraiment que quelqu'un a voulu te tuer ?

Chelsea n'était sûre de rien, à vrai dire. Sa seule certitude, c'était qu'il ne fallait pas appeler la police.

Qu'est-ce que cela voulait dire ? Pourquoi ne voulait-elle pas qu'on retrouve celui qui l'avait agressée ?

– Oui, répondit-elle avec un petit sourire triste.

– Je crois que tu devrais en parler aux flics, tu n'as pas à avoir peur, ils te protégeront, insista Jason.

– On n'arrête pas de le lui dire, confirma Sandy.

– Peut-être que vous avez raison. Mais j'ai encore besoin de réfléchir.

– Prends ton temps, mais c'est la meilleure option.

– Ouais, ça c'est pas sûr. Les flics corrompus, ça existe aussi. Et si tu as tellement peur de la police, ça ne m'étonnerait pas que ce soit l'un d'eux qui ait voulu te tuer, dit Keith.

– N'importe quoi ! répliqua Jason. Les flics sont parfois des abrutis, mais pas des assassins.

– Va dire ça à tous les Noirs qui se font tirer comme des lapins chaque année.

– Chelsea n'est pas noire.

– Très drôle.

– Tu sais très bien ce que je veux dire. On n'a jamais eu ce genre de problème, ici. Nos flics ne jouent pas aux cow-boys, affirma Jason qui eut tout à coup l'air inquiet. Où est Nathan ?

Il réalisa que celui-ci ne les avait pas suivis.

– Je crois que la visite guidée du studio avec le tour-operator ne le passionnait pas, se moqua Keith.

– Mouais...

Jason revint sur ses pas et retrouva son ami sur la terrasse du salon. Il se souvint alors qu'il avait quelque chose à leur dire.

– Nathan, tu voulais nous dire quoi ? C'est à propos de Laura ?

– Non, tout va bien, mentit-il en se forçant à sourire.

– Arrête, je te connais par cœur. Tu peux tout me dire, tu le sais.

Sandy s'approcha à son tour.

– Pour le coup, je suis d'accord avec lui. C'est quoi le problème ?

–Nathan, dis-leur, intervint Keith.

–Non, personne ne doit savoir. Je n'aurais pas dû t'en parler !

–Encore des cachotteries ! se plaignit Sandy. Chelsea a le droit d'être au courant, si ça la concerne.

–Cela n'a rien à voir avec elle ! se défendit Nathan.

–Alors c'est quoi ?

Nathan se sentait acculé. Certes, il n'avait jamais su garder un secret ; mais pouvait-il trahir Laura et tout leur raconter ? Si jamais ils en parlaient à leur tour, et que tout le monde l'apprenne... Il sentit ses yeux le piquer. Mais quand il vit les regards bienveillants de ses amis, il osa croire qu'il pouvait leur faire confiance une fois de plus.

–C'est Laura. Elle n'a plus le droit de me voir.

–Tu veux dire qu'elle ne veut plus te voir ? le corrigea Jason.

–Non, elle n'a plus le droit de me voir. Sinon des photos d'elle toute nue seront publiées sur le net !

–Qu'est-ce que tu racontes ?

Nathan quitta la terrasse, retourna dans l'appartement et leur raconta sa mésaventure. Les photos sur la plage et les menaces du « Prince charmant ».

–Ce type n'a pas le droit de faire ça ! Quelle pourriture ! s'exclama Sandy quand il eut terminé son récit.

–Qu'est-ce qu'on peut faire pour t'aider ? demanda Jason.

Une sourde colère rongeait ses entrailles. C'était tellement abject.

–Keith a pensé payer un détective privé pour qu'il surveille la maison de Laura.

–Il faudrait en mettre plusieurs sur le coup, mais ce n'est pas idiot.

Chelsea était restée silencieuse. Elle pensait à tout autre chose.

–Je sais que cela doit te paraître dérisoire par rapport à ce que tu vis, mais est-ce qu'il y a des photos de moi ? demanda-t-elle.

– Non. Je pense qu'il n'a pas pris conscience de ce qui t'était arrivé. Il a dû croire que tu étais une fille saoule qu'on avait retrouvée sur la plage.

– Ça se tient, dit Jason.

Chelsea hocha la tête et eut soudain une idée.

– Et si nous remontions l'adresse IP du gars ? Comme ça on saurait qui est ce fameux « Prince charmant ».

– Très bonne idée. Mais à moins que tu connaisses un hacker ou que tu aies un ami à la NSA, je ne vois pas trop comment faire, dit Keith.

– Ton père est ingénieur, peut-être qu'il pourrait nous aider ? dit Chelsea en s'adressant à Sandy.

– Je ne sais pas. Mais on peut toujours lui demander.

– N'en parle surtout pas à tes parents ! s'emporta Nathan, affolé.

– Écoute, il saura rester discret. On ne va pas laisser Laura aux mains de ce maître-chanteur. On doit l'arrêter, par n'importe quel moyen.

– Sandy a raison. Si son père peut t'aider, cela vaut le coup d'essayer.

Quand on commence à trahir un secret, il faut peu de temps avant que ce n'en soit plus un, se désola Nathan. Mais avait-il le choix ?

– Ok, mais promettez-moi que s'il ne trouve rien, il n'en parlera à personne.

– Promis, dit Sandy. Mais mon père est le meilleur, on va te sortir de là.

– Si jamais on trouve cet enfoiré, je t'offre tout ce que tu veux.

– Ton amitié éternelle.

– Tu l'as déjà.

– Je n'en attends pas plus.

– C'est fini ouais ? Vous me donnez envie de gerber avec votre guimauve. On peut passer à autre chose ? fit Jason qui se tourna vers Chelsea. Si tu veux installer tes affaires dans le bureau...

– Merci.

–Je viens avec toi, se proposa aussitôt Keith.

Ils tournèrent les talons, ignorant les sourires de connivence des autres.

–Chelsea sait qu'il est en couple avec Tess ? demanda Jason quand ils eurent quitté le salon.

–Non, et si tu es son ami, tu n'en parles pas. Je crois qu'il a eu un coup de foudre, dit Nathan.

–Je reconnais qu'elle est super mignonne. Je vais te dire, si elle vient me rejoindre dans ma chambre, je ne jure plus de rien.

–Elle ne fera jamais ça, affirma Sandy. Elle n'a aucunement l'intention de sortir avec qui que ce soit. Elle pense qu'elle a déjà un petit copain et ne compte pas le tromper.

–Si elle ne s'en souvient pas, ce n'est pas le tromper, fit remarquer Nathan.

–C'est gentil d'essayer, mais Keith n'a aucune chance, et toi encore moins dit-elle à l'adresse de Jason.

Le garçon prit un air débonnaire.

–Méfie-toi des saintes nitouches, je les connais. Aucune ne peut résister au charme d'un mâle alpha !

–Chelsea est différente, laisse-la tranquille.

–T'inquiète, j'ai Tiffany, et j'aime bien l'idée qu'elle va être folle de jalousie quand elle va voir qui j'héberge à la maison. Mais au fait, j'invente quoi comme excuse ?

–Justement, tu dis que c'est la petite amie de Keith.

–Et Tess, elle en pense quoi ?

–Elle ne rentre que la semaine prochaine. Si tout le monde tient sa langue, cela devrait être réglé d'ici là, affirma Sandy. Du moins j'espère.

–Moi, j'ai plutôt l'impression qu'il a flashé sur elle.

–Je sais, mais ça va lui passer.

–Si tu le dis.

* * *

–Tu es sûre que tu veux dormir là ? On peut toujours trouver une autre solution, dit Keith en entrant dans le bureau de Jason.

–Non, ça ira.

Il déposa les sacs remplis de vêtements sur le canapé et alla jeter un coup d'œil par la fenêtre.

–N'oublie pas de la fermer quand tu te changes. Je n'aimerais pas que quelqu'un profite de toi.

–J'y penserai, répondit Chelsea qui prit le sac contenant ses habits encore mouillés par l'eau de mer. Je me demande si je dois les jeter ou les laver.

–Fais voir, je vais te dire.

Chelsea sortit un petit haut tout fripé. Bien moins séduisant que son nouveau top.

–Franchement, je pense que tu peux t'en passer.

–J'arrive pas à croire que j'ai porté un truc pareil.

Et subitement, elle se sentit chanceler et s'assit sur le canapé-lit. Des images lui apparurent. De nouveaux flashs. Elle se vit se sourire à elle-même devant la glace d'une cabine d'essayage.

–Chelsea, ça va ? s'inquiéta Keith.

Elle releva la tête et revint dans la réalité. Elle en avait presque les larmes aux yeux ; mais des larmes de joie.

–Un souvenir m'est revenu.

–Un souvenir heureux ?

–Oui. Je me revois acheter ces vêtements.

–Je te l'avais dit que ça reviendrait petit à petit. Ça te fait deux souvenirs à présent, et tu connais le dicton : jamais deux sans trois !

Autant Chelsea s'était livrée sur le premier, autant elle avait été incapable de parler à Keith du deuxième et de la femme ensanglantée.

–Tu as subi un choc, mais à l'évidence tu es en train de te reprendre.

–Merci. Ça me fait du bien d'entendre ça.

Tout allait revenir, elle en était à présent certaine. Chelsea eut un petit rire, puis soupira :

–Je me demande si Jason et Sandy n'ont pas raison. Peut-être que je devrais aller voir la police.

–C'est toi qui vois.

–Tu viendrais avec moi ?

–Est-ce que tu as besoin de poser la question ?

Elle lui adressa un sourire plein de tendresse et de reconnaissance, et Keith se sentit une nouvelle fois totalement décontenancé. Jamais une fille ne lui avait fait un tel effet.

Ils retournèrent dans le salon. Jason avait sorti des boissons fraîches du frigo et ils s'étaient tous installés sur la petite terrasse, autour de la table en teck.

–Vous trinquez avec nous ?

Keith attrapa un verre. Des canettes de Coca et de Seven Up étaient posées sur la table.

–Je suppose que tu n'as pas de bière ?

–C'est ma mère qui a fait les courses. Mais t'inquiète, la prochaine fois il y aura tout ce qu'il faut.

–L'alcool est interdit aux moins de vingt et un ans, fit remarquer Chelsea.

Les quatre amis la dévisagèrent comme si elle avait sorti la pire des énormités.

–Ne me dis pas que tu n'en as jamais bu ? la reprit Jason.

–Je ne m'en souviens pas. Mais c'est la loi, non ?

–Une loi débile. On est majeurs à dix-huit ans mais on ne peut pas boire !

–Moi, je ne bois pas, déclara Nathan.

–Eh bien tu devrais. Une soirée sans alcool n'est pas une soirée.

–On peut très bien s'amuser en restant sobre, se défendit Nathan.

–S'amuser, oui, mais faire la fête, non ! assena Jason qui se tourna vers Chelsea et Keith, restés debout. Mais asseyez-vous ! On n'est pas bien, là ?

–Si, mais on ne va pas rester. Chelsea est d'accord pour aller voir la police.

– Franchement, je préfère, dit Sandy.

– Pense à tes parents, ajouta Jason.

– Mais tu nous avais dit que tu ne voulais surtout pas appeler les secours ? intervint Nathan. Tu étais terrifiée.

– Elle était sous le choc. Mais qui mieux que la police peut savoir ce qu'il s'est passé et l'aider à retrouver sa famille ? affirma Sandy.

– Je ne sais pas, peut-être que tu devrais encore attendre, comme tu disais.

– Non, j'ai déjà trop attendu, déclara Chelsea. On y va ?

Keith acquiesça de la tête.

– Vous repassez après ? demanda Jason.

– Oui, s'ils ne me gardent pas.

– On vous appelle, dit Keith.

– On va y aller aussi, ajouta Sandy. Nathan, je crois que plus tôt mon père aura identifié ton « Prince charmant », mieux tu te porteras.

– C'est ça, vous me laissez tous en plan ! lança Jason.

– Appelle Tiffany, je suis sûre qu'elle sera ravie de découvrir ton appartement.

Jason ne lui avait pas encore annoncé la nouvelle. Il attendait de lui en faire la surprise en fin de journée.

– C'est bon, bande de lâcheurs, on s'appelle.

- 23 -

– Le commissariat est à deux pas, se réjouit Keith, les yeux rivés sur son portable, alors qu'ils étaient encore en bas de l'immeuble de Jason.

– Dans ce cas, on vous laisse y aller à pied, dit Nathan.

– Oui, c'est juste à trois cents mètres.

– Vous nous tenez au courant ? demanda Sandy.

– Bien sûr.

– Merci pour tout. Jamais je n'oublierai ce que tu as fait pour moi, dit Chelsea en la serrant dans ses bras.

– Tu parles comme si on ne devait jamais se revoir.

– Non, mais j'avais juste besoin de te le dire.

– C'est gentil, on s'appelle... Au fait, il faut à tout prix t'acheter un téléphone.

– C'est clair.

– Alors c'est moi qui vous appelle, conclut Keith.

Sandy et Nathan partirent de l'autre côté de la rue.

– Tu es certaine que ça ne t'embête pas que je vienne avec toi ? demanda Keith.

– Bien sûr que non, c'est moi qui te l'ai demandé. Tu es mon ange gardien. Le premier souvenir de ma nouvelle vie.

– Un drôle de souvenir.

Il la revoyait nue, accroupie dans la douche, totalement perdue.

– Tu l'as dit. Mais tu as été très classe.

Il se garda bien de lui révéler les pensées érotiques qui lui avaient traversé l'esprit à ce moment-là, et même si souvent depuis. Mais qui aurait pu s'en empêcher? L'essentiel était justement qu'elles soient restées ce qu'elles étaient : des pensées.

Ils remontèrent State Street en silence.

Chelsea sentit la pression augmenter lorsqu'elle vit une voiture de police se garer sur le parking du commissariat.

–Tout va bien se passer, je suis là.

Elle le remercia d'un sourire et ils franchirent le hall d'accueil. Un vieil homme en colère s'adressait à la réceptionniste avec véhémence. Assise à proximité, une femme prostrée pleurait sans discontinuer.

–... je vous jure que dès que vous l'aurez retrouvé, je vais le tuer ! s'exclama l'homme.

–Calmez-vous, monsieur. Un lieutenant va venir prendre votre déposition. J'aurais juste besoin de votre nom et de votre adresse, dit la réceptionniste.

–Que je me calme? Cette pourriture a failli tuer ma femme et personne n'a réagi!

–Je comprends. Nous allons enregistrer votre plainte et tout sera fait pour le retrouver.

–Vous avez intérêt. Ma femme gardait toujours sur elle des photos de notre fils. Il est mort. Elles sont irremplaçables !

Restés à l'écart et compatissant à la douleur du couple, Keith et Chelsea prirent des mines de circonstance en attendant leur tour.

Un homme élégant, la petite trentaine et vêtu d'un costume bien coupé, sortit d'un bureau attenant à la réception et s'avança vers le vieil homme et son épouse.

–Lieutenant James Deckard. Si vous voulez bien me suivre.

Le couple sembla s'apaiser et, d'un pas lent, suivit le lieutenant dans l'open space vitré que l'on pouvait apercevoir derrière la réception. Peu de monde en cette journée dominicale. Loin de la frénésie des grands jours.

Son tour venu, Keith s'approcha du comptoir où la réceptionniste lui adressa un sourire accueillant.

– Bonjour, qu'est-ce que je peux faire pour vous ?

– En fait, c'est plutôt compliqué. Mon amie a eu un accident hier soir. Elle a perdu la mémoire, elle ne se souvient plus de rien.

La réceptionniste fronça les sourcils.

– Vous devriez plutôt l'emmener à l'hôpital. Qu'est-ce que vous voulez que je fasse pour elle ?

– Eh bien... je vous l'ai dit, c'est compliqué. Ce n'est pas vraiment une amie. Je l'ai découverte hier sur la plage. Elle a dû tomber d'un bateau ou bien on l'a poussée...

La réceptionniste, sceptique, s'adressa à Chelsea.

– Approchez, s'il vous plaît.

Chelsea vint rejoindre Keith.

– C'est quoi, cette histoire ? Je vous préviens, si vous essayez de vous moquer de moi, vous risquez des poursuites judiciaires. Vous en avez bien conscience ?

– Oui, mais tout ce qu'il vient de dire est vrai. Je ne me souviens plus de rien.

– Vous ne savez donc pas qui est ce jeune homme ?

– Non, je veux dire oui, et non. En fait, c'est lui qui m'a trouvée sur la plage.

Le regard de Chelsea passa alors par-dessus la réceptionniste et, comme aimanté, accrocha une affichette « *Wanted* » placardée sur un tableau. Le visage d'un jeune homme. Et un nom : « Liam Dupré ». Une fois de plus, elle ressentit cette sensation étrange qui l'assaillait quand un souvenir lui revenait. Les yeux qui piquent, l'impression que tout bascule. Elle se sentit chanceler et attrapa la main de Keith.

Tout se brouillait autour d'elle. Seul le visage semblait se détacher de la photo pour envahir tout son champ visuel. L'homme lui souriait et Chelsea ne pouvait détourner son regard. Elle était comme paralysée, incapable de la moindre réaction, du moindre mouvement. C'était impossible. C'était forcément une hallucination. Et pourtant le sourire persistait. Le sourire se moquait d'elle, la provoquait.

Elle ferma les yeux, mais le visage était encore là.

Et soudain, un flash.

Nuit noire. L'homme est face à elle. Il tient une batte de baseball à la main. Son bras part en arrière...

Chelsea eut envie de hurler mais aucun son ne sortit de sa gorge. Une terreur insondable s'empara d'elle...

– Chelsea ! hurla Keith alors qu'elle s'effondrait sur le sol.

La réceptionniste vint à sa rescousse et appela aussitôt les secours. Le lieutenant Deckard, arrivé en courant, trouva la jeune fille allongée sur le sol.

– Qu'est-ce qui s'est passé ? demanda-t-il, inquiet.

– Mon amie s'est évanouie, expliqua Keith qui était accroupi à ses côtés.

Chelsea rouvrit les yeux et vit deux visages penchés au-dessus d'elle.

– Mademoiselle, ne bougez surtout pas. Les secours vont arriver, déclara Deckard.

– Non, ça va aller, répondit-elle bien que toujours hantée par l'image menaçante de l'homme de la photo.

Elle se redressa sur ses coudes, alors que d'autres agents les avaient rejoints. Le visage de Liam Dupré prêt à la frapper était incrusté dans son esprit. Elle avait enfin le nom de celui qui l'avait agressé. Le soulagement avait remplacé la peur. Elle savait ce qui lui était arrivé !

– Ne bougez pas, restez allongée.

Chelsea regarda le lieutenant et alors qu'elle s'apprêtait à tout lui dire, sa vision redevint floue et une autre image refit surface.

Le visage de Liam Dupré, de nouveau. Mais en plein jour cette fois, à la terrasse d'un café. Il la regarde avec attention et lui murmure : « Tout se passe comme prévu ».

La réceptionniste lui tendit une dosette de sucre.

– Tenez, avalez ça.

Sous le choc de cette nouvelle révélation, Chelsea prit machinalement la dosette, en sectionna le bout avant d'avaler le sucre. Mais son esprit tournait à plein régime. Ce souvenir contredisait le premier. À l'évidence, elle le connaissait, et il n'avait pas l'air de lui vouloir du mal. Elle reporta son regard sur le lieutenant et, une fois de plus, quelque chose au fond d'elle-même lui assura qu'elle ne devait pas parler à la police.

– Merci, dit-elle simplement.

– Il faut aussi que vous buviez.

Chelsea prit la petite bouteille d'eau qu'on lui tendait et en avala quelques gorgées.

– Ça va mieux, dit-elle en se redressant.

– Vous êtes certaine qu'il n'est pas nécessaire d'attendre l'ambulance ? l'interrogea Deckard, alors que la tension retombait.

– Oui, ça m'arrive tout le temps. Ma mère n'arrête pas de me le dire.

– Votre mère ? s'étonna la réceptionniste.

Chelsea réalisa qu'elle s'enfonçait dans ses mensonges et comprit qu'elle devait à tout prix fuir au plus vite. Et malgré son état d'affolement intérieur, elle prit sur elle pour masquer ses émotions et s'exclama avec le plus grand sourire dont elle était capable :

– Je me souviens de tout !

– C'est vrai ? s'étonna Keith qui n'en revenait pas.

– Oui. Tout m'est revenu. Merci, et excusez-moi de vous avoir dérangés.

– Vous veniez pour quoi, au juste ? intervint Deckard.

Le lieutenant s'était toujours fié à son sixième sens et, malgré son jeune âge, il n'en était pas moins le meilleur élément de la police de Santa Barbara.

– Cette jeune fille aurait perdu la mémoire, d'après ce que m'a affirmé son ami. Si tant est que ce soit bien son ami, dit la réceptionniste d'un air soupçonneux.

Deckard se passa la main sur sa légère barbe de trois jours et resta dubitatif.

– Vous deux, vous ne bougez pas. Judith, vous vous occupez d'eux. Je reviens tout de suite.

– Il n'y en a que pour les jeunes dans cette ville ! grogna le vieil homme qui l'avait suivi à la réception pour voir ce qu'il se passait.

– Revenez avec moi. On va finir de prendre votre déposition, ordonna Deckard qui retourna dans l'open-space suivi du plaignant.

La réceptionniste attrapa Keith par le bras avec une telle fermeté que, malgré la différence de gabarit, le garçon n'esquissa pas un mouvement pour se libérer.

– Dites donc, vous ne vous seriez pas payé ma tête, par hasard ? C'était quoi tout ce cinéma ? Je vous préviens, si vous m'avez filmée et que vous le mettez sur un blog, je vous poursuis pour outrages. Vous m'entendez ?

– Ne vous inquiétez pas, on ne vous a pas menti. Chelsea avait vraiment perdu la mémoire. Je vous adore ! ajouta Keith qui lui déposa un baiser sur la joue.

La réceptionniste prit un air offusqué.

– On rentre chez moi ? s'empressa Chelsea.

– Oui, bien sûr, répondit Keith.

– Non, vous ne bougez pas. Vous avez entendu ce qu'a dit le lieutenant Deckard ? Vous l'attendez ici.

– Je vous assure que tout va bien. Au revoir, fit Chelsea qui se dépêcha de tourner les talons et de s'engouffrer vers la sortie.

Keith regarda la réceptionniste d'un air penaud.

– Désolé, dit-il.

Et il ne put s'empêcher d'ajouter :

– Vous savez Judith, je crois que le lieutenant vous a à la bonne.

– Qu'est-ce qui vous fait dire ça ? dit-elle décontenancée, tout en se passant la main dans les cheveux.

– La façon dont il vous regarde. Je crois que vous devriez tenter votre chance, fit Keith qui se défila à son tour.

***

À peine eut-il franchi le seuil du commissariat qu'il chercha Chelsea des yeux. La jeune fille avait disparu. Ni à droite, ni à gauche. Était-il possible qu'ayant retrouvé la mémoire, elle n'éprouve à présent que du dégoût pour lui ? Ou qu'elle lui reproche de ne pas avoir alerté la police plus tôt ? Ou pire, qu'elle le tienne responsable de tout ce qui lui était arrivé ?

Non, si tel avait été le cas, elle aurait profité d'être au commissariat pour porter plainte contre lui, se rassura-t-il.

Il remonta State Street et l'aperçut enfin. Assise sur le pas d'une porte, les jambes repliées encerclées par ses bras, la tête penchée en avant.

–Chelsea ? Qu'est-ce qui ne va pas ? Je croyais que tu étais ravie. Tu as dit que tu te souvenais de ta mère. C'est elle le problème ?

–Non, j'ai menti. Je ne me souviens toujours de rien. Il y a eu juste un flash, mais je ne peux pas t'en parler. Je veux simplement que tu me fiches la paix, et que tu retournes à ta vie tranquille de riche étudiant.

Pourquoi connaissait-elle un type recherché par la police ? Pourquoi l'avait-il frappée ? Chelsea se sentait misérable. Tellement en colère contre elle-même. Si seulement tous ses souvenirs pouvaient revenir. C'était un vrai supplice que ces flashs qui arrivaient au compte-gouttes. Quel terrible souvenir devrait-elle encore affronter la prochaine fois ? À ce rythme, elle allait devenir folle !

Keith s'assit à côté d'elle, indifférent au regard réprobateur des passants qui déambulaient à l'ombre des palmiers.

–Ma vie de riche étudiant... dit-il en écho. Chelsea, ne le prends pas mal, mais tu ne sais rien de moi. Tu crois que je suis qui ? Un gosse de riche qui mène la grande vie ?

Chelsea leva enfin la tête, les yeux embués de larmes. Même s'il n'était pour rien dans sa détresse, elle avait absolument besoin d'un bouc émissaire.

– Ce n'est pas le cas ? Il m'a pourtant semblé que vous aviez tous des super voitures, un yacht, un appartement. Aucun étudiant normal ne peut se payer ça !

– Primo, Sandy ne roule pas sur l'or. Même si sa famille vit très bien, ils sont loin d'avoir la fortune de Nathan ou de Jason. Mais ne les juge pas ou plutôt si, juge-les sur ce qu'ils ont fait pour toi. Ce sont des types bien.

– Je ne les juge pas, mais on n'est pas du tout du même milieu. J'en suis certaine.

Elle mourait d'envie de tout lui dire, mais si elle lui parlait, elle était persuadée qu'il la quitterait... Mais n'était-ce pas ce qu'elle voulait ? Chelsea se sentait totalement perdue. Devait-elle oublier Keith et sa bande ou au contraire leur accorder toute sa confiance ? Elle était incapable de décider. Elle avait besoin de réfléchir, de prendre son temps, de partir ailleurs, de fuir cette ville.

Comme s'il lisait dans ses pensées, Keith lui tendit la main et lui demanda :

– Et si on retournait à la plage ? Peut-être que tous tes souvenirs te reviendraient ?

Elle eut un petit rire nerveux et accepta sans se faire prier.

***

Le lieutenant Deckard n'en pouvait plus de ce couple infernal. Ayant noté des aberrations et des contradictions dans la déposition de la femme, avec son savoir-faire habituel, il avait finalement réussi à leur soutirer des aveux. Jamais ils n'avaient été molestés. Ils voulaient tout simplement se faire rembourser leur séjour à l'hôtel et avaient inventé cette agression pour porter plainte contre l'établissement.

Le lieutenant leur avait fait la morale et les avait laissés repartir sans chercher à les accabler davantage. Les fins de mois étaient difficiles pour tout le monde et particulièrement pour les retraités. Il n'imaginait pas les mettre sous les verrous pour si peu.

Il sélectionna la déposition qu'il avait commencé à prendre et l'effaça d'une touche sur son clavier.

Il repensa au jeune couple qui devait l'attendre à la réception. Dès qu'il avait vu la fille, son instinct de chasseur s'était mis en éveil. S'il ne pouvait nier qu'être flic à Santa Barbara était plutôt une bonne planque, il n'avait pas abandonné son rêve de gamin : devenir, un jour, un grand flic, l'héritier de ses trois idoles, Lloyd Hopkins, Harry Callahan et Mike Logan.

Il se leva et se dirigea vers l'accueil.

– Judith, où sont passés les deux jeunes ?

– Partis. Je n'ai pas réussi à les retenir, dit-elle en appuyant sa réponse d'un regard de louve.

– Il y a longtemps ?

– Dix minutes. Pourquoi ? Vous pensez que c'était important ?

Deckard la regarda et songea qu'un jour il faudrait qu'il lui dise qu'elle n'était vraiment pas faite pour ce job.

– Tu te rappelles ce qu'elle a dit ?

– Tout à fait. Elle a dit qu'elle était amnésique et que tout lui était revenu d'un coup.

– Comme ça ? Devant toi ?

Le moindre détail importait quand on voulait travailler pour la criminelle. Judith ne faisait vraiment pas l'affaire.

– En fait, elle a regardé le mur, dit-elle désignant celui qui se trouvait derrière elle, et elle s'est effondrée.

Deckard se mit à la place de la jeune fille et ne vit rien de spécial. Un « *Wanted* » concernant un certain Liam Dupré, et c'était tout.

– Ah si ! Je m'en souviens. Le garçon a dit qu'elle s'appelait Chelsea, si ça peut vous aider.

Malheureusement, le prénom ne lui évoquait rien du tout. « Oublie cette lubie », se dit-il. Il ne se passait jamais rien à Santa Barbara. La cité de la tranquillité éternelle.

Tant pis, il allait retrouver son quotidien, et après tout ce n'était pas plus mal.

– Merci, Judith. Très jolie, ta coiffure, lança-t-il en retournant dans l'open-space.

- 24 -

Jason sortit de la douche et s'aspergea d'eau de toilette sur tout le corps. Il passa la main dans ses cheveux qu'il venait de laver avec son nouveau shampoing American Crew.

Il se sécha vigoureusement et, la serviette sur l'épaule, put pour la première fois de sa vie réaliser l'un de ses rêves. Se balader nu dans un appartement sans avoir à se soucier du regard de quiconque. Il était chez lui et faisait ce qu'il voulait.

Il se sentait euphorique et jubilait en repensant à la réaction de ses amis. Tout le monde avait eu l'air d'apprécier son appartement. Il imaginait déjà toutes les soirées qu'ils allaient y passer, à mater des films sur le grand écran posé sur le mur du salon et à jouer des heures à la Playstation. La vie rêvée !

À peine ses amis partis, il avait appelé Tiffany et lui avait donné rendez-vous, en lui faisant croire que c'était pour un apéro chez un copain.

Jason entra dans sa chambre, envoya valser sa serviette et s'approcha de la fenêtre. Même s'il y avait un petit immeuble de l'autre côté de la rue, il se moquait d'être vu nu. Sans être exhibitionniste, il n'était pas vraiment pudique.

Planté devant la fenêtre, il imaginait déjà une charmante voisine le surprenant par hasard. Une jolie étudiante qui, comme lui, se baladerait nue dans son appartement...

« Une paire de jumelles ! » se dit-il soudain tout excité.

L'objet s'installa immédiatement au sommet de sa liste mentale des choses indispensables à acheter.

Il sourit et, attrapant son boxer, la scène culte de *Risky Business* où Tom Cruise danse tout seul dans sa maison se rappela à lui.

Quel adolescent n'avait pas fantasmé sur la vie de Joel Goodson, cet étudiant timide plus obsédé par les filles que par son entrée à la faculté ?

Après avoir enfilé boxer, T-shirt et chaussettes, mais sans son pantalon abandonné sur le lit, Jason retourna dans le salon où il alluma la chaîne hifi. Il brancha son smartphone pour chercher dans sa playlist la bande originale du film.

Mais avant de lancer le morceau, il lui fallait un micro. Son choix se porta sur un vase soliflore abritant une rose artificielle. Parfait.

Il reprit son smartphone, monta le son, et lança son morceau favori de la B.O. : *Old time rock'n'roll*, de Bob Seger. Puis il se précipita dans le couloir.

Dès que les fameuses notes de piano retentirent, à l'instar de Tom Cruise, Jason prit son élan et, chaussettes aux pieds, se laissa glisser sur le parquet lustré jusqu'à l'entrée du salon, tel une rock star, avant d'entonner à tue-tête les paroles de la chanson.

« *Just take those old records off the shelf...* »

Traversant l'appartement en se déhanchant avec souplesse, il se sentait transporté dans une autre dimension. Il avait l'impression que le jeune homme venait de faire place à un homme, mature et conquérant, prêt à croquer la vie à pleines dents.

« *Don't try to take me to a disco...* »

Jason bondit sur le canapé et continua son show en remuant son postérieur à la façon d'un Elvis Presley réincarné.

Au passage, il monta encore le son, et son sourire s'élargit d'autant.

« *I reminisce about the days of old*

With that old time rock'n roll... »

Puis la guitare prit le relais, et Jason se mit à mimer un solo frénétique. Il s'allongea sur le sol, à l'image d'un *guitar hero* en transe.

Brusquement, la musique s'arrêta pour laisser place à la sonnerie du téléphone. Jason se releva et débrancha son smartphone de la chaîne hifi pour répondre.

– Salut, mon cœur.

– Tu es où ?

– Je suis déjà chez mon pote. Viens au 821 State Street. C'est au troisième étage.

– Mais c'est qui ce pote ? ronchonna Tiffany.

– Sois patiente, tu vas l'adorer. On t'attend.

Tout content de la surprise qu'il allait lui faire, il se regarda, en T-shirt et boxer. Son premier mouvement fut d'aller enfiler un pantalon, quand il réalisa qu'il pouvait faire ce qu'il voulait car :

– Je suis chez moi ! cria-t-il en brandissant un poing victorieux vers le plafond.

La sonnerie de l'entrée ne tarda pas à retentir. Il se dépêcha d'aller ouvrir.

– Hey, mais qu'est-ce que tu fais en slip ! fit Tiffany qui recula d'un pas.

– C'est un boxer. Allez, entre.

Tiffany le regarda d'un œil écœuré.

– C'est pour un plan à plusieurs... Vous êtes combien là-dedans ?

Jason explosa de rire alors que Tiffany restait sur le seuil de la porte.

– C'est bon, ne fais pas ta mijaurée, dit-il d'un air moqueur. Allez, viens.

– Non, c'est pas du tout mon truc. J'arrive pas à croire que tu fasses ça.

Jason lui bondit dessus et la serra dans ses bras.

Tiffany se mit à hurler et à lui griffer le corps.

Jason ne céda pas et réussit à la faire entrer dans l'appartement avant de refermer la porte derrière lui.

– À l'aide ! continuait à hurler Tiffany. À l'aide !

Elle tentait de se débattre, mais Jason était bien plus fort qu'elle et la plaqua sur le sol de l'entrée.

– Arrête de hurler ! Il n'y a personne d'autre que moi, espèce d'idiote !

Tiffany arrêta de gigoter et le regarda droit dans les yeux.

– Jason, je t'en supplie, laisse-moi partir, je ne veux pas...

– Bébé, je suis tout seul, tu n'as pas compris ? Va voir par toi-même, si tu ne me crois pas.

Il la libéra enfin et ils se relevèrent tous les deux.

– Je te promets qu'il n'y a personne. Tu entends du bruit ?

Tiffany se mit à douter.

– Si jamais tu me mens, je te jure que je te tue.

Elle s'avança prudemment et découvrit le salon. Personne en vue.

– Alors, tu crois peut-être qu'une bande de partouzeurs est cachée dans ma chambre ?

– Ta chambre ? le reprit-elle avant de commencer à comprendre. Tu veux dire que...

– Oui, c'est mon appartement. Rien que pour nous deux.

Une nouvelle fois, Tiffany ouvrit de grands yeux, mais d'émerveillement. Elle n'en revenait pas. Certes, elle connaissait la fortune de la famille de Jason, mais jamais elle n'aurait pensé qu'ils accepteraient qu'il prenne son indépendance. Et pourtant...

– Espèce de grand malade... mais c'est génial ! s'exclama-t-elle en lui sautant littéralement dessus.

Jason l'attrapa et la retint par les fesses tandis qu'elle enroulait ses jambes autour de sa taille.

Elle lui déposa le plus vigoureux des baisers, et Jason en savoura chaque coup de langue.

Il s'avança ainsi dans le salon et la fit basculer sur le canapé sans la lâcher, penché au-dessus d'elle.

– Alors, heureuse ?

– Je n'en reviens pas. J'espère que ce n'est pas une blague. Il est vraiment à toi ?

– Oui, en fait, à moi, et aussi à Paul et Travis. Il se redressa et cria : Hey, les gars, vous pouvez venir, elle est ok pour un gang bang !

Tiffany se figea avant de réaliser que c'était encore une de ses mauvaises blagues.

– Espèce de salaud.

Elle mit la main dans son boxer et lui pinça le sexe.

– Aïe ! Arrête ! Je recommencerai plus, hurla Jason qui se jeta du canapé.

Tiffany se releva et, feignant de dédaigner Jason toujours à terre, s'approcha de la baie vitrée.

– Jolie vue, dit-elle avant d'attraper le coin d'un rideau et de le tirer tout le long de la baie vitrée.

Jason n'avait pas besoin d'explications pour comprendre ce qu'il allait se passer. Il reprit son smartphone qu'il rebrancha sur sa chaîne et, une fois n'est pas coutume, mit en boucle le morceau préféré de Tiffany.

La voix délicate d'Ellie Goulding emplit l'espace.

« *You're the light, you're the night, you're the color of my blood...* »

Jason se rassit sur le canapé et, attendant fébrilement la suite du programme, admira Tiffany qui revenait vers lui d'un pas langoureux tout en déboutonnant son chemisier.

« *You're the cure, you're the pain, you're the only thing I wanna touch...* »

Elle se campa face à lui et se débarrassa de son chemisier, laissant apparaître deux magnifiques seins emprisonnés dans un petit soutien-gorge de dentelle rose Hanky Panky. Elle passa ses mains dans son dos et, lentement, fit glisser les bretelles avant de le dégrafer et de le laisser tomber à terre.

« *Never knew that it could mean so much, so much...* »

Tiffany passa ses pouces entre la ceinture de sa jupe et sa peau et, dans un déhanché sensuel, elle commença à la faire descendre, pour laisser apparaître un shorty assorti au soutien-gorge.

Jason n'en pouvait plus. Il se débarrassa de son T-shirt sans rater une seconde de ce strip-tease improvisé.

La jupe tomba à ses pieds et la culotte de dentelle prit le même chemin, révélant enfin le plus beau trésor que possédait une femme.

« *You can see the world you brought to life, to life...* »

– Oui, je le vois, chuchota Jason comme en écho à la chanson.

Tiffany sourit et, dans un dernier mouvement, se rapprocha du canapé. S'agenouillant sur les coussins, elle s'assit à califourchon sur Jason et se laissa lentement pénétrer par son sexe.

– *So love me like you do, love me like you do,* murmura Tiffany alors qu'une onde de plaisir lui traversait le corps.

Dans un mouvement lent, elle commença à bouger son fessier, le relevant et l'abaissant méthodiquement, sentant à chaque fois le sexe épais de son petit ami la combler entièrement.

« *Every inch of your skin is a holy gray I've got to find...* »

Habituellement si maître de lui, Jason sentait qu'il pouvait partir à tout moment. Il fit attention à bien se contrôler.

– Je t'aime, mon bébé, je t'aime.

Tiffany accéléra ses mouvements du bassin en les accompagnant de petits cris terriblement excitants.

L'excitation de Jason était à son comble. Son sexe le tirait. Tellement bon !

« *Only you can set my heart on fire, on fire...* »

Tiffany continuait à pousser de petits gémissements.

Jason posa ses mains sur ses seins et lui pinça les tétons.

– Tu aimes ça ?

Tiffany poussa un petit cri en fermant les yeux. Jason apprécia cette réponse.

Il passa une main dans son dos et la fit glisser jusqu'à la naissance des fesses.

– Oui, vas-y, vas-y bébé.

Jason continua à la caresser ainsi de bas en haut puis, d'un coup, il la prit à bras-le-corps et la fit basculer sur le canapé sans pour autant se retirer d'elle.

Allongée sur le dos, Tiffany passa ses jambes par-dessus les épaules de Jason, lui permettant de s'enfoncer encore plus profondément en elle, ce dont il ne se priva pas. Il était temps qu'il reprenne les rênes. Et avec tout autant de savoir-faire que Tiffany, il entama des va-et-vient entre ses cuisses qui, à chaque coup de boutoir, la faisaient rugir de plaisir.

« *My head spinning around, I can't see clear no more...* »

Le cerveau en feu, Jason n'était plus qu'une bête assoiffée de sexe. Le souffle court, le regard vitreux, il adorait quand il se sentait devenir autre chose, bien plus qu'un humain. Le vrai sens de la vie.

Brusquement, il se retira d'un coup, et recula. Tiffany le regarda et comprit ce qu'il avait en tête.

Elle se mit à quatre pattes sur le canapé et offrit à son regard ses fesses luisantes de sueur.

Jason savait que le grand moment était venu. Ce moment que, jusqu'à présent, elle lui avait toujours refusé. Enfin, il allait connaître un nouveau plaisir.

Il rapprocha son sexe, savourant cet instant avant d'aller plus loin.

« *What are you waiting for?* » continuait de chanter Ellie Goulding, dont le morceau passait pour la troisième fois.

Il s'apprêtait à la pénétrer quand... la musique s'arrêta et la sonnerie de son téléphone retentit.

Il la reconnut aussitôt. C'était celle qu'il avait affectée au numéro de Dodi.

Et merde ! Ce n'était vraiment pas le moment.

Jason attendit mais, quand la sonnerie s'arrêta enfin, il constata que son érection avait fait de même.

– Tu vas pas me laisser en plan ? fit Tiffany qui tourna la tête dans sa direction et lui adressa un clin d'œil coquin.

– Oh que non ! s'empressa-t-il de la rassurer alors que son sexe reprenait de la vigueur.

Il posa les mains sur les hanches de sa chérie, avant de...

La sonnerie de la porte d'entrer le fit sursauter.

– C'est pas vrai ! ragea-t-il.

– Tu attends quelqu'un ? demanda Tiffany.

– Non, répondit-il spontanément avant de se souvenir...

Chelsea ! Qu'est-ce qu'il lui avait pris de l'accueillir chez lui ? Jamais il n'aurait dû accepter. Maudites hormones ! Tiffany lui suffisait amplement, et cette inconnue allait tout gâcher.

La sonnerie de l'entrée se fit entendre une nouvelle fois. Chelsea n'allait pas le lâcher.

Tiffany s'assit sur le canapé et, haussant les épaules, se pencha pour récupérer sa petite culotte tombée à terre.

– Une autre fois, dit-elle d'un ton dépité.

Le téléphone sonna à nouveau. Toujours la sonnerie de Dodi.

Faisant contre mauvaise fortune bon cœur, il attrapa son portable et décrocha.

- 25 -

– Dodi, il y a un problème ?

– Non, pas du tout, mais je suis devant ta porte. Je viens de sonner, mais personne ne m'a ouvert. Tu es bien chez toi ? Ta mère vient de m'assurer que tu y étais encore.

– Comment ça ? Tu n'es pas à la clinique ?

– Je viens de te le dire, je suis devant ta porte. Tu peux venir m'ouvrir ?

Jason regarda Tiffany et, obstruant son portable, il articula d'une voix sourde :

– Rhabille-toi vite, c'est ma grand-mère, elle est à la porte.

Tiffany ne put réprimer un petit rire, tandis que Jason répondait à Dodi.

– Je t'ouvre. Je sors juste de la douche, il fait une chaleur ici...

Jason attrapa son boxer et son T-shirt et les enfila à toute vitesse, pendant que Tiffany rassemblait ses vêtements.

– Va dans la chambre, je te rejoins dès que je peux. Mais surtout ne fais pas de bruit, chuchota-t-il.

Tiffany fila se réfugier au fond de l'appartement, tandis que Jason tirait les rideaux et ouvrait la baie vitrée pour aérer le salon.

Il secoua la tête et souffla un grand coup.

–Tout va bien, tout est normal, se répéta-t-il à lui-même à la manière d'un mantra positif en se dirigeant vers l'entrée.

Enfin, il ouvrit la porte.

Dodi était vêtue d'une jolie robe à fleurs digne des hippies des années soixante-dix.

–Mais qu'est-ce que tu fais là ? Tu es venue comment ?

–Je suis venue voir l'appartement de mon petit-fils. Tu n'es pas content de me voir ?

–Si, mais les médecins...

–Chut, je ne veux rien entendre. J'ai leur accord, tu ne veux tout de même pas les appeler pour vérifier ? N'oublie pas que je suis ta grand-mère et que si l'un de nous doit rendre des comptes à l'autre, c'est bien toi.

–Qu'est-ce que tu veux dire ?

–Tu es seul ? dit-elle en prenant un air inquisiteur.

Le rouge monta au visage de Jason.

–Je comprends. Je vous ai dérangés, n'est-ce pas ?

–Non, pas du tout, je faisais visiter l'appartement à Tiffany. Elle est aux toilettes...

Dodi éclata d'un grand rire joyeux.

–Oh mais qu'est-ce que je t'aime, toi ! Tu es bien la chair de la chair de ma chair. Un vrai Zimmer ! s'exclama-t-elle en lui pinçant la joue. Tu sais que j'ai eu ton âge, et si tu veux tout savoir...

–Non, je préfère pas, la coupa-t-il aussitôt.

Pas franchement envie de parler sexualité avec Dodi !

–Je voulais simplement dire que je comprendrais tout à fait que tu préfères être avec ta petite amie qu'avec ta vieille grand-mère.

–Je n'ai pas dit ça.

–Je plaisante. J'espère bien que tu me préfères à elle !

–Dodi, dit-il en secouant la tête, et avec la vive impression que le plus jeune des deux n'était pas le moins âgé.

–C'est bon, j'arrête de t'embêter. Il y a de quoi manger ou je dois aller faire les courses ?

– Maman a rempli le frigo, sers-toi.

– C'est gentil, j'ai une faim de loup. Tu n'imagines même pas à quel point c'est déprimant ce qu'ils nous donnent à manger. C'est pire qu'en prison.

– Tu n'exagères pas un peu ? Il paraît qu'ils ont le plus délicieux service de restauration de la côte.

– On voit bien que ce n'est pas toi qui es obligé de manger cette nourriture infecte. Je suis vieille et malade, pas punie pour avoir violé et découpé des enfants en morceaux ! Au fait, je t'ai déjà dit que j'avais fait de la prison ?

– Oui, au moins mille fois, et que tu étais sortie avec le shérif et qu'il t'avait libérée ainsi que tous les autres manifestants.

– Je le trouvais très craquant, sous ses allures de gros bougon.

Jason secoua la tête, histoire de passer à autre chose.

– Bon, je vais chercher Tiffany, je reviens.

Il remonta le couloir et entra dans la chambre. Tiffany s'était rhabillée et était assise sur le lit, les yeux rivés sur son smartphone.

– C'est bon, tu peux venir, je lui ai dit que tu étais là.

– Mais comment tu lui as expliqué tout le temps que tu as mis à répondre ?

– Je lui ai dit qu'on écoutait de la musique à fond et qu'on n'avait pas entendu.

– Elle t'a cru ?

– Tu sais, ma grand-mère... dit-il en faisant un geste signifiant qu'elle perdait un peu la tête.

Il adorait Dodi, mais un petit mensonge ne pouvait pas faire de mal si la personne concernée ne l'apprenait jamais.

– Je vais y aller. On se revoit ce soir ?

– Un peu, oui ! Tu crois que tu pourrais découcher ?

– Aucune chance.

– Et si Sandy te sert d'alibi ?

– Pas crédible. Tout le monde sait qu'on ne s'aime pas trop toutes les deux.

– Pourquoi pas Jenny ? Tu l'as suffisamment couverte pour qu'elle te rende la pareille.

– Cette garce de Jenny ? Très bonne idée ! Oui, je te rappelle et je te dis si elle est d'accord.

Cela faisait des semaines que les deux filles étaient fâchées pour une histoire de petit haut adorable sur lequel elles avaient flashé toutes les deux. « Un bon moyen de se réconcilier », se dit-elle ravie.

Tiffany reprit ses affaires et déposa un doux baiser sur les lèvres de Jason.

Ils retournèrent dans le salon. La bouilloire commençait à siffler, annonçant que l'eau était prête pour le thé de Dodi. Celle-ci avait découvert du thé à la menthe, son préféré, et en avait déposé un sachet dans un mug.

– Bonjour, je suppose que tu es Tiffany, dit-elle en s'adressant à cette dernière.

– Bonjour, madame. Jason vous a parlé de moi ?

– S'il me parle de toi ? Il n'arrête pas. Il va falloir que tu le traites bien. C'est mon petit-fils et si tu lui fais du mal, tu auras affaire à moi !

– Vous n'avez pas à vous en faire. Je dirais que c'est plutôt l'inverse, se défendit Tiffany.

– Alors tu peux être tranquille, Jason t'adore et tu comptes beaucoup à ses yeux, la rassura Dodi.

– C'est vrai ?

– Croix de bois, croix de fer, si je mens, je vais en enfer ! jura Dodi qui croisa ses doigts dans son dos.

– C'est gentil. Tu aurais pu me présenter à ta grand-mère plus tôt, dit Tiffany.

– Voilà, c'est fait à présent. Mais tu ne devais pas partir ?

– Si, si. Je t'appelle tout à l'heure, dit-elle en embrassant d'un furtif baiser sur la bouche son amoureux. Au revoir, madame.

– Au revoir, jeune fille.

Tiffany claqua doucement la porte, toute heureuse de cette rencontre.

Jason se retourna vers sa grand-mère.

– Pourquoi tu es allée lui dire que je l'adorais ?

– Tu couches avec elle, oui ou non ?

– Dodi, on n'est plus dans les années soixante. On peut coucher sans pour autant « s'adorer ».

– Je te charrie, mon trésor. Comment tu crois que j'étais à ton âge ? Je peux te dire…

– Non, je ne veux pas savoir. Tiens, ton eau est chaude, dit-il pour détourner la conversation.

Jason lui prit son mug des mains et le lui remplit. À présent que Tiffany était partie, il redevenait le petit-fils chéri de sa grand-mère.

– Je te fais visiter ?

- 26 -

– Tu ne peux pas garder ça pour toi, c'est beaucoup trop grave, déclara Robert Dawson.

– J'ai promis à Laura. Si vous ne pouvez pas nous aider, tant pis, répondit Nathan.

– Papa, s'il te plaît, ne nous lâche pas, plaida Sandy.

– Très bien, je vais faire ce que je peux. Mais cela risque de prendre du temps, et surtout je n'ai pas les moyens de la police. Ce que je vais faire est strictement illégal.

– Si jamais vous avez des problèmes, ma famille paiera tous les frais de justice.

Assis dans son bureau, Robert Dawson secoua la tête.

– Nathan, on parle de chantage, de menace ! Je crois que tu n'as pas vraiment conscience de la gravité des faits. Je n'ai pas peur pour moi, mais pour Laura. Aussi difficile que soit cette décision, elle doit en parler à la police.

Debout près de la fenêtre donnant sur le jardin, Sandy pensait exactement la même chose. Les femmes devaient se défendre. Les prédateurs sexuels jouissaient trop souvent de l'assurance que leurs victimes préféreraient toujours se taire plutôt que de subir ce qu'elles croyaient être la honte d'avouer avoir été violées, violentées ou harcelées. Mais elle avait donné sa parole à Nathan et rien n'était plus important que de ne pas trahir ses amis.

– Monsieur Dawson, vous ne connaissez pas Laura. Elle est fragile, alors si jamais cette vidéo sort sur le net... Je ne sais pas ce qu'elle pourrait faire.

Robert soupira et comprit qu'il n'arriverait pas à le ramener à la raison.

– D'accord, je vais essayer.

Il fit basculer son fauteuil vers son bureau et se posta devant l'écran de dix-sept pouces de son ordinateur. Il croisa les doigts de sa main droite avec ceux de sa main gauche et fit craquer toutes les articulations avant de les poser sur le clavier.

– Tu me redonnes le nom de famille de Laura et son adresse ? Je veux dire, son adresse mail, et celle de son compte Facebook.

– Je ne les connais pas par cœur. Mais je peux les lui demander...

– Non, laisse tomber, je vais me débrouiller.

À présent qu'il avait fait le choix de les aider, Robert sentait l'excitation monter en lui.

À quarante-cinq ans, il avait adopté tous les codes et usages de la société, mais le geek en lui ne demandait qu'à se réveiller.

Il sourit en pensant à l'adolescent qu'il avait été. Un rebelle qui n'aurait jamais imaginé devenir quelqu'un d'aussi rangé. Marié, deux enfants, joli pavillon dans un quartier adorable de Santa Barbara. Une vie tranquille, un poste important au sein d'une des grosses boîtes d'informatique du coin, dans laquelle il détenait même quelques actions. Un vrai cliché !

Et pourtant, en regardant Sandy, il savait qu'il avait fait le bon choix. L'excentricité n'a qu'un temps. La normalité, voilà tout ce dont il avait besoin. À quelques écarts près. Car en cet instant, il jubilait de redevenir un adolescent turbulent et en éprouva une immense satisfaction. Ne pas suivre les lois, briser les interdits. Oui, il avait beau dire, il avait toujours aimé ça !

– On y va, dit-il.

Sandy et Nathan se postèrent derrière lui et très vite, ils ne comprirent plus rien de ce qu'il se passait. La page d'accueil de Windows disparut, remplacée par un écran noir et un carré vert clignotant. Robert commença à taper une série de chiffres et de lettres incompréhensibles pour le commun des mortels.

Puis il alla à la ligne et répéta plusieurs fois l'opération.

Ses doigts voletaient sur le clavier tel le virtuose d'un grand orchestre symphonique.

– Le dark web, fit Robert en pleine transe.

Il se sentait totalement aspiré par son écran. Cela faisait si longtemps qu'il ne s'était pas amusé à hacker quoi que ce soit.

La porte du bureau s'ouvrit en grand et Meredith Dawson s'avança d'un air suspicieux.

– Qu'est-ce que vous complotez là-dedans ?

– Rien du tout, répondit Robert sans lâcher l'écran des yeux.

– Il est bizarre ton écran. Tu fais quoi ?

Robert fit la moue et se retourna enfin.

– Un truc pour Nathan, une petite astuce pour gagner un peu plus facilement quand il joue à son jeu vidéo préféré, mentit-il.

Meredith regarda le jeune homme d'un air moralisateur.

– Ce n'est pas bien de tricher. Dans la vie, la rigueur et la droiture sont des vertus essentielles.

– Je sais, madame Dawson. Mais c'est juste que mon opposant est un sale type, je veux lui mettre la pâtée et lui donner une petite leçon.

– Ah, les garçons ! soupira Meredith qui préféra passer à autre chose. Sandy, ton copain est arrivé. Il t'attend.

Peter ! Elle l'avait complètement oublié.

– Tu l'as fait entrer ?

– Oui, je n'allais pas le laisser à la porte. Jay lui a sauté dessus, je crois qu'il l'a adopté.

– Qu'il ne s'attache pas trop, ce n'est pas un ami.

– Comment ça ? Tu ne sors pas avec lui ? s'étonna Meredith.

– Non.

– Mais, dans ce cas, qu'est-ce qu'il vient faire... ?

– Maman, ça ne te regarde pas, dit-elle consternée, puis se tournant vers Nathan : Je vais y aller. Je suis désolée.

– Ok. Je peux rester avec vous, monsieur Dawson ?

– Bien sûr, mais cela risque de prendre du temps.

– Ça ne me dérange pas.

Robert se reposta devant son ordinateur et Nathan tira une chaise pour s'asseoir à côté de lui, tandis que Sandy et Meredith tournaient les talons.

– Ne fais pas de bêtises avec ce garçon. Il est fait pour toi, dit cette dernière en remontant le couloir.

– Maman, je t'ai déjà dit mille fois de ne pas te mêler de mes affaires.

– J'ai quand même le droit d'avoir un avis sur tes prétendants, et celui-ci est parfait. Je suis certaine que c'est ma robe de soirée qui l'a ébloui hier soir.

Toujours tout ramener à soi !

– D'accord, je te raconterai tout, mais s'il te plaît, tais-toi, murmura Sandy alors qu'elles arrivaient dans le salon.

Peter était assis en tailleur sur le tapis et jouait aux billes avec Jay.

– Je peux vous laisser tous les deux, si vous voulez, fit Sandy.

– Cela aurait été avec plaisir, mais le travail avant tout, déclara Peter en se mettant debout.

– Quel travail ? demanda Meredith.

– Le concours de danse. Votre fille est tellement douée que je suis sûr qu'on peut le gagner.

Meredith se tourna vers Sandy, qui était devenue écarlate.

– Tu as repris des cours de danse sans me le dire ?

– Pas vraiment.

– Tu prends des cours de danse ? s'étonna Peter.

–Elle était la meilleure quand elle était petite, mais elle a tout arrêté à dix ans. Un caprice d'enfant. J'aurais peut-être dû insister.

Sandy se souvenait très bien de la raison de ce brusque arrêt. Les moqueries de ses camarades sur son physique ! Terriblement cruelles. Elles avaient brisé son rêve de devenir petit rat de l'opéra. Des années après, elle entendait encore les insultes de Penny, Mary ou encore Susan...

–Mais bon, si tu veux t'y remettre, on paiera, je suis sûre que ton père sera d'accord, continua sa mère. Ça nous ferait tellement plaisir. Mais c'est quoi ce concours ? Tu as vraiment le niveau ?

–Elle danse super bien. Moi je l'ai déjà vue s'entraîner dans sa chambre ! intervint Jay tout sourire.

–On ne t'a rien demandé à toi !

Le petit garçon lui tira la langue et se mit à bouder.

–Il y a un concours demain au Velvet Jones. On peut gagner, j'en suis certain.

–Je n'en doute pas. Vous formez un très joli couple, c'est important pour le jury, nota Meredith, radieuse.

–C'est vrai et votre fille a beaucoup de talent, mais on a encore besoin de travailler.

–Le travail, bien sûr. Alors je ne vous retiens pas. Allez vous entraîner.

–À tout à l'heure, dit Sandy qui prit les devants et sortit la première.

Peter la rejoignit après avoir salué Meredith et Jay.

–Excuse-moi si j'ai commis un impair, mais je ne pouvais pas deviner que tu n'en avais pas parlé à ta famille. Personne ne sait que tu danses aussi bien ?

Remontant l'allée pour rejoindre la voiture de Peter, Sandy haussa les épaules.

–Non, je te l'ai dit, je ne sais pas danser.

–Et les cours dans ton enfance ?

–C'était rien. J'étais nulle, complètement nulle ! C'est pour ça que j'ai arrêté.

« Non, je n'étais pas nulle. » Elle s'en souvenait comme si c'était la veille, elle était douée et son professeur avait tout fait pour la dissuader d'arrêter. Sandy sentit la détresse la saisir et enfonça ses ongles dans ses paumes pour ne pas craquer.

– Oui, mais hier, tu n'as pas inventé ces pas de danse ?

– J'ai appris toute seule, mais c'est juste quelques pas...

– Tu déconnes, j'ai une vidéo de nous deux, tu veux la voir ?

– Non, ça va aller. Je dois être ridicule.

Peter se planta devant elle.

– Il faut que tu arrêtes avec ça. Si tu ne penses pas que tu peux gagner, on ne gagnera jamais.

– Je sais, je n'arrête pas de te le dire !

Cet idiot réveillait tellement de douleur en elle. Un rêve brisé, qu'elle savait ne jamais pouvoir réparer.

« Pourquoi tu le suis ? Il va te faire du mal. Rentre à la maison ! » hurla une petite voix intérieure.

– Tu ne comprends pas. Je veux dire : tu dois arrêter de te dévaloriser. Tu es sublime. On peut le faire, on va le faire.

« Et s'il avait raison, et s'il ne mentait pas », fit une autre de ses petites voix intérieures.

– Si tu le dis, concéda-t-elle en ouvrant la portière côté passager.

Peter vint s'asseoir au volant, mais au lieu d'allumer le moteur, il sortit son smartphone et démarra la vidéo qu'un de ses copains avait filmée.

Sandy se pencha vers lui et, à sa propre surprise, elle adora ce qu'elle voyait. Non seulement elle n'était pas ridicule, mais au contraire, il lui fallait bien reconnaître qu'elle s'en sortait avec élégance et style, surtout quand Peter entra à son tour sur la piste.

– Alors, c'est pas top ? s'exclama-t-il.

Sandy avait envie de pleurer, mais de joie. Elle se mordit la langue et reprit le contrôle de ses émotions pour répondre d'un ton détaché :

–Ouais, pas trop mal.

–Pas trop mal ? Tu es incroyable !

–Disons que je me débrouille, ça te va ?

–Oui, on va dire que tu te débrouilles ! ironisa-t-il. Bon, j'ai trouvé un endroit où on sera tranquilles.

–Où ça ?

–C'est une surprise, mais je suis sûr que tu vas aimer. Il y aura tout le matos qu'il faut.

–Le matos ?

–Tu verras. Fais-moi confiance.

Il mit enfin le contact et la petite Chevrolet partit tranquillement le long des pavillons de ce quartier résidentiel.

- 27 -

– Hey, attends-moi ! hurla Keith.

Faute d'avoir une voiture à disposition, il avait proposé à Chelsea de louer des VTT pour se rendre à Blue Beach. Il avait craint qu'elle ne se moque de lui mais, contre toute attente, elle avait paru enchantée par la proposition et, à la voir dévaler si vite, il ne doutait pas qu'elle roulait régulièrement.

Keith accéléra la cadence et ne tarda pas à la rattraper. Longer la côte en vélo, sous un soleil brûlant, leur permettait d'apprécier mieux encore que d'habitude les paysages magnifiques que Keith côtoyait pourtant depuis son enfance. La plage et l'océan sur leur gauche, les collines sur leur droite. À la sortie de la ville, les habitations se faisaient plus rares et cédaient la place à une végétation luxuriante de toute beauté : en bordure de mer, les palmiers iconiques, mais aussi les larges feuilles de bananiers, tandis qu'aux contreforts des collines, tapissés de pavots de Californie aux couleurs flamboyantes, on pouvait distinguer le chaparral, sorte de maquis broussailleux. Seule ombre au tableau, le flot des voitures qui circulaient sur la route bordant la piste cyclable.

– Où tu vas comme ça, tu tiens tant que ça à t'enfuir ? taquina-t-il Chelsea une fois remonté à sa hauteur.

– En fait, je ne savais pas comment te le dire, mais je ne te supporte plus.

Ils avaient légèrement ralenti leur allure, laissant l'air marin les rafraîchir.

– Ce n'est pas très gentil, après tout ce que j'ai fait pour toi !

– Je plaisante, et je te remercie pour tout. Cette idée de balade en vélo, j'adore !

Elle se remit à accélérer, mais Keith ne se laissa pas surprendre. Le visage souriant, il revint dans sa roue puis se permit même de la doubler, tout en lui jetant de fréquents coups d'œil.

Chelsea semblait différente. Autant elle avait eu l'air désespérée en sortant du commissariat, autant, en cet instant, elle respirait la joie de vivre. Prenant son souffle à grandes bouffées d'oxygène, elle s'était levée de sa selle pour gagner en puissance. Avec ses longs cheveux blonds dans le vent et son petit short en toile qui mettait en valeur ses jambes bronzées finement musclées, elle était, aux yeux de Keith, la représentation d'une déesse antique venue se poser sur Terre.

– Tu ne m'auras pas, laisse tomber ! la défia Keith.

Chelsea tourna la tête.

– Tu crois que...

Mais brusquement, elle perdit le contrôle et partit en avant, s'éjectant du vélo dans une chute spectaculaire.

Keith freina aussitôt et, jetant son vélo sur le bord de la piste, se rua au secours de Chelsea qui restait assise sur le sol à se masser l'épaule.

– Je crois que je n'ai rien, dit-elle.

La piste était bordée par le sable de la plage, ce qui avait considérablement amorti sa chute.

– Pas trop de dégâts, mademoiselle ? demanda un cycliste qui avait assisté à l'accident.

– Merci, je crois que ça va aller.

L'homme, dans la cinquantaine, chauve, le visage rougeaud, lui tendit le bras.

Avec son aide, Chelsea se releva et fit bouger toutes ses articulations l'une après l'autre pour vérifier qu'elle n'avait rien de cassé.

– C'est bon, plus de peur que de mal.

– Vous devriez vous faire soigner. Ne bougez pas, j'ai ce qu'il faut.

Le bon samaritain sortit de son sac à dos une petite trousse de première urgence, alors que Chelsea regardait son genou égratigné d'où perlait un peu de sang.

– Je suis désolé, je n'aurais pas dû te pousser à accélérer, reconnut Keith tout penaud.

– Ça va, je suis une grande fille, j'assume ce que je fais. Tu n'y es pour rien.

– Écartez-vous, jeune homme. Laissez-moi faire.

Bon samaritain peut-être, mais un peu trop autoritaire au goût de Keith. Néanmoins, il lui céda la place et le laissa faire.

L'homme nettoya la plaie avec un désinfectant, puis apposa un pansement adhésif.

– Voilà, ma belle, vous êtes comme neuve, se félicita l'homme tout souriant.

– Merci beaucoup, c'est gentil.

– De rien. Pour une jolie fille comme vous, c'est bien normal.

« Drôle de compliment », se dit Chelsea. « Et si j'avais été moche ? » Elle préféra ne rien dire.

– Bon, ben on va repartir alors.

Keith n'était pas dupe du manège de l'homme qui aurait bien aimé trouver une excuse pour rester auprès de Chelsea et continuer la conversation. Mais il n'avait pas l'intention de lui tendre la moindre perche.

– Je tiens un magasin de vélos, sur Cardinal Street, si vous voulez passer, je vous ferai un prix, proposa l'homme.

– On verra. Merci.

L'homme sortit une carte de visite de son portefeuille et la tendit à Chelsea qui la rangea dans une des poches de son short.

Comprenant enfin qu'il était de trop, l'homme remonta sur son vélo et repartit.

– Il est gonflé celui-là ! Tu as vu comment il t'a fait du rentre-dedans ?

– Laisse tomber, il pourrait être mon père, voire mon grand-père ! s'en amusa-t-elle en reprenant son vélo.

– Ouais, mais quand même, il se prend pour qui ? Jette sa carte.

– Pourquoi ? Après tout, s'il nous fait un prix, ça pourrait être intéressant.

Keith fit la grimace et Chelsea éclata de rire.

– Jamais je ne mettrai les pieds dans sa boutique. Te voilà rassuré ?

– Je préfère. Je suis ton ange gardien, ne l'oublie pas.

– Ouais, si j'étais toi, je ne m'en vanterais pas trop, dit-elle d'un ton moqueur en regardant son genou.

– Je débute dans le gardiennage, mais je suis un ange, ça c'est sûr.

– Très bien, alors ouvre tes ailes, bel ange, et essaye de me suivre, le défia Chelsea qui était déjà remontée sur son vélo.

Cette fois-ci, Keith prit soin de rester à distance. Après tout, quoi de plus beau qu'un joli postérieur moulé dans un short en ligne de mire ?

Dix minutes plus tard, ils arrivaient enfin à destination. Plus aucune habitation côté colline, à peine quelques voitures garées sur le bord de route. Contrairement aux autres plages de la cité balnéaire, Blue Beach était très peu fréquentée par les familles en raison de ses nombreux rochers et du manque de sable.

Keith et Chelsea descendirent de leurs vélos. Entre eux et l'océan s'étendait une étroite bande de plage où de rares pêcheurs étaient assis sur des transats, attendant patiemment que les poissons mordent aux hameçons des cannes à pêche qu'ils avaient enfoncées dans le sable.

– Comment tu te sens ? demanda Keith.

– Ça va, c'était juste une égratignure, répondit Chelsea.

– Je parlais du fait de te retrouver ici.

Chelsea regarda tout autour d'elle, et secoua la tête. Aucun flash, aucun souvenir, même pas l'impression de déjà-vu.

– Rien ne me revient.

Jason fit la moue et pointa une direction de la main.

– On va passer les rochers, Nathan t'a trouvée juste derrière.

Il ouvrit la marche et ils traversèrent la petite plage pour se diriger vers la colonne de roche volcanique qui dissimulait la petite crique secrète.

– Laisse ton vélo ici, décida Keith quand ils atteignirent les rochers.

Il posa le sien contre une pierre et Chelsea l'imita.

– Fais attention à ne pas glisser. Ces rochers peuvent être traîtres, la prévint Keith.

Chelsea était touchée par sa sollicitude, mais elle ressentait aussi au plus profond d'elle-même qu'elle n'était pas le genre de fille à se laisser traiter comme une petite chose fragile.

Aussi, le devançant, elle grimpa avec agilité sur le premier rocher avant de sauter sur le deuxième, et ainsi de suite jusqu'à arriver la première dans la petite crique ceinturée d'une muraille rocheuse. Personne. Nulle trace de présence humaine. La marée nocturne avait balayé le sable et rendu la plage aussi lisse qu'aux premiers jours. Inutile d'espérer retrouver quelque chose de personnel qu'elle aurait laissé tomber.

– Alors, toujours rien ?

Chelsea secoua la tête.

– Tu es sûr que c'était ici ?

– Oui. On peut essayer de creuser le sable, peut-être qu'on retrouvera tes papiers.

– Tu y crois vraiment ?

– Qui ne tente rien n'a rien.

Chelsea apprécia le caractère volontaire de Keith, et même si un certain abattement la tenaillait, elle accepta la proposition.

À quatre pattes, ils entreprirent de creuser à la main. Néanmoins, au bout de quelques minutes et après avoir saccagé une jolie bande de sable près du rivage, Chelsea capitula.

– Ça ne sert à rien. Soit la mer les a emportés, soit ils n'ont jamais été là.

Keith en était convaincu depuis un moment mais n'avait pas voulu être celui qui baisserait les bras le premier.

– On peut continuer encore un peu ?

– Non, laisse tomber. Ça me déprime plus qu'autre chose.

Le visage de Liam Dupré n'avait cessé de hanter sa mémoire depuis qu'elle s'était mise à creuser. Pourquoi l'avait-il frappé ? Que lui avait-elle fait ? Pourquoi ces mots : « Tout se passe comme prévu » ? Le connaissait-elle vraiment ? Et pourquoi toujours cette sensation qu'il ne fallait surtout pas alerter la police ?

Chelsea était totalement désorientée. Elle mourait d'envie de se confier à Keith, mais il risquait de prendre peur et de la laisser tomber. Ce qui lui fit réaliser qu'elle n'avait plus du tout envie de rester seule. Certes, elle sentait qu'elle était d'une nature indépendante, mais la présence de Keith lui était d'un grand réconfort. Une vraie bienveillance. Son ange gardien.

– Qu'est-ce qu'il y a ? s'étonna Keith en voyant la façon dont elle le regardait.

– Rien, je veux juste te remercier pour tout ce que tu fais pour moi.

– Tu radotes ou quoi? Tu l'as déjà fait. Et puis c'est normal, n'importe qui ferait pareil à ma place. Tu veux qu'on retourne en ville ?

Chelsea détourna son regard en direction de l'horizon et de l'océan imperturbable qui inlassablement venait mourir à leurs pieds. Elle eut une meilleure idée. Il était hors de question de passer tout son temps à se morfondre. Elle devait à tout prix se reprendre. Même si elle n'avait aucune réponse à ses questions, elle était persuadée qu'elles arriveraient toutes le moment venu. Avec Keith, elle se sentait en sécurité et pouvait se détendre.

–Maintenant qu'on est là, autant en profiter pour se baigner, non ? proposa-t-elle.

Keith s'était remis debout et avait commencé à épousseter ses vêtements couverts de sable.

–Très bonne idée, mais sans maillot, si les pêcheurs nous aperçoivent, on est bons pour une amende pour exhibitionnisme.

Chelsea se leva à son tour.

–On reste en sous-vêtements. Il n'y a personne. À moins que tu n'en portes pas ?

–Va savoir, dit-il en déboutonnant son pantalon.

Il le fit glisser, révélant un magnifique caleçon imprimé de palmiers. Chelsea ne put s'empêcher de rire.

–Ils les vendaient par quatre pour le prix de trois, ma mère a sauté sur l'occasion.

–Non, mais j'aime bien, je te jure.

–Moque-toi, méchante fille.

Chelsea rit de nouveau et enleva son T-shirt et son short pour laisser apparaître des sous-vêtements classiques, bien moins affriolants que Keith ne l'avait escompté. À l'évidence, c'était Sandy qui les avait choisis !

–Le dernier à l'eau a un gage, lança Chelsea.

–Tu triches, tu es déjà prête !

–Mauvais joueur !

Elle bondit en avant et se rua vers l'océan où elle plongea la tête la première. Chelsea se sentait euphorique. Comme si toute la tension qui l'habitait était en train de s'évanouir. Un besoin vital de se sentir vivante. D'oublier qu'elle avait failli mourir. Oui, elle reprenait le dessus et ne comptait pas se laisser abattre, bien au contraire.

Keith finit d'enlever chaussures, chaussettes et pantalon, puis s'approcha prudemment de l'eau. Frileux de nature, il y mit juste le bout des orteils.

– Non mais regardez-moi ça ! Allez, viens, se moqua Chelsea qui, en quelques brasses énergiques, se rapprocha du rivage.

Elle se mit à balayer la mer de grands mouvements des mains, s'ébrouant, créant des vagues autour d'elle et éclaboussant copieusement Keith sur tout le corps.

– Arrête, je peux mourir d'hydrocution !

– Bien sûr, et moi je suis la reine d'Angleterre.

– Va savoir ! Et pourquoi pas ? La fille cachée de Diana et de son garde du corps.

– Autant les rois peuvent cacher leurs rejetons, autant une femme ne peut pas cacher sa grossesse. Trouve autre chose.

Keith n'avait rien à redire à cela, mais était toujours étonné par la faculté de Chelsea à se rappeler des événements extérieurs à sa propre existence, alors qu'elle ignorait ce qui la concernait elle-même. Les mystères du cerveau...

– Ton gage est de te jeter à l'eau quand j'aurai compté jusqu'à trois.

– C'est vraiment pas fair-play.

– Un, deux et...

Prenant son courage à deux mains, Keith se mit à courir dans l'eau, faisant fi de cette sensation horrible d'être assailli par des millions de piqûres.

– Félicitations, finalement tu n'es pas une poule mouillée !

– Tu vas voir si je suis une poule mouillée.

S'il était frileux, il n'en restait pas moins un très bon nageur. Et maintenant que son corps s'était habitué à la température de l'eau, il exécuta un crawl impeccable en direction de Chelsea qui aussitôt nagea vigoureusement vers le large.

Mais tel un requin blanc fonçant sur sa proie, Keith savait qu'elle ne pouvait lui échapper. Quand il fut juste derrière elle, il s'amusa à lui chatouiller le bout des orteils.

Elle battit plus fort des jambes pour s'éloigner de lui, aspergeant son visage de litres d'eau.

–Tu crois m'avoir comme ça !

Piqué au vif, il mobilisa tous ses muscles et, mètre après mètre, récupéra son retard. Une fois à sa hauteur, il lui sauta dessus et la coula entièrement, avant de la relâcher aussitôt.

Chelsea ressortit la tête de l'eau et prit un grand bol d'air.

–Espèce de sale type ! Tu vas voir !

Elle se jeta sur lui et lui appuya sur les épaules de toutes ses forces.

Keith fit semblant de se débattre et se laissa enfoncer sous l'eau, avant d'en ressortir comme s'il avait failli mourir noyé.

–Stop, on arrête, tu as gagné, dit-il en exagérant sa panique.

Leurs deux têtes émergées, leurs corps dans l'eau, ils étaient beaucoup plus proches qu'ils ne se le seraient permis sur la terre ferme.

Keith sentit une jambe effleurer la sienne, et ce fut plus fort que lui. D'un simple petit mouvement, il fut sur elle, et leurs bouches se touchèrent.

Chelsea resta de glace, et le repoussa aussitôt.

–Excuse-moi, je ne sais pas ce qui m'a pris, se justifia Keith, confus.

–Ça va. J'aurais presque été vexée si tu n'avais pas essayé, fit Chelsea dans un demi-sourire. Mais je te l'ai dit, tant que je n'ai pas retrouvé la mémoire, hors de question que je puisse tromper un éventuel petit copain.

Keith était mortifié. Pourquoi avait-il agi ainsi ? C'était beaucoup trop tôt. Mais elle était tellement attirante !

–Ne fais pas cette tête, si tu avais une copine, je suis sûre que tu ferais pareil à ma place.

Le coup de grâce ! Si jamais elle apprenait qu'il était en couple… Il fallait à tout prix qu'il rompe avec Tess avant qu'elle ne débarque. Mais si jamais Chelsea ne l'aimait pas, pourquoi rompre ?

Keith avait honte de ces pensées d'une lâcheté totale. Mais que faire ?

– Je ne sais pas... La polygamie a ses avantages.

– Mais bien sûr ! grinça Chelsea qui le coula une nouvelle fois, avant de nager encore plus loin vers le large.

- 28 -

Nathan regarda l'heure sur son smartphone. Déjà vingt minutes que Robert Dawson pianotait avec rage sur son ordinateur pour tenter de trouver la véritable identité du « Prince charmant », mais il n'arrêtait pas de maugréer, se fustigeant à voix basse de s'être laissé dépasser par la technologie.

– Saloperie de protection ! Mais je t'aurai quand même ! râla-t-il.

Le portable de Nathan bipa. Un SMS de Fiona.

« Je suis sur le yacht avec des amies, t'as intérêt à rappliquer sinon je viens te chercher où que tu sois ! :) »

Il avait prévu d'attendre jusqu'à ce que le père de Sandy finisse son hacking, mais il commençait à réaliser que cela pouvait durer bien plus longtemps qu'il ne l'avait imaginé.

Robert Dawson était en pleine discussion avec un autre hacker sur le dark web.

Nathan n'y comprenait rien et décida de répondre à sa sœur.

« Ok, j'arrive. »

Aussi aberrante que soit cette idée, il n'avait pas oublié que Chelsea était certaine de connaître une Fiona. Peut-être s'agissait-il de sa propre sœur ? Si Chelsea était bien de Santa Barbara, combien y avait-il de Fiona dans la ville ? Certainement très peu. Cela valait le coup de vérifier. De toute façon, ici, il était complètement inutile.

– Monsieur Dawson, je vais devoir y aller.

L'homme hocha simplement la tête, totalement absorbé par sa conversation.

– D'accord, je te tiens au courant.

Nathan se leva de sa chaise et, jetant un dernier coup d'œil sur l'ordinateur, n'y lut que du charabia informatique.

– Vous croyez que vous allez y arriver ?

– Je ne sais pas. « Prince charmant » est un petit malin. Il a démultiplié ses adresses et ses relais sont fluctuants. Ça change tout le temps. Un vrai paranoïaque.

– Genre « Anonymous » ?

– Oui, ce genre-là. Mais ne t'inquiète pas. Il ne sait pas qui il a en face de lui. Je vais me la faire, Sa Majesté.

Nathan se força à sourire et ressortit du bureau d'un pas morne. Il ne cessait de penser à Laura et à leur première expérience sexuelle, le matin même. Cela avait été tellement bon qu'il ne pouvait supporter l'idée de ne plus jamais la toucher. Il devait trouver une solution et cela quoi qu'il en coûte.

– Tu en fais une tête ! remarqua Meredith Dawson en levant les yeux de l'émission de téléachat que diffusait l'écran plasma du salon.

– Quoi ?

– On dirait que mon mari n'est plus aussi doué qu'autrefois. Mais tu connais mon opinion sur la triche...

Nathan se souvint qu'elle croyait qu'il essayait juste de l'aider à hacker un jeu vidéo.

– Vous avez peut-être raison, je ferais mieux d'aller m'entraîner. À vaincre sans péril, on triomphe sans gloire.

– Tout à fait exact. Tu verras, tu dois prendre confiance en toi. J'ai toujours pensé que tu étais le plus droit des amis de Sandy. Je suis contente de voir que je ne me suis pas trompée.

– Merci, madame Dawson.

Le pire, c'était qu'il le pensait aussi. Aussi adorables que soient Keith et Jason, il savait qu'ils avaient passé leur temps à tricher à la plupart des examens, et qu'ils devaient leurs meilleures notes au sport. Tout l'inverse de lui.

– Viens t'asseoir deux secondes, j'aimerais te parler.

– Ce serait avec plaisir, mais je suis un peu pressé. J'ai rendez-vous.

– Allez, viens. J'ai juste deux ou trois questions à te poser, l'invita Meredith en éteignant la télévision.

Nathan prit place sur le canapé.

– Dis-moi tout ce que tu sais sur ce Peter. Cela fait longtemps qu'il fait la cour à Sandy ?

Nathan s'attendait à tout, sauf à ce genre de question.

– Non, je ne crois pas.

– Il faut que tu me dises la vérité. C'est ma fille et je ne veux pas qu'elle se fasse d'illusions. C'est quelqu'un de bien ?

– Je crois. Je ne le connais pas trop. Il a participé à *Dance with the juniors*. Il a fini deuxième.

– C'est vrai ? On doit pouvoir trouver des vidéos sur YouTube, j'imagine ?

– C'est possible.

– Je me doute que Sandy a dû te faire jurer de garder le secret, mais dis-moi, ils sortent ensemble, n'est-ce pas ?

– Non, non, elle le connaît à peine. Ils se sont rencontrés par hasard sur la piste de danse au bal. Sandy nous a tous épatés. Elle danse super bien.

Meredith avait du mal à le croire mais ne le contredit pas.

– Tu penses qu'elle a ses chances avec lui ?

Nathan savait que Peter sortait avec Daria, mais devait-il tout lui dire ?

– Je ne sais pas. En tout cas, je crois que c'est quelqu'un de sérieux.

– Merci. Je te libère, conclut-elle avec un grand sourire en attrapant l'iPad posé à côté d'elle.

***

Un quart d'heure plus tard, après avoir traversé toute la ville au volant de sa Ferrari, Nathan se gara sur le parking de la marina. Il longea tous les bateaux jusqu'au dernier ponton, où se trouvait le plus beau d'entre eux, l'*Ocean's Pearl*.

I feel it coming de The Weeknd pouvait s'entendre du quai. Nathan monta sur la passerelle et reconnut de nombreuses têtes qu'il croisait de temps à autre chez lui. Plusieurs filles et garçons aux allures de mannequins le saluèrent chaleureusement. Tout le monde connaissait le petit frère de Fiona et il ne serait venu à l'idée de personne de se moquer de lui et de son physique.

– Salut, Nathan, heureux de te voir, ça fait longtemps, lui lança Archibald.

Une sorte de dandy hippie, cheveux longs et moustaches à la mousquetaire. Il était vêtu d'un short mi-long et d'une chemise entièrement ouverte sur des abdos impeccables.

– Salut, Archie, tu sais où est ma sœur ?

– Bien sûr, je t'accompagne.

Ils remontèrent le ponton au son d'une musique toujours plus forte, et entrèrent dans le salon du pont supérieur. Fiona était affalée sur un canapé en compagnie de trois autres bimbos. Des cadavres de canettes de bière traînaient un peu partout. Sur la table basse, de longues lignes de cocaïne n'attendaient qu'à être sniffées.

– Salut, frérot, tu viens de me faire perdre un pari ! ricana Fiona.

Elle avait un sourire stupide. Trop de coke, trop de substances illicites. Et cela en toute impunité. Nathan savait que jamais la police ne viendrait par ici. Toute la jeunesse dorée de Santa Barbara semblait s'y être donné rendez-vous.

– De quoi tu parles ?

– J'étais sûre que tu ne viendrais pas.

– Je t'avais dit que je viendrais.

– Je sais, mais l'ancien Nathan se serait dégonflé. Tu es devenu un homme à présent.

Savait-elle qu'il avait couché avec Laura ?

Et si c'était elle, le « Prince charmant » ? se demanda-t-il soudain.

– Fiona nous a dit que tu passais en troisième année, c'est très impressionnant, minauda une jolie métisse aux longs cheveux bouclés.

– Oui, enfin ce n'est pas un résultat d'examen qui fait de vous un homme.

– Bien dit, approuva Archie, il n'y a qu'une seule chose qui fait de vous un homme.

Et sans aucune pudeur il baissa son short et montra un sexe qui pendait mollement.

Les filles éclatèrent de rire et de la coke s'envola de la table.

– Range ça, elle marche même pas.

– Attends de voir si elle marche pas...

Une des filles lui jeta de la bière au niveau du bas-ventre, et Archibald grogna.

– Très drôle, tu viens lécher ?

– Fiona, je crois que je vais repartir, dit Nathan, très mal à l'aise.

– ARCHIE ! Tu te casses, et tu recommences plus jamais tes saloperies devant mon petit frère, compris ?

En un clin d'œil, la Fiona défoncée et hilare s'était transformée en la pire des harpies. Les filles autour de la table se firent toutes petites et Archie fit profil bas, rangeant aussitôt son attirail. Personne ne se permettait de répondre à la maîtresse des lieux.

– Je suis désolé, Nathan, excuse-moi. Je ne sais pas ce qui m'a pris.

Malgré son mètre quatre-vingt-sept et ses cent kilos de muscles, il ressemblait à un petit garçon pris en faute.

À peine eut-il quitté le salon que Fiona retrouva instantanément le sourire.

–La voix, les filles. Tout est dans la voix, dit-elle fière d'elle-même.

Aussitôt l'atmosphère s'apaisa et les quatre filles se détendirent.

–Putain, préviens quand tu cries comme ça, j'ai cru que tu allais le tuer, fit Tania.

Nathan les connaissait toutes, sauf la métisse. Des filles de la bonne société qui ne juraient que par le sexe, l'alcool et la drogue. Une existence dissolue à des années-lumière de ce qu'il attendait de la femme de sa vie et de sa conception romantique de l'amour. Certes, elles avaient toutes des corps de rêve; mais dès qu'il pensait à la peau si douce de Laura, il savait que c'était elle qui incarnait la perfection.

–Ouais, tu as vu comment il a fait dans son froc, se réjouit Melany. GIRL POWER !

Et la jeune fille en profita pour sniffer une nouvelle ligne, d'une seule et experte aspiration nasale.

–Ces filles ne sont pas sortables. De vraies pestes, déclara Fiona en s'adressant à son frère. Allez, viens t'asseoir avec nous. Daisy, pousse-toi de là et laisse une place au plus beau garçon de Santa Barbara.

–Pas de problème, dit la jeune fille.

Nathan se souvenait parfaitement d'elle. Combien de nuits avait-il fantasmé sur elle depuis qu'il l'avait vue pour la première fois alors qu'il n'avait que douze ans. Son premier coup de cœur. Mais c'était avant de réaliser, des années plus tard, qu'elle était complètement stupide.

Il n'avait qu'une envie, fuir ce lieu de débauche. Cependant, malgré tous ses démons, il aimait sa sœur plus que tout. Elle était son seul repère dans une famille loin d'être exemplaire.

Il prit place à la gauche de Fiona qui lui tendit une bière.

–Pour me faire plaisir.

–Je ne bois jamais, tu le sais bien.

–Tu as réussi tes examens, et je veux fêter ça avec toi.

– Fiona...

– Chut, laisse-toi faire. D'ailleurs, ce n'est pas une bière que tu vas prendre. Melany, lève tes fesses et va nous chercher une bouteille de tequila dans le bar. Et rapporte aussi du Schweppes.

– Non, pas d'alcool.

– Juste une goutte, pour me faire plaisir.

– Ok, juste une goutte alors.

Fiona sourit et se tourna vers Tania.

– Change la musique, mets-nous du bon vieux groove. Genre Earth, Wind and Fire.

– Cette vieillerie ?

– Oui, j'adore.

Tania se leva et changea la musique. *September* s'échappait déjà des enceintes lorsque Melany revint avec tout ce qu'il fallait pour une tequila paf. Zeste de citron et sel.

– Je t'explique comment ça marche. Tu croques dans le citron, tu tapes ton verre en laissant ta main dessus et tu avales tout cul sec, comme ça.

Fiona étendit le sel sur une serviette trempée, puis retourna un verre à tequila sur le sel humide qui s'accrocha au bord. Elle remplit ensuite le verre d'une bonne dose d'alcool avant d'ajouter le Schweppes.

– Attention !

Elle le frappa sur la table et l'engloutit d'un trait.

Les filles sifflèrent et l'applaudirent.

– À toi.

Nathan avait l'impression de revivre la scène du premier *Indiana Jones. Les Aventuriers de l'arche perdue,* avec Karen Allen, un autre de ses fantasmes d'ado.

– D'accord, mais avant, je peux te montrer un truc ?

– Quel genre de truc ?

– Ça.

Nathan sortit son smartphone et montra la photo qu'il avait prise de Chelsea le matin même.

Les autres se rapprochèrent.

– Plutôt canon, joli choix, le félicita Daisy.

– Très mignonne, approuva Melany.

Nathan fixa sa sœur.

– Tu la connais ?

– Non, répondit-elle. Mais je ne sais pas. C'est bizarre j'ai l'impression que je la connais, mais non, je ne l'ai jamais vue. Elle s'appelle comment ?

– Chelsea.

– Non, ça ne me dit rien.

Fiona lui prit le téléphone des mains et zooma sur l'image pour obtenir un gros plan du visage. Soudain, une nausée lui broya l'estomac et elle se sentit partir.

– Fiona, qu'est-ce qui se passe ?

Comme hypnotisée, elle réussit à détourner les yeux du smartphone et regarda son frère, hébétée.

– Hein ? Quoi ?

– Je crois qu'il faut que tu arrêtes l'alcool pour aujourd'hui, dit laconiquement Melany.

Fiona reprit sa respiration, comme en sortie d'apnée. Elle posa la main sur la table et balaya toute la coke alignée devant elle.

– C'est de la saloperie, sniffez plus ça, les filles. Je crois que ça va nous filer un bad trip.

– Tu veux qu'on arrête tout ?

– Tu déconnes ? Ça va passer. Une bonne tequila et tout ira mieux.

Nathan reprit son smartphone. Il ne savait quoi penser. Fiona lui disait-elle la vérité ? Sa réaction était vraiment trop louche. Mais après tout, le cocktail coke et tequila pouvait rendre bizarre n'importe qui.

– C'est qui cette fille ? demanda Fiona qui retrouvait ses esprits.

– La nouvelle copine de Keith.

– Il sort pas avec Tess Bonney ?

– Si, mais c'est compliqué.

– Quel salaud ! Les filles, on se jure que la première qui apprend qu'un de nos mecs nous trompe, on le tue, on lui coupe la bite et on le jette à la mer.

–C'est clair. Si Mark me trompe, je la lui coupe direct ! Et après seulement je le tue, fit Tania en mimant le geste.

–Bon, je ne vais pas rester, dit Nathan.

–Tu plaisantes ! J'ai organisé toute cette fête rien que pour toi. Tu m'as promis que tu boirais un verre. Melany, tu lui en prépares un ?

La jeune fille s'exécuta docilement et poussa un verre devant Nathan.

–Non, il va le rater, fais-le pour lui.

Melany sourit et tapa le verre sur la table avant de le tendre à Nathan qui l'avala d'un trait.

À sa grande surprise, l'alcool passa tout seul. Aucune sensation de brûlure, ni d'écœurement.

–J'ai pas croqué le citron, dit-il naïvement.

Toutes les filles eurent un sourire attendri.

–Il est trop mignon, ton frère. Je serais seule avec lui, je le croquerais sur place, déclara Melany en lui pinçant ses bonnes joues.

–Interdiction de le toucher. Il lui faut quelqu'un de pur, dit Fiona.

–J'ai une copine, je te rappelle, intervint Nathan.

–Ne me parle pas de cette Laura Thompson. Elle ne t'aime pas. Tu mérites bien mieux. Tiens, bois.

Elle venait de lui préparer un nouveau verre.

–Et croque le citron, cette fois !

Tiraillé entre son envie de partir et celle de faire plaisir à sa sœur, Nathan n'eut pas la force de résister. Aussi, quand le verre claqua sur la table, il ouvrit la bouche et laissa couler le doux breuvage que sa sœur lui fit ingurgiter.

–Alors ?

Comme la première fois, il n'avait rien senti. Ça passait tout seul.

–Pas mauvais.

–Tu parles que c'est pas mauvais ! C'est la meilleure tequila du pays, elle vient tout droit de Guadalajara.

Nathan la croyait sur parole. Lui qui ne buvait jamais était agréablement surpris par la douce sensation qui l'envahissait peu à peu. Et si les publicités étaient mensongères ? Et s'il n'y avait rien de mieux que l'alcool ?

– Je vais essayer tout seul, dit-il en attrapant la bouteille.

Fiona sourit et se retourna vers la jeune métisse.

– Peach, dit-elle en lui faisant un clin d'œil.

Celle-ci hocha la tête et se leva pour descendre par l'escalier en colimaçon qui menait au pont inférieur, en se déhanchant au rythme de *Ladies Night* de Kool and the Gang.

Nathan venait de finir sa préparation et comme les filles l'avaient fait avant lui, il frappa le verre sur la table et avala sa tequila cul sec.

– Je suis trop fière de toi, petit frère.

– Ne m'appelle plus petit frère. Je suis ton frère. Point.

– Waooooouhhh, crièrent les filles, épatées par sa réaction.

Fiona fit les gros yeux et prit son frère par l'épaule.

– Je t'adore. Tu es la plus belle chose que maman ait jamais faite de sa vie. Je t'aime trop, toi.

Elle le serra très fort dans ses bras et lui plaqua un baiser sonore sur la joue.

– Je ne suis pas une chose ! Je suis un être humain ! la reprit-il.

Les rires repartirent de plus belle. Melany monta un peu plus encore le son de la stéréo quand elle reconnut les premières notes de *Sugar* de Maroon 5, sa chanson préférée.

Deux tequilas plus tard, Nathan ressentit les premiers effets de l'ivresse. Une sorte d'euphorie l'envahit, mêlée de torpeur. Et il aimait ça.

Comme quoi il n'y avait que les imbéciles qui ne changeaient pas d'avis. L'alcool, c'était top !

Voyant les filles fumer autour de lui, il attrapa un paquet de Chesterfield qui traînait sur la table. Peut-être que la cigarette non plus n'était pas aussi mauvaise qu'il l'avait toujours pensé ?

Mais une main l'empoigna fermement, l'arrêtant net dans son geste.

–Ne touche jamais à ça. Je te promets, ça ne vaut pas l'alcool, lui dit Fiona de son ton autoritaire.

–Ok, je voulais juste essayer.

–N'essaye même pas. Fais-moi confiance, si je pouvais arrêter, je le ferais.

–D'accord. Alors un autre verre.

–Non, tu as déjà trop bu. Manquerait plus que tu fasses un coma éthylique. Tu devrais aller te reposer un peu dans ma chambre.

Nathan avait la tête qui commençait à tourner et trouva la proposition fort judicieuse.

–Oui, en tout cas, merci pour ce moment. Je crois que je m'en rappellerai toute ma vie.

–Bien plus que tu ne l'imagines, dit-elle avec un sourire en coin.

Les filles comprirent l'allusion et rirent sous cape tandis que Nathan se levait, inconscient du piège qui allait se refermer sur lui.

Il traversa le salon, captant au passage un maëlstrom de cris, de mouvements et de couleurs où se mêlaient les danseurs du pont avant et les baigneurs qui se jetaient à l'eau depuis le toboggan qui descendait le long du yacht. Une superbe fête.

Il prit l'escalier et, l'esprit toujours léger, descendit au niveau inférieur, celui où se trouvaient les cabines. Comme sa sœur le lui avait conseillé, il se dirigea vers la sienne, là où la veille ils avaient transporté Chelsea. Une petite sieste serait la bienvenue.

Il poussa la porte de la cabine. En regardant par le hublot, il reconnut les trois amies de Fiona qui s'ébattaient dans l'eau et se dit qu'il y a encore peu, une telle vision aurait nourri ses fantasmes pendant de nombreuses nuits. Mais il tira les rideaux et se jeta sur le lit comme une masse.

Il avait à peine fermé les yeux que la porte de la cabine se rouvrit. Il se redressa et se demanda s'il était déjà en plein rêve.

Devant lui se tenait la plus incomparable des visions.

Peach, entièrement nue, révélant un corps de princesse. Des petits seins fermes, des hanches étroites et un sexe épilé de près.

– Heuuuu....

– Ne dis rien. Laisse-toi faire, chuchota-t-elle en s'approchant du lit.

Nathan était rouge comme une pivoine.

– Non, je veux...

– Chut, dit-elle en lui posant un doigt sur la bouche.

Puis elle s'allongea à côté de lui et mit directement sa main dans son pantalon.

Aussi imbibé soit-il, sa libido n'en était pas moins en pleine forme.

– Je suis avec quelqu'un.

– Elle n'en saura rien. Laisse-moi faire, ce sera notre petit secret.

Peach commença à lui déboutonner son pantalon, mais le smartphone de Nathan se mit à sonner.

Nathan en profita pour se redresser et le sortir de sa poche. Laura !

Sans lui laisser le temps de réagir, Peach lui arracha le téléphone des mains.

– Qu'est-ce que tu fais ? Laisse-le moi !

– C'est ta copine ?

– Oui !

– Dans ce cas, je te le rends.

Nathan sentit aussitôt le couperet s'éloigner. Il ne quitta plus son smartphone des yeux jusqu'à ce qu'il s'arrête de sonner.

– Je vois que tu es quelqu'un de fidèle, ça me plaît, dit-elle tout en restant assise sur le lit.

– Je suis amoureux.

– C'est mignon. Ça te dit qu'on fasse une petite sieste, comme deux amis ? Je me sens fatiguée, je crois que j'ai trop bu. Ta copine ne t'interdit pas de dormir à côté d'une fille, quand même ?

– Non, mais tu es toute nue...

– Et alors ? Tu n'as qu'à rester habillé.

Un petit signal le prévint qu'il avait un message. Nathan préféra ne pas l'écouter. Il se sentait partir. La tequila commençait à faire effet.

Peach l'aida à s'étendre avant de faire de même, collée contre lui, les yeux clos. Nathan ne savait pas quoi faire, mais après tout, quel mal y avait-il, tant qu'il était habillé ?

Lui aussi ferma les yeux, heureux de la douce chaleur du corps de Peach contre lui.

- 29 -

– Où est-ce que tu m'emmènes ?

Ils s'étaient garés en plein centre-ville. À quelques pâtés de maisons de l'appartement de Jason.

Des centaines de touristes flânaient dans les rues et profitaient de cette journée dominicale pour admirer la façade de la bibliothèque ou visiter la Mission Santa Barbara après s'être promenés dans le jardin botanique ou s'être extasiés devant les léopards des neiges du zoo.

– Tu vas voir. Tu vas adorer.

Sandy s'attendait à aller du côté du front de mer, à l'extérieur de la ville, là où de nombreux bâtiments accueillaient les jeunes talents pour des cours de guitare, de peinture, de poterie, de chant, et de danse évidemment.

– J'espère que ce n'est pas un guet-apens.

– Tu as peur de moi ? s'étonna Peter en fronçant les sourcils.

Avec ses faux airs de Robert Pattinson, il pouvait paraître réellement inquiétant.

– Tant que tu ne me mords pas le cou, tout va bien.

– Ah non ! Tu ne vas pas t'y mettre toi aussi ! Pour une fois que je trouvais une fille qui ne me compare pas à l'autre ahuri !

– Moi, je l'aime beaucoup. C'est un super acteur.

– S'il est si bon que ça, pourquoi on ne l'a jamais revu depuis *Twilight* ?

– Si le succès ne tenait qu'à la qualité, tu n'aurais pas fini deuxième à *Dance with the juniors*.

– Waouh ! Je ne l'ai pas vue venir, celle-là ! s'en amusa Peter. Je dois le prendre comme un compliment ?

– Va savoir, minauda-t-elle.

Peter posa sa main par-dessus son épaule. Le geste d'un ami, ou celui d'un petit ami ?

– Je t'aime de plus en plus, toi. On va faire un super couple.

Sandy n'en croyait pas ses oreilles.

– On va tout rafler. Il y a des tas d'autres concours. Je suis sûr qu'on peut faire un malheur.

« Toujours attendre la fin d'une phrase avant de s'exciter », se dit-elle en repoussant sa main.

– Je ne suis pas ta copine, c'est juste boulot-boulot.

– Je sais bien, ça n'empêche pas d'être potes !

– Je ne suis pas un garçon.

– C'est clair, mais avoue que jusqu'à présent, tu as tout fait pour bien cacher ton jeu.

Sandy détestait ce genre de réponse. Elle ne cachait rien du tout. Ce n'est pas parce qu'on ne s'habille pas comme une petite fille modèle qu'on est différente des autres. Maudits préjugés ! Elle aussi rêvait d'une belle et grande histoire d'amour. Pourquoi les garçons s'arrêtaient-ils toujours aux apparences ? Mais à quoi bon lui expliquer ? Il ne comprendrait rien.

– Si ça te fait plaisir de le croire, répondit-elle avant de changer de sujet. C'est encore loin ?

– Non, on arrive.

Sandy se retourna. Ils se trouvaient devant le Granada Theatre. Un théâtre magnifique à la décoration très XIXe siècle, limite rococo avec ses loges joliment ornementées et ses longs balcons disposés sur trois niveaux, très spacieux et très intimistes à la fois. De ses fauteuils de velours rouge au plafond à caissons et son majestueux plafonnier central délicatement décoré, la rénovation effectuée une dizaine d'années auparavant avait su conserver le charme désuet des théâtres d'autrefois tout en y intégrant les technologies de pointe.

Les meilleures troupes du pays venaient s'y produire, et Sandy y avait assisté à de nombreux spectacles.

– Et qu'est-ce qu'on fait maintenant ?

– Suis-moi.

À cette heure de la journée, le théâtre était fermé. Il n'y avait ni représentation, ni répétition. À travers l'interphone, une voix sèche répondit au coup de sonnette de Peter :

– C'est pour quoi ?

– C'est Peter, vous pouvez m'ouvrir ?

Un déclic se fit entendre. Ils poussèrent la porte et entrèrent dans le hall somptueux.

– Où tu m'amènes ?

– Tu vas voir.

Personne dans le vestibule. Seules les lumières de sécurité étaient allumées. Sandy ressentit l'étrange impression de pénétrer dans un lieu interdit.

Ils passèrent une double porte et s'engagèrent dans la salle par la travée centrale, au milieu des rangées de fauteuils de velours rouge alignés face au rideau écarlate qui dissimulait la scène.

Un homme apparut par une porte dérobée. Une bonne quarantaine d'années, fine barbe, cheveux courts, très élégant, un port altier.

– Bonjour, Peter. C'est donc elle, le petit prodige ?

– Oui, vous allez voir, elle va vous bluffer.

L'homme eut un petit rire méprisant, et s'avança vers eux jusqu'à ce qu'ils se rejoignent à mi-chemin de la travée centrale.

– Tu t'appelles comment ?

– Sandy. Sandy Dawson.

– Tu as de la famille qui a déjà pratiqué la danse ?

– Non. D'ailleurs je ne suis pas aussi bonne danseuse que Peter le prétend.

– Alors qu'est-ce que tu fais ici ? Si tu n'y crois pas toi-même, je ne peux rien pour toi.

Sandy réalisa que l'homme devait être lui-même un danseur.

– Je peux savoir qui vous êtes ?

L'homme secoua la tête et se tourna vers Peter.

– Insolente et méprisante. Je vois que tu as tiré le bon numéro !

– C'est Jack Weston. Ne me dis pas que tu ne le connais pas ?

Ce n'était pas vraiment une question et Sandy préféra garder le silence.

– Vous pouvez repartir, et merci de m'avoir fait perdre ma journée.

– Jack, je vous en prie. Sandy est un diamant brut. Elle a un talent inné, et même si elle n'a jamais pris de cours, vous devriez la regarder danser. Donnez-lui une chance.

– Laisse tomber, on n'a pas besoin d'un vieux grincheux. On se débrouillera.

– Sandy ! la reprit sèchement Peter.

Trop tard. La colère se lisait sur chacun des traits du visage de Jack Weston.

– Vous ne connaissez rien de la danse. Vous croyez que c'est un jeu, un sport, un hobby, une façon de tuer le temps, ou pire encore : de gagner de l'argent ! cracha-t-il.

Sandy se retint difficilement de lui dire que Peter ne pensait qu'à ça. Elle voyait bien qu'elle l'avait blessé beaucoup plus qu'elle ne l'aurait voulu.

– Vous ne choisissez pas de devenir danseur, c'est la danse qui vous choisit. C'est une évidence, elle vous tombe dessus et vous n'y pouvez rien. Combien d'élèves ai-je vu passer qui n'avaient aucun talent et qui pourtant rêvaient de devenir danseurs ? La danse peut paraître aussi injuste qu'infidèle. Vous avez la grâce et un jour vous ne l'avez plus, et vous passez votre vie à travailler pour qu'elle revienne.

Un danseur qui avait raté sa vie. Génial !

–On se tire ? dit Sandy.

–Oui, allez-vous-en. Vous faites honte à ce lieu où tant de talents ont foulé la scène.

C'en était trop pour Sandy, qui vit rouge.

–Je ne vous permets pas. Vous ne savez rien de moi. Vous n'avez pas à me parler comme ça.

Toutes les insultes et les humiliations de son enfance, alors qu'elle s'accrochait à son rêve de devenir danseuse, lui revenaient tel un coup de fouet.

–Ah oui, et tu te prends pour qui ? Tu crois que tu vas être la nouvelle révélation de Broadway ?

–Jack, laissez-lui une chance. Vous venez de le dire vous-même, c'est la danse qui choisit, et Sandy a le don. Je vous le jure.

Jack s'approcha d'elle et, les yeux dans les yeux, la défia.

–Oui, vas-y, humilie-toi devant moi. Après tout, autant que cette journée ne soit pas totalement perdue.

Sandy était ivre de colère. Jamais un homme ne l'avait autant répugnée.

–Je n'en ai plus aucune envie. Au revoir, monsieur Weston.

–Dégonflée ! lui lança-t-il.

Serrant les poings de rage, elle poussa un profond soupir et rétorqua :

–Vous me pensez assez stupide pour céder à cette provocation ?

–Sandy, tu es douée, très douée. Essaye, je t'en prie.

Peter qui la suppliait de danser. On aurait tout vu ! Elle était trop familière de la tristesse pour ne pas la reconnaître dans les yeux du jeune homme et sut qu'elle n'aurait pas de seconde chance de lui montrer qui elle était. De lui prouver qu'elle n'était pas qu'un garçon manqué.

–Ok. Sur quoi je danse ?

–*Fame*, lâcha Jack.

–Ça me va.

Elle connaissait le morceau, bien sûr, mais aussi la chorégraphie, et l'avait déjà répétée seule devant sa glace.

Jack tourna les talons et remonta la travée centrale jusqu'à la scène, à laquelle il accéda par un petit escalier latéral. Il passa derrière le rideau.

Sandy le rejoignit. Elle se sentait fébrile. Elle foulait enfin de ses pieds une vraie scène.

– Tu as une tenue ? Ou bien tu comptes danser avec ces vêtements ?

– Je n'ai rien apporté, mais je peux me débrouiller.

– Amateur ! se moqua-t-il. Puis il ajouta : Très bien, on fera avec.

L'homme fit demi-tour et se perdit dans les coulisses avant que Sandy ne puisse répliquer.

– Ce type est imbuvable ! grogna-t-elle. D'où il sort ?

Peter haussa les épaules.

– C'est Jack Weston, il a été la vedette des *Misérables*, de *Cats* et du *Fantôme de l'Opéra*. C'était une star à Broadway.

– Et pourquoi il n'y est pas resté s'il était si doué? Il a tué quelqu'un ou quoi ?

Peter prit un air gêné.

– Sa femme et sa fille sont mortes dans un accident. Ça l'a complètement dévasté, il a tout arrêté du jour au lendemain.

Sandy se sentit soudain très bête. « Derrière chaque mauvais homme se cache une terrible souffrance », lui avait-on appris en cours. À croire que l'école n'enseignait pas que des bêtises.

– Je suis désolée.

– Tu n'as pas à l'être. Tout cela remonte à près de douze ans. Il a quitté la côte Est et a refait sa vie ici. Depuis, il n'est plus jamais remonté sur des planches en public.

– C'est lui qui t'a formé, n'est-ce pas ?

– Oui, c'est mon mentor. Il est phénoménal. Jamais je n'aurais autant progressé sans ses conseils.

– Il n'a pas l'air commode.

– Il ne l'est pas, et c'est pour ça que c'est le meilleur. Il est très exigeant, mais cela en vaut la peine.

Un bruit de larsen, puis les premières notes de *Fame* d'Irène Cara retentirent.

Jack réapparut, mais resta sur le bord de la scène, les bras croisés sur sa poitrine.

Sandy ne se sentait pas du tout à l'aise. Trop tard pour faire machine arrière, de toute façon. Elle prit une grande inspiration et commença à danser. Elle laissa le rythme prendre le dessus, puis la musique s'arrêta tout net.

Jack tenait la télécommande de la sono.

– Peter, c'est ça que tu appelles un diamant brut ? Même une enfant de cinq ans danserait mieux. Il n'y a aucune grâce, rien du tout.

– Jack, elle n'a pas l'habitude, mais je vous jure qu'elle est douée, plaida Peter qui se tourna vers Sandy. Reprends, refais comme hier. Tu peux le faire, je te jure.

Sandy n'avait pas eu l'impression d'être mauvaise. Elle avait peut-être raté deux mouvements, pas de quoi en faire un drame. Ce n'était qu'une répétition. Mais elle était prête à recommencer, si cela pouvait faire plaisir à Peter.

Jack relança le morceau.

La rythmique démarra, puis la guitare lança véritablement la mélodie.

« *Baby look at me, and tell me what you see...* »

C'était bon, elle était dans le tempo et commençait à se sentir à l'aise. Enfin le refrain arriva :

« *Remember my name, Fame, I'm gonna live forever...* »

À cet instant, Sandy croisa le regard de Peter.

Et lut du dépit dans ses yeux.

Elle rata à nouveau deux mouvements.

La musique s'éteignit. Jack claqua des mains.

– Sublime ! Allez, ça suffit, on arrête les bêtises. Tu peux rentrer chez toi. Un conseil: j'espère que tu es douée dans tes études, parce que la danse, tu peux l'oublier. Elle ne t'aime pas.

– Jack, attendez. Je vous jure qu'elle est douée, c'est vous qui l'impressionnez. Laissez-lui encore une chance, juste une dernière chance. Je vous en supplie.

L'homme regarda sa montre et fit la moue.

– D'accord, une dernière chance. Dans ce cas, Sandy, quel est le morceau que tu maîtrises le mieux ?

– *Maniac*, de Michael Sembello.

– Mademoiselle se prend pour Marine Jahan. Très intéressant. Heureusement que le ridicule ne tue pas. Tu es certaine de vouloir te mesurer à elle ?

– Oui, répliqua-t-elle sans en être tout à fait sûre. Son cœur battait à tout rompre.

Elle allait montrer à ce malotru ce qu'était danser. S'il y avait bien un morceau qu'elle maîtrisait à la perfection, c'était celui-là. Elle adorait *Flashdance*, son film-culte, du moins un de ses deux films-cultes.

Jack repartit dans les coulisses.

– Sandy, ne pense plus à rien, fais le vide dans ta tête, il faut que tu sois parfaite, tu m'entends ? l'encouragea Peter.

– Oui. Mais ton type, jamais je ne travaille avec lui. Je lui rabats son caquet et on se tire !

Peter lui sourit et ne répondit pas. Jack était de retour.

– Tu es prête, « Marine Jahan » ? demanda-t-il avec un faux accent français.

– Je suis prête.

La musique démarra. D'un coup de télécommande, Jack éteignit toutes les lumières, à l'exception d'un spot-poursuite qui resta fixé sur Sandy, l'encerclant d'un halo de lumière.

« Au moins je ne verrai plus sa gueule de con ! » se dit-elle avec un sourire carnassier.

Le tempo d'une boîte à rythme résonna, suivi par le son mélodieux d'un synthétiseur. Sandy laissa la musique s'immiscer en elle et son corps se déploya soudain avec grâce, le plus naturellement du monde, comme s'il répondait à un appel irrépressible, un appel porté par les notes, répercuté par les murs du théâtre et qui brillait jusque dans les yeux de Peter.

« *Just a steel town girl on a Saturday night, looking for the fight of her life...* »

Le combat de sa vie. Elle connaissait ces paroles par cœur. Comme si elles avaient été écrites pour elle. Dans ses rêves, elle se voyait déjà à Broadway.

Et si Peter lui donnait la chance de sa vie ? Et si elle gagnait ce concours ?

La musique l'envahit totalement et elle enchaîna les pas sans même y penser.

Tout n'était que mouvement et musique. Plus rien d'autre n'existait. Elle était dans un autre monde, son vrai monde.

« *It can cut you like a knife, if the gift become the fire...* »

Oui, c'était ça. Elle était totalement dedans. Possédée.

« *She's a maniac, maniac on the floor, and she's dancing like she's never danced before...* »

Sandy était aux anges. En transe...

... mais la musique s'arrêta net et les lumières se rallumèrent.

– Pourquoi vous avez arrêté, Jack ? C'était vachement bien, s'étonna Peter.

Sandy était en sueur, et complètement déboussolée.

– Vachement bien ? C'est ton morceau préféré, n'est-ce pas ?

– Oui.

– Tu es une maniaque et tu danses comme jamais tu n'as dansé ?

– Ce sont les paroles.

– Non, je veux que ce soit toi. Je veux que tu danses vraiment comme jamais tu n'as dansé.

Sandy comprit aussitôt la différence. Certes, c'était un reproche, mais il y avait quelque chose en plus. Une marque d'intérêt.

– Je vais essayer.

– Non, tu n'essayes pas ! hurla Jack qui l'attrapa par les épaules. Tu vas le faire. Tu joues le rôle de ta vie. Si tu me déçois, je passerai le restant de mes jours à te pourrir, où que tu ailles, je serai derrière toi pour user de mon influence et te faire virer de toute troupe de danse ou de spectacle.

– Vous ne ferez jamais ça.

– Il le fera, mentit Peter, comprenant la tactique de son mentor.

– Vous êtes un monstre, dit Sandy en sentant les larmes lui monter aux yeux.

– Je suis un danseur. Peter est un danseur. Toi, tu n'es rien tant que tu ne l'auras pas démontré. Alors je vais te dire ce que je pense de toi. Tu es la pire feignasse que j'aie jamais vue. Oui, je dois avouer que tu as un certain talent, mais sans le travail, le talent n'est rien... Allez, montre-moi qui tu es. Tu réussis ou tu crèves.

Sandy se mordit les lèvres pour ne pas craquer. Elle était tellement en colère. Oui, elle rêvait d'intégrer une troupe, et de quel droit cet enfoiré lui briserait son rêve ?

Jack éteignit à nouveau les lumières, laissant la poursuite sur Sandy. Et la musique reprit :

« *Just a steel town girl on a Saturday night...* »

Sandy tenta de se repérer et se remit à danser. Malgré l'obscurité autour d'elle, elle réussit à capter le regard de Peter. Mais le garçon l'évitait. Ce n'était pas bon, elle allait se planter. Elle décida alors de fermer les yeux. « Tu es aveugle. Tu n'as besoin que du son. Rien d'autre n'existe. Juste le son. »

Et c'est alors qu'elle commença à sentir les vibrations et la transe revenir, oui, c'était ça, elle y était, les notes traversaient son corps et faisaient bouger chacun de ses muscles, comme si son corps était une mélodie. La musique était son partenaire. Non, c'était bien plus fort que cela, elle était la musique. Elle ne faisait plus qu'un avec la musique.

Elle tournait, s'envolait, retombait pour mieux repartir. Les yeux fermés, toujours. Rien n'existait que la mélodie sublime.

Le temps semblait suspendu. Les secondes durèrent une éternité. Jamais elle n'avait éprouvé autant de plaisir. Aucun homme ne serait capable de lui procurer autant de bonheur, et elle comprit la phrase de Jack Weston. Tout pour la musique. Oui, elle pourrait dire adieu à un grand amour pour vivre ces sensations.

Un dernier pas, et elle retomba sur la scène dans un grand écart parfaitement synchronisé avec la dernière note.

Elle était épuisée. En nage.

La lumière se ralluma, mais elle resta clouée au sol.

Jack s'approcha et s'assit sur ses talons au-dessus d'elle.

Il lui releva la tête et la regarda droit dans les yeux.

– J'ai vu pire. Allez, on recommence. Debout !

Elle faillit hurler qu'elle avait tout donné. Elle savait qu'elle avait été parfaite.

– Sandy, fit Peter sur sa droite.

Il avait les deux pouces en l'air, le visage radieux. Elle comprit qu'elle devait se taire.

Ne pas se rebeller. C'était la façon qu'avait Jack Weston de lui dire qu'il acceptait de l'entraîner.

– Bon, mademoiselle, on se relève ou on est déjà trop fatiguée ?

- 30 -

– Attends-moi ! Tu ne sais même pas où c'est ! s'exclama Keith.

En sortant de leur baignade impromptue, ils s'étaient fait sécher sur les rochers avant de se rhabiller et de reprendre leurs vélos. Mais plutôt que de rentrer directement en ville, Keith avait proposé à Chelsea de profiter de cette journée pour lui montrer un endroit qu'il appréciait par-dessus tout.

Quittant le bord de mer, ils avaient contourné la ville pour arriver sur les premiers contreforts des Santa Ynez Mountains, qui surplombaient Santa Barbara. Puis ils s'enfoncèrent à travers le chaparral, ce maquis d'arbustes et de buissons qui couvrait la quasi-totalité de la montagne.

Keith s'était laissé surprendre par la facilité avec laquelle Chelsea remontait les chemins de terre les plus escarpés sur son VTT.

– C'est toi qui as voulu venir, dit-elle en ralentissant.

Il était en nage. Avec ce soleil qui frappait toujours aussi fort en cette fin d'après-midi, il n'en pouvait plus.

– Tu es sûre que tu n'étais pas championne du monde de VTT ? Je n'ai jamais vu une telle endurance. Comment tu fais ?

Pourtant sportif émérite et quarterback de l'équipe de la fac, il était impressionné.

– Si seulement je le savais.

– Excuse-moi, je ne voulais pas dire ça.

– Ne t'excuse pas. Tout va bien, dit-elle et, se tournant vers le sud, elle contempla le panorama qui s'étendait à perte de vue. Tu avais raison, la vue est incroyable.

La vallée s'étalait devant eux. Un véritable Éden. À l'inverse de nombreuses autres stations balnéaires, Santa Barbara s'était toujours protégée d'un développement urbain anarchique. Les immeubles ne dépassaient pas trois étages et la ville était restée, au fil des décennies, une enclave atypique, une relique du passé hispanique de la Californie, pour le plus grand bonheur des touristes et des milliardaires venus chercher un lieu de villégiature paradisiaque.

– Oui, mais tu vas voir, quand on aura atteint mon point de vue, tu comprendras ce qu'est vraiment le bonheur.

Une famille de randonneurs apparut alors au détour du sentier. Les deux enfants du couple accoururent vers Keith et Chelsea au moment où ceux-ci remontaient sur leur vélo.

– Il est trop joli ton vélo, s'exclama la petite fille. Maman, je veux le même !

La mère, un peu essoufflée, les salua en souriant, puis s'adressa à sa fille :

– Celui-là est trop grand pour toi. Je te promets de t'en acheter un pour ton anniversaire.

– Moi aussi, j'en veux un, dit le petit garçon.

– Tu en auras un aussi, le rassura le père qui ajouta d'un air débonnaire : Excusez-les ! Ils sont surexcités par l'air des montagnes. Il faut qu'on reparte de toute façon, on a encore un petit bout de chemin. On ne vous dérange pas plus longtemps.

– Il n'y a aucun problème. Belle journée à vous.

– Merci ! À vous aussi.

Et la petite famille modèle continua sa randonnée.

Chelsea les regarda partir, le cœur serré. Elle aurait tant aimé se souvenir de ses propres parents.

– Ça va ? s'inquiéta Keith.

– Oui, tout va bien. C'est juste que je les trouve trop mignons.

– C'est clair. Mais si on les avait rencontrés dans le centre-ville, à pied ou en voiture, jamais on ne se serait salués.

Il avait toujours trouvé bizarre que plus les gens étaient nombreux, moins ils s'adressaient la parole, et que moins il y avait de monde, plus le contact était facile. Un vrai paradoxe. Les villes où il y avait le plus de célibataires étaient les mégapoles telles que New York ou Los Angeles.

– Bon, on continue ? Tu passes devant ? dit-elle en se forçant à retrouver le sourire.

Keith bifurqua un kilomètre plus tard. Ils durent descendre de leur vélo pour emprunter un petit chemin perpendiculaire au sentier principal et en partie dissimulé par des buissons, puis se faufiler entre les branches basses des pins et les arbustes pour enfin déboucher sur un promontoire rocheux qui s'avançait sur la vallée.

– C'est incroyable ! s'émerveilla Chelsea.

– Je ne te l'avais pas dit ?

– Si, mais je ne pouvais pas imaginer à quel point.

Elle posa son vélo contre le tronc d'un pin géant dressé au bord du promontoire, puis s'assit sur un rocher pour apprécier la magie de cet instant.

Sur les contreforts de la colline, des rangées de pêchers et d'abricotiers et des pieds de vigne alignés au cordeau captaient les derniers rayons du soleil, qui commençait à descendre dans un ciel incandescent pour aller s'éteindre dans les eaux du Pacifique.

Autour d'eux, les cigales stridulaient de façon lancinante. Keith adorait venir ici pour réfléchir, ou simplement se sentir bien. Il songea à Tess, qui avait toujours refusé de l'accompagner, prétextant que c'était trop fatigant !

Il vint s'assoir à côté de Chelsea et, regardant droit devant lui, il se lança :

– Tu sais, il faut que je t'avoue quelque chose.

– Quoi ?

– Je t'ai menti tout à l'heure. Quand on s'est baignés.

Chelsea le regarda d'un air attentif.

– Tout le monde ment, ce n'est pas grave. Mais je peux savoir de quoi tu parles ?

Keith se racla la gorge, tout en espérant qu'il prenait la bonne décision.

– En fait, j'ai une petite amie.

Un large sourire se posa sur les lèvres de Chelsea.

– Tess.

Keith ouvrit de grands yeux.

– Mais comment tu le sais ?

– Le petit frère de Sandy a vendu la mèche.

« La vérité sort toujours de la bouche des enfants », se dit Keith, qui se sentait misérable.

– Je peux tout t'expliquer.

– Tu n'as rien à m'expliquer. J'ai compris.

– Tu dois me trouver lamentable.

– Un petit peu. Mais même si j'ai oublié beaucoup de choses, je crois savoir comment agissent les hommes.

– Désolé.

– Ça va. Le principal, c'est que tu aies fini par me l'avouer. Et franchement, je n'y croyais plus. Vous, les garçons, vous êtes très courageux tant qu'il s'agit de faire les beaux, mais dire la vérité, ça c'est une autre affaire.

– Maintenant que j'y pense, tu es sans doute lesbienne.

– Va savoir... Mais bon, je ne crois pas. Au contraire.

Keith apprécia la dernière remarque.

– Ça veut dire que j'ai mes chances ?

– Ça veut dire que tant que je ne saurai pas si moi, j'ai un petit ami, il est hors de question que je fasse quoi que ce soit avec toi. Et surtout, il faudra que tu quittes ta copine. Je ne suis pas partageuse.

– Je le ferai, je te le jure, je le ferai.

– Alors, sois patient.

Chelsea le trouvait décidément très craquant. Tout à fait à son goût. Mais s'encombrer d'un petit ami était bien la dernière de ses préoccupations. Elle ne pouvait pas se permettre de se laisser déconcentrer. Sa priorité était de garder son flegme tout en restant constamment sur le qui-vive, de maîtriser ses nerfs malgré l'angoisse qui la persécutait. Faire comme si tout allait bien se passer alors qu'au fond d'elle-même, elle sentait qu'un grand vide était prêt à l'avaler si elle n'y prenait pas garde. L'esprit plus fort que tout. Masquer sa peur, la refouler le plus loin possible dans le tréfonds de son esprit. Ne pas penser à ses démons et à ses maigres souvenirs qui ne demandaient qu'à l'engloutir.

Elle regarda les voiliers qui voguaient au loin sur l'océan. Peut-être l'un d'eux était-il celui d'où elle était tombée.

– Keith, je peux te faire confiance ?

– Bien sûr.

– Je veux dire, vraiment confiance ?

– Tout ce que tu veux.

– Tu sais, le souvenir qui m'est revenu au commissariat ?

– Oui, et dont tu ne veux pas parler.

– En fait, je suis prête à t'en parler, mais promets-moi de ne pas me trahir.

– Tu peux me faire confiance, je ne dirai rien.

Chelsea se sentait fébrile. Si jamais il flippait et parlait à la police, c'en était fini pour elle. Elle en était persuadée.

– Il est possible que je ne sois pas une fille bien.

Voilà, elle l'avait dit. Tous ses souvenirs convergeaient vers cette unique pensée. Pourquoi ces images de mort, pourquoi tout ce sang ? Et surtout comment expliquer qu'elle était proche de Liam Dupré, sinon par le fait qu'elle devait être sa complice ? C'était évident, et en le formulant à voix haute cela prenait tout son sens.

Non, elle n'était pas une fille bien. Et elle se détestait pour cela.

– Qu'est-ce que tu racontes ? s'exclama Keith, incrédule.

Chelsea prit son souffle et s'expliqua :

– Quand on est entrés dans le commissariat, j'ai vu un poster sur le mur. Ils recherchaient quelqu'un.

Keith l'avait vu également, mais n'y avait guère prêté attention.

– Et alors, je ne vois pas le rapport avec toi ?

– Le rapport, c'est que je crois que je le connais.

– Tu crois ou tu en es certaine ?

– Non, en fait, j'en suis sûre.

– Mais c'est qui ce type ?

– Il s'appelle Liam Dupré. C'est tout ce que je sais. C'était écrit sur l'avis de recherche.

Keith n'en revenait pas. Comment Chelsea pouvait-elle connaître un criminel ? Cela n'avait aucun sens. Chelsea était la douceur même.

– Il doit y avoir une explication. Ton cerveau a dû mélanger plusieurs informations. Tu as pu voir son visage à la télévision et tu crois le connaître.

– Non, ce n'est pas ça.

Mais Keith ne l'écoutait plus, cherchant une réponse plus plausible. Et soudain il comprit.

– Ça y est, je sais pourquoi tu le connais.

– Je ne crois pas.

Chelsea était persuadée qu'il allait la détester dès qu'il saurait, et elle tentait maladroitement de retarder le moment de la révélation.

– C'est Liam Dupré qui t'a agressée. Il faut retourner voir la police et tout leur dire.

Il était arrivé à la même conclusion qu'elle, malheureusement il ne savait pas tout. « Si seulement il n'y avait pas eu cet autre souvenir », se dit-elle accablée.

– Non, tu ne comprends pas.

Keith se sentait immensément soulagé. Tout allait rentrer dans l'ordre.

–Je comprends que tu aies peur. Mais seuls, on ne peut rien faire contre lui. On doit en parler à la police, et même aux médias...

Chelsea eut un petit rire triste.

–Laisse-moi parler. Je ne t'ai pas tout dit. Dans mon souvenir, nous sommes à la terrasse d'un café. Il me sourit et me dit : « Tout se passe comme prévu ».

Keith plissa le front.

–Cela n'a aucun sens.

–C'est pourtant clair. Je suis soit sa petite amie, soit sa complice, ou très probablement les deux à la fois.

Keith n'en revenait pas. C'était impossible !

Un silence pesant s'installa, assombrissant ce décor idyllique.

–Pourquoi t'aurait-il agressée dans ce cas ?

–On a dû se disputer après avoir fait quelque chose de terrible. Peut-être qu'on a tué quelqu'un, peut-être qu'il voulait tout le fric pour lui, peut-être qu'il m'a trahie... Ou peut-être que c'est moi qui l'ai trahi, si...

Elle ne put finir sa phrase tant elle se sentait mal. De fines larmes roulèrent sur ses joues.

Keith eut envie de la prendre dans ses bras, et pourtant il ne bougea pas. Il avait l'impression qu'une enclume venait de lui tomber sur le crâne.

–Tuer quelqu'un ! Arrête, Chelsea !

–Non, je suis très sérieuse. J'ai eu un autre souvenir dont je ne t'ai pas parlé.

–Du genre ?

–Je vois une femme au visage en sang, qui me regarde d'un air désespéré.

Keith eut un frisson d'horreur.

–Dis-moi que ce n'est pas vrai ! Dis-moi que tu ne te souviens pas de ça !

Chelsea baissa la tête et s'essuya les yeux.

–Je suis désolée, j'aurais dû t'en parler avant.

–Je ne peux pas le croire.

Plus Chelsea parlait, plus l'histoire commençait à s'assembler, et plus elle faisait froid dans le dos. Deux crapules qui assassinent sauvagement une pauvre femme pour se disputer ensuite son argent. Et soudain, Keith prit pleinement conscience du fait qu'il ne connaissait rien de la jeune fille assise à ses côtés, tandis que ses pieds se balançaient dans le vide. Si elle était capable de tuer de sang-froid une femme innocente, hésiterait-elle à tuer un garçon qui en savait trop ?

Un nouveau frisson le fit tressaillir. Il regarda le vide devant lui et réalisa qu'il suffirait qu'elle le pousse pour qu'il s'écrase dix mètres plus bas.

Chelsea redressa la tête et ajouta d'un air de chien battu :

– Tu vois, j'en arrive même à me dire que si je retrouve la mémoire, je vais peut-être te considérer comme un témoin gênant, et qu'est-ce qui m'empêchera de t'éliminer ?

Elle avait dit cela d'une voix si douce que c'en était d'autant plus inquiétant. Keith sentit les battements de son cœur s'accélérer.

– Tu ne ferais pas ça.

Chelsea sentit la peur dans sa voix et s'en voulut de le mettre dans un tel état. Elle lui posa la main sur le bras.

– Va-t'en avant que je ne retrouve mes esprits.

– Non, tout cela est absurde. Il doit y avoir une autre explication.

– Laquelle ?

– Je ne sais pas. On va bien finir par trouver. Tu n'es pas capable de faire du mal à une mouche.

– Qu'est-ce que tu en sais ?

– Je le sens au plus profond de moi.

Chelsea eut un sourire triste.

– C'est gentil, mais c'est stupide.

Elle aurait tant aimé le croire. Mais elle aussi avait une intuition. Et cette intuition n'était pas bonne.

– Laisse-moi. Va retrouver tes amis et oublie-moi.

Keith ne savait plus quoi penser. Pouvait-elle réellement être le monstre qu'elle redoutait ? C'était impossible. Il l'étudia avec attention. Elle était restée assise et semblait prostrée, le regard perdu sur l'horizon. Pas la posture d'une tueuse. Les souvenirs pouvaient s'effacer, mais pas ces petits gestes, ces attitudes qui en disent tant sur chacun de nous.

Il repensa à tous les moments qu'ils avaient passés ensemble et ressentit une émotion intense. Cela ne pouvait pas finir ainsi.

Les larmes se remirent à couler sur le visage de Chelsea. Le doute lui était insupportable. Elle se sentait épuisée, désespérée.

« Tu n'as qu'à te pencher un peu plus et tout sera fini », se dit-elle. Elle avança la tête et sentit le vide l'aspirer. « Oui, penche-toi et tout sera fini. »

Les larmes lui brouillèrent la vue.

Pourtant, elle avait adoré cette journée. La vie pouvait être magnifique. Mais pourquoi les souvenirs qui refaisaient surface étaient-ils tous aussi noirs ?

« Tu n'en finiras pas avec la douleur, tu sais que c'est ta seule issue », lui susurra une petite voix.

Elle ferma les yeux et se balança un peu plus, et encore un peu plus...

– Chelsea, non ! hurla Keith qui la fit basculer de force en arrière.

Il la prit dans ses bras et sentit son souffle haché par les pleurs.

– Tout va bien, je suis avec toi.

« Tu ne devrais pas. On ne sait pas qui je suis ! » avait-elle envie de lui hurler. Et pourtant elle se tut. Elle souhaitait si fort qu'il reste auprès d'elle.

Keith sentit une froide détermination le saisir.

– Chelsea, qu'est-ce que tu sais exactement sur ce Liam Dupré ?

– Rien, juste qu'on a fait un coup ensemble, et je vois cette femme pleine de sang.

– Peut-être que ces deux événements ne sont pas liés. Attends.

Il s'écarta et sortit son smartphone.

– Il y a du réseau. C'est parfait, dit-il.

Il tapa Liam Dupré sur la barre de recherche de Google.

Chelsea fut parcourue d'un frisson. Son pouls s'accéléra. Elle allait enfin tout savoir.

– Regarde tout seul, et si c'est ce que je crains, va-t'en.

Keith avait cessé de croire en Dieu le jour du suicide de son père, mais pour la première fois depuis des années, il s'entendit marmonner une sourde prière.

Il appuya sur « rechercher » et une multitude de pages apparurent.

Keith ne put retenir un petit rire nerveux.

Chelsea fronça les sourcils. Elle lui arracha son smartphone des mains et n'en crut pas ses yeux.

« Liam Dupré : le séducteur qui brise les cœurs et les porte-monnaie », « Le gentleman cambrioleur », « L'Arsène Lupin des Hamptons »...

Elle éclata de rire à son tour, un rire étrange, profond, teinté de larmes, de douleur et de soulagement. Dupré n'était qu'un simple voleur, un arnaqueur, mais pas un tueur ! Et donc rien de ce qu'elle avait fait ne pouvait être très grave.

– Tu es donc une arnaqueuse. C'est quand même pas joli joli, fit Keith, tout aussi soulagé.

– C'est pas toi qui m'as dit que tu n'avais pas d'argent ?

– Oui, je ne sais pas quel coup tu préparais avec Dupré, mais ce n'était certainement pas contre moi.

Chelsea sourit à pleines dents.

– Je veux tout savoir sur ce type.

Ils lurent ensemble le premier article que proposait Google.

« Liam Dupré, l'enfant terrible des Hamptons, grandit au sein d'une famille de riches industriels, ruinée à la suite de placements douteux effectués par son père. Un temps soupçonné de travailler pour la mafia pour éponger les

dettes de ses parents, son nom fut régulièrement cité dans des affaires illégales, sans que la police ne parvienne jamais à l'incriminer. Il ne sera condamné qu'une seule fois, pour extorsion de fonds et escroquerie aux sentiments à l'encontre de femmes célibataires auxquelles il faisait croire au grand amour. Il s'est évadé de prison il y a huit mois...»

Ils ouvrirent d'autres pages, et d'autres pages encore. Toujours le même portrait. Celui d'un garçon qui choisissait des proies faciles et leur extorquait tout leur argent. Mais pas la moindre mention d'un meurtre.

–Ils n'évoquent jamais la présence d'une partenaire, remarqua Keith en relevant la tête. Peut-être qu'on se trompe du tout au tout. Et si tu avais imaginé ce café avec lui ?

Cela l'aurait bien arrangée, mais elle savait que ce souvenir était réel.

–Non, je suis sûre que cela a vraiment eu lieu, répondit-elle.

–En tout cas, on sait que tu ne traînais pas avec un tueur.

–N'empêche que je revois toujours cette femme ensanglantée.

–Il doit y avoir une explication. Peut-être que ce n'est pas un vrai souvenir mais un cauchemar.

–Fais-moi confiance, je sais ce que je ressens. C'est comme quand je sentais qu'il ne fallait pas que j'aille voir la police. À présent, on sait tous les deux que j'avais raison.

–D'accord. Mais au fait, il reste quand même une énigme.

–Laquelle ?

–Pourquoi il t'a frappée et laissée pour morte.

Pour Chelsea, c'était l'évidence même:

–Soit il a voulu se garder tout le fric après notre arnaque, soit c'est une dispute d'amoureux qui a mal tourné. Peut-être que je l'ai rendu jaloux et qu'il en a perdu la tête.

– Jaloux, alors qu'il se tape plein de filles ?

– Un grand classique. Les maris qui trompent leur femme ne supportent pas la moindre infidélité de leur épouse. Sans compter qu'il doit considérer ses incartades comme une sorte de job.

Pas faux, valida Keith. Mais complètement tordu !

Chelsea eut soudain envie de l'embrasser, mais c'était trop tôt et surtout, même si elle n'avait désormais aucun scrupule à tromper Liam, elle tenait à ce que les choses soient claires avec Tess. Elle préféra lui poser une main affectueuse sur le bras.

– Tu es vraiment mon ange gardien. La question est : qu'est-ce qu'on fait maintenant ?

– Je vois deux options : soit on prend le risque de tout dire à mes amis, soit on garde le secret pour nous. Qu'est-ce que tu préfères ?

Chelsea n'hésita pas. Pour vivre heureux, vivons cachés.

– Ce n'est pas que je n'aie pas confiance en Nathan, Sandy et Jason, mais tout le monde n'est pas comme toi.

– Dans ce cas, va pour le secret, et je crois que tu as raison.

Keith reporta son regard sur l'horizon et scruta l'océan. Jamais il ne s'était senti autant en osmose avec quelqu'un. Il avait l'impression que Chelsea le comprenait sans qu'il ait besoin de parler, qu'ils partageaient les mêmes aspirations, les mêmes rêves, les mêmes pensées.

Et les mêmes peurs.

Il posa sa main sur la sienne. Tout en gardant son regard fixé devant lui, il la lui serra tendrement, et ils restèrent ainsi de longues minutes en totale communion avec la nature, et avec le chant des cigales, le vent, le soleil, l'océan comme seuls compagnons.

- 31 -

Jason était mal à l'aise. Il détestait cet endroit et n'y mettait jamais les pieds.

– Tu sens comme on est bien ici ? dit Dodi en entrant dans le cimetière.

– Pas vraiment, répondit-il en faisant la grimace.

Dodi eut un petit rire.

– Je sais ce que tu penses, mais tu as tort. Il n'y a rien de plus apaisant qu'un cimetière. Surtout celui-ci. Avoue qu'il est magnifique.

Le cimetière de Santa Barbara était situé sur la commune de Montecito, qui jouxtait la cité balnéaire.

Construit en bordure de falaise avec l'océan en contrebas, il s'étendait sur près de quatre cents mètres de long sur deux cents de large. Une pelouse parfaitement entretenue recouvrait toute la superficie. Quelques acacias proposaient leur ombre bienfaisante. Très peu de stèles ou de caveaux. Surtout des croix blanches, sobres, avec juste une plaque commémorative.

De petits chemins le quadrillaient. Mais ils n'étaient pas nombreux à les emprunter en cette fin de journée dominicale. Qui, à part Dodi, avait envie d'aller rendre visite à des cadavres pourrissant sous terre ?

– Oui, c'est magnifique, on pourrait en faire un super golf.

– Jason ! Un peu de respect.

Mais le ton n'y était pas. Elle connaissait l'humour de son petit-fils et l'aimait aussi pour cela.

– Excuse-moi, mais franchement, qu'est-ce qu'on fait là ? On aurait pu aller sur le front de mer, tu adores la plage.

– Je tenais à venir ici aujourd'hui. Tu es un homme et il y a des choses que tu dois savoir.

– Ça fait un moment déjà !

– Tu sais très bien ce que je veux dire. Ne fais pas l'idiot.

Jason pensait pourtant ce qu'il disait. À vingt ans et demi, cela faisait bien longtemps qu'il ne se considérait plus comme un adolescent. Il avait eu sa première relation sexuelle à treize ans, sa première cuite à quatorze, tout comme son premier joint. Sa première virée au volant d'une voiture entre amis, c'était le jour de ses quinze ans. Et sa première confrontation avec son père, le lendemain... Bref, il était loin d'être un gamin et avait l'impression d'en savoir bien plus sur la vie que la plupart de ses amis.

– On pourrait traverser la pelouse.

– Jason, qu'est-ce que tu n'as pas compris quand je t'ai parlé du respect ? C'est capital. Il y a des règles et des lois.

– Rien n'interdit d'y marcher. Comment on fait pour aller voir les tombes ?

– Ce ne sont pas nos morts. Si tout le monde faisait comme toi, le cimetière ressemblerait plus à un parc qu'à un lieu de recueillement. Pourquoi pas des vélos, pendant que tu y es !

– Dodi, il n'y a personne, et il n'y aura jamais personne. Tout le monde le sait, il n'y a pas plus anxiogène qu'un cimetière.

– Eh bien, les gens ont tort. Je trouve que c'est ici que l'on comprend le sens de la vie. De notre vie.

– J'aimerais bien savoir comment. Moi, ça me fout le cafard. Tu ne veux pas qu'on s'en aille ?

Marchant toujours du même pas régulier, Dodi regardait les tombes et se sentait extrêmement à son aise. Bien mieux qu'à l'hôpital. Ici, tout respirait la vie.

– Écoute les oiseaux, le vent, les vagues qui se brisent sur la falaise. Ce n'est pas la vie, peut-être ?

Jason haussa les épaules.

– C'est la nature, elle est partout.

– Non, elle n'est pas partout. Tu sais très bien que la Terre est une anomalie dans un univers sans vie.

– Il paraît qu'ils ont trouvé des milliers de planètes sur lesquelles des formes de vie seraient possibles.

– Des milliers sur des milliards de milliards. Non, Jason, la vie est ce qu'il y a de plus rare et de ce fait de plus précieux. Il ne faut pas l'abîmer mais la respecter.

– Je n'ai jamais dit le contraire.

– Je sais que tu n'aimes pas les leçons, mais écoute bien ta grand-mère. Avec l'existence que j'ai eue, j'ai appris beaucoup de choses, et au crépuscule de ma vie, je sais à présent ce qui est le plus important.

– Et c'est quoi ?

– Toi.

– Moi ?

– Oui, toi, Claire et Emily. Mes petits-enfants. Rien n'est plus important pour moi.

– C'est gentil, mais tu sais que les compliments ça n'a jamais marché sur moi.

Dodi s'arrêta et lui posa une main affectueuse sur sa joue, qu'elle caressa tendrement.

– Tu es encore trop jeune. Mais un jour tu comprendras. Notre existence a un sens. Nous faisons partie d'un tout. Nous donnons la vie, et faisons tout pour la préserver.

Jason connaissait le passé hippie de sa grand-mère et son côté *flower power*. Tellement décalée. Mais à quoi bon la reprendre.

– Tous ces gens qui sont morts et qui reposent ici, un jour, eux aussi ont été des jeunes gens comme toi, puis ils ont donné la vie avant de quitter ce monde pour rejoindre l'éternité.

– Je pensais que tu n'étais pas croyante ?

–Je crois en une force supérieure qui a organisé tout cela. Le hasard n'existe pas, mon petit Jason. Tout a un but caché, c'est seulement que nous ne le connaissons pas encore. Sache que je ne crains pas la mort, car la mort n'existe pas. Ce n'est qu'un concept inventé par les vivants.

–Très belle phrase, mais qui ne veut rien dire. La mort existe, et si je pouvais me passer d'y penser, ça m'arrangerait.

–La mort n'existe qu'avec la notion de temps. Mais le temps n'est qu'une dimension comme une autre. En mourant, le temps disparaît et nous devenons éternels. Plus rien n'existe si ce n'est une plénitude éternelle.

–Ou le néant ! la reprit-il.

–Non, je ne mourrai jamais, et tu sais pourquoi ?

–Je sens que tu vas me le dire.

–Car je vivrai toujours là, dit-elle en posant sa main sur le cœur de Jason, et dans celui de tes deux sœurs, puis je poursuivrai mon chemin parmi votre descendance et ainsi de suite. Nous ne mourons pas, nous évoluons, c'est tout.

–J'aimerais tant que tu aies raison.

–Mais *j'ai* raison. La mort n'est qu'un moment de la vie. Certainement pas la fin.

–Si tu le dis. On peut rentrer à présent ?

Dodi secoua la tête.

–Non, tête de mule, on va aller voir ton grand-père.

–S'il te plaît, à quoi bon? On a fait un tour, ça suffit, non ?

Jason avait toujours refusé de voir le caveau familial. L'idée qu'un jour ce serait sa dernière demeure lui était insupportable.

–Non, comme je te l'ai dit, il faut que je te parle de certaines choses.

–Et il faut que ce soit devant son tombeau? Tu sais très bien que je déteste les rituels.

–Ce n'est pas un rituel. Ton grand-père doit entendre ce que j'ai à te dire. Que tu le veuilles ou non, les âmes existent et restent toujours près de leurs proches.

–Je croyais qu'on rejoignait une sorte d'éternité.

–Aussi. On devient un peu comme des dieux. On est partout, tout le temps. Mais de toute façon, je n'ai jamais dit que j'avais la réponse à toutes les questions.

–Allons-y, fit Jason d'un ton défaitiste.

Ils passèrent non loin d'un jeune couple à genoux devant une de ces plaques blanches plantées dans le gazon. Le couple pleurait silencieusement. La femme tenait une poupée dans sa main.

Jason sentit son cœur se serrer. Certainement leur petite fille. Où était Dieu ?

–Oui, ils sont là, murmura Dodi, doucement.

–Quoi ? s'étonna Jason.

–Je ne te parlais pas, dit-elle. Je parlais à leur enfant. Je sens sa présence.

–Depuis quand tu as des dons de voyance ?

–Je n'en ai aucun. Tout le monde peut sentir la présence de ses proches disparus, encore faut-il avoir l'esprit ouvert.

–Tu vois des morts ? dit-il en repensant à ce vieux film avec Bruce Willis, *Sixième sens.*

–Non, je sens leur présence réconfortante. Je te l'ai dit, il n'y a rien de plus apaisant qu'un cimetière. Il n'y a plus de souffrance, plus de violence, plus de guerre. Il n'y a que de la paix et de la sérénité.

–Moi je ne sens rien.

–Parce que ton cerveau est trop rationnel. On vit dans un monde purement matérialiste qui a oublié la part d'immatériel qui nous entoure. As-tu déjà vu unc pensée ? Pourtant elle existe. As-tu déjà vu l'amour ? Pourtant il existe. Il y a tant de choses que nous ne voyons pas et qui existent.

–Mmm, fit Jason peu convaincu.

Ils continuèrent leur chemin guidés par le bruit du ressac. En bas de la falaise, les vagues venaient se briser contre la roche, créant des gerbes mousseuses dont on pouvait sentir d'infimes gouttelettes quand on s'approchait du bord, du moins aussi près que la barrière de sécurité le permettait.

Ils arrivèrent enfin devant le caveau familial. Un hommage au style gothique avec une statue de l'archange Gabriel. Les ailes repliées, l'ange semblait se prosterner sur la tombe.

–Je sais que tu n'as pas connu ton grand-père, mais il est temps que tu apprennes certaines choses.

–Dodi, tu ne vas pas me parler de la « malédiction des Zimmer », dit-il en mimant des guillemets avec ses doigts.

À l'école, il en avait longtemps souffert. Toutes sortes de légendes tournaient autour de sa famille et de la provenance de sa richesse. Il avait été l'objet de railleries, de jalousies qui lui étaient rapportées par des amis voulant le protéger des rumeurs qui hantaient la cour de récréation.

Il savait d'où il venait. Il savait que leur fortune n'était due qu'au travail et au génie de son grand-père.

–Non, il n'y a aucune malédiction qui pèse sur nous. Mais dans toute légende, il y a une part de vérité.

–Tu veux dire que grand-père a vraiment fait un pacte avec le diable ?

Le bruit avait couru qu'il avait sur les mains le sang de nombreux Mexicains, qu'il aurait sacrifiés dans un rituel satanique pour que les esprits fassent prospérer ses affaires.

–Non, du moins pas à proprement parler. Cependant, il faut que tu saches que ton grand-père n'était pas le gentil papy-gâteau dont on a toujours vanté les mérites dans le cercle familial.

–Dodi, pourquoi tu me dis ça ?

–Écoute-moi, c'est très important. Il y a beaucoup de personnes qui nous jalousent et qui rêveraient de nous voir disparaître. Et la meilleure façon de se défendre est de tout savoir.

–Je sais déjà tout ce qu'il y a à savoir. Je me moque des jaloux. Qu'ils osent s'en prendre à nous et ils seront bien reçus, dit-il avec hargne.

Son père se tuait à la tâche pour sa famille, ce n'était pas pour tout perdre à cause d'aigris et de ratés qui en voulaient à leur fortune.

– Tu ne sais pas tout. Ton grand-père n'était pas un homme respectable. C'était un être vil, un manipulateur, un tyran.

– Mais qu'est-ce que tu racontes ?

Il n'en revenait pas. Était-ce la maladie de sa grand-mère qui empirait ? Perdait-elle la tête ? Pourtant, elle n'avait développé aucun symptôme d'Alzheimer, ni de démence !

– Quand j'ai connu ton grand-père, j'avais dix-sept ans. J'étais la plus belle fille de Santa Barbara. Je venais de gagner le concours de Miss Californie. Il m'a fait le grand jeu pour m'avoir, mais dès que je l'ai épousée, j'ai compris quel genre d'homme il était. Un monstre narcissique et égocentrique. Rien ne comptait que sa propre personne, fit Dodi qui regardait le caveau d'un air désolé.

– Dodi, je t'en prie, arrête.

– Non, tu dois m'écouter. Ton grand-père était un homme méchant. J'ai vu maintes fois comment il se comportait avec ses employés. Non seulement il aimait les traiter comme s'ils étaient ses serfs, mais je voyais bien qu'il prenait plaisir à les humilier. C'était toujours lui qui se chargeait de les licencier pour des fautes que, la plupart du temps, il avait inventées.

– Si c'était le cas, les ouvriers se seraient plaints !

– À qui ? Les meilleurs amis de ton grand-père étaient le maire, le juge et le shérif. Il avait tous les pouvoirs et tous les droits, surtout en ces années-là.

– Mais peut-être avait-il ses raisons. Gérer des entreprises n'est pas une mince affaire. Parfois il faut être dur pour garantir la survie de tous.

– Un discours bien rodé, constata-t-elle peinée. Et comment expliques-tu le fait qu'il ait passé sa vie à me tromper ? Aucune femme de cette ville, dès lors qu'elle lui plaisait, n'a échappé à sa fougue. Ton grand-père était un prédateur. Tout ce qu'il voulait, il l'obtenait.

–Le pacte avec Satan.

–Oui, si je croyais au diable, je pourrais croire en ces légendes.

Jason était mal à l'aise. Intérieurement, il réalisait qu'il avait toujours su qu'il y avait des parts d'ombre dans sa famille, mais jamais il n'avait pensé qu'elles puissent être de cette nature. Un monstre.

–Pourquoi personne ne m'en a jamais rien dit ?

–C'est ton père qui l'a voulu ainsi, et qui a créé cette image de papy-gâteau. Il faut aussi que tu saches que ton grand-père portait très souvent la main sur moi et sur ton père. Une fois, il a failli le tuer. La cicatrice qu'il a sur la joue n'est pas due à un accident.

La balafre de son père. Même si la chirurgie faisait des miracles, elle n'avait pu effacer totalement la marque qui barrait sa joue.

–Qu'est-ce qui s'est passé ?

–Ton père jouait sur son violon, un stradivarius, et sans faire exprès, il en a cassé les cordes. Ton grand-père est entré dans une rage noire. Avec son couteau à cran d'arrêt qu'il portait toujours sur lui, il lui a ouvert la joue.

–Dodi, pourquoi es-tu restée avec un tel homme ? demanda Jason, effaré par ces révélations.

–J'ai tenté de m'enfuir en voiture. Mais ton grand-père nous a retrouvés dans un motel de San Diego. Il est devenu fou. Je suis restée deux jours à l'hôpital où j'ai songé à me laisser mourir, mais je ne voulais pas lui laisser ton père. Je ne voulais pas qu'il devienne un monstre à son image. Malheureusement...

Dodi secoua la tête.

–Malheureusement quoi ?

Dodi le prit par les épaules et il se rendit compte qu'elle pleurait.

–Je suis désolée de te dire ça, mais ton père n'est pas aussi bon que tu le crois. Je ne veux pas que tu prennes le même chemin.

– De quoi tu parles ? Papa est le plus droit des hommes.

– Oui, ce n'est pas un mauvais homme. Il aime ta mère, et ses enfants sont tout pour lui. Ne doute jamais de son amour pour toi, mais il y a des choses que tu dois savoir.

– Quoi ? hurla Jason.

Dodi leva alors les yeux vers le ciel comme si elle entendait des voix.

– Oublie ce que je viens de te dire. Ton père vous aime et c'est tout ce qui compte.

– Tu allais dire quelque chose. Tu veux parler de ses affaires ?

– Non, excuse-moi. Tu sais, je me fais vieille. Je mélange les histoires. Je parlais de ton grand-père. Ton père, lui, n'a rien à se reprocher. Oublie tout ça.

– Facile à dire. Qu'est-ce que je dois croire dans tout ce que tu viens de me raconter ?

Dodi fit la moue.

– Je perds la tête, voilà ce que tu dois croire.

– Je ne sais pas. Mais ce n'est pas drôle du tout.

– Je suis désolée. Allons-nous-en. Il est temps de partir.

Jason ne demandait que ça. Mais il était totalement perturbé par tout ce qu'il venait d'entendre. Son père lui cachait-il des secrets ? Mais de quelle nature ? Et son grand-père ? Jamais il n'avait soupçonné une telle noirceur. Il se promit de mener son enquête. S'il y avait des secrets de famille, il devait tout savoir. Au moins était-il d'accord avec Dodi sur ce point. Mais pour l'heure, il ne se voyait pas harceler sa grand-mère. Il se doutait qu'elle était encore fragile. Mais viendrait le moment où il faudrait qu'elle lui dise tout sur la malédiction des Zimmer…

Ils retraversèrent en silence le cimetière et rejoignirent leur voiture.

Quand il fut installé derrière le volant, Jason se tourna vers Dodi et lui fit une dernière requête.

– Dodi, plus jamais on ne revient ici. Tu me le promets ?

– Je te le promets, mon petit ange. Tu sais, je viens d'avoir une idée.

– Une bonne idée ?

– Oui. Ce soir, je veux que tu réalises un de mes rêves.

– Je ne sais pas. Dis pour voir.

– On passe la soirée sur la plage comme quand j'étais jeune.

Jason eut un sourire amusé. C'était Dodi tout craché. Toujours prendre la vie du bon côté et ne penser qu'au positif.

– Dodi, ce n'est pas possible. Il faut que je te ramène. Tout le monde va s'inquiéter à l'hôpital.

– Ils sont au courant. J'ai le droit de sortir, je te l'ai dit. J'ai reçu mes dernières analyses, je suis en rémission. Je vais beaucoup mieux.

Ce n'était pas ce que lui avaient dit ses parents. Mais pourquoi mentirait-elle ?

– Il faut que j'en parle à papa et maman.

– Surtout pas. C'est notre secret à nous. Tu peux bien faire ça pour moi. Je t'en prie.

Comment dire non à Dodi ?

– D'accord.

– Et si tu invitais tes amis ? Je serais heureuse de les revoir. Tu veux bien ?

– Tu es sûre ?

– Oui, on va passer une très belle soirée.

Jason préférait la voir comme ça. Sa grand-mère redevenait elle-même, un peu excentrique, certainement pas comme les autres, et ce n'était pas plus mal. Il avait la plus extraordinaire des grand-mères.

– C'est clair, dit-il en prenant son téléphone.

- 32 -

Le cerveau de Nathan jouait du tambour sous son crâne. Le garçon ouvrit les yeux. Son portable n'arrêtait pas de sonner et une envie de vomir le saisit. À ses côtés, Peach dormait paisiblement. Nue. Un corps de princesse.

Il décrocha.

– Jason ?

– Je te dérange ?

– Non. Tout va bien, dit-il en se redressant sur le lit.

Maudit alcool ! Ses tripes lui broyaient le ventre.

– Tu fais quelque chose ce soir ?

Nathan n'avait aucune envie de sortir, mais il était hors de question de faire faux bond à Jason.

– Rien de spécial. Je passe chez toi après le dîner si tu veux.

– En fait, je pensais organiser une petite soirée sur la plage. Tu penses que tu peux m'aider à faire les courses ?

Dans l'état où il était, il se sentait incapable de quoi que ce soit, ce qui ne l'empêcha pas d'accepter.

– Bien sûr, est-ce que je t'ai jamais laissé tomber ? Tu sais...

Il n'eut pas le temps de terminer sa phrase. Et à peine celui d'ouvrir le hublot de la cabine pour tout vomir par-dessus bord.

Ça n'allait pas du tout. Et son mal de crâne qui pulsait de plus en plus fort.

Il se pencha pour récupérer son téléphone tombé à terre.

–Nathan ?

–Excuse-moi, je crois que je suis malade. J'ai dû manger une saloperie. J'ai la gerbe.

–Tu as vu un médecin ?

–T'inquiète. Je vais faire un petit somme et ça va passer.

–Y a intérêt. Je suis avec quelqu'un qui a très envie de te voir.

Nathan regarda Peach et se méprit sur la proposition de son ami. Il sentit la colère prendre le dessus sur son malaise. Il en avait assez que tout le monde essaye de lui mettre des filles dans les pattes ! Il était assez grand pour se débrouiller tout seul et surtout il avait enfin trouvé la perle rare.

–J'aime Laura, Jason ! Je n'ai pas besoin qu'on me refile des plans foireux.

Peach bougea dans son sommeil.

–T'es débile ou quoi ? Est-ce que je t'ai déjà fait ça ?

–Tu veux dire à part Jennifer, Mady, Cindy, Scarlett, Selena ou encore Kristel ?

À l'autre bout, Jason se mit à rire.

–Ok, mais on était gamins. Je voulais t'aider, et j'ai arrêté dès que tu me l'as demandé. Non, je suis avec ma grand-mère qui aimerait vous voir tous.

Nathan en resta bouche bée. Pour une surprise, c'était une surprise.

–Tu parles de ta grand-mère, Dodi, celle qui a une maladie rare ?

–Oui, mais elle est en rémission. Tout va bien. Cela lui ferait plaisir de vous revoir. La dernière fois, c'était il y a quoi ? Une dizaine d'années ?

Nathan sentit monter une nouvelle vague de nausée qu'il parvint à maîtriser.

Dehors, le ciel s'enflammait. Le soleil se rapprochait de l'océan.

–D'accord, pourquoi pas. Je te tiens au courant.

–Tu ne me lâches pas, vieux frère.

–Je te promets de faire tout mon possible.

Il raccrocha aussitôt et s'assit sur le lit. Il reprit lentement son souffle, se promettant de ne plus jamais boire une seule goutte d'alcool de sa vie.

Peach était toujours endormie. À croire qu'elle avait pris des somnifères. Ce n'était pas plus mal. Il n'avait rien à lui dire.

Quand il se sentit suffisamment solide sur ses jambes, malgré le léger tangage du yacht qui risquait de provoquer de nouvelles nausées, il marcha prudemment jusqu'à la salle de bains attenante à la chambre.

Il se planta devant le lavabo. Il avait une tête à faire peur. Les yeux rougis, le teint blafard, les cheveux hirsutes. Un zombie. Cependant, son regard fut attiré par un petit objet qui brillait près de la douche et se reflétait dans le miroir.

Qu'est-ce que c'était que ça ?

Il se retourna, se pencha pour ramasser l'objet et découvrit que c'était une simple clé. Que faisait-elle là ? À qui pouvait-elle bien appartenir ?

Puis il repensa à Chelsea. Peut-être était-elle tombée de ses vêtements quand elle s'était douchée le matin même.

Il la glissa dans sa poche et retourna vers le lavabo où il s'aspergea le visage. Il avait totalement déconné. Il recommença et se sentit enfin un peu mieux. Il trouva une brosse dans un tiroir et put remettre un peu d'ordre dans sa chevelure rebelle.

Un dernier coup d'œil au miroir. Ce n'était pas terrible, mais il faudrait faire avec.

Il serra les poings et se dit qu'avant de partir, il était temps d'avoir une petite conversation avec sa sœur.

Nathan remonta au niveau supérieur. La musique était toujours aussi forte et il y avait encore plus de monde que quand il était arrivé. Dans le salon, un petit groupe de garçons dansait sur *Shape of you* d'Ed Sheeran.

–Dean, tu n'as pas vu ma sœur ? demanda-t-il à un bellâtre aux muscles saillants.

–Elle est sur le pont supérieur. Elle prend un bain de soleil. Interdiction de la déranger.

–C'est ce qu'on va voir.

Il sortit et monta sur le toit du yacht. Fiona et ses trois meilleures amies étaient tranquillement allongées sur des transats. Maillots deux pièces échancrés, boissons à portée de main.

–Nathan ? Ça va ? demanda Fiona sans bouger d'un pouce.

–Non, ça ne va pas du tout. Je ne me sens pas bien, et c'est à cause de toi.

–Je sais, je n'aurais jamais dû te faire boire autant. Mais avoue que ce n'était pas mauvais.

Nathan soupira fortement.

–Je peux te parler seul à seul ?

Fiona n'eut même pas besoin de demander à ses amies de s'en aller ; elles s'esquivèrent sans demander leur reste. Aucune d'entre elles n'avait envie de se retrouver au centre d'une querelle familiale.

–Je suis vraiment désolée, mon cœur. Assieds-toi là, dit-elle en lui désignant un siège.

–Je ne vais pas rester. Je voulais juste que tu me dises la vérité. Peach est vraiment une amie à toi ?

Fiona jaugea son frère et, pour la première fois, elle vit un homme. Il avait pris de l'assurance et c'était très bien ainsi. Mais elle pensait aussi qu'il était fragile et qu'elle devait le protéger.

–Non, répondit-elle simplement.

–Et je peux savoir qui c'est ?

–Je crois que tu l'as compris.

–Je veux l'entendre de ta bouche.

–C'est une escort.

–Une pute. Tu as payé une pute pour qu'elle couche avec moi ! Je te déteste !

–Ne dis pas ça. Primo, n'utilise jamais ce terme. Tu n'imagines pas à quel point il est dégradant pour les femmes. Peach est libre de ses choix. C'est son métier et elle l'assume. Je t'interdis de l'insulter.

Nathan eut un petit rire nerveux. Il est bien connu que la meilleure défense, c'est l'attaque, mais cette fois il n'allait pas se laisser faire.

–J'aime Laura plus que tout au monde. Je veux que tu me promettes que tu ne tenteras plus jamais rien contre elle, ou je te jure que je ne t'adresserai plus la parole.

Fiona réalisa enfin qu'elle était allée trop loin et sentit des larmes poindre au coin de ses yeux.

–Je te le promets, petit frère. Je voulais simplement t'ouvrir les yeux. Laura est certainement charmante et gentille, mais elle te trahira et te brisera le cœur. C'est ainsi que vont les choses, et tu es encore trop jeune pour t'attacher. Tu as besoin d'une femme qui t'aimera pour ce que tu es et non pour notre argent.

–Elle m'aime précisément pour ce que je suis. Et je t'ai déjà demandé d'arrêter de m'appeler « petit frère ».

–Son père n'est qu'un petit architecte de rien du tout. Pour eux, tu représentes le jackpot. Moi aussi j'y ai cru. Tu ne peux pas savoir combien de garçons m'ont brisé le cœur.

Elle se souvenait de chacun d'eux. Chaque fois, elle avait cru à leurs mensonges. Ils savaient être tellement persuasifs. Chacun à sa manière prétendait qu'il était différent, que jamais il ne la tromperait, qu'il l'aimait plus que tout. Et chaque fois elle avait été déçue, alimentant une colère de plus en plus vive contre les hommes. Seul Nathan trouvait grâce à ses yeux. Un candide dans un monde de brutes.

–Je ne cherche qu'à te protéger.

–En me mettant une escort dans les bras ?

–Oui. Tu lui as quand même fait l'amour ?

–Bien sûr que non. On a dormi côte à côte. Je crois qu'elle était complètement défoncée.

Fiona se leva de son transat et prit son frère dans les bras.

–Excuse-moi. Je ne recommencerai plus jamais. Et sache que je serai toujours là pour toi. Tu es ce que j'adore le plus au monde. Tu le sais ça? lui souffla-t-elle dans le creux de l'oreille, la tête posée sur son épaule.

Nathan n'en doutait pas une seconde. Il savait qu'il pouvait compter sur elle, autant que sur ses trois meilleurs amis. N'empêche qu'elle était parfois limite. En même temps, avec une mère pareille, qui pouvait rester normal ?

–Fiona, tu me le promets?

–Je te le promets. Ne m'abandonne pas.

–Jamais je ne ferais ça.

Fiona poussa un profond soupir. Elle savait qu'il était le seul homme de sa vie et malheur à qui lui ferait du mal. Et tant pis si personne ne comprenait le lien puissant qui les unissait.

–Bon, je dois y aller.

–Tu ne m'en veux pas trop ?

Nathan la regarda et réalisa que, pour la première fois, les rôles semblaient s'inverser. Il se sentait fort et elle était si fragile.

–Je ne t'en voudrai jamais, mais parfois, tu fais de ces trucs !

–Je suis désolée. Des trucs dans ce genre ?

Elle lui fit un smack sur la bouche.

Nathan détestait ça, mais ne put s'empêcher de sourire.

–Oui, exactement ce genre de truc.

Il redescendit du pont supérieur, se fraya tant bien que mal un chemin parmi les danseurs et quitta le yacht. *Hold on, we're going home* de Drake le poursuivait encore lorsqu'il composa le numéro de Sandy.

- 33 -

Sandy bondit dans les airs et Peter l'attrapa avant de la faire virevolter autour de lui. Elle reposa délicatement les pieds au sol et écarta son bras gauche d'un gracieux geste de révérence à la seconde même où une dernière note de piano signait la fin de la chanson.

Toutes les lumières de la scène se rallumèrent et Jack s'approcha du jeune couple, le visage sévère.

– C'est mieux, mais on est encore loin du compte. Si vous voulez vraiment gagner ce concours, il va falloir redoubler d'effort.

– Je suis épuisée, je n'en peux plus, dit Sandy.

Elle avait le cœur qui s'affolait et était en nage. Trois heures qu'ils ne cessaient de répéter, ne s'arrêtant que pour de courtes pauses. Mais elle avait adoré ça.

Malgré un caractère de cochon, Jack Weston était plein de bons conseils, et elle commençait à entrevoir l'homme qui se cachait derrière le masque du tyran. C'était un vrai danseur, quelqu'un qui croyait réellement que l'art se devait de repousser les limites de l'humain. L'homme au service de la danse, et non l'inverse.

« Vous n'êtes que des petits soldats, des fantassins de cet art. Vous serez morts depuis des millénaires que la danse existera encore et encore. Vous êtes les porteurs d'une cause qui vous dépasse, mais vous vous devez de ne pas la trahir. »

Il avait tout un répertoire de phrases du même acabit qu'il avait assenées à ses deux élèves tout au long de l'entraînement.

Sandy sentait les crampes venir et s'était étonnée de la tendresse de Jack quand il lui avait massé les cuisses et les mollets. Alors qu'elle craignait qu'il ne soit trop brutal, il s'était montré d'une grande douceur.

Peter avait eu droit aux mêmes égards et à la même gentillesse.

– Qu'est-ce que vous venez de dire ? la reprit Jack d'un ton sarcastique.

– Rien, elle a dit qu'elle se sentait en super forme, répondit très vite Peter.

– Oui, je blaguais, dit Sandy. Je suis prête.

Elle avait compris l'allusion. Ne jamais montrer de signe de faiblesse. La danse était une guerre où les soldats les plus faibles étaient les premiers à tomber.

– Je préfère. Mais j'ai déjà passé bien plus de temps que je n'avais prévu avec vous. Vous pouvez y aller.

Il fit un geste désignant la sortie.

– On se revoit demain, Jack ? demanda Peter.

– Non, vous allez devoir vous débrouiller sans moi. Mais si vous avez bien écouté mes conseils, vous devriez gagner haut la main ce petit concours.

– J'espère que vous avez raison. Merci pour tout.

Jack regarda Sandy et sembla hésiter avant d'ajouter d'une voix toujours aussi autoritaire :

– Quant à toi, le plus dur reste à venir. Si tu veux intégrer l'école de danse, sache qu'il ne reste plus aucune place. Du moins à Santa Barbara.

– Je n'avais pas postulé. Je suis réaliste. J'ai trop de retard par rapport aux vraies danseuses.

– Oui, c'est évident. Continue tes études. Tu suis quel cursus ?

– Je passe en troisième année de maths. Je voudrais devenir prof.

– Je ne doute pas que tu y parviennes.

–Merci.

Jack esquissa un mince sourire et repartit vers les coulisses.

–Tu sais, il n'est pas trop tard pour changer d'avis. Je suis sûr qu'il y a moyen pour que tu postules. Il y a toujours des désistements de dernière minute, dit Peter.

–C'est possible, mais ce n'est pas ce que j'ai prévu de faire de ma vie.

–Ce n'est pas ce que tu avais prévu, ou ce n'est pas ce que tes parents ont toujours voulu pour toi? Au fond de toi, si tu avais le choix, tu ferais quoi ?

La réponse était tellement évidente. La danse, bien sûr. Depuis toute petite, elle rêvait de monter sur les planches à Broadway. Elle avait pris des cours quand elle n'était encore qu'une petite fille. Elle adorait se mettre en tutu. Mais les enfants ne pardonnent rien: trop timide, et complexée par les lunettes qu'elle portait à cette époque, elle était vite devenue le souffre-douleur des autres petites danseuses, qui s'étaient fait un plaisir de la martyriser. Elle avait tout arrêté du jour au lendemain et oublié ses rêves de gloire. Et elle avait commencé à s'habiller comme un garçon.

Mais alors que sa famille était convaincue que cette passion appartenait au passé, Sandy avait continué à danser. Pour elle-même. Toujours à l'abri des regards. Toute seule dans sa chambre, sauf quand elle savait que la maison était vide.

Et depuis qu'elle était à l'université, elle profitait des salles de sport aux heures où elles étaient désertées.

–Je ne sais pas. J'adore les maths, la chimie, la physique.

Peter eut un rire moqueur.

–Je ne te crois pas une seconde. Tout le monde rêve d'être un artiste, et toi qui as la possibilité de vivre ce rêve, tu l'esquives comme ça? dit-il en claquant les doigts d'un geste dérisoire.

–Mais tu sais combien de danseurs professionnels se retrouvent sans emploi et vivent dans la misère ?

– Avec ton physique et ton talent, tu te trouveras un mari plein aux as, et l'argent ne sera plus un problème.

Elle détesta l'entendre dire cela. Non seulement c'était dégradant pour les femmes, mais surtout cela fermait définitivement la porte à une éventuelle liaison entre eux.

– La pute d'un gros porc ! Le rêve !

– Ne caricature pas, ce n'est pas ce que je disais.

– Allez, on y va avant que tu ne t'enfonces davantage.

Peter n'insista pas.

Ils descendirent de la scène et traversèrent toute la salle du théâtre par la travée centrale.

Dehors, le soleil glissait peu à peu derrière les bâtiments. La circulation était plus intense en cette fin de journée.

– Putain, trois heures, réalisa Peter en regardant son téléphone. J'en reviens pas que tu aies tenu aussi longtemps.

– Moi non plus, je suis morte, dit Sandy, soulagée de changer de sujet.

– En tout cas, on a assuré. J'ai adoré danser avec toi, tu es sublime.

Sandy le regarda. Elle aurait tellement aimé qu'il la prenne dans ses bras et l'embrasse. Mais il n'y avait rien d'autre dans ses yeux que de l'admiration. Et certainement pas de l'amour.

– C'était sympa.

– Sympa ?! s'étrangla Peter. C'était génial ! Et je te jure que si on avait été mauvais, ou même simplement « sympa », Jack nous aurait incendiés.

– Pourquoi ? Tu trouves qu'il a été cool ?

Il n'avait pas arrêté de les critiquer, de les reprendre en permanence, toujours à la limite du mépris, voire de l'insulte.

– C'est sa façon de faire. S'il ne croyait pas en nous, il serait parti bien plus tôt. Surtout en ce moment.

– Pourquoi ?

– C'est un 8 juin que Jack a perdu sa femme et sa fille.

Et le 8 juin, c'est demain.

–Je comprends.

Sandy préféra ne pas penser au drame qui avait dû briser la vie de son nouveau professeur. La fatigue se rappela à elle.

–Tu me ramènes ?

***

Un quart d'heure plus tard, Peter conduisait sa vieille Chevrolet sur la petite allée du quartier pavillonnaire. Les ombres des acacias s'étaient allongées au fur et à mesure que le soleil déclinait.

Somnolant sur son siège, Sandy ne pouvait s'empêcher de se repasser la séance d'entraînement dans la tête. Elle revoyait chacun de ses pas et de ses gestes et ne cessait de se dire qu'elle pouvait faire mieux, et même beaucoup mieux.

Jack l'avait secouée comme jamais elle n'avait été secouée, il lui avait même crié dessus, et pourtant elle n'arrivait pas à le détester. Elle comprenait qu'il n'y avait aucune malveillance de sa part, seulement une forme de transe, et surtout de l'exigence, une exigence extrême, totale. La seule façon d'accéder au sommet. La seule façon de devenir la meilleure.

La voiture s'arrêta et elle se redressa.

–On est arrivés, mademoiselle. Cela vous fera dix dollars.

–Très drôle.

Il s'était garé juste devant chez elle.

–On se dit à demain ?

–Oui, mais...

Son portable sonna. Nathan. Elle fit signe à Peter d'attendre et répondit.

–Allô ?

–Salut, Sandy. Je t'appelle juste pour savoir si ton père a pu craquer l'adresse du type qui harcèle Laura.

– Je n'en sais rien, je viens juste d'arriver chez moi. Je te rappelle dans une minute.

– Ok, à tout de suite.

Sandy raccrocha et se tourna vers Peter.

– Je file. On se voit demain ?

Mais avant qu'il ne puisse répondre, son téléphone sonna à nouveau. Jason.

– Désolée, dit-elle à l'adresse de Peter. Allô ?

– Salut, Sandy, tu n'as rien prévu pour ce soir ?

Non, et elle n'avait aucunement l'intention de sortir.

– Je suis crevée, je vais me coucher tôt.

– Oublie ça. On va faire la fête sur la plage. Je compte sur toi, tu ne me lâches pas.

– Écoute, Jason, je te jure que...

– Tu jures rien du tout, tu viens ou je t'en voudrai à mort. Allez, s'il te plaît, ma grand-mère sera là.

– Dodi ? Mais je croyais qu'elle était malade ?

– Justement, elle va mieux et elle aimerait vous revoir tous.

Même si cela faisait plusieurs années qu'elle ne l'avait pas revue, Sandy se souvenait très bien de la grand-mère de Jason. Une vieille dame adorable qui les emmenait au cinéma quand ils n'avaient qu'une dizaine d'années. Et une idée lumineuse jaillit en elle.

– D'accord, mais je peux inviter quelqu'un ?

– Si c'est Peter, tu as ma bénédiction.

Évidemment, il avait tout compris. C'était ça les vrais amis.

– Je t'adore. À tout à l'heure. Et merci.

Elle raccrocha et Peter la regarda d'un air interrogatif.

– Un rendez-vous ?

– Jason va faire une fête sur la plage, et il veut que je vienne.

– C'est super, mais je t'ai entendu demander si tu pouvais inviter quelqu'un ?

Lui aussi avait tout compris. Pourvu qu'il ne la rembarre pas, se dit-elle.

–Oui, toi. Du moins si tu n'as rien d'autre de prévu.

–Avec plaisir, accepta-t-il aussitôt dans un grand sourire.

Décidément, cette journée se révélait fabuleuse et pleine de surprises. Une nouvelle Sandy était en train de naître. Une Sandy euphorique, à laquelle tout semblait possible.

–Je te tiens au courant pour l'heure. Tu viendras me chercher ?

–Oui, et ne t'inquiète pas, je ne te poserai pas un lapin.

Sandy descendit de la voiture et le regarda partir avant de remonter l'allée fleurie qui menait à sa maison. Sa mère était dans la cuisine avec Jay.

–Maman, je ne mangerai pas là. Je passe la soirée avec Jason.

–Il y aura Peter ?

À croire qu'elle était totalement transparente !

–Il sera là lui aussi, mais ne te fais pas de film, d'accord ?

–En tout cas, c'est un très bon parti. J'ai vu ses vidéos sur YouTube. Qu'est-ce qu'il danse bien !

–Tant mieux, mais ça ne te regarde pas.

Des bruits de pas annoncèrent l'arrivée de son père dans la cuisine.

–Ça sent rudement bon, fit Robert Dawson en les rejoignant. Qu'est-ce que tu nous as préparé? Des lasagnes ?

–Exactement.

–Tu sais que je t'aime, toi, dit-il en prenant son épouse par la taille pour l'embrasser dans le cou.

Sandy détourna les yeux. Elle détestait quand ses parents devenaient un peu trop démonstratifs devant elle.

–J'ai fait tout ce que j'ai pu pour ton copain, mais son « Prince charmant » est un petit génie. J'ai laissé la machine tourner, ça mouline, et avec un peu de chance j'aurai peut-être une adresse demain. Sinon, je crois qu'il faudra que vous alliez voir la police.

Aussi égoïste que cela puisse paraître, les problèmes de Nathan étaient à des années-lumière de ses propres préoccupations et Sandy le remercia machinalement, tandis que Meredith demandait ce que c'était que cette histoire d'aller voir la police.

–C'est rien, maman, c'est dans le jeu de Nathan, mentit-elle.

- 34 -

– Qu'est-ce qu'on fait maintenant ? demanda Chelsea.

Ils venaient juste de rendre leurs vélos de location au petit magasin situé près de la jetée et marchaient sur la promenade longeant la plage.

– Comment ça, qu'est-ce qu'on fait ? Je vais me reposer. Tu m'as tué !

– Petite nature, se moqua Chelsea. Tu me laisses tomber alors ?

Elle mit ses mains sur ses hanches et commença une série d'étirements, faisant basculer son buste de droite à gauche.

Keith n'en revenait pas de sa résilience. Elle était incroyable. Amnésique, perdue dans une ville où elle ne connaissait personne, et des bribes de souvenirs qui ne cessaient de lui apporter de mauvaises nouvelles : son chien qui agonise entre ses bras, le visage en sang d'une inconnue et la certitude d'être la petite amie d'un truand qui avait tenté de la tuer !

N'importe qui se serait effondré à sa place, et pourtant elle était là à rire avec lui, à profiter de la vie comme si de rien n'était.

Une vraie force de la nature.

– Jamais je ne te laisserai tomber.

Elle lui sourit et cessa ses exercices d'échauffement.

Avec la plage et l'océan derrière elle, Chelsea n'en était que plus sublime.

– Attends, ne bouge plus.

Keith sortit son téléphone et le mit en mode photo.

Chelsea prit des poses suggestives, s'amusant du regard des passants. Les hommes la scrutaient d'un œil concupiscent, les femmes la détestaient spontanément. Mais elle s'en moquait. Seul comptait ce besoin irrépressible de faire exactement ce dont elle avait envie.

Prenant cliché sur cliché, et s'amusant de la voir aussi espiègle, Keith avait de plus en plus de mal à croire qu'elle soit tombée amoureuse d'un type comme Liam Dupré.

– Tu sais, je me demande si on n'a pas tort, dit-il quand ils arrêtèrent la séance photo.

– C'est-à-dire ?

– Plus j'y pense, plus je me dis que ça ne colle pas. Je veux dire, Liam et toi.

Une mouette éructa dans le ciel et s'envola vers la jetée. Chelsea passa la main dans ses longs cheveux blonds.

– Et pourquoi pas ? On ne sait rien de moi.

– Justement, rien ne dit que tu sois une marginale qui vit avec un escroc.

– Et je serais quoi, selon toi ?

Keith n'en avait aucune idée, si ce n'est une théorie encore moins plausible...

– Une agent du FBI infiltrée auprès de lui pour le faire tomber.

Chelsea éclata de rire.

– Ils embauchent des filles de vingt ans chez les *Men in black* ?

– Qui te dit que tu as vingt ans ? Peut-être que tu fais juste beaucoup plus jeune que ton âge.

Chelsea s'imagina aussitôt en agent secret, à traquer le mal dans le monde entier. Une théorie séduisante, mais totalement fantasmagorique.

–Ne te fais pas trop d'illusions. Je te le répète, je suis soit sa partenaire, soit sa petite amie.

–Tu *étais* sa partenaire ou tu *étais* sa petite amie, la corrigea Keith.

Chelsea soupira. Elle aussi était à deux doigts de craquer pour lui, mais c'était bien trop tôt.

Elle avait besoin d'en savoir plus sur elle-même avant de se lancer dans une nouvelle vie. À moins que sa mémoire ne revienne jamais. Mais après tout, est-ce que ce serait si terrible de ne plus se rappeler qui elle avait été ? Elle serait enfin libre de tout recommencer à zéro, ici, à Santa Barbara, auprès de Keith et de ses amis. Elle trouverait un travail, ou bien elle s'inscrirait à la fac. Peut-être même qu'elle était douée ? se dit-elle tandis que des titres de romans et des symboles mathématiques flottaient dans son esprit. Comment savoir ? Elle sentit alors que la fatigue la rattrapait.

–Finalement, je crois que tu as raison. On devrait se reposer un peu.

–Rentre chez Jason, dors un moment et je repasse te chercher un peu plus tard.

L'évocation du jeune homme la laissa perplexe. Elle n'avait pas trop aimé la façon dont il s'était comporté devant elle.

–Je n'aurais pas dû accepter de dormir chez lui. J'aurais mieux fait de rester chez Sandy.

–Pourquoi tu dis ça ?

–Je sais que c'est votre meilleur ami, mais je ne le sens pas. Autant j'ai accroché tout de suite avec toi, Nathan et Sandy, autant lui, il m'a l'air, je ne sais pas, un peu...

–Tu peux y aller, il n'entend pas.

–Prétentieux ?

Keith eut un petit rire. Même si Jason était son meilleur ami, il n'était pas pour autant exempt de défauts. Après tout, qui n'en avait pas ? Mais prétentieux, non.

–Sa famille est l'une des plus riches du pays. Il a été habitué à tout avoir sur un plateau d'argent. Mais tu vois, malgré tout il est resté très simple. La preuve, nous sommes amis alors que je ne suis qu'un pauvre petit orphelin dont la mère est employée administrative dans une école.

–Comment ça, orphelin ? Tu as été adopté ?

–Non, je veux dire orphelin de père. Mon père s'est suicidé quand j'étais petit. Je n'ai pas pu le sauver. Je l'ai vu mourir.

Le visage de Chelsea perdit toute trace de jovialité.

–Je suis désolée.

Keith revit l'image de son père pendu au sous-sol de leur maison. Et il se revit lui, un enfant, s'efforçant en vain de soulever ce corps trop grand, trop lourd, trop mort.

–Ne le sois pas. C'était il y a longtemps. Et puis ça nous fait un point commun.

–Rien ne dit que mes parents soient morts, le reprit Chelsea, étonnée.

–Je sais bien. Mais nous avons tous les deux vécu des traumatismes quand nous étions enfants. Moi avec mon père, toi avec ton chien qui est mort dans tes bras. Même si je ne compare pas, nous savons tous les deux ce que c'est que d'être immensément triste.

–Super glauque comme point commun !

–Je suis quelqu'un de très sombre. Tu ne t'en étais pas rendu compte ? dit-il en essayant d'en sourire.

–Toi, sombre ?! Tu caches très bien ton jeu, si c'est vrai.

Il eut envie de lui répondre que c'était pourtant le cas, mais il avait peur de l'inquiéter. Tout le monde le prenait pour un bon vivant. Mais la plupart ignoraient les idées noires qui trottaient sans cesse dans sa tête. Ce besoin obsédant de tout foutre en l'air, de partir faire sa vie ailleurs, loin de cette ville où tout était si beau, où tout était trop beau. Une ville qu'il aurait sûrement adorée s'il ne s'y était pas senti comme le vilain petit canard du conte. Un pauvre type dans une ville où l'argent coulait à flots.

Mais réalisant qu'il mettait Chelsea mal à l'aise, il rectifia aussitôt le tir.

– Je déconne. Ma mère me dit toujours que j'ai avalé le soleil à la naissance.

Chelsea comprit qu'elle s'était trompée sur la personnalité de Keith. Il était bien plus complexe qu'elle ne le croyait.

– Elle a bien raison. Tu me raccompagnes jusque chez Jason ?

Ils quittèrent la promenade qui longeait la plage et remontèrent State Street. Les restaurants de la grande rue commerçante avaient disposé des tables sur les larges trottoirs et de nombreux touristes et habitués s'y étaient installés en cette fin d'après-midi. Certains prenaient l'apéritif, d'autres commençaient déjà à dîner.

– J'ai une faim de loup, dit soudain Chelsea que le fumet s'échappant de l'un des restaurants avait fait saliver.

– Si tu veux, on s'arrête et je t'invite.

– Non, ça va aller. Je ne veux pas abuser.

– Mais tu n'abuses pas. Je ne roule pas sur l'or, mais je peux quand même offrir un dîner à la plus jolie fille de la côte.

– Charmeur, dit-elle amusée.

– Sincère, répondit-il d'un ton assuré.

– Dragueur.

– Honnête.

– Beau parleur.

– Amoureux.

Le mot était sorti tout seul.

– Tu as conscience que tu n'as aucune chance avec moi ? dit-elle sur un ton peu convaincant.

– À cœur vaillant, rien d'impossible.

– Si tu crois m'avoir avec un repas, tu peux oublier.

– Deux repas ? plaisanta Keith.

Chelsea rit de bon cœur.

– Trois repas et je suis à toi.

– Tope là.

Elle éclata de rire.

– Tu penses vraiment m'acheter pour trois repas ?!

– Et toi tu penses que je paierais pour t'avoir ?

Réalisant qu'elle pouvait mal interpréter ce qu'il venait de dire, il se reprit :

– Ce n'est pas ce que je voulais dire.

– Ne t'inquiète pas, il en faut plus pour me vexer. N'oublie pas que je suis une criminelle, alors pourquoi pas escort girl par-dessus le marché. Pose un milliard de dollars sur la table, et après on discute.

– Tu me laisses juste le temps de prévenir mon banquier ?

– Idiot.

– Optimiste.

– Naïf.

– Volontaire.

– Candide.

– Voltaire.

– Oh, monsieur a des lettres ! Bravo !

Un des rares livres de français dont il se souvenait, avec *Les Misérables* et *Les Trois Mousquetaires*. Il savait bien qu'être sorti avec une Québécoise qui passait son temps dans les livres lui serait utile un jour !

– Tu as envie de quoi ? Italien, mexicain, japonais, chinois ?

– Pizza.

– Vos désirs sont des ordres. J'en connais une tout près d'ici qui fait les meilleures Margarita de Santa Barbara, dit-il.

– Est-ce qu'on peut quand même passer chez Jason d'abord ? J'aimerais prendre une douche si ça ne t'ennuie pas. Et ensuite on va manger.

Entre le sel, le sable de la plage et les litres de sueur dont leurs vêtements étaient imprégnés après leur périple à vélo sur les contreforts montagneux de la ville, elle avait l'impression de revenir d'un long trek en territoire hostile ou d'un stage pour survivalistes.

–Bonne idée, j'en prendrai une aussi. Je crois qu'on l'a bien méritée.

–Tu l'as dit.

Ils continuèrent leur chemin jusqu'à l'entrée du petit immeuble, deux rues plus loin.

Lorsque, arrivés au troisième étage, ils sonnèrent chez Jason, ils eurent la surprise de voir la porte s'ouvrir sur une vieille femme au visage parcheminé.

–Dodi ? s'étonna Keith.

–Bonjour, Keith. Heureuse que tu te souviennes de moi.

–Jamais je n'oublierai toutes les séances de cinéma où vous nous avez emmenés.

Qu'est-ce qu'elle faisait là? N'était-elle pas très malade? se demanda-t-il sans oser poser la question.

–Le temps passe vite. Qu'est-ce que tu as grandi! Tu es un homme maintenant, le félicita Dodi. Et toi, tu es Chelsea, n'est-ce pas?

–C'est ça. Bonjour, madame.

–Appelle-moi Dodi, je t'en prie.

–D'accord, Dodi, dit-elle toute intimidée.

Il y avait tant d'énergie dans ce regard qu'il était difficilement soutenable. Comme s'il vous traversait de part en part.

–Alors c'est toi, la fille de la plage. Celle qui a perdu la mémoire.

–Jason vous a raconté ?

–Je suis une tombe, dit-elle. Tu n'as rien à craindre. Mais entrez.

Sortant à l'évidence de sa douche, les cheveux encore trempés, Jason les rejoignit rapidement.

–Vous tombez à pic, j'allais vous appeler. Keith, j'ai besoin de toi.

–En fait, on passait juste pour que Chelsea puisse prendre une douche. On comptait aller au resto.

–Oublie le resto, j'ai bien mieux que ça, dit Jason qui posa ses bras sur les épaules des nouveaux venus. Ce soir, on va faire la fête sur la plage. On a besoin de bois pour le feu, de musique, et bien sûr de quoi boire et manger. Hors de question que vous me lâchiez !

Entre un dîner en tête-à-tête avec Chelsea et une fête avec Jason, le choix était vite fait. Mais comment dire non à son meilleur ami, a fortiori quand celui-ci s'était proposé de bon cœur de loger une quasi inconnue ?

– Si tu me laisses le temps d'aller chercher ma guitare, je suis ton homme, accepta Keith, faisant contre mauvaise fortune bon cœur.

– Nickel. On fait les courses et on passe chez toi, ça te va ?

– Parfait.

– Chelsea, tu restes avec Dodi. On revient vous prendre quand on est prêts.

– Je peux venir avec vous si vous avez besoin de bras.

– Ça va aller. T'inquiète.

Jason et son sens inné de l'organisation, se dit Keith qui aurait aimé avoir la même autorité naturelle.

– D'accord, on vous attend.

Chelsea n'avait pas très envie de rester seule avec cette vieille femme qu'elle ne connaissait pas, mais comment refuser sans passer pour une ingrate ?

– Dans ce cas, on y va, dit Jason qui sortit ses clés de sa poche. Tu prends le volant ?

– Et comment ! se réjouit Keith, qui adorait conduire les bolides de Nathan ou de Jason dès qu'il en avait l'occasion.

Ils quittèrent l'appartement et prirent l'ascenseur pour descendre jusqu'au parking souterrain de l'immeuble.

– Au fait, ça a donné quoi avec les flics ? Ils ont lancé un avis de recherche ? demanda Jason en s'installant côté passager quand ils eurent rejoint la Porsche.

– Non, Chelsea ne se sent pas prête, improvisa-t-il.

Il savait que s'il commençait à parler, il serait obligé de tout lui dire. Il tenait à garder le secret sur les souvenirs de Chelsea.

–Comment ça, pas prête ? Je croyais qu'elle était très motivée, au contraire.

–Dès qu'on est arrivés, elle s'est sentie mal. Ne me demande pas pourquoi, je n'ai fait que respecter son choix.

–Et vous avez fait quoi ?

–Je lui ai proposé de retourner là où on l'avait trouvée en espérant que ça provoque un déclic et que la mémoire lui revienne.

–Et alors ?

–Rien, fit Keith qui mit le contact. On va où ?

Jason trouva peu naturelle la réaction de son ami. Il s'était passé quelque chose, il en aurait mis sa main au feu.

–Au Camino, indiqua-t-il un peu sèchement.

Keith manœuvra pour sortir de la place de parking et, sur les indications de Jason, fit coulisser d'un bip le portail électrique. Les rues du centre-ville étaient encore enveloppées d'un halo de chaleur. À cette heure de la journée, il leur faudrait une vingtaine de minutes, si la Route 101 n'était pas trop chargée, pour se rendre au Camino Real Marketplace, un immense centre commercial situé en périphérie de Santa Barbara.

–Bon, tu m'en dis un peu plus ou il va falloir que je te torture ? dit Jason en revenant à la charge.

–De quoi tu parles ?

–À ton avis ? Chelsea. Tu en es raide dingue, c'est ça ? Vous avez fait quoi cet après-midi ?

Keith était pris au piège. Jason ne le lâcherait jamais.

–Rien de spécial. On a loué des vélos et on a roulé jusqu'à la plage. Ensuite on a fait un tour dans les montagnes.

–Tu l'as emmenée jusqu'au promontoire ?

–Et comment !

Jason eut un franc sourire et s'enfonça dans son siège.

–Elle est bonne ?

–Quoi ?

– Tu l'as baisée, quand même ?

– Mais ça va pas ! Je suis avec Tess.

– À d'autres ! Tu as emmené toutes tes conquêtes sur ton promontoire. C'est ton truc. Keith, tu es comme mon frère, je te connais par cœur. Dis-moi que tu l'as baisée, et puis c'est tout. Tu ne crois quand même pas que je vais appeler Tess pour lui raconter ?

– Mais je ne l'ai pas touchée, je te dis.

– Je ne te crois pas. Tu mens super mal.

– Ok, j'ai essayé de l'embrasser, mais elle m'a repoussé. Voilà, tu es content ?

Jason avait du mal à le croire. Ces deux-là se regardaient comme des amoureux.

– Elle t'a repoussé ? Sérieux ?

– On a essayé de la tuer, Jason. Elle a autre chose à penser qu'à sortir avec un mec. En plus, elle est persuadée qu'elle a déjà un petit ami.

– Une fille fidèle ! N'importe quoi. Elle te mène en bateau.

– Tu ne la connais pas comme je la connais.

– Laisse tomber l'affaire, je te dis. Tu sais, plus j'y pense, plus je me dis que c'est des conneries, son amnésie. Peut-être qu'elle n'a jamais perdu la mémoire et qu'elle se fout de notre gueule.

– Alors comment tu expliques qu'on l'ait trouvée inconsciente sur la plage ?

– Elle faisait semblant.

– Mais pourquoi elle aurait fait ça ?

Jason prit un air songeur et répliqua :

– J'en sais rien. Mais ce dont je suis sûr, c'est que Nathan est milliardaire et que beaucoup de filles seraient prêtes à tout pour lui mettre le grappin dessus.

– Et comment elle aurait pu deviner que Nathan se rendrait à Blue Beach avec Laura ? s'emporta Keith. Lui-même ne le savait pas. Ta théorie ne tient pas debout !

Keith sentit la colère monter en lui. Sans le vouloir, Jason venait de lui donner la clé qui lui manquait. C'était impossible ! Et pourtant cela lui semblait maintenant évident.

Et si Chelsea mentait ? Et si elle avait toute sa mémoire ?

Il la revit au bord du promontoire, prête à se suicider... Jouait-elle la comédie ? Alors c'était une manipulatrice hors pair... « Impossible ! » se dit-il en se souvenant d'un détail capital.

– Ça ne tient pas, dit-il. Tu étais avec moi quand on l'a ramenée sur le bateau, elle était inconsciente, tu l'as vue comme moi. Et cette bosse qu'elle avait sur le crâne, tu crois qu'elle se l'est faite toute seule ? Et avec quoi ? Il n'y avait rien autour d'elle.

Jason fit la moue, se perdit un instant dans la contemplation des palmiers qui jalonnaient la route, et répondit d'un ton péremptoire :

– Elle a un complice, c'est évident.

Keith sentit le couperet tomber une fois pour toutes.

Liam Dupré ! La théorie de Jason tenait largement la route. Mais hors de question de le lui dire. Il devait d'abord en parler avec Chelsea, aussi douloureux que ce soit.

– N'importe quoi ! Pendant que tu y es, elle est recherchée par la police, peut-être ! s'exclama Keith.

– Je n'irai pas jusque-là, encore que... De toute façon, je crois qu'on devrait appeler les flics. Si elle n'a rien à se reprocher, ils ne la garderont pas. Sinon, je nous aurai évité une sacrée galère.

– Elle est amnésique, je te le jure, crois-moi.

Elle ne pouvait pas s'être moquée de lui à ce point. Tous ces sourires, leur balade en vélo, leurs jeux dans l'océan... Non, personne ne jouait aussi bien la comédie.

Et puis si c'était le cas, pourquoi lui aurait-elle d'elle-même parlé de Liam Dupré ?

Perdu dans ses pensées, il faillit dépasser l'embranchement menant à la Route 101.

– Hey, tourne à gauche ! s'exclama Jason.

– Désolé.

Il ralentit brusquement et une voiture les klaxonna.

Son conducteur brandit un poing colérique et menaçant, comme s'il était prêt à en découdre sur-le-champ. Keith l'ignora et bifurqua vers la 101.

–Je me rends compte que je brise ton rêve, mais c'est pour ton bien. Tess est une fille adorable. Une tronche dans un corps de princesse. Tu ne peux pas rêver mieux.

–Écoute-moi : Chelsea n'est pas une criminelle, j'en suis convaincu.

Jason le trouva terriblement naïf. « L'amour rend non seulement aveugle, mais stupide », se dit-il.

–Cette fille est très forte, elle t'a complètement envoûté. On doit aller voir les flics. Je suis sûr qu'elle est fichée, et c'est pour ça qu'elle se défile.

–Ne fais pas ça. De toute façon, on ne risque rien si on est sur nos gardes.

–C'est toi qui le dis, mais je ne veux pas d'elle chez moi ce soir. Aucune confiance.

Keith comprenait mieux les réticences de Chelsea à l'encontre de Jason. Elle avait dû sentir qu'il ne l'aimait pas. Tant pis pour lui.

–Ok, je vais voir avec Sandy.

–Ne fous pas cette fille chez Sandy. Elle est comme toi, elle va se faire avoir.

–On ne va pas la mettre à la rue, quand même !

–Dans ce cas, on lui trouve un hôtel et je lui paye la chambre pour la semaine.

–On va lui demander ses papiers.

–Pas si c'est moi qui paie. D'autres objections ?

Jason n'en croyait pas ses oreilles. À croire que Keith avait complètement perdu la raison !

–La réception. Ils risquent de trouver ça louche. On ne sait même pas quel âge elle a.

–On la mettra au Motel 6, en bordure de mer, il n'y a jamais personne. Moins chic, mais elle sera tranquille. Et si je me suis trompée sur elle... eh bien, je te jure que je lui ferai mes plus plates excuses.

Keith appuya sur l'accélérateur et prit garde, cette fois, à ne pas rater la sortie à Storke Road pour le Camino.

À l'horizon, le soleil descendait lentement sur l'océan.

- 35 -

La douche lui avait fait un bien fou. Elle avait laissé l'eau couler longuement sur son corps fatigué en réfléchissant aux événements de la journée. Chelsea se sentait désormais bien moins désorientée. Même s'il lui manquait de nombreux repères, elle voyait Keith comme un guide qui saurait la conduire jusqu'à une nouvelle étape de sa vie. Tout le monde avait été adorable avec elle. Que ce soit Nathan, Sandy et toute sa famille, ou même Jason, qui n'avait finalement pas l'air d'un si mauvais bougre.

Quant à sa grand-mère, elle l'avait elle-même accompagnée jusqu'à la salle de bain et lui avait montré tout ce dont elle pourrait avoir besoin.

Nue devant le miroir, séchant ses longs cheveux blonds qui reprenaient leur éclat après une après-midi dans les embruns, elle aima la jeune femme qui lui faisait face. Elle ne pouvait croire qu'elle ait été fondamentalement mauvaise.

Peut-être était-elle simplement tombée amoureuse de Liam Dupré, et que la passion lui avait fait perdre la raison avant qu'elle ne se ressaisisse? Elle repensa à sa bosse sur le crâne. Pour qu'il soit aussi violent contre elle, c'est qu'elle avait dû ouvrir les yeux et vouloir le quitter, ce qu'il n'avait pas supporté.

L'idée rassura Chelsea, qui retrouva le sourire.

C'était sûrement ça.

–Il est temps de te faire belle, murmura-t-elle à son reflet.

Chelsea étala devant elle les produits de beauté qu'elle avait achetés avec Sandy.

Première étape, unifier le teint avec la lotion Present Perfect d'Urban Decay. Elle l'appliqua par petites touches.

Très vite, elle retrouva des gestes qui devaient lui être familiers. Après avoir pris une petite quantité de BB Crème légèrement ambrée dans la paume de sa main, elle la déposa sur le front, le nez, les joues, le menton, puis l'étala à l'aide d'un pinceau à maquillage. Ensuite, ce fut un jeu d'enfant. Un peu de blush rosé Fine One One de BeneFit sur les joues et sur les lèvres, et une légère application de mascara waterproof pour allonger les cils. Elle n'allait pas à une party, mais à une soirée sur la plage. Le naturel avant tout.

Elle se regarda de nouveau dans le miroir. Le reflet était celui d'un jeune mannequin dont l'éclat naturel était simplement rehaussé par un léger maquillage.

Elle enfila un peignoir accroché à une patère et sortit de la salle de bain pour retourner dans sa chambre. Elle prit de nouveaux sous-vêtements, un T-shirt noir et un short en jean. Rien de tel pour se sentir en forme que de se retrouver avec un corps tout propre dans des vêtements neufs. Elle aurait aimé que son âme soit aussi nette. Elle finit de lacer ses Nike blanches et retourna dans le salon, d'où lui parvenait depuis un moment de la musique folk.

« *All the leaves are brown, and the sky is grey...* »

Dodi était assise sur le canapé, les yeux fermés. De fines larmes coulaient sur ses joues.

–Vous allez bien ? s'inquiéta Chelsea.

Dodi rouvrit les yeux et les essuya.

–Excuse-moi, je ne t'avais pas entendue. Cette musique me fait toujours le même effet.

–Elle est très jolie, mais très nostalgique. Qui est-ce ?

–The Mamas & the Papas : *California dreamin'*, répondit Dodi. C'est toute ma jeunesse.

– Mais vous n'êtes pas encore vieille.

– Oh que c'est gentil ! Mais tellement faux. J'ai plus de soixante-dix ans.

– C'est bien ce que je dis, vous n'êtes pas vieille. Vous avez l'âge de Sylvester Stallone et de Harrison Ford. Ça ne les empêche pas de tourner encore plein de films d'action.

– Je comprends à présent pourquoi tout le monde t'aime ! Mais non, je suis une vieille femme qui a eu une très belle vie, et surtout des petits-enfants merveilleux.

– Arrêtez, vous savez qu'il y a de plus en plus de centenaires ?

Dodi eut un vrai rire. Cette jeune fille était très touchante. Incroyable de penser qu'elle avait perdu la mémoire. Une vraie charmeuse. Dodi avait rencontré beaucoup de tordus tout au long de sa vie et on ne la lui faisait plus depuis longtemps. Trop gentille pour être honnête ?

Le morceau s'arrêta et un autre prit le relais. Un orgue d'église retentit. Chelsea ouvrit de grands yeux. C'était quoi ce truc ?

– J'aurais adoré me marier sur ce morceau, regretta Dodi. Procol Harum. Tu ne connais pas ?

– Non, mais c'est très bizarre.

– « *We skipped a light fandango* », chantonna Dodi, se laissant bercer par la douce mélodie.

Elle prit la télécommande et en mit un autre.

– Celui-là, c'est mon préféré. Ne me dis pas que tu ne connais pas ça !

« *Nights in white satin, never reaching the end...* » résonna d'un son sépulcral et cristallin.

– J'ai dû l'entendre dans un film...

– The Moody Blues. Je les ai vus en concert il y a plus de quarante ans. Tiens, écoute ça, je suis sûre que ça va te plaire.

« *Mother, mother, there is too many of you crying...* »

– Marvin Gaye ! reconnut Chelsea.

–Qui ne connaît pas? Ce garçon était un génie. Parti bien trop tôt.

–Qu'est-ce qu'il lui est arrivé ?

–Une dispute familiale. Son père lui a tiré dessus et l'a tué.

–Je ne savais pas.

–Ça n'a aucune importance, car vois-tu, il reste sa musique, qui est éternelle et qui nous donne tellement de bonheur. Allez, viens t'asseoir à côté de moi. Il faut qu'on parle. Qu'est-ce qui t'est arrivé ? Je veux tout savoir.

Chelsea s'installa sur le canapé et haussa les épaules. Elle n'avait pas vraiment envie de se confier.

–Il n'y a pas grand-chose à dire. Je ne me souviens plus de rien. En fait, non. Je me souviens de tout, sauf de ce qui me concerne.

–Rien ne t'est revenu depuis ?

–Non, rien.

En dire le moins possible, et surtout ne pas parler de Liam Dupré.

–Si j'ai bien compris, tu penses qu'on a voulu te tuer. On t'a frappée?

–Oui, j'ai une bosse, là.

Dodi tendit la main et effectivement, elle la sentit, cachée sous la masse des soyeux cheveux blonds.

–Il ne t'a pas ratée, celui qui t'a fait ça. Mais c'est peut-être un accident. Tu viens d'aller voir la police, si j'ai bien compris ce que m'a dit Jason.

–Oui, mais en fait, je ne leur ai rien dit. J'ai l'impression que si je fais quoi que ce soit, celui qui a voulu me tuer me retrouvera.

–La police te protégera, elle est là pour ça. À moins que tu ne me caches quelque chose d'autre.

Chelsea ne put masquer son trouble.

–Tu sais, ça ne sert à rien de mentir. Comme je te l'ai dit, je suis une vieille femme, et qui plus est, très riche. Ce qui fait que j'ai connu bien des menteurs qui étaient prêts à tout pour entrer dans mes bonnes grâces.

Personne ne ment à Dodi. Jamais. Alors dis-moi tout, ou c'est moi qui appelle la police tout de suite.

La gentille Dodi et son sourire enjôleur venait de montrer une toute autre facette d'elle-même. Chelsea se sentit défaillir.

– Ne faites pas ça. Je vous en supplie.

– Je te l'ai dit, mon petit-fils est ce que j'ai de plus précieux au monde. Tu es entrée dans sa vie, et je veux savoir si je peux te faire confiance.

Chelsea se maudit. Elle aurait dû accepter la proposition de Sandy et rester chez elle.

Que faire à présent ? Continuer à mentir au risque de s'enfoncer ? Allait-elle réellement appeler la police ?

Personne ne pouvait déceler si quelqu'un mentait rien qu'en le regardant. C'était impossible. Elle bluffait... ou pas !

– Vous pouvez me faire confiance. Je ne lui veux aucun mal, au contraire, je lui suis très reconnaissante de bien vouloir m'héberger. Mais si vous le souhaitez, je peux m'en aller.

Dodi lui prit les mains et les posa sur ses genoux.

– Je ne suis pas ton ennemie. Je veux seulement la vérité.

Pouvait-elle lui faire confiance ? Non ! Dès qu'elle lui dirait qu'elle connaissait un escroc, elle appellerait la police.

– Je ne peux rien vous dire. Vous me prendriez pour une folle, ou pire encore.

– Pire que quoi ? Beaucoup de gens pensent que je ne suis qu'une vieille folle qui aurait tué son mari. Alors, laisse tomber. Je t'écoute.

Chelsea n'en revenait pas. Avait-elle bien entendu ce qu'elle venait de dire ?

– On vous a accusée d'avoir tué votre mari ?

Dodi prit un petit air de connivence.

– Si je réponds à ta question, tu répondras aux miennes ? À commencer par la première : es-tu vraiment amnésique ?

– Je le suis, je vous le jure !

La phrase était sortie toute seule. Tel un élan du cœur.

– Je veux bien te croire, dit Dodi qui prit un grand souffle et éteignit la musique. À mon tour donc de répondre à ta question. Mon mari était un homme doué d'un charisme débordant. Tout le monde l'aimait, les hommes comme les femmes, les vieux et les jeunes. Personne ne lui résistait et il a fait fortune. Toutes les filles de la côte voulaient l'épouser, mais c'est sur moi qu'il a porté son dévolu, car j'étais la seule à rester insensible à son charme. Mais j'ai finalement cédé. Je n'aurais pas dû.

– Pourquoi ?

– Parce qu'il était évident que c'était un pervers narcissique, les mêmes traits de personnalité que les tueurs en série. Ça a commencé par des insultes, des dénigrements, des petites humiliations quotidiennes. Mais comme je ne me laissais pas faire, il s'est mis à me frapper. C'est quand il a levé la main sur notre enfant que j'ai su que je ne le supporterais plus.

Chelsea était à la fois mortifiée et fascinée.

– Qu'est-ce que vous avez fait ?

Dodi prit un air désolé et reprit :

– J'ai voulu fuir, mais quand il m'a retrouvée ce fut encore pire. Il m'a rouée de coups et laissée pour morte. Je m'en suis remise et j'ai commencé à imaginer le plus machiavélique des plans pour le tuer. Ce que j'ai fait.

– Non, je ne vous crois pas.

– Tu devrais. Quand tu seras mère, tu comprendras de quoi tu serais capable pour protéger ton enfant.

Un silence, puis elle ajouta d'un ton bien plus léger :

– Par la suite, ma vie ne fut que du bonheur. J'ai fait tout ce que j'ai voulu.

Chelsea n'en revenait pas. Cette femme était folle !

– Pourquoi vous me racontez ça ? demanda-t-elle, peu rassurée.

– Parce que je sens en toi une grande violence. Tu n'es pas aussi gentille que tu le parais. Ou plutôt, la Chelsea qui est en toi est une jeune femme malveillante, j'en suis certaine. Je ne peux pas te l'expliquer. Mais dès que je t'ai vue, je l'ai compris.

Chelsea ne put le supporter et fondit en larmes.

Dodi attendit patiemment, sans mot dire. Elle savait que la jeune fille était sur le point de craquer. Encore un peu et elle lâcherait tout.

– Je vais tout vous dire, mais je vous demande de ne pas me juger. N'oubliez pas que je suis amnésique.

– Je t'écoute. Mais ne me mens pas. Si j'ai le moindre doute, j'appelle immédiatement la police.

Chelsea redressa la tête et comprit qu'elle jouait sa survie. Elle se sentait prise en tenaille : mentir, c'était la certitude de finir chez les flics ; mais dire la vérité aussi, si jamais Dodi prenait peur...

– La première image qui me revient, c'est la plage. Il y a un garçon. C'est Nathan. Il me regarde. Je le supplie de ne pas appeler la police, avant de perdre de nouveau connaissance. Puis je me réveille dans une chambre. Encore un garçon. Mais ce n'est pas le même que la veille. C'est Keith. Il dort. Je suppose qu'il veille sur moi. Je me lève et je réalise que je suis sur un bateau, un gros bateau, et je me sens perdue. Je me déshabille et je prends une douche...

Chelsea entreprit de tout raconter jusque dans les moindres détails. Les bons moments passés avec Keith, mais aussi avec Sandy, et tous ses fragments de souvenirs, son chien mort, la femme ensanglantée, et enfin Liam Dupré.

– J'ai tout de suite compris que j'étais sa complice ou sa petite amie. J'avais tellement peur que Keith me dénonce...

Elle expliqua qu'elle lui avait finalement tout avoué et qu'il lui avait conseillé de n'en parler à personne. Ni à Nathan, ni à Sandy, ni à Jason. Et elle avait accepté.

– Voilà, vous savez tout, conclut-elle d'une voix lasse, comme si son récit l'avait laissée exsangue et misérable.

Dodi n'en revenait pas. Quelle histoire ! Elle qui croyait que sa vie était un roman venait de se trouver une sérieuse concurrente.

– Merci de m'avoir dit toute la vérité.

– C'est vrai, vous me croyez ?

– Oui, je sais voir ces choses-là.

Le ton était sentencieux.

– Vous allez appeler la police ?

– Bien sûr que non. Pourquoi le ferais-je ? Tu as ma confiance à présent.

Ce fut la phrase de trop. Chelsea, qui avait réussi à contenir son émotion, craqua pour de bon.

Dodi lui passa une main dans le dos, l'encourageant à pleurer un grand coup avant de retrouver son calme.

– Je sais que je ne suis pas une fille parfaite, mais je ne suis pas mauvaise, contrairement à ce que vous pensez. Je crois que j'ai voulu arrêter et que c'est pour ça qu'il m'a agressée.

– Chelsea, regarde-moi bien et surtout écoute-moi.

La jeune fille releva la tête.

– C'est moi qui t'ai menti tout à l'heure, mais c'était pour t'aider. Dès que j'ai croisé ton regard, je l'ai su. J'ai su que tu étais une fille bien.

– Mais vous m'avez dit le contraire tout à l'heure !

– C'est exact. J'avoue que j'ai été un peu retorse. C'est justement parce que je savais que tu ne supporterais pas une telle accusation que j'étais convaincue que cela te pousserait à tout me dire. J'ai bluffé.

Chelsea eut un petit rire dépité.

– C'est pervers, votre façon de faire. Vous devriez jouer au poker. Je comprends que vous ayez géré avec autant de succès les entreprises de votre époux ! D'ailleurs, vous ne l'avez pas tué, n'est-ce pas ?

Dodi prit un air énigmatique.

– La police a dit qu'il s'agissait d'un accident. Moi, je crois toujours la police, ajouta-t-elle sans vraiment répondre.

– Il était si terrible que ça ?

– Il était le diable.

Chelsea se racla la gorge. Elle se sentait vidée, mais sereine. Cette femme était incroyable.

– Vous savez, j'aimerais tellement savoir qui je suis, d'où je viens, et ce que je suis venue chercher ici.

– Tu le sauras, ma grande. Sois patiente, toute ta mémoire te reviendra. Je n'en doute pas un instant.

– J'espère que vous avez raison.

– J'ai raison et tu le sais.

Les deux femmes se regardèrent et Chelsea sentit toute l'énergie qui se dégageait de Dodi. Une énergie communicative, qui lui avait presque fait oublier sa grande fatigue physique et morale.

– Tout va bien se passer. Ne t'inquiète pas et détends-toi, ajouta Dodi d'une voix hypnotique.

Elle reprit la télécommande de la chaîne hifi et rechercha un morceau.

D'abord il y eut la pluie, puis le tonnerre, suivis d'une ligne rythmique envoûtante, des notes de piano et enfin, la voix de Jim Morrison, tel un « cavalier de l'orage ».

- 36 -

L'horizon rougeoyait déjà des feux du crépuscule quand les trois voitures se garèrent sur le front de mer.

La plage était protégée par une falaise de huit mètres qui s'étendait à perte de vue. Mesa Lane Beach était le lieu idéal pour un feu de camp, sans risque de propagation des flammes. Rien d'interdit à cela, d'ailleurs ; à condition d'en faire la demande au préalable. Une mesure de prudence justifiée par les nombreux incendies qui embrasaient régulièrement la Californie.

– Nous y voilà, dit Jason en éteignant le contact.

Il se tourna vers Dodi et lui renvoya un visage souriant. Mais sa bonhomie dissimulait une inquiétude grandissante. Plus il y pensait, plus il se disait qu'avoir cédé à la lubie de sa grand-mère n'était pas forcément la meilleure idée qu'il ait jamais eue.

Même si elle lui avait assuré être en rémission, et que les médecins étaient d'accord pour qu'elle sorte une journée, il savait aussi qu'elle pouvait être fantasque. Il mourait d'envie d'appeler ses parents et se retenait à grand-peine de le faire. Si elle était sortie sans autorisation et sans avertir personne, il savait que Dodi lui en voudrait à mort de la dénoncer.

– Tu as voulu nous tuer ou quoi ? Tu roules vraiment trop vite, fit remarquer cette dernière.

– Ah, tu vois, je ne suis pas la seule à m'en plaindre, approuva Tiffany assise à l'arrière.

– C'est bon, il n'y avait personne sur la route, et avec cette voiture, c'est impossible de perdre le contrôle.

– C'est certainement ce que pensait James Dean, dit Dodi.

– Ou Paul Walker, renchérit Tiffany.

– Je ne recommencerai plus. Promis.

– Si seulement je pouvais te croire. Tiffany, je compte sur toi pour lui faire tenir parole.

– Je vous le jure, s'il recommence je vous appelle.

– C'est pas beau la délation.

– Elle n'aura pas à le faire puisque tu viens de nous le promettre, le reprit Dodi.

Jason haussa les épaules et tout le monde descendit de voiture.

Chelsea et Keith s'affairaient déjà auprès de Nathan pour sortir une partie des achats du coffre de sa Ferrari, tandis que Sandy faisait de même avec Peter autour de sa Chevrolet.

– Les filles, vous venez avec moi, on va laisser les garçons s'occuper de tout, dit Dodi.

– J'apporte la nappe et les serviettes de plage, dit Tiffany.

– Je peux prendre les apéritifs et les desserts, dit Chelsea en attrapant deux sacs pleins à craquer.

– Et moi la guitare, dit Sandy alors que Nathan la sortait du coffre.

– Fais attention, il ne faut surtout pas qu'elle tombe dans le sable, j'y tiens beaucoup, dit Keith.

– Mais oui, n'aie pas peur, je vais te la bichonner.

Les quatre femmes prirent le petit escalier creusé dans la falaise qui descendait jusqu'à la plage, et disparurent de leur vue.

– C'est dommage que Laura ne nous rejoigne pas, fit remarquer Peter en se tournant vers Nathan. Tu devrais la rappeler, peut-être qu'elle va mieux.

Ne voulant pas le mettre dans la confidence à propos du « Prince charmant », ils avaient prétexté qu'elle se sentait malade pour expliquer son absence.

– Je l'ai déjà rappelée mais elle ne se sent vraiment pas bien.

– Tu sais qu'elle était dans ma classe ? C'est une fille super. Tu as fait le bon choix.

– C'est gentil.

– Je le pense vraiment. C'est une vraie tronche, la meilleure en tout. À côté, je suis lamentable.

– À côté de n'importe qui, tu es lamentable, fit Jason railleur.

Il n'avait rien contre Peter mais n'aimait pas cette façon qu'il avait de vouloir s'incruster dans leur bande. Et il fallait qu'il comprenne que s'il était là, c'était uniquement parce que Sandy voulait sortir avec lui.

– En tout cas, il danse mieux que toi, nota Nathan qui, lui, l'avait plutôt à la bonne.

– S'il avait été si génial que ça, il aurait remporté *Dance with the juniors*.

– C'était bidon, répliqua Peter. J'aurais dû gagner, mais Lindsay était la nièce de la meilleure amie du producteur.

– Cela ne prouve pas que les notes aient été truquées.

– Personne n'a jamais enquêté.

– Tu aurais dû porter plainte, intervint Keith en se joignant à la conversation.

Il venait tout juste de sortir du coffre un sac de petit bois et un autre de bûches.

– À quoi bon ? Ce milieu a de la mémoire, je ne voulais pas passer pour le mauvais perdant. J'aurai ma chance une autre fois.

– Comme le concours de demain soir, par exemple ? C'est sûr que si tu gagnes, tu vas devenir une star ! se moqua encore Jason.

– Je fais ce concours juste pour l'argent. Je n'ai malheureusement pas la chance d'avoir des millions sur mon compte, comme certains.

– C'est ça, tu es un jaloux !

Peter se posta en face de Jason.

– Jaloux de toi ? Tu plaisantes ? Personne ne te jalouse !

– Hey, arrêtez. Les filles nous attendent ! tempéra Nathan, mal à l'aise.

– Quoi, tu peux répéter ce que tu viens de dire ? continua Jason, qui n'avait pas bougé d'un pouce.

– Arrête ! C'est bon, c'est toi qui l'as cherché, intervint Keith. Laisse tomber, s'il te plaît.

– On ne le connaît même pas, ce type. Et s'il n'est pas content, qu'il se casse.

– Peter est l'invité de Sandy. Alors, si tu te sens de lui expliquer que tu l'as insulté, va le lui dire toi-même. Sinon, on arrête et on oublie tout, reprit Keith.

– Je ne l'ai pas insulté.

– Si, un petit peu quand même, corrigea Nathan.

Il détestait quand Jason voyait rouge, même si cela lui avait sauvé la mise, la veille encore, face à Victor. Mais cette fois-ci, c'était différent. Peter n'avait pas cherché d'embrouilles, au contraire, il était plutôt sympathique.

– Je vois que tout le monde est contre moi. Merci, les copains.

Il attrapa les deux plus gros sacs de bois et sans un mot de plus, le visage fermé, il prit l'escalier qui descendait vers la plage.

– Je peux m'en aller si vous préférez, proposa Peter qui n'en revenait pas de cet affront.

– Non, reste. Sandy tient à ce que tu sois là, dit Keith.

– Peut-être, mais si c'est pour me faire agresser toute la soirée, il vaut mieux que je rentre chez moi. Vous lui direz que je suis malade, ou ce que vous voulez.

– Moi, je t'aime bien. C'est juste que Jason est très possessif, dit Nathan.

Peter eut alors un petit rictus de compréhension.

– Je vois. Il s'est pris un vent par Sandy et ne supporte pas qu'un autre gars lui tourne autour.

–Non, non, ce n'est pas ça, le défendit Nathan. Il est possessif vis-à-vis de nous tous.

–Laisse tomber, j'ai compris, s'en amusa Peter.

Il était persuadé d'avoir mis en plein dans le mille. Cet enfoiré rêvait de coucher avec Sandy et il en était malade de jalousie... « Bon à savoir ! » se dit-il.

–Allez, on y va ou ça va paraître louche, dit Keith.

Il lui donna un grand sac isotherme rempli de bouteilles de sodas mais aussi de bières, tandis qu'il se chargeait des chamallows.

Nathan prit des plaids, des coussins, un transat pour Dodi, et commença à descendre l'escalier creusé dans la pierre.

–Je peux te poser une question? demanda Peter en se tournant vers Keith.

–Bien sûr.

Peter ralentit le pas et laissa Nathan prendre de l'avance.

–Je n'arrive pas à comprendre comment tu peux être ami avec eux.

–Qu'est-ce que tu veux dire par là ?

–Tu comprends parfaitement. On sait tous que les parents de Nathan et ceux de Jason sont milliardaires. Ils font partie des ultra-riches. Même si toi et moi nous ne sommes pas pauvres, nous ne vivons pas sur la même planète qu'eux.

Keith détesta l'entendre énoncer une vérité qu'il préférait ignorer mais qui pourtant était bien réelle.

–Nos pères étaient à l'école ensemble. Ils étaient amis. Je connais Nathan et Jason depuis que je suis né.

–Ne le prends pas mal, mais si ton père était devenu milliardaire, ça se saurait, non ? Ou alors il a divorcé et ne vous a rien laissé...

–Non. Il est mort quand j'avais treize ans.

–Je suis désolé, je ne savais pas, s'excusa Peter tandis qu'il posait le pied sur la première marche de l'escalier.

Il avait une vue plongeante sur la plage, une dizaine de mètres plus bas. Il aperçut les filles qui étalaient des nappes et des serviettes de bain où poser les affaires et s'asseoir.

– Ce n'est pas le genre de choses dont on a envie de parler. Mais pour dire la vérité, il n'avait pas le sens des affaires comme le père de Nathan et celui de Jason.

– Ta mère s'est remariée ?

– Non.

Il n'avait aucune envie de lui parler des rares hommes qui avaient jalonné la vie amoureuse de sa mère. Un qu'il avait trouvé sympa, deux qui l'avaient laissé indifférent et un connard qui l'avait ignoré. Des relations insignifiantes qui avaient traversé leur vie quelques mois chacune sans laisser la moindre trace, comme si ces hommes avaient fini par s'évaporer. Et c'était tout aussi bien. Pour Keith, personne ne pourrait jamais remplacer son père.

– Je comprends. Mais Sandy ? Son père est lui aussi un ami des Zimmer et des Harper ?

– Non, pas vraiment ! s'amusa Keith.

Il était juste derrière Peter et avançait prudemment, regardant systématiquement où il mettait les pieds. Un mauvais pas et ils dévaleraient l'escalier jusqu'à la plage. Heureusement, une rambarde en fer solidement fixée dans la roche permettait de limiter les risques de chute vertigineuse.

– Alors comment vous êtes-vous connus ?

Les années avaient passé, mais Keith s'en souvenait comme au premier jour. Jamais il ne pourrait l'oublier.

– Si elle veut te le dire, elle te le dira elle-même.

Peter s'arrêta de descendre et se retourna.

– Allez, fais pas ton chieur, dis-moi. Je te promets de ne pas le répéter.

Keith hésita. Il était tiraillé entre l'envie de garder ce souvenir pour lui et la tentation de le partager.

– D'accord, mais si tu le répètes, je dis à Jason que tu as maltraité Sandy.

– Ne t'en fais pas, je sais tenir ma langue.

Keith se décida à lui faire confiance.

En bas, Nathan venait d'arriver sur la plage et avançait vers les filles.

– C'était en sixième. C'est Nathan qui l'a fait rejoindre notre groupe.

– Dragueur précoce, commenta Peter.

– Tu n'y es pas du tout. Sandy était en train de pleurer dans un coin de la cour. Elle ne connaissait personne au collège, alors que la plupart d'entre nous étions ensemble à l'école primaire. À cette époque, elle était un peu boulotte et est très vite devenue le souffre-douleur de tout le monde.

– Sandy, boulotte ?

– Un petit peu, mais c'était surtout un prétexte. Elle avait des lunettes et ne faisait rien pour paraître plus mignonne.

Même s'il était descendu précautionneusement, Peter fut heureux de poser enfin le pied sur le sable. Il n'avait plus du tout envie de rire.

– Sandy est magnifique. Qu'est-ce qu'ils lui ont fait ?

– Ils la poussaient par terre, la traitaient de « serpent à lunettes », lui jetaient de l'encre sur ses vêtements. Tu vois le topo.

Peter sentit une colère sourde monter en lui tandis qu'il regardait Sandy s'activer avec l'aide de Jason à préparer un coin pour le feu. Elle était tellement mignonne, tellement douce. Pourquoi s'en prendre à elle ?

– Bref, ce jour-là, Penny Temple lui avait volé ses lunettes et en avait cassé la monture.

– Penny a fait ça ?

– Oui.

Peter était sorti avec elle l'année précédente. La capitaine des cheerleaders de l'université.

– La salope. Je ne savais pas.

– Oui, c'était une vraie peste. Mais bon, pour la faire courte, Nathan l'a prise sous son aile et nous l'a fait rencontrer. À la base, Jason n'était pas très chaud à l'idée de se montrer avec une fille pareille, mais moi, je l'ai tout de suite appréciée. Elle était très drôle, elle adorait les jeux vidéo et avait lu tous les Harry Potter.

– Ça ne m'étonne pas de Jason.

– Ne dis pas ça. Il a très vite changé d'avis et depuis, il se sent comme son protecteur. Je crois qu'il n'a jamais voulu sortir avec elle, mais c'est comme une sœur pour lui, peut-être davantage encore que ses vraies sœurs.

– Ils ont continué à la martyriser, après ?

– Tu plaisantes ! Dès qu'elle a été avec nous, plus personne n'a osé s'en prendre à elle. Même si l'argent ne fait pas tout, personne ne se risquerait à se mettre les Zimmer ou les Harper contre lui.

– Ouais, enfin je crois qu'hier, Victor a osé.

« Pas faux », se dit Keith. Mais quand on est le fils du bras droit du maire, on peut se permettre des choses que d'autres n'oseraient pas.

– Certes. Mais peut-être que tu vas le voir rappliquer dès demain et demander pardon en les suppliant.

– C'est clair, il était tellement bourré qu'il n'a pas dû avoir conscience de s'en prendre à Nathan et Jason.

– C'est ce que je pense. Ou plutôt que l'alcool lui a fait croire qu'il était plus fort que tout le monde. Si j'étais le père de Victor, j'irais implorer à genoux le pardon des Zimmer et des Harper. Ce sont eux qui financent la campagne du maire à chaque élection.

– En tout cas, je te promets que je respecte Sandy, et quand je dis qu'elle a du talent, c'est qu'elle en a vraiment.

– Je veux bien te croire, elle est pleine de surprises. Bon, on arrête de parler, et surtout tu gardes ça pour toi.

– Promis juré, confirma Peter alors qu'ils rejoignaient le reste de l'équipée sauvage.

Tous les plaids, coussins et nappes avaient été étalés, et Dodi se reposait dans son transat, face à la mer.

– Qu'est-ce que je suis heureuse d'être ici, déclara-t-elle en calant un petit coussin dans son dos.

–Je suis vraiment content que vous soyez guérie, se réjouit Keith en s'approchant d'elle.

–Je ne suis pas encore tout à fait guérie, mais c'est en bonne voie.

–Moi, je vous le dis, vous avez l'air en pleine forme.

–C'est parce que vous êtes tous là autour de moi. Regarde ce coucher de soleil. Que peut-il y avoir de plus beau au monde ?

Keith se tourna vers l'océan. Dodi avait raison. S'il partait un jour de Santa Barbara comme il en avait le projet, ces moments-là lui manqueraient, où qu'il soit.

–Tenez, c'est pour vous, dit Tiffany qui tendait à la grand-mère de Jason une pêche qu'elle venait de sortir d'un sac.

–Merci. Elle a l'air délicieuse.

Elle croqua dedans à pleines dents et eut un petit gloussement de plaisir quand la chair parfumée et juteuse lui titilla les papilles.

–C'est le paradis sur Terre, se réjouit-elle, puis, apercevant Peter, elle lui fit signe d'approcher. Tu es Peter, c'est cela ?

–Oui, madame.

–Tu es le fameux danseur qui a dérobé le cœur de Sandy.

–Pas tout à fait, s'en amusa-t-il. Je suis son partenaire pour un concours qui aura lieu demain.

–Comment ça, tu ne la trouves pas à ton goût ? répliqua-t-elle comme si elle était vexée.

–Au contraire. Mais je suis déjà avec quelqu'un.

–C'est bien, tu es fidèle. Mais tu sais comme moi que le cœur a ses raisons que la raison ignore. Et tu pourras dire ce que tu veux, ce que ton cœur voudra, ta raison s'y soumettra le moment venu.

–Je ne sais pas. Encore faudrait-il que je lui plaise.

Dodi eut un petit rire de gorge tout à fait charmant. Elle regarda la jeune fille, occupée à allumer le feu avec Jason.

– Soit tu es aveugle, soit tu es le plus stupide des garçons. Sandy te couve des yeux, elle n'attend qu'un geste de ta part.

Peter se sentait mal à l'aise. Aucune envie de parler de ses affaires de cœur avec la grand-mère de Jason. Trop bizarre !

– Je vais aller l'aider.

– Oui, c'est ça, va l'aider.

Il retourna auprès de Jason et Sandy. Ils venaient juste de glisser deux petits cubes allume-feu sous une pyramide de petit bois.

Jason sortit un briquet et mit le feu aux deux Zip, qui s'enflammèrent aussitôt. Une légère brise s'était levée et faisait vaciller la flamme qui léchait les brindilles.

Peter s'assit en tailleur à côté de Sandy.

– J'adore faire des feux, dit-elle.

– Pyromane ?

– Ne dis pas de bêtises, je veux dire ce genre de feu.

– J'avais bien compris. Moi aussi j'adore.

– Mon Dieu ! soupira Jason. Je vais aller me baigner, je vous laisse roucouler.

– Ne l'écoute pas, il raconte n'importe quoi, dit Sandy en rougissant.

– T'inquiète, tout ce qu'il dit me passe au-dessus de la tête.

– Tu ne l'aimes pas beaucoup, n'est-ce pas ?

– Je crois que c'est surtout lui qui ne m'aime pas. Mais je m'en fous complètement. Je me sens bien avec Keith et toi. Et Nathan a l'air sympa aussi.

– Tu verras, quand tu connaîtras mieux Jason, tu l'apprécieras.

– Mmm, je n'en suis pas très sûr. Déjà que je n'aime pas trop Tiffany, dit-il un ton plus bas.

Sandy rit sous cape.

– Moi non plus, mais elle n'est pas si désagréable.

– Il ne manquerait plus qu'elle morde, plaisanta Peter. Et c'est qui cette fille, Chelsea ? Où Keith a-t-il trouvé une beauté pareille ?

La phrase était sortie toute seule et il ne réalisa sa bévue que lorsqu'il capta le regard de Sandy.

–Je veux dire, une beauté comme toi.

–Arrête, tu t'enfonces. Je sais à quoi je ressemble et je ne me fais aucune illusion.

Sachant ce que venait de lui confier Keith, Peter se détesta encore plus et songea à un oiseau blessé qui tente encore de battre des ailes. Un enfant battu aura toujours peur d'une main qui se lève, comme un souffre-douleur sera toujours sensible à la moindre remarque.

–Tu es très jolie, Sandy.

–C'est bon, je t'ai dit de ne pas t'enfoncer.

Elle se leva et le laissa sur place.

Peter se maudit et préféra ne pas bouger. Quoi qu'il dise, quoi qu'il fasse, il ne ferait qu'aggraver son cas. Laisser le temps au temps.

Il regarda Jason et Keith se dévêtir, tandis que Tiffany et Chelsea faisaient de même de leur côté. Deux corps parfaits, et pourtant une image vint s'interférer dans son esprit. Sandy dansant devant lui. Un corps plus athlétique mais tellement gracieux, une grâce rustre, simple, indocile. Une puissance qui l'avait totalement envoûté...

« Arrête tes conneries », se dit-il en pensant à Daria.

Il attrapa une bûche plus grosse et alimenta le feu naissant.

***

–Waouh ! Je ne sais pas où tu l'as volé, mais tu as un corps de dingue ! s'ébaubit Jason en détaillant Chelsea sous toutes les coutures.

–Non mais tu te crois où? le recadra Tiffany qui fit glisser sa jupe et se retrouva en maillot une pièce. Il faut que je te rappelle avec qui tu sors ?

–Je déconne. Tu pars vraiment au quart de tour. Je n'aime que les brunes, tu le sais bien, dit-il en la soulevant pour la prendre dans ses bras.

Elle se laissa porter et, un tel un chevalier servant, il s'avança jusqu'au bord de l'eau, sa sirène dans les bras.

Chelsea se retourna vers leur groupe.

– Sandy, Nathan, Peter, venez !

– Non, tout à l'heure. Je dois aller m'occuper du feu, se défila Nathan.

– Je reste avec Dodi, dit Sandy.

– Allez, un effort ! les encouragea Chelsea.

– N'insiste pas, fit Keith un ton plus bas. Nathan et Sandy n'aiment pas trop se baigner. Si tu vois ce que je veux dire.

– Ils ne savent pas nager ?

Keith eut un petit rire.

– Non, laisse tomber.

Et il la porta dans ses bras, comme Jason l'avait fait avec Tiffany, sauf qu'il ne s'arrêta pas au rivage et se précipita dans l'océan aussi vite qu'il le put.

– Hey ! Qu'est-ce que tu fais ? Pose-moi par terre immédiatement, dit Chelsea en riant.

– Certainement pas !

Ce n'est que quand l'eau fut suffisamment profonde autour d'eux qu'il la catapulta en s'effondrant lui-même dans un grand « splatch », projetant de hautes gerbes tout autour d'eux.

– Salaud ! s'écria Chelsea qui ressortit la tête de l'eau, les cheveux collés au front.

– C'est mon deuxième prénom.

– S'il n'y avait pas autant de témoins, je te jure que je te noierais.

– Pourquoi tu crois que je me le suis permis ?

– Oh, et puis après tout, je suis sûre que personne ne m'en voudra et qu'au contraire on me récompensera d'avoir débarrassé le monde d'un fléau, rit Chelsea en lui sautant dessus et en faisant mine de le noyer.

* * *

–De vrais gamins, se réjouit Dodi, assise sur sa chaise longue.

–Oui. Ils sont trop mignons, approuva Sandy.

–Pourquoi tu ne vas pas nager avec eux ? Quand tu étais petite, tu adorais ça.

–Ils sont tous en couple, qu'est-ce que j'irais faire au milieu ?

–Et Peter ?

–Non, c'est juste mon partenaire de danse pour demain. Il a déjà une petite amie.

Elle le regarda, assis en tailleur près du feu, observant calmement l'agitation et le brouhaha des baigneurs qui riaient à gorge déployée. Elle aurait tant aimé retourner auprès de lui et l'inviter à se baigner avec elle. Mais à quoi bon ? Elle n'avait aucune chance avec lui.

Certes, Sandy avait conscience qu'elle n'était pas aussi moche qu'elle se plaisait à le dire, bien au contraire. Mais face à des beautés telles que Chelsea et Tiffany, elle se sentait misérable et n'était pas du tout prête à se mettre en maillot.

–Tu sais, quand j'avais ton âge, j'étais une jeune fille d'une timidité maladive.

–Vous, timide ?

Sandy ne la croyait pas une seule seconde. Elle l'avait toujours connue avec un certain franc-parler. Quelle que soit la situation, elle prenait la parole avec beaucoup de verve et de facilité, parfois au grand dam de ses proches. Elle n'hésitait pas à créer des histoires quand elle n'avait pas de bonnes places au cinéma, ou quand un repas n'était pas à son goût... Un don indubitable pour vous mettre la honte en public !

–Bien sûr. À peine un garçon posait-il les yeux sur moi que je devenais aussi rouge qu'une pivoine.

–J'ai du mal à le croire.

–Pourtant, tu devrais. Je n'avais aucune confiance en moi. Je me trouvais moche, sans intérêt, et je ne pouvais imaginer qu'un garçon, même le plus laid qui soit, s'intéresse à moi.

Sandy se souvenait de films en Super 8 où l'on voyait Dodi, âgée d'une vingtaine d'années, évoluer avec aplomb et élégance. Une jeune femme magnifique.

– Vous étiez superbe. Jason nous a montré des photos de vous quand vous surfiez.

– C'est très gentil, mais je vais te dire une chose. La beauté est une notion subjective. Si tu te crois moche, tu le deviens, et inversement, si tu aimes ton corps et ton physique, immanquablement les gens seront attirés vers toi.

– On me l'a déjà dit, mais je n'y crois pas du tout.

– Tu sous-entends que je mens ?

– Non, mais regardez Chelsea et Tiffany. Il faut être aveugle pour ne pas voir la différence avec moi.

– Tu as raison. Elles sont différentes. Mais si tu veux mon avis, c'est toi la plus belle, fit Dodi qui posa sur elle un regard empreint de douceur.

– Bien essayé, mais non.

Dodi lui prit le bras et l'obligea à la regarder dans les yeux.

– Tu as un visage sans doute plus poupon qu'elles, mais les hommes adorent les rondeurs. Tu es certes moins élancée, mais mieux plantée sur tes jambes. Il se dégage de toi une force féminine qui fascine les hommes. À une autre époque, tu aurais été une amazone, une guerrière.

Sandy sourit : c'était souvent ainsi qu'elle s'imaginait.

– Je ne suis pas née à la bonne époque.

– Non, tu es parfaitement de ton époque. Tu es simplement trop complexée pour t'en apercevoir. Pourtant, d'après ce que j'ai entendu dire, tu t'es lâchée hier soir.

– Je ne sais pas ce qu'il m'a pris, je ne fais jamais ça.

– Justement, il est temps que tu comprennes que la vraie Sandy est celle qui vit ses rêves et qui ne laisse personne lui dicter sa conduite. Ton corps t'appartient et tu dois apprendre à l'aimer tel qu'il est. Ce qui n'empêche pas de tout faire pour le mettre en valeur.

À quelques mètres d'elles, Nathan et Peter se levèrent de leur place à côté du feu et commencèrent à leur tour à se déshabiller.

– Tiens, regarde Nathan. Lui aurait de quoi se plaindre. Je ne veux pas être méchante, mais il a clairement un problème de surpoids. Mais voilà, il s'en moque, parce qu'il sait que le plus important est d'être en paix avec soi-même.

En effet, Nathan était maintenant en maillot, et la présence de Peter et de son corps musclé ne semblait guère le gêner.

– Allez, il ne manque plus que toi. Tu ne vas pas rester toute seule sur la plage, tout de même !

– Je reste avec vous.

– Mais qui t'a dit que je n'allais pas me baigner ? répliqua Dodi en s'extrayant lentement de son transat.

* * *

Nathan s'était mis un peu à l'écart pour prendre l'appel de Laura. Tout en faisant les cent pas au pied de la falaise, il regardait ses amis s'amuser dans l'eau, tandis que Sandy discutait avec Dodi.

– Allô ? dit-il en s'efforçant de masquer son émotion.

– Salut, Nathan. Tu as eu des nouvelles du père de Sandy ?

– Non, enfin oui, mais il faut attendre. Il pense arriver à obtenir une adresse demain. Apparemment le type est un vrai génie de l'informatique. Mais ne t'en fais pas, je te jure qu'on l'aura.

Le long silence qui suivit affola Nathan. Qu'allait-elle lui annoncer ? Il était véritablement dépité. Pour une fois qu'il tombait amoureux ! Pourquoi un tel coup du sort ?

– Tu sais, plus j'y pense, plus je me dis que je m'en fous. Je ne sais pas ce que tu m'as fait, mais tu me manques déjà terriblement, dit Laura.

Le cœur du garçon bondit comme après un électrochoc. C'était la première fois qu'une fille lui disait ça.

–Tu me manques aussi. J'aurais adoré que tu sois avec nous sur la plage.

–Ça se passe comment ?

–Super. Tout le monde se baigne, à part Sandy et Dodi

–Dodi ?

–C'est la grand-mère de Jason. Elle est restée très jeune et elle est très drôle. Tu l'aimerais beaucoup.

–Si tu le dis, fit Laura dubitative. Mais ce n'est pas un peu bizarre, une soirée avec une vieille dame ?

–Non, ça se voit que tu ne la connais pas. Surtout, elle sort tout juste de clinique. Elle se battait contre une sale maladie, mais elle est en voie de guérison. On fête ça, en quelque sorte.

–Je comprends mieux. Je suis trop dégoûtée de ne pas être avec vous. Avec toi, surtout.

–À qui le dis-tu ! Je n'arrête pas de penser à toi.

–Moi aussi. Tu me rends dingue, dit-elle d'une petite voix.

Nathan sentit son sexe se gonfler d'ardeur en repensant à la douceur de la peau de Laura contre la sienne. Cela n'avait pas duré longtemps, mais qu'est-ce que cela avait été bon. Un supplice que de devoir attendre avant de pouvoir toucher de nouveau ses seins, son ventre, sa bouche...

–Tu sais, je me disais que je serais prêt à aller au bout du monde avec toi. On pourrait tout quitter et partir vivre sur une île. Tant que je suis avec toi, le reste je m'en fous.

Laura eut un petit rire cristallin des plus touchants.

–Tu dis ça, mais je suis sûre que tes amis te manqueraient trop.

Il les regarda à nouveau et réalisa que quelque chose avait changé. L'arrivée de Laura avait bouleversé son univers. Il avait souvent entendu parler de la passion et des changements qu'elle engendrait dans le cœur de ceux qui la vivaient, mais pour la première fois, il la ressentait lui-même et il comprenait à quel point c'était vrai, mais surtout à quel point c'était bon.

–Ils nous rejoindront. On leur réservera des suites dans notre palace.

–Un palace, rien que ça !

–Tu sais, en mer de Chine ça ne coûte pas aussi cher qu'ici. Et de toute façon ma famille a largement les moyens de subvenir à nos besoins.

–Et s'ils ne veulent pas ?

–Dans ce cas, on se trouvera une île déserte. Rien que toi et moi. Une paillote, et personne pour nous déranger. Tu as déjà vu *Le Lagon bleu* ?

–Tu parles ! Mon fantasme préféré.

–Le mien aussi !

Deux adolescents échoués sur une île déserte suite à un naufrage dont ils sont les seuls survivants. Isolés durant des années, ils organisent leur survie et découvrent peu à peu l'amour. Nathan avait vu mille fois la scène culte où Brooke Shields et Christopher Atkins nageaient nus dans les eaux turquoise du Pacifique.

–Attends, ma mère m'appelle, l'interrompit Laura. Je dois te laisser. Je te rappelle plus tard, ok ?

–Quand tu veux.

Il raccrocha et se sentit partagé entre deux sentiments. L'euphorie d'avoir eu une vraie conversation avec une fille, sa petite amie ! Et en même temps, la mélancolie de ne pouvoir vivre pleinement son amour. Il retourna près du feu et s'assit près de Peter.

–C'était Laura ?

–Oui.

–Elle ne va pas mieux ?

–Non, elle se sent toujours nauséeuse.

–Dommage, compatit Peter. Ça te dit de venir te baigner ? J'ai pas trop envie de tenir la chandelle.

–Pourquoi tu ne demandes pas à Sandy ?

La jeune fille était toujours en grande discussion avec Dodi.

–Elle risque de s'imaginer des trucs.

– Et elle aurait tort ? Franchement, je trouve que vous iriez super bien ensemble.

– Je te rappelle que je suis avec Daria.

– Daria n'arrive pas à la hauteur de Sandy. Je vous ai vus danser hier. Vous formiez un couple d'enfer.

– Je sais, répondit-il spontanément avant de se reprendre : Non, en fait je ne sais pas. Je ne la connais pas si bien que ça.

– Depuis quand on a besoin de connaître les gens pour tomber amoureux ?

– Ouais, écoute, on verra. Alors, on va se baigner oui ou non ?

– Ça me tente pas trop. Il fait un peu froid.

– Allez, ne me laisse pas tout seul. S'il te plaît.

– Vous êtes tous hyper baraqués.

Peter éclata de rire.

– Et qu'est-ce que tu en as à foutre ? On est entre nous. Personne ne juge personne. Et surtout, tu sais, les filles détestent les mecs qui ne sont pas sûrs d'eux. Si tu veux garder Laura, il va falloir changer là-dedans, rétorqua Peter en lui donnant une tape sur le crâne.

Sur ce, il se leva et se mit en maillot, tandis que Nathan, galvanisé par l'appel de Laura et les paroles de Peter, se décida à l'imiter.

Sandy regarda tout le monde aller à l'eau et prit conscience de sa position ridicule. Elle soupira et ôta à son tour ses vêtements avant de courir vers l'océan.

– Attention, j'arrive ! cria-t-elle en faisant jaillir de grandes gerbes d'eau.

Puis elle plongea, les bras tendus en avant, et exécuta un crawl impeccable en direction de ses amis, qui l'accueillirent avec de grands sourires.

– Et si on faisait une course ? proposa Jason.

– Laissez tomber, c'est moi qui vais gagner, se vanta Dodi.

Tout le monde éclata de rire, et chacun partit vers le large tandis que le soleil affleurait l'océan.

- 37 -

–Trop, trop bon, fit Nathan qui engloutit en une bouchée son chamallow fondu.

Après avoir batifolé près d'une heure dans l'océan et s'être fait sécher aux derniers rayons du soleil, ils s'étaient précipités sur les apéritifs, puis sur les salades achetées dans l'après-midi. Mais surtout, ils avaient attendu avec impatience que le feu faiblisse un peu pour passer enfin aux choses sérieuses.

Assis en tailleur autour du feu de camp, chacun tenait à la main une pique au bout de laquelle un chamallow ne demandait qu'à fondre.

Éclairés par les flammes qui dansaient devant eux, leurs visages étaient rayonnants de joie de vivre.

Une fois dans l'eau, Sandy et Nathan avaient oublié tout complexe et s'étaient sentis aussi à l'aise que les autres. Ils avaient joué à touché-coulé, disputé quelques courses dont Jason était chaque fois sorti vainqueur sauf lorsque Keith s'était résolu à lui entraver les pieds, et même organisé une partie de volley-ball acharnée, plongeant et arrosant copieusement alentours pour rattraper le ballon.

Dodi, quant à elle, était retournée sur sa chaise longue après son bain pour profiter du spectacle de cette jeunesse croquant la vie avec bonheur.

– Putain, je pourrais tuer pour un chamallow fondu ! s'exclama Jason.

– Surveille ton langage, le reprit Dodi qui était restée légèrement en retrait sur son siège.

– Excuse-moi, mais c'est la pire drogue qui soit.

– Qui m'en préparerait un ?

Aussitôt, Peter se retourna et lui tendit sa propre pique. Un chamallow grillé à point, prêt à être avalé.

Dodi ne put réprimer un gémissement de plaisir. Cela réveillait tellement de souvenirs ! Comme les odeurs, les images et la musique, le goût était une porte vers un passé qu'elle avait tant aimé.

Les yeux mi-clos, elle savourait ces instants précieux, heureuse et sereine d'être ainsi entourée.

– Je pense qu'une petite bière ne ferait pas de mal, proposa Keith.

Tous les regards se portèrent sur Dodi.

– J'ai eu votre âge, alors allez-y mais n'abusez pas trop. Et à condition que l'un d'entre vous s'abstienne.

– Moi. Je ne bois jamais ! se proposa Nathan.

Le souvenir de son horrible cuite sur le yacht était encore douloureux.

– Très bien, tu nous ramèneras tous si jamais ils sont trop saouls pour conduire.

– Avec de la bière, ça devrait aller, tempéra Jason.

– J'ai connu bien des hommes qui roulaient sous la table avec « juste de la bière ».

– C'est histoire de trinquer, Dodi, la rassura Keith. On n'est pas des alcooliques.

– J'espère bien. Il n'y a rien de pire que l'alcool. Les filles, je vous en conjure, ne sortez jamais avec un garçon qui boit. Car un jour ou l'autre, il vous en coûtera bien plus que vous ne pouvez l'imaginer.

– Je déteste les poivrots. Pitoyables, fit Sandy.

– C'est clair. Les mecs bourrés, ils se croient tout permis ! enchaîna Tiffany.

– Je ne sais pas combien il y a de viols par an à cause de l'alcool, lors du spring break ou dans les soirées des fraternités, mais c'est énorme, fit Chelsea.

– Hey, on ne pourrait pas parler d'autre chose ? intervint Keith. Je voulais juste qu'on trinque.

– Oui, franchement, les filles, on n'est pas ce genre de mecs, se défendit Jason.

Il sortit les bouteilles de la glacière et les tendit à Nathan qui les fit passer de main à main.

Quand tout le monde fut servi, Jason se rassit et leva sa bouteille.

– Je propose un toast à Dodi, sans qui nous ne serions pas là ce soir.

Sept mains se levèrent à l'unisson, Nathan brandissant fièrement une canette de Coca.

Malgré elle, Dodi sentit l'émotion la saisir. Elle les remercia d'un hochement de tête, attendrie et même touchée par tant d'attentions. Une soirée mémorable avant de tout quitter...

– Je vous en prie, c'est trop. C'est moi qui vous remercie de m'avoir acceptée parmi vous.

– Vous plaisantez. Nous sommes trop contents que vous soyez là, dit Keith.

– Nous aussi, firent tous les autres dans un joyeux barouf.

Et ils continuèrent à rire, manger des chamallows et boire leur bière, quand soudain Sandy eut une idée.

– Keith, c'est le moment de nous jouer un morceau, non ?

– Avec grand plaisir.

Il se leva et alla chercher sa guitare avant de revenir près du feu.

– Qu'est-ce que vous voulez que je vous joue ?

– Je suppose que tu ne connais pas Simon & Garfunkel ?

– Dodi, personne ne connaît ces deux losers ! se moqua Jason.

Mais des notes s'échappèrent de la guitare et la voix de Keith vint se poser dessus.

« *Hello darkness, my old friend...* »

Tout le monde fut subjugué par la pureté de sa voix. Il fut un temps où Sandy aurait tout donné pour sortir avec Keith, mais jamais il ne l'avait regardée comme une vraie fille, sauf quand il était bourré !

« *Within the sound of silence...* »

Et il s'arrêta là.

– Pourquoi tu t'arrêtes ? demanda Tiffany, déçue. C'était superbe.

– Ne le prenez pas mal, Dodi, mais *The Sound of silence*, ça me donne le cafard. Ça ne vous embête pas si je vous propose plutôt ça...

Un accord beaucoup plus gai jaillit de sa guitare, puis Keith fredonna : « *Here comes the sun* » et chacun reprit en chœur les paroles de la mythique chanson des Beatles.

Dodi était charmée, et Keith chantait avec entrain.

Chelsea se mit à taper dans les mains pour accompagner le rythme, puis Sandy et les autres la suivirent.

Arrivé à la fin du morceau, il enchaîna, grattant un accord et tapant du bout des doigts sur la table de sa guitare.

« *Saying I love you, is not the words I want to hear from you...* »

– J'adore ce morceau ! s'exclama Jason.

– Connais pas, chuchota Nathan.

– *More than words* d'Extreme, lui souffla Peter.

– Ok, fit Keith qui s'arrêta. Alors une que tout le monde connaît.

– *To be with you* de Mr Big. Tout le monde la connaît, non ? proposa Jason.

– Oh oui ! applaudit Sandy, ravie.

Keith commença à chanter :

« *Hold on little girl, show me what he's done to you...* »

Et quand vint le refrain, tous l'imitèrent en frappant des mains :

« *I'm the one who wants to be with you, deep inside I hope you feel it too...* »

Tiffany regardait Jason tout en chantant, de même que Keith fixait Chelsea qui ne le quittait pas des yeux. De son côté, Sandy chercha à croiser le regard de Peter qui détourna aussitôt la tête, comme pris en faute. Les paroles de la chanson étaient certainement trop explicites. Seul Nathan chantait en regardant le feu devant lui, ses pensées toutes tournées vers Laura.

Quand Keith eut terminé, il sourit à Chelsea et, pour ne pas faire retomber la magie, enchaîna sur *Fragile.*

« *If blood will flow, when flesh and steel are one, drying in the colour of the evening sun...* »

–Quel charmeur, ce Keith, chuchota Jason qui prit Tiffany dans ses bras.

Chelsea resta stupéfaite devant l'interprétation si personnelle que Keith faisait de ce classique de Sting. Elle avait l'impression que les paroles avaient été écrites pour elle. Keith vivait chacun des mots et des notes et semblait les lui susurrer avec une douceur infinie. Elle sentit l'émotion la submerger et de fines larmes coulèrent sur ses joues.

–Tu n'as rien d'un peu plus punchy ? intervint Jason quand il eut fini.

–Oh, je vais te trouver ça, fit Keith qui avait vu les larmes de Chelsea.

Il aurait tout donné pour se lever et les lui sécher d'un revers du doigt, ou d'un baiser.

Un téléphone sonna.

–C'est moi, s'excusa Peter qui se leva pour aller répondre.

Il s'éloigna un court instant avant de revenir l'air penaud.

–Je suis désolé, mais je vais devoir y aller. Vous pourrez raccompagner Sandy ?

–Aucun problème, si... commença Nathan qui se prit un coup de coude dans les côtes de la part de Sandy.

–Pourquoi tu pars ? demanda-t-elle à Peter.

–C'est Daria. Elle veut absolument qu'on se voie, dit-il sans pouvoir retenir une grimace.

–Vas-y, on ne te retient pas, rétorqua Jason qui l'aurait volontiers étranglé sur place.

Comment osait-il faire à ça à Sandy ! Pauvre type. Il le détestait décidément de plus en plus.

–Bon, eh bien merci pour tout. J'ai passé une super soirée.

Puis il ajouta à l'attention de Sandy :

–À demain.

–C'est ça. Rentre bien.

Il s'approcha de Dodi et la salua avant d'emprunter l'escalier taillé dans la falaise.

–Mais quel connard, ce type ! Il se prend pour qui ? grogna Jason.

–C'est sa copine, c'est normal, nuança Tiffany, compréhensive.

–C'est ça. Pauvre mec, ouais, dit Jason.

Keith reprit sa guitare et plaqua quelques accords. Mais le cœur n'y était plus.

Submergée par l'émotion, Sandy se leva brusquement et se mit à courir dans la nuit.

Sans perdre un instant, Chelsea se précipita pour tenter de la rattraper. Jason s'apprêtait à faire de même, mais Dodi l'arrêta net.

–Laisse les filles entre elles. Chelsea saura trouver les mots.

Keith, Nathan et Jason se sentaient tristes pour Sandy. Mais après tout, Peter n'avait fait que retourner auprès de sa copine.

–Un de perdu, dix de retrouvés, conclut Tiffany.

Son humour tomba totalement à plat et Dodi lui jeta un regard glacial.

* * *

À la lumière de la lune, Chelsea vit Sandy s'arrêter de courir puis se jeter sur le sable. Elle ne tarda pas à la rattraper et s'approcha d'elle.

– Sandy ?

– Laisse-moi tranquille.

– Certainement pas.

Elle s'assit à son côté et la prit dans ses bras.

Sandy se laissa finalement aller et se mit à pleurer à gros sanglots. Elle savait qu'elle n'avait aucune chance avec Peter, et pourtant la soirée avait été si parfaite qu'elle s'était prise à rêver.

– Tu sais, je ne devrais peut-être pas te donner de faux espoirs, mais j'ai l'impression qu'il va finir par comprendre ce que tu ressens pour lui.

– Il le sait. Il joue avec moi, dit Sandy qui renifla un grand coup et se redressa un peu.

– Ce que je veux dire, c'est qu'il va comprendre qu'il a des sentiments pour toi lui aussi. Tu aurais vu sa façon de te regarder... Je crois qu'il est de moins en moins amoureux de sa copine, et de plus en plus amoureux de toi. Laisse-lui simplement du temps.

– Non, c'est bon. J'en ai rien à foutre de ce type. Il ne m'aimera jamais, au mieux il sortira avec moi une semaine et me larguera dès qu'il se rendra compte que je suis tout, sauf féminine.

– Ne dis pas de bêtises. Tu es très féminine et si j'en crois toutes les louanges qu'il a dites à ton sujet toute la soirée, tu danses comme une déesse.

– Ce qui est sûr, c'est qu'il ne voit en moi qu'un moyen de gagner deux mille dollars, point barre.

Chelsea réalisa qu'elle n'était peut-être pas aussi douée pour la dialectique qu'elle ne l'avait cru. À moins qu'elle ne tente une autre stratégie.

– De toute façon, il faut que je t'avoue quelque chose.

– Quoi ?

– Franchement, tu as vu ses sourcils ? C'est pas possible ! Tu mérites bien mieux qu'un sous-Robert Pattinson.

Sandy ouvrit de grands yeux.

– Tu plaisantes ? Peter est trop beau gosse.

– Faut le dire vite. Imagine-le dans vingt ans. Tu savais que les sourcils et les poils des garçons s'allongent avec le temps ? Je suis sûr que c'est le genre de mec à en avoir plein les oreilles.

– Arrête, c'est dégoûtant.

– Non, c'est Peter dans vingt ans. En fait, c'est pas un vampire, mais un loup-garou !

Sandy eut un petit sourire et sentit la pression redescendre.

– Tu dois penser que je suis la reine des cruches.

– Non, parce que même si je ne me rappelle aucune de mes histoires d'amour, je suis sûre qu'il n'existe pas une seule fille sur cette planète à qui un homme n'ait pas un jour brisé le cœur.

Elle repensa à Liam Dupré et au fait qu'il avait vraisemblablement tenté de la tuer.

– C'est clair, les mecs sont des ordures. Parfois je me dis que je devrais devenir lesbienne, fit Sandy qui ajouta : Au fait, qu'est-ce qui te dit que tu ne l'es pas ?

– Pourquoi, tu serais intéressée ?

– Qui ne le serait pas ? Tu es la fille idéale, celle que détestent toutes les autres filles. Belle, intelligente, drôle, et en plus un petit air d'oiseau blessé.

– N'importe quoi. Toi aussi tu me détestes ?

– Non, mais moi je suis un garçon manqué, tout le monde le sait.

– Arrête avec ça. Si j'étais vraiment lesbienne, je te sauterais dessus, là, tout de suite.

– Tu ferais ça ? Je pourrais porter plainte pour viol.

– M'en fous, fit Chelsea qui bondit sur elle.

– T'es folle !

Les deux filles roulèrent sur le sable. Chelsea chatouilla les hanches de Sandy qui se mit à hurler. Elle tenta de répliquer mais Chelsea ne lâchait pas prise et continuait de la torturer à sa façon.

– Je t'en supplie, arrête, je vais mourir !

– Non, tu me plais trop ! dit Chelsea.

Les filles continuèrent à rouler en se rapprochant dangereusement du rivage.

– Je ferai tout ce que tu veux, mais arrête !

Soudain, deux silhouettes apparurent en courant.

– Arrêtez de vous battre ! hurla Keith, suivi de Jason.

Ce dernier ne perdit pas de temps en palabres et, se jetant sur Chelsea, lui prit le bras et l'obligea à lâcher prise.

– Aïe, mais tu me fais mal !

– Tu l'as bien cherché ! la rabroua-t-il en continuant de lui tenir fermement le bras.

– Mais qu'est-ce que tu fais ? Lâche-la tout de suite ! s'exclama Sandy qui se releva en époussetant ses vêtements couverts de sable. Vous avez perdu la tête, les mecs ?

– Comment ça ? On est venus à ton secours. On n'allait quand même pas la laisser te tabasser sans rien faire.

– Me tabasser ? Mais vous êtes en plein délire ! On s'amusait, espèces de crétins ! s'écria Sandy ulcérée.

– Quoi ? dit Keith, qui regarda Chelsea.

– Je suis tombée raide dingue d'elle et je lui ai sauté dessus, mais elle n'est définitivement pas lesbienne.

Jason lui lâcha enfin le bras.

– Eh, les filles, il y a vraiment quelque chose qui ne tourne pas rond dans vos cerveaux, lança Jason, même si au fond de lui-même il était soulagé par la tournure des événements.

Quand il les avait vues rouler sur le sable et entendu crier, il avait senti son cœur bondir, persuadé que Chelsea avait dû heurter Sandy avec des paroles blessantes et que celle-ci était sortie de ses gonds.

– Sans blague, qu'est-ce qui s'est passé ? demanda Keith.

– Elle a fait ce qu'il fallait pour que j'oublie ce connard de Peter, et elle a réussi.

– Elle a réussi quoi ? voulut savoir Nathan qui arrivait enfin, tout essoufflé.

– Cherche pas à comprendre. Un truc de filles ! répondit Jason.

– Elles s'entraînent pour un match de catch, plaisanta Keith.

– C'est vrai ? s'étonna Nathan.

– Mais non, on s'amusait, c'est tout. Tout va bien, le rassura Sandy.

– Vous avez de drôles de façons de vous amuser.

– C'est ce que je leur ai dit, mais tu sais, le cerveau des filles n'est pas aussi élaboré que celui des garçons, se moqua Jason.

– Entendre ce genre de connerie, c'est ça qui me donne carrément envie de devenir lesbienne ! réagit Sandy.

– Non, Jason a raison, notre cerveau est différent. Les hommes ont trois neurones : un pour manger, un pour pisser et le troisième pour baiser, riposta Chelsea.

– Chelsea ! Je ne te connaissais pas si vulgaire, s'offusqua Keith, qui préféra retourner auprès de Dodi.

– Désolée, s'excusa Chelsea.

La phrase était sortie toute seule.

– Je ne sais pas ce que j'ai, mais j'ai une de ces envies de bouffer et de pisser ! dit Jason en prolongeant la plaisanterie.

– Certains ont juste deux neurones, renchérit Sandy.

Tout le monde se mit à rire. Ils retournèrent autour du feu et expliquèrent ce qui s'était passé.

– J'avais raison, sourit Dodi en regardant Tiffany. Je savais que Chelsea ne pouvait pas lui faire de mal.

– Pourtant, ça avait tout l'air d'une bagarre. Jason, tu y as cru, toi aussi ? se défendit la jeune fille.

– C'est clair. C'en était presque excitant !

– Jason ! le reprit Dodi.

– Je plaisantais, dit-il tout en persistant à penser que la scène était super excitante. Qu'est-ce qu'on fait ? On retourne se baigner ? Un petit bain de minuit ?

– Il est dix heures, fit remarquer Sandy.

– Façon de parler. Qui m'aime me suive ! dit-il en enlevant son T-shirt.

* * *

– Et c'est ainsi que j'ai rencontré le président français.

– Incroyable ! s'extasia Nathan.

Alors que Keith, Chelsea, Jason et Tiffany étaient repartis se baigner, il était resté auprès de Dodi avec Sandy.

– Je vous jure que c'est la pure vérité. C'était un sacré coureur de jupons. Mais il ne faut jamais céder aux hommes de pouvoir. Toujours se laisser guider par son cœur, jamais par son cerveau.

– Je déteste les femmes qui se marient pour l'argent, fit Sandy.

– Je parle plutôt de pouvoir que d'argent. L'illusion qu'un homme fort va te protéger. C'est bien souvent l'inverse. Les hommes de pouvoir aiment dominer. Ils ne considèrent souvent les autres que comme leurs valets, et cela vaut aussi pour leurs proches, et bien sûr pour leurs épouses.

– En tout cas, Laura ne m'aime pas pour mon pouvoir, j'ai le charisme d'une huître ! plaisanta Nathan.

– Que je ne t'entende plus jamais dire ça, le gronda Dodi. Tu es le plus incroyable des garçons et, même si j'adore Jason, je crois que c'est toi qui auras le plus grand destin de tous. Tu as toujours été particulier. Tu as un cœur trop grand pour ton corps, c'est pour ça que tu es un peu plus enrobé que les autres. Ton cœur a besoin de place pour tout l'amour qu'il y a en toi.

Sandy en avait les larmes aux yeux. Le compliment était trop mignon !

– C'est gentil, mais je disais ça pour rire.

– Moi, je ne ris pas. Tu es quelqu'un de formidable, et quand tu en prendras totalement conscience, tu feras des choses extraordinaires.

– Je vous remercie, bafouilla Nathan en rougissant jusqu'aux oreilles, avant d'ajouter pour changer de sujet: Je peux vous poser une question ?

– Toutes celles que tu veux.

– Qu'est-ce que vous pensez de Chelsea ?

Dodi redressa la tête et porta son regard sur l'océan. Là, dans les eaux irisées par la clarté de la lune, quatre silhouettes semblaient danser comme les personnages d'un théâtre d'ombres chinoises. Elle songea à son départ et se dit que ce paysage allait lui manquer terriblement.

– Je pense qu'elle n'est pas arrivée dans votre vie par hasard, répondit-elle.

– Ça veut dire quoi ? dit Sandy, perplexe.

– Je ne sais pas. J'ai l'intuition qu'elle est là pour une bonne raison, mais qu'elle ne la connaît pas elle-même.

– Vous pensez qu'on devrait se méfier d'elle ? s'étonna Nathan.

– Au contraire. Je crois que vous pouvez lui faire confiance. Cette fille est un peu comme toi, incapable de faire le mal. Elle a besoin d'être protégée.

– Je le pense aussi. Jason vous a tout raconté, n'est-ce pas ?

– Oui, je sais qu'on a essayé de la tuer, et je sais aussi que sans toi, elle serait encore sur cette plage, ou qu'elle aurait été embarquée par la police. Et Dieu sait ce qu'il lui serait arrivé. Elle a eu vraiment beaucoup de chance de tomber sur vous.

– Chelsea est spéciale. En général, je déteste ce genre de fille, mais elle a quelque chose en plus, dit Sandy, songeuse.

– Oui, comme tu dis, je ne sais pas ce qu'elle a, mais elle l'a.

Un petit vent frais se leva et une grimace balaya le visage de Dodi. Oui, comme tout cela allait lui manquer. « La Californie, le plus beau paysage du monde », se dit-elle en sentant un frisson la parcourir.

– Vous avez froid ? Vous voulez une couverture ? s'empressa Nathan.

–On devrait peut-être rentrer, ajouta Sandy.

–Non, ça va aller, dit Dodi qui, bien qu'elle appréhende le grand voyage qui l'attendait pour le lendemain, se sentait étrangement sereine.

–Racontez-nous encore des histoires, la pria Nathan. Jason dit que vous avez connu Clint Eastwood. C'est vrai ?

–Bien sûr que c'est vrai. C'était à une soirée à Hollywood. Il était totalement saoul...

* * *

–On se dit à demain ? dit Jason.

–Ok, on s'appelle.

Nathan monta dans sa Ferrari, à l'intérieur de laquelle attendaient déjà Keith et Sandy. Il n'avait pas fait un kilomètre quand, soudain, il se souvint de la clé qu'il avait trouvée dans le yacht. Il l'avait complètement oubliée.

Sans lâcher le volant, il la prit dans sa poche.

–Keith, j'ai trouvé ça dans la salle de bain du yacht. Je suppose qu'elle n'est pas à toi ?

–Non. Tu crois qu'elle est à Chelsea ?

–Je ne sais pas, mais c'est probable. Je peux te la confier ?

–Bien sûr. Je la lui montrerai demain.

Nathan n'était pas persuadé qu'elle puisse servir à quoi que ce soit, mais cela valait le coup d'essayer, se dit-il alors que le silence s'installait dans l'habitacle, seulement haché par la respiration de ses passagers qui s'assoupissaient les uns après les autres.

Jason les regarda partir avant de se mettre lui-même au volant de sa Porsche. Dodi s'assit devant, Tiffany et Chelsea à l'arrière.

Il était près de minuit. Une soirée mémorable.

–Ça t'embête de me raccompagner chez moi ? demanda Tiffany.

– Pas de problème.

Jason devina le petit sourire en coin de Dodi. Il savait qu'elle ne la portait pas dans son cœur et qu'elle devait être ravie de ne pas avoir à la supporter avec eux à l'appartement.

Mais dès le lendemain, il pourrait passer toutes ses nuits avec elle.

Il mit la radio en sourdine. Une station qui passait des standards de smooth jazz. Idéal pour finir en beauté.

Il était épuisé, mais ravi de cette soirée parfaite, n'eût été le départ de Peter. Peut-être la plus belle soirée qu'il ait jamais passée.

Il regarda avec tendresse Dodi qui, sur le siège à côté de lui, appréciait la musique les yeux fermés.

Jason était tellement heureux de lui avoir fait ce cadeau pour son début de rémission. Personne ne pouvait rêver meilleure grand-mère. Sans elle, qui sait s'il n'aurait pas mal tourné ? Il n'avait rien à reprocher à ses parents ; mais même si sa mère était un amour, il avait toujours eu du mal à se confier à elle.

Quant à son père, il l'adorait, mais ce n'était pas un homme avec qui l'on partage ses secrets les plus intimes. Un homme qui ne montrait jamais aucune faiblesse et qui ne la supportait pas chez autrui. Un père qui avait bien plus d'affection pour ses deux filles, mais Jason n'en éprouvait aucune aigreur. Claire et Emily méritaient tout l'amour qu'il leur portait.

Personne n'est parfait, et à bien y regarder sa famille s'en sortait plutôt très honorablement quand il la comparait à celles de Nathan ou de Keith. Le père de Nathan n'était quasiment jamais là, quant à celui de Keith... il préférait ne pas repenser à ce drame qui avait traumatisé son ami.

Seule Sandy pouvait estimer être aussi bien lotie que lui. Non, il avait bien conscience qu'il n'était pas à plaindre et que sa vie ressemblait plutôt à une allée bordée de roses qu'à un champ de mines à traverser.

Il jeta un œil au rétroviseur intérieur et sourit en voyant Tiffany endormie la tête penchée en avant, tandis que Chelsea, le visage collé à la vitre, fixait… quoi, la plage, la côte, l'océan, les bateaux, les étoiles ? Ou peut-être son propre reflet ?

Qu'est-ce qu'elle avait en tête ? Qui était-elle vraiment ?

Était-elle véritablement amnésique ?

Il ne savait plus quoi penser. Elle avait été adorable toute la soirée et à l'évidence, tout le monde l'aimait. Sandy, Nathan, Keith évidemment, mais aussi Dodi. Et Jason s'était toujours fié au jugement de sa grand-mère.

Chelsea tourna la tête et croisa son regard dans le rétroviseur. Elle lui sourit et, pour la première fois, il se sentit touché par cette fille.

Il se racla la gorge et se reconcentra sur la route. Chelsea était certes attirante ; mais ce n'était pas son genre de fille.

Jason avait toujours eu un faible pour les garces et les bimbos et Chelsea n'entrait dans aucune de ces catégories. Ok, il aurait bien passé une nuit avec elle, mais au quotidien, il sentait qu'il s'ennuierait.

Pourtant, il n'arrivait pas à se défaire de cette étrange émotion qui l'avait percuté quand leurs regards s'étaient croisés.

« Laisse tomber, tu es mort de fatigue. Chelsea n'arrive pas à la cheville de Tiffany », se dit-il alors qu'il entrait dans Santa Barbara.

Dix minutes plus tard, il se garait tout près de l'entrée de son immeuble. Il se pencha vers Dodi qui s'était endormie et la réveilla en douceur jusqu'à ce qu'elle ouvre lentement les yeux.

– On est arrivés ?

– Oui.

Tiffany se réveilla à son tour et poussa un puissant bâillement avant de sortir de la voiture.

La portière de Dodi s'ouvrit et Chelsea passa la tête.

–Vous voulez que je vous aide? proposa-t-elle en lui tendant la main.

–Merci, jeune fille, très volontiers.

Jason apprécia la délicatesse de Chelsea et tendit les clés de l'appartement à sa grand-mère.

–Je dépose Tiffany et je reviens tout de suite.

–Tu peux prendre ton temps. Chelsea et moi, on se débrouillera.

–Oh, ça, je vous fais confiance! Prends ma chambre, je dormirai dans le canapé du salon.

Elle lui passa une main câline sur la joue et descendit de la voiture, aidée par Chelsea.

Tiffany monta à l'avant.

–Putain, je suis naze, dit-elle en collant sa tête contre la vitre.

Jason regarda Chelsea passer son bras sous celui de Dodi et remonter la rue jusqu'à l'entrée de l'immeuble.

–Tu démarres ? grogna Tiffany.

Jason eut envie de la rembarrer, mais passa la première et accéléra à fond.

–Fais gaffe ! T'es con ou quoi ?

–Tu veux rentrer, oui ou non?

–En un seul morceau, ça m'arrangerait !

Il tourna la tête vers elle et elle lui fit un sourire forcé avant de poser sa main sur sa braguette.

–Si tu ne conduis pas comme un taré, je te fais une pipe pendant le trajet.

Jason adorait quand elle lui parlait comme ça. Et toute l'animosité qu'il avait contre elle s'évapora en un instant.

* * *

Il était plus de minuit quand, enfin, il rentra dans son appartement. Faute d'avoir un double des clés, il avait dû sonner et c'est Chelsea qui lui avait ouvert.

–Je ne t'ai pas réveillée ?

–Non, je somnolais.

Jason jeta un œil au salon et découvrit que le canapé était ouvert et son lit déjà prêt.

–Ce n'était pas la peine, j'aurais pu le faire.

–C'était le minimum. Tu es tellement gentil de m'héberger chez toi.

Il repensa à ce qu'il avait dit à Keith plus tôt dans la soirée. Une chambre au Motel 6, et bon débarras. Mais après tout, cela pouvait attendre.

–On est comme ça dans la famille.

–Je n'en doute pas. Ta grand-mère est une femme extraordinaire. J'espère avoir autant d'énergie qu'elle à son âge.

–Elle est incroyable. Rien ne peut l'abattre, même pas la maladie.

–Je sais. C'est un roc, et en plus, quelle vie elle a eue ! Si j'arrive au dixième de ce qu'elle a fait, je serai déjà contente.

Jason se demandait toujours si les anecdotes extravagantes de Dodi étaient vraies, ou seulement à moitié, ou simplement fantasmées. En vérité, il s'en moquait. Elle avait un réel talent de conteuse et le savait. Elle aimait dire qu'elle était l'héritière des griots africains, et n'était pas peu fière des années passées à aider les pauvres en Tanzanie.

–Oui, elle est unique.

Chelsea lui sourit et de nouveau, il sentit cette attraction étrange. Pourtant, avec ce que Tiffany venait de lui faire dans la voiture, il était rassasié côté sexe. Mais avec elle, c'était autre chose. Une flamme dans son regard. Le pouvoir enchanteur d'une sirène surgie de l'océan.

–Je vais aller me coucher, si ça ne te dérange pas.

–Bien sûr. Moi aussi je suis crevée. À demain.

Il la regarda prendre le couloir menant à la chambre d'amis. Sa démarche était certes moins sexy que celle de Tiffany, mais possédait un charme bien plus naturel.

« Et merde », se dit-il en se passant la main sur la nuque.

Trop fatigué pour réfléchir, il se débarrassa de ses vêtements et s'enfouit sous le drap du canapé-lit du salon, avant d'attraper la télécommande pour éteindre toutes les lumières.

Il ferma les yeux et s'endormit le sourire aux lèvres.

- 38 -

Lundi 8 juin

Sandy se réveilla avec l'impression que son corps n'était que douleur. Elle avait des courbatures de tous les côtés. Elle se revit la veille sur les planches du théâtre. Jamais elle n'avait autant donné d'elle-même. Et si elle ne s'était pas effondrée d'épuisement, c'était avant tout grâce à l'adrénaline qui courait dans ses veines. Mais la magie était passée, et elle en payait le prix.

Elle sortit du lit et entrouvrit les volets. Une douce lumière inonda sa chambre. Elle se massa les épaules et fit de petits mouvements circulaires de la tête pour détendre les muscles de son cou, avant de s'étirer les bras.

Le miroir de son dressing lui refléta une tête de zombie ambulant. Échevelée, de larges cernes sous les yeux, le teint blafard.

Qui pouvait tomber amoureux de « ça » ?

Elle attrapa le bas de sa nuisette et la fit passer par-dessus sa tête pour se retrouver totalement nue.

Des seins plutôt honnêtes, mais des hanches un peu trop larges à son goût et des jambes pas aussi fines que celles des danseuses étoiles.

« Tu n'as rien d'une future star ! »

Sandy aurait tout donné pour avoir le corps de Chelsea, Tiffany ou Daria. Nul doute que Peter serait à ses pieds. Qui disait que le plus important dans la vie était la beauté intérieure ? Mon cul !

Elle s'enveloppa dans sa robe de chambre et s'enferma dans la salle de bain. Dès que le jet de la douche fondit sur son corps, elle sentit des frissons la parcourir et remonta la température.

Elle ne put s'empêcher de penser à Peter. Elle ferma les yeux et imagina que la porte s'ouvrait… et qu'il entrait, lui aussi entièrement nu.

Elle aurait tenté de cacher ses seins et son sexe de ses mains maladroites.

« Laisse-toi faire », lui aurait dit Peter en souriant.

Il l'aurait rejointe sous la douche et se serait collé à elle, la serrant dans ses bras. Leurs sexes se seraient effleurés et elle aurait frissonné. Leur premier baiser aurait été long, sensuel, voluptueux. Puis il l'aurait retournée et, penchée en avant, elle aurait posé ses mains sur la paroi de la douche.

« Tu es prête ? » lui aurait-il demandé.

« Oui », aurait-elle chuchoté.

Elle aurait alors senti son gland caresser doucement son intimité, puis son sexe imposant s'y immiscer tout entier.

Elle n'aurait pu s'empêcher de crier et, tandis que les va-et-vient se seraient accélérés, elle lui aurait hurlé de continuer, tout en sentant son corps vibrer de plaisir.

Il lui aurait attrapé les cheveux et tiré la tête en arrière, et dans un dernier soubresaut un violent orgasme l'aurait emporté et il se serait répandu en elle.

Elle se serait alors retournée et l'aurait embrassé avec une ardeur dont elle ne se serait jamais crue capable.

Sandy rouvrit les yeux et cessa de se caresser. Elle avait bien souvent fantasmé sur des garçons, mais ce type ne le méritait pas. Il se jouait d'elle, s'efforça-t-elle de penser. Oublie tout ça. Comme s'il ne s'était rien passé.

Elle attrapa le gel douche et se savonna énergiquement tout le corps…

De retour dans sa chambre, Sandy attrapa une barrette et s'attacha les cheveux. Elle se regarda de nouveau dans le miroir et se sentit soudain bien plus sereine. Face à elle, le garçon manqué était de retour. Pas de maquillage, un simple jean mal taillé, baskets et T-shirt de Def Leppard acheté par son père à leur dernier concert l'été passé.

Toute contente de se retrouver telle qu'elle était vraiment, elle attrapa son téléphone et découvrit qu'elle avait reçu un message pendant qu'elle était sous la douche. Peter !

Elle sentit une bouffée de colère monter en elle, mais s'efforçant de garder son calme, elle décida de l'écouter.

« Salut, Sandy. Désolé pour hier soir, je n'aurais pas dû partir comme ça, mais si tu connaissais Daria, tu comprendrais. Bref, à quelle heure veux-tu que je passe ? Je me disais vers dix heures, si ça te va ? Comme ça on aura le temps de déjeuner ensemble. Je t'invite où tu veux. Ensuite, on s'y remet cet après-midi. Allez, rappelle-moi, j'ai hâte de te revoir. »

Sandy raccrocha et eut soudain très chaud. Son ton était tellement charmant, insouciant, comme si de rien n'était. Elle avait juste envie de le tuer, ou plutôt non, de tuer Daria ! Pourquoi la préférait-il à elle ?

Dans le miroir, la petite fille blessée avait remplacé le garçon manqué, et elle se détesta de cette rechute.

« Ce mec est un connard, tu n'en as rien à foutre ! »

Elle reprit son téléphone et répondit à son SMS : « Désolée, je suis malade. J'ai dû manger quelque chose d'avarié. Oublie le concours, je t'appelle dans la semaine. »

À peine le SMS envoyé, son téléphone sonna. Aucune envie de l'entendre. Désormais, c'était elle qui prenait les choses en main, comme elle l'avait toujours fait dans sa vie.

Elle descendit et retrouva sa mère dans la cuisine, toujours en pyjama.

–Tu es bien matinale, ma chérie, remarqua Meredith en voyant sa fille.

–Je n'avais plus sommeil.

–Alors, comment ça s'est passé hier ? Raconte-moi.

–Très bien. On s'est baignés, on a mangé, on a chanté. Keith avait apporté sa guitare.

Sandy ouvrit le frigo et en sortit une bouteille de jus d'orange.

–Tu sais très bien que ce n'est pas ça qui m'intéresse. Dis-moi pour Peter. Vous sortez ensemble ?

–Maman ! Ça va pas la tête ! Jamais de la vie.

Meredith fit la moue.

–Ça s'est mal passé, vous vous êtes embrouillés ?

–Non, mais il a déjà une copine. En plus, ce n'est pas du tout mon genre de mec.

Meredith posa les mains sur ses hanches alors que Sandy attrapait un paquet de céréales et s'installait à table.

–Ton père aussi avait une petite amie quand je l'ai rencontré. Si je n'avais pas tout fait pour l'avoir, tu ne serais pas là aujourd'hui.

–Le monde se serait bien passé de moi.

Meredith vint s'asseoir face à sa fille.

–Qu'est-ce qu'il se passe, ma chérie ? Je déteste te voir comme ça. Tu vaux bien mieux que la plupart des filles de cette ville.

–Ça fait mille fois que tu me le dis, mais je suis la seule fille toujours célibataire de Santa Barbara.

–Parce que tu es trop difficile. Tu veux le garçon parfait. Mais le garçon parfait, par définition, toutes les filles le veulent. Alors si tu veux qu'il te choisisse, tu dois tout faire pour l'avoir. Tu veux savoir ce que j'ai fait pour avoir ton père ?

–Tu me l'as déjà raconté cent fois.

–Moi, je ne m'en lasse jamais, intervint Robert en les rejoignant dans la cuisine.

Contrairement à son épouse, il était déjà habillé, prêt pour sa journée de travail.

–Dans ce cas, racontez-vous la ensemble, déclara Sandy en se levant de table.

– C'est quoi le problème ?

– Elle ne sait pas comment s'y prendre avec Peter, le garçon de *Dance with the juniors*.

– Je vois, fit Robert.

– Tu ne vois rien du tout ! Maman raconte n'importe quoi !

– Tu as essayé de sortir avec lui ?

– Papa, je n'ai aucune envie d'en parler avec vous. J'ai vingt ans, je n'ai aucun compte à vous rendre.

– Très bien, mais si tu veux juste un conseil, ne lui montre pas que tu tiens à lui. Les hommes n'aiment rien autant que les femmes qui leur résistent. Ne lui parle plus pendant quelques jours et tu verras, il reviendra en rampant.

– Très bonne idée, c'est exactement ce que j'avais prévu. D'ailleurs, je vais faire encore mieux, je ne vais plus le revoir du tout.

Elle quitta la cuisine, excédée. Son père la suivit.

– Sandy, attends un peu.

– Quoi encore ? J'ai dit que je ne voulais pas en parler !

– J'ai compris. Je voulais simplement te dire que j'ai une adresse pour Nathan. C'est un cybercafé en plein centre-ville, le Coconut Internet Café.

– De quoi tu parles ?

– Du « Prince charmant ». L'ordinateur a mouliné toute la nuit pour remonter à la source.

Elle avait été tellement obnubilée par ses propres problèmes de cœur qu'elle en avait oublié celui, bien plus grave, de son ami.

– Et c'est une bonne nouvelle ou pas ?

– Ça dépend. Si on part du principe qu'il se sert de ce cybercafé pour envoyer ses messages, on peut supposer qu'il le fait tout le temps. Dans ce cas, il va falloir surveiller les lieux. Mais bon, je crois qu'il faudrait appeler la police à présent. C'est ce qu'il y a de mieux à faire.

– Ça, c'est à Nathan d'en décider, répondit Sandy qui ajouta : Papa, même si maman a plein de défauts, je suis quand même contente que tu aies fini par lui céder.

– J'entends tout ! leur cria Meredith de la cuisine.

Et père et fille sourirent à l'unisson.

- 39 -

–Le Coconut ? s'étonna Nathan, qui bondit hors de son lit.

–Oui, le Coconut Internet Café. Mon père pense que tu devrais appeler la police, fit Sandy à l'autre bout du téléphone.

–Non, on va se débrouiller sans eux. Si on sait d'où il opère, il suffira d'organiser une planque. J'ai de quoi payer les meilleurs détectives de la côte. On va se le faire !

–Sois prudent, quand même. Ce type est peut-être très dangereux.

–Je sais. C'est justement pour ça qu'il ne faut pas appeler la police. Fais-moi confiance. Il est hors de question que quelqu'un touche à un seul cheveu de Laura.

–Je pensais plutôt à toi.

–T'inquiète. Je ne prendrai aucun risque. Tout va bien se passer. Remercie ton père de ma part.

–Je le ferai, mais tu me promets de me tenir au courant ?

–Oui, je te rappelle. À plus.

Nathan raccrocha. Il n'en croyait pas ses oreilles. La journée démarrait sur les chapeaux de roue ! D'une façon ou d'une autre, il allait mettre la main sur cette ordure de « Prince charmant ». La seule question était de savoir comment.

Il fit un saut dans sa salle de bain, se lava en un temps record, s'habilla et frappa à la porte de la chambre de sa sœur.

Un soir sur deux, elle découchait ou dormait dans son appartement en ville. Pas de réponse.

Il tenta d'ouvrir la porte. Fermée à clé.

Il fit la moue et prit son téléphone quand il entendit des pas dans son dos.

– Si tu cherches Fiona, elle est sur le yacht, dit Dorothy, en peignoir, les cheveux en désordre, le regard trouble.

– Comment tu le sais ?

Fiona ne parlait jamais à sa mère. Et certainement pas pour lui dire où elle passait ses nuits.

– La police a appelé, ils faisaient trop de bruit. Ta sœur a bien des qualités, mais mon Dieu, qu'elle est immature !

– C'est l'été, c'est normal de faire la fête.

– Ne lui cherche pas d'excuse. Tu sais très bien qu'elle mène une vie de débauche, avec tous ces garçons qui passent dans son lit. Jamais je n'aurais imaginé que ma propre fille puisse aimer se faire sauter par tous les dégénérés de cette ville.

Nathan s'approcha d'elle. Elle empestait l'alcool.

Au même moment, la porte d'entrée claqua. Des pas pressés montèrent quatre à quatre les marches du grand escalier central qui desservait l'étage.

– Maman, va te recoucher, s'il te plaît !

Elle le regarda d'un air ahuri.

– Tu crois que j'ai peur ? Tu me connais décidément très mal. C'est moi la maîtresse de maison, dit-elle en se retournant.

Un homme de type hispanique, la cinquantaine rugissante, cheveux coupés ras, barbe courte, arrivait d'un pas ferme dans le couloir.

– Nathan, rentre dans ta chambre.

– Papa, laisse maman tranquille.

Ricardo Harper s'approcha de Nathan et posa ses mains sur les épaules de son fils.

– Cela ne te concerne pas. C'est entre ta mère et moi.

Nathan s'était toujours senti écrasé par le poids de son regard. Les années avaient beau passer, il ne s'habituerait jamais aux scènes de ménage de ses parents. Il recula jusqu'à un angle du couloir et, dès qu'il fut hors de leur vue, s'assit par terre, effondré, la tête entre ses genoux.

Ricardo attrapa son épouse par le col de son peignoir.

– Qu'est-ce qui t'a pris d'appeler les flics ? Tu tiens tant que ça à ce que ma fille finisse en prison ?

– Les occupants des bateaux alentours se sont plaints. Je n'avais pas le choix.

– Personne ne s'est plaint ! C'est toi et toi seule qui a prévenu le shérif, il vient de me le confirmer. Tu leur as dit qu'il y avait de la drogue sur le yacht ! Comment as-tu pu tomber si bas ?

– Tu ne vois pas que notre fille est en train de devenir une pute ?

La gifle partit toute seule.

Nathan se mordit les lèvres. Pourquoi fallait-il que les choses en soient arrivées là ? Pourquoi ne voulait-elle pas se faire soigner ?

– Ne parle jamais de Fiona comme ça. Je te l'interdis.

– Tu ne m'interdis rien du tout. Si elle est comme ça, c'est à cause de toi et de tout ce que tu fais...

– Tais-toi ! Plus un mot !

Ricardo empoigna son épouse et la força à retourner dans sa chambre.

Nathan eut envie de hurler sa détresse. Pourquoi ne pouvait-il pas avoir des parents normaux, comme tout le monde ? Pourquoi devait-il supporter cette violence ?

Il descendit l'escalier en courant et arriva dans le hall de la maison. Il avait l'impression que les battements de son cœur se répercutaient le long des murs et des piliers de l'entrée majestueuse, conçue pour impressionner d'emblée les visiteurs de l'immense demeure. Aucun domestique à l'horizon. Tout le monde connaissait les colères homériques du maître des lieux et, dans ces moments-là, personne ne souhaitait se trouver dans les parages.

Nathan sortit à l'air libre et traversa tout le parc en courant pour se réfugier dans sa cachette secrète. Une cabane en bois qu'il avait construite dans un arbre, avec l'aide de Nathan, Keith et Sandy. Il grimpa aussi vite qu'il put les barreaux de l'échelle qui y menait.

Dans la réconfortante pénombre de ce petit abri, il s'assit en tailleur et prit une posture de yoga pour se calmer : bras levés à soixante degrés, les yeux fermés, inspirer en comptant jusqu'à deux et expirer en comptant jusqu'à quatre. L'expiration plus longue que l'inspiration, pour mieux décompresser.

« C'est leur problème, tu ne peux rien faire pour eux. Pense à toi », se dit-il.

Et au bout de quelques minutes, il sentit la colère et le dépit le quitter et commença à reprendre le dessus.

Ne plus penser à eux, seulement à son propre bonheur.

Et en premier lieu à Laura. Il fallait la sauver des griffes du « Prince charmant ».

Il reprit son téléphone et composa le numéro de Fiona.

Il n'eut pas longtemps à attendre.

– Nathan... Tu as vu l'heure ? ronchonna sa sœur en décrochant.

– Excuse-moi, il fallait que je te parle tout de suite. Mais d'abord, tu dois me promettre que tu ne diras rien à personne.

– Mais de quoi tu parles ? Tu me fais peur... Il s'est passé quelque chose à la maison ? C'est maman et papa ?

Il aurait bien aimé connaître le fin mot de l'histoire. Était-ce Fiona qui avait appelé leur père pour la sortir d'une perquisition qui était en train de mal tourner ? Très certainement. Mais il avait un autre souci en tête.

– Non, c'est Laura. Il faut que tu l'aides.

– Laura ? Tu veux dire Laura Thompson ?

– Qui d'autre ? Évidemment ! s'agaça-t-il.

– Qu'est-ce qu'il lui est arrivé ?

Ce qui avait convaincu Nathan de tout raconter à sa sœur, en dépit de ses doutes initiaux, c'est que Fiona connaissait tellement de monde qu'elle pourrait sûrement lui indiquer un détective, ou en tout cas quelqu'un capable de mettre en place la filature et de les sortir de ce pétrin.

– Un maître-chanteur possède des photos où on la voit toute nue.

Fiona laissa échapper un petit rire. Nathan se retint de la reprendre et continua :

– L'ennui, c'est que je suis avec elle. C'était avant-hier sur la plage.

– Quoi ? Quelqu'un te fait chanter ?

– Non, il ne sait pas qui je suis. En fait, il ne veut pas d'argent.

– Qu'est-ce qu'il veut alors ? Ne me dis pas qu'il y a quelqu'un d'autre que toi sur Terre qui est intéressé par cette fille ?!

Fiona lui avait suffisamment dit ce qu'elle pensait de Laura. Comment avait-il pu croire qu'elle l'aiderait ?

– C'est bon, laisse tomber, je me débrouillerai tout seul.

– Ne raccroche pas, je suis désolée, petit frère, je ne voulais pas dire ça, l'implora sa sœur. Mais tu viens juste de me réveiller, et tu sais que le matin je suis d'humeur massacrante. Je t'écoute, mon trésor, et je te promets de ne pas te couper. Dis-moi tout.

Il hésita, puis se résolut à lui faire confiance. Il lui raconta toute l'histoire du « Prince charmant » jusqu'à la découverte du nom du cybercafé d'où il opérait.

– Ta copine s'est mise dans un sacré merdier, mais bon, puisque tu l'aimes, je vais te sortir de là. Je crois que je connais le type parfait pour cette affaire. Mais à ton tour de me jurer que tu n'en parleras à personne.

– Je ne comprends pas.

– Tu te doutes bien qu'on va le faire à notre manière. Alors soit tu appelles la police, soit tu me fais confiance et tu ne dis rien.

– On ne peut pas appeler la police, dit-il avant d'ajouter : Vous n'allez pas tuer ce type quand même ?

Un nouveau rire retentit.

– Bien sûr que non, mais avec ce genre de pourriture, on n'emploie pas forcément des moyens légaux, tu comprends ?

Au point où il en était, tout était bon pour arrêter ce salopard.

– D'accord. Je ne dirai rien.

– Parfait. J'appelle mon ami. Et toi, tu me rejoins sur le bateau, le temps que je me prépare.

- 40 -

Allongé dans le canapé-lit du salon, Jason entendit des pas et ouvrit un œil. Dans la faible clarté qui se faufilait à travers les stores, il vit alors passer la plus incroyable des silhouettes. En petite culotte et T-shirt.

Il se redressa sur ses coudes.

– Salut, Chelsea.

La jeune fille s'arrêta tout net.

– Je t'ai réveillé ?

– Oui, mais ça valait le coup, dit-il, amusé.

– Je ne suis pas certaine que Tiffany apprécierait, répliqua-t-elle en comprenant l'allusion. Je voulais simplement boire un verre d'eau.

– Il est quelle heure ?

– Je ne sais pas.

Jason tendit le bras et attrapa son téléphone posé sur l'un des accoudoirs du canapé.

– 8 h 22, lut-il à voix haute. Je crois qu'on a assez dormi.

Il se leva, vêtu d'un simple boxer, et enclencha l'ouverture des stores électriques. La lumière entra progressivement, révélant leurs corps sculpturaux.

« Encore plus belle que dans le clair-obscur », se dit Jason qui demanda :

– Tu as passé une bonne nuit ?

–Excellente. Le jour où j'emménagerai, tu me donneras la marque de ton sommier, répondit Chelsea en allant dans la cuisine.

–Faudra demander à ma mère, c'est elle qui s'est occupée de tout.

–Vous, les garçons, vous êtes incroyables. Sans les femmes, qu'est-ce que vous deviendriez ?

–Clairement, pas grand-chose, avoua-t-il en suivant du regard la courbe de ses fesses parfaites.

Chelsea s'approcha de l'évier et fit couler de l'eau.

–Je te fais un café ? demanda Jason qui sortit deux capsules d'une boîte.

–S'il te plaît.

Il frôla le corps de Chelsea quand il voulut remplir le réservoir de la machine à café.

–Pardon, dit-il.

Appuyée au plan de travail, Chelsea but une longue gorgée d'un verre d'eau.

Jason fit glisser les deux capsules dans la machine et prépara deux tasses. Il avait l'impression d'être en couple. C'était ça, la véritable indépendance, et c'était rudement agréable.

–C'était une belle soirée, hier, dit-il tandis que les tasses se remplissaient.

–Oui. Tu as de la chance d'avoir des amis pareils. Ils sont tous formidables.

–Surtout Keith, ajouta Jason en lui adressant un clin d'œil.

–Non, franchement, tous les trois. Chacun a ses qualités, sa personnalité, et si tu insinues que j'aime beaucoup Keith, tu as raison. Mais si tu es son meilleur ami, tu dois savoir ce que je lui ai dit.

–Je ne sais plus, rappelle-le-moi.

Elle eut un sourire.

–Tant que je ne saurai pas si je suis déjà avec quelqu'un, hors de question de flirter avec qui que ce soit.

– Hum, très bonne initiative. Mais tu n'as pas l'impression qu'on flirte un peu, là ?

– Non, tu peux me mater autant que tu veux, comme tu le fais depuis tout à l'heure sans aucune discrétion, tant que tu ne touches pas, ça me va. Je ne suis pas vraiment pudibonde.

– Ça, c'est clair. Un petit peu allumeuse, peut-être ?

Aucune fille ne déambulerait en culotte et T-shirt devant un quasi-inconnu.

– Va savoir, s'amusa-t-elle.

– Je suppose qu'aucun souvenir ne t'est revenu depuis hier. Pas de cauchemars ni de rêves mystérieux ?

– Non, j'ai dormi comme un bébé.

Jason se dit qu'il était peut-être temps de jouer cartes sur table :

– Ne le prends pas mal, mais je n'arrive pas à avoir confiance en toi.

– Pourquoi dis-tu ça ?

Il la fixa droit dans les yeux et répondit :

– Liam Dupré.

Chelsea tomba des nues. Elle aurait dû s'en douter. Évidemment, sa grand-mère lui avait tout raconté.

– Qui te l'a dit ?

– Keith. Tu as juste oublié que c'était mon meilleur ami.

Dodi avait donc su tenir sa langue. Les femmes sont décidément plus fiables que les hommes.

– Et qu'est-ce que tu comptes faire ?

– Je me demande ce qui me retient d'appeler les flics. Tu es la copine ou la complice d'un criminel.

– Il n'a tué personne, c'est juste un arnaqueur.

– Peut-être. Mais comment veux-tu que je te fasse confiance ?

À sa place, Chelsea se serait certainement posé les mêmes questions.

– Je suis amnésique, tu ne peux pas me tenir responsable de mes actes passés.

Jason fit la moue et sirota une gorgée de café avant de répondre :

– Admettons que ce soit vrai, et je vais te dire, j'ai envie de te croire. Mais que va-t-il se passer quand ta mémoire reviendra ? Tu peux nous jurer que tu resteras aussi adorable que tu l'es maintenant ?

Chelsea hocha lentement la tête.

– Non. Et tu as raison, je suis mortifiée à l'idée de retrouver la mémoire et de réaliser que je suis une garce. J'ai peur de tous vous trahir quand je serai redevenue celle que je suis vraiment.

Jason était touché malgré lui par la franchise de la jeune fille. Mais il ne restait qu'une seule option, et si personne n'avait eu le courage de la prendre, il allait s'en charger lui-même.

– Il faut que tu t'en ailles. Je veux dire, que tu partes loin de nous tous. Je te laisse la matinée pour quitter Santa Barbara, et qu'on ne te revoie plus jamais.

La sentence prit Chelsea par surprise. Alors qu'elle ne connaissait Keith, Sandy, Nathan et Jason que depuis une journée, elle réalisa qu'ils étaient ses seuls amis. Elle n'avait pas envie de les perdre. Elle serra les dents et eut envie de hurler sa peine.

– Je suis désolé, mais je ne veux prendre aucun risque.

– C'est hors de question ! s'éleva une voix en provenance du couloir.

Jason et Chelsea se retournèrent.

Vêtue d'un peignoir pour homme bien trop grand pour elle, Dodi fit son apparition.

– Chelsea restera ici. Tu dois lui faire confiance. Tu peux me croire, Jason.

– Qu'est-ce que tu en sais ? As-tu la moindre idée de qui elle est en réalité ?

Dodi s'approcha un peu plus près d'eux et posa une main réconfortante sur le bras de Chelsea.

– Oui, elle m'a tout raconté à propos de ce Liam Dupré, et sais-tu que c'est lui qui l'a frappée à la tête ?

–Je sais, mais cela n'implique pas que Chelsea soit innocente. C'était peut-être simplement une dispute entre amoureux un peu violente.

–Un peu violente ? ironisa Dodi. Tu sais ce que je pense des hommes qui frappent leur femme ?

Jason se souvint de sa confession au cimetière au sujet de son grand-père et baissa les yeux.

–Chelsea a voulu le quitter et c'est pour cela qu'il l'a frappée.

–Tu n'en sais rien.

–Peut-être, mais je me suis toujours fiée à mon instinct. Chelsea ne vous fera jamais de mal, ni à toi, ni à tes amis.

Chelsea était touchée par l'intervention de Dodi, mais voyait bien que cela ne servirait à rien. Jason ne lui ferait pas confiance pour autant.

–Dodi, c'est gentil de me défendre, mais votre petit-fils a raison. Le mieux est que je m'en aille.

–Non, ne fais pas ça. Ne me demande pas pourquoi, mais je suis certaine que tu n'es pas ici par hasard. Tu dois attendre que tes souvenirs reviennent, et à ce moment-là seulement tu seras en mesure de prendre la bonne décision.

–Mais Dodi, et si elle était là pour nous arnaquer ? s'inquiéta Jason.

–Et même si c'était le cas ? Qu'est-ce qu'elle pourrait faire ? Te voler tout ce qu'il y a dans ton frigo ?

–Elle pourrait appeler Liam Dupré, préparer un guet-apens et m'obliger à vider mon compte.

Chelsea eut un frisson en entendant Jason. Et pourtant, qui pouvait affirmer qu'elle n'en serait pas capable ?

–Tu crois qu'elle se remettra avec l'homme qui a tenté de la tuer ?

La jeune fille remercia les cieux de la perspicacité de Dodi.

–Jason, pour la dernière fois, tu ne crains, rien, et je veux que tu me promettes que tu ne la jetteras pas à la rue.

– Je ne peux pas te le promettre.

– Je te le demande. Fais-moi confiance.

Il avait rarement vu Dodi se montrer si insistante. Cette fille méritait qu'on lui donne une chance.

– Ok, c'est bon, je te le promets. Mais dans ce cas, je vais lui louer une chambre d'hôtel. Je ne veux pas dormir en la sachant près de moi.

– C'est une bonne idée, acquiesça Chelsea.

Elle non plus n'avait pas du tout envie de rester près de lui après cette conversation.

Dodi s'apprêtait à donner à son tour son avis quand une sonnerie de téléphone les interrompit.

Jason attrapa son portable. « Papa ».

– Allô, répondit-il en s'éloignant des deux femmes.

– Jason, est-ce que tu as eu des nouvelles de Dodi ?

– Oui, elle est avec moi. Tu veux que je te la passe ?

– Comment ça, avec toi ? Où est-ce que tu l'as retrouvée ?

Jason fronça les sourcils. Qu'est-ce qu'il entendait par là ?

– Je ne l'ai pas retrouvée, on a passé la soirée ensemble et elle a dormi à l'appartement...

– Quoi ?! s'étrangla son père. Jason, tu es inconscient ? Ta grand-mère est gravement malade et tout ce que tu trouves à faire, c'est de la laisser sortir de l'hôpital ?

– Mais qu'est-ce que tu racontes ?

Dodi lui prit le portable des mains.

– Terence, ton fils n'y est pour rien. C'est moi qui ai tout organisé. Je t'expliquerai. On arrive tout de suite, et en attendant, calme-toi, je t'en prie.

– Maman, mais qu'est-ce que tu fais avec Jason ?

– Je t'aime, mon fils. À tout de suite.

Elle raccrocha et rendit son portable à Jason.

– Si ton père rappelle, ne décroche surtout pas. Je vais dans la salle de bain, et ensuite, direction l'hacienda.

– Mais pourquoi tu n'en as pas parlé à papa ?

–Parce qu'il n'aurait pas été d'accord. Tu le connais, il veut me surprotéger. Alors surtout, tu ne réponds pas. Et on va s'expliquer tranquillement.

–Ok, acquiesça Jason, qui avait cependant la très nette impression de s'être fait avoir.

Le téléphone sonna à nouveau.

Jason baissa les yeux sur l'écran.

–C'est Keith, dit-il avant de décrocher.

–Salut, Jason. Je ne te réveille pas?

–Non, mais je ne vais pas pouvoir te parler. Je t'expliquerai plus tard, dit-il froidement.

–D'accord, mais tu peux me passer Chelsea ?

–Pas de problème.

Il s'approcha de la jeune fille et lui tendit son smartphone.

–Salut, Keith.

–Salut, Chelsea. Excuse-moi de t'attraper au saut du lit, mais hier Nathan a trouvé quelque chose dans la cabine de douche du bateau. Une clé. Peut-être qu'elle était à toi, et je me disais que je pourrais te l'apporter ce matin pour voir si elle te rappelle quelque chose.

–D'accord, je ne bouge pas. À tout de suite.

- 41 -

– C'est encore loin ? demanda Nathan.

– On y est presque, répondit Fiona.

Elle avait pris sa Lamborghini Aventador et roulait depuis plus d'une demi-heure sur la mythique Route 101 qui longeait la côte californienne du nord au sud.

Préservée par l'instauration de nombreuses zones protégées, la nature autour d'eux était exubérante, comme si l'homme avait accepté de se soumettre à sa toute-puissance.

La route s'éloignait désormais de la côte, s'enfonçait dans les terres et traversait les collines.

– Dis-moi, si tu comptes aller à San Francisco, autant me le dire tout de suite !

– Je te dis qu'on est presque arrivés, dit Fiona.

Ils parvinrent à un embranchement et tournèrent pour emprunter une plus petite route.

Nathan chercha en vain un panneau. Aucun bâtiment à l'horizon non plus. Rien que cette route mal entretenue et cette végétation chaotique, presque étouffante par endroits, au milieu de laquelle il devait être si facile de se perdre.

« Le lieu idéal pour commettre un crime ! » se dit-il, de plus en plus mal à l'aise.

Ils découvrirent enfin un panneau sur leur gauche, dont les lettres étaient en partie effacées : « The Wild

Ranch ». La route devenait un simple chemin de terre. Fiona s'y engagea le plus naturellement du monde.

Loin d'être aussi rassuré, Nathan chercha à obtenir des informations sur son téléphone.

– Il n'y a pas de réseau, je ne capte rien ! dit-il dépité.

– C'est normal. Les gens qui vivent ici veulent être tranquilles.

– Mais ils n'ont pas le téléphone ?

– Ils ont des antennes satellites. Même si cela s'appelle « The Wild Ranch », ces gens-là ne sont pas des sauvages... quoique, nuança-t-elle en souriant, tandis qu'elle négociait un virage un peu abrupt.

– C'est légal, un truc pareil ? On n'est pas dans un parc national ?

– Si, mais le domaine appartient à un ancien chanteur de hard-rock qui connaissait bien le gouverneur de l'époque. Il est en quelque sorte le gardien du parc.

– Bien sûr, ironisa Nathan. Je déteste le hard-rock.

– Ne dis pas ça. Nickelback, Guns N' Roses, Metallica, Led Zeppelin, Van Halen... Il y a des pépites dans le hard-rock.

– Peut-être, mais je n'aime pas leur genre. Je veux dire ceux qui en écoutent. Ce sont tous des rednecks.

– Arrête avec les clichés. Tu me désespères.

Puis, brusquement, au détour d'un dernier coude, une immense bâtisse en bois leur apparut. Le fameux Wild Ranch.

– Wouah ! s'exclama Nathan.

Il s'attendait à tout, sauf à ça. Le ranch était gigantesque, construit sur trois étages et flanqué de tours et de guérites. Des dizaines de motos étaient alignées sur la gauche du bâtiment. Les hommes qui déambulaient tout autour arboraient tous le look typique du hard-rocker : veste en cuir ou en jean, santiags, bandanas, cheveux longs ou au contraire crâne rasé, barbe et moustache, et tatouage obligatoire sur les bras, au minimum !

– Tu es amie avec des Hells Angels ?

– Oublie les clichés, ils ne sont pas aussi méchants qu'ils en ont l'air.

Nathan aperçut aussi quelques filles, short moulant, cheveux longs et regard espiègle. Elles semblaient toutes sorties d'un vieux film des années soixante-dix. Autant les mecs faisaient peur, autant elles étaient sacrément excitantes.

– Hey, tu m'as pas dit que tu étais amoureux ? se moqua Fiona qui avait capté son regard.

– Elles sont super vulgaires.

– C'est ça. À d'autres !

Fiona dépassa les motos et se gara tout près d'un pick-up poussiéreux.

À peine furent-ils sortis de voiture qu'un groupe de bikers se précipita à leur rencontre..

– Salut, ma belle, ça fait un bail qu'on t'a pas vue, fit une espèce de molosse au crâne rasé, une croix gammée tatouée sur un bras et une étoile jaune sur l'autre.

– Salut, Ned, le boss est là ?

– Oui, mais il est en pleine création. Je ne suis pas sûr qu'il ait envie d'être dérangé. Tu veux pas plutôt faire un tour avec moi ?

L'homme s'approcha un peu trop, avançant son visage à quelques centimètres de celui de Fiona.

– Tu pues trop de la gueule. Allez, dégage de là, dit-elle en le repoussant.

Les autres Hells Angels éclatèrent de rire et, pris au dépourvu, Ned résolut de rire lui aussi.

– T'es toujours une sacrée garce, Fiona ! T'as pas changé ! Tu as de la chance d'avoir un si joli cul !

– Je ne vois vraiment pas le rapport, répliqua-t-elle en marchant droit vers l'entrée du ranch.

– Et au fait, c'est qui le petit gros ?

Fiona s'arrêta net et lui jeta son regard le plus venimeux.

– C'est mon petit frère, et tu retires immédiatement ce que tu viens de dire.

Malgré sa carrure de catcheur, il fit profil bas.

–Désolé, mec, moi aussi à ton âge j'étais comme toi.

–Et moi, je ne veux surtout pas être comme vous quand je serai vieux ! rétorqua Nathan.

Les rires éclatèrent de plus belle et Ned prit un air désabusé.

–Putain, dans la famille Harper, le petit frère est encore plus dur que la sœur !

Fiona eut un petit sourire en coin, ravie de voir que Nathan avait un sens de la repartie qu'elle ne lui connaissait pas.

Ils montèrent les marches du perron et passèrent les doubles portes grandes ouvertes.

Dès l'entrée, l'atmosphère était particulière. L'intérieur était en bois et semblait avoir servi de décor à un vieux western. Tout sentait la nostalgie d'une époque révolue. Des tableaux accrochés aux murs lambrissés évoquaient la grande période de la conquête de l'Ouest avec ses batailles de cowboys et d'Indiens. Au plafond, un gros ventilateur digne de ceux des saloons d'autrefois brassait poussivement l'air tiède.

Un grand escalier en bois massif menait à l'étage.

Nathan jeta un coup d'œil dans les pièces attenantes et vit un chevelu à la barbe hirsute jouer de la guitare devant une jeune fille béate qui l'écoutait avec admiration.

Il repensa à Keith et se dit que la guitare était décidément l'arme fatale pour attraper les filles.

–Hey, tu me suis ? dit Fiona.

–J'arrive.

–Bon, tu me laisses parler. Gareth n'est pas toujours de très bonne composition. Surtout quand il crée.

–Il crée quoi ?

–Chut, fit Fiona en mettant un doigt sur sa bouche.

Ils montèrent rapidement l'escalier et débouchèrent sur un long couloir dans lequel elle s'enfonça sans hésitation.

Nathan n'aurait jamais pensé que sa sœur puisse se sentir à l'aise dans un tel environnement. Rien à voir avec les soirées branchées dans les boîtes hype de Santa Barbara ou dans les penthouses de ses amies. Comme quoi, on ne connaît jamais ses proches...

Un air de musique classique parvint jusqu'à eux : *Le duo des fleurs* de Léo Delibes. Nathan l'adorait. Une mélodie sublime, qui détonnait radicalement avec l'ambiance du ranch. Elle provenait d'une porte entrouverte.

Fiona prit une grande inspiration et la poussa.

Un homme, torse nu, se tenait de profil, un pinceau dans sa main gauche, devant une immense toile, à côté d'une table couverte de toutes sortes de pots et tubes de peinture.

Il tourna la tête et si ses yeux avaient été des éclairs, ils auraient été foudroyés sur place. Mais Fiona continua à avancer, Nathan à sa suite. Quand son regard put embrasser toute la pièce, il fut confronté à la plus improbable des visions.

Sur une estrade, trois filles à demi-allongées posaient totalement nues, l'air apeuré, tandis que deux hommes en robe d'ecclésiastiques les surplombaient, les menaçant d'une épée.

– Ne t'ai-je pas dit de ne jamais me déranger quand je suis en création ?

– Si, mais personne ne m'a prévenue. Je peux ressortir si tu veux ?

Gareth soupira et éteignit la musique.

– À présent que tu m'as déconcentré, autant que tu restes. C'est bon, tout le monde dehors, on fait une pause, ajouta-t-il à l'attention de ses modèles.

Les filles enfilèrent de simples chemises d'homme, pendant que les deux faux ecclésiastiques se débarrassaient de leurs robes.

Nathan s'avança jusque devant le tableau.

– C'est génial ! s'exclama-t-il.

Un rictus de fierté étira les lèvres de Gareth.

– Je n'aurais peut-être pas dit ça comme ça, mais c'est vrai, c'est plutôt génial, se félicita-t-il.

Rien à voir avec les modèles, ou plutôt, c'en était une vision transcendée. Deux hommes ressemblant à des monstres issus des pires cauchemars, menaçant des filles dans un décor digne de *L'Enfer* de Dante. Le style était proche de celui de son artiste préféré, Frank Frazetta, valida Nathan.

– C'est d'un machisme absolu, déclara Fiona. J'aime bien la petite maison.

– C'est une tête de mort ! la reprit vertement Gareth, réalisant au même instant qu'elle se moquait de lui.

Il prit un chiffon qu'il imbiba d'essence de térébenthine et essuya ses mains couvertes de peinture.

– Je suppose que tu es Nathan ? dit-il en se tournant vers le jeune homme.

– Oui.

– Tu ressembles beaucoup à ta sœur. J'espère seulement pour toi que tu n'as pas son caractère.

– Je ne sais pas, répondit-il, impressionné par le peintre.

Il se dégageait de cet homme un charisme peu commun, avec son allure de dandy sûr de lui et ce corps d'Apollon que sa plaque abdominale laissait imaginer. L'image d'un vampire lui vint à l'esprit.

– Qu'est-ce que tu me veux ? Tu viens te faire pardonner ?

– Tu ne manques pas d'air ! C'est à toi de me faire des excuses, réagit aussitôt Fiona.

– À moi ?

Des flammes s'allumèrent dans ses yeux. Il laissa passer quelques secondes, puis reprit :

– Tu m'as fait faux bond. Je t'ai attendue toute la nuit. Je devrais t'interdire de remettre les pieds ici.

Fiona serra les lèvres. Elle mourait d'envie de lui dire le fond de sa pensée, mais le moment était mal choisi.

–On en parlera une autre fois. Pour l'heure, j'ai un service à te demander. Pour mon frère.

–Pourquoi Nathan ne me le demande-t-il pas lui-même? Ce n'est plus un gamin. Tu as vingt ans, si je ne m'abuse.

–Comment vous le savez?

–Ta sœur me parle souvent de toi. Je crois qu'elle serait capable de tuer celui qui te manquerait de respect.

Nathan repensa à l'agression de Victor deux jours plus tôt, et pria pour que Fiona ne l'apprenne jamais.

–En fait, c'est un peu délicat. Je ne vous connais pas...

Gareth s'approcha de lui et le jaugea du regard.

–Tu ne sais donc pas qui je suis ? Fiona ne t'a rien dit sur moi?

–Seulement que je devais lui faire confiance.

–Eh bien, sache que tu as eu raison de faire confiance à ta sœur. Elle t'a amené exactement là où il fallait, car si tu as un problème, j'ai la solution.

–Vous ne savez même pas de quoi je vais vous parler!

Gareth se tourna vers Fiona.

–Il est toujours aussi méfiant de nature ?

–C'est un Harper. On ne se refait pas.

–Je vois. Alors, je vais te dire, Nathan. Dans la vie, il y a ceux qui subissent et ceux qui agissent. C'est le seul véritable choix que l'on ait. Tout le reste n'est que décorum et paillettes. Agir ou subir. C'est la seule alternative. Moi, j'ai décidé d'agir quand les autres subissent. Expose-moi ton problème et je le réglerai.

Avec ses grands yeux sombres et son air ténébreux, il donnait à Nathan l'impression d'avoir une audience avec le diable. Mais lui, était-il comme Faust prêt à tout pour sauver celle qu'il aimait ?

Il se racla la gorge et jeta un regard sur la représentation de *L'Enfer*. Il pria intérieurement pour que ce qu'il s'apprêtait à faire ne l'y conduise pas tout droit.

–En fait, c'est ma petite amie qui a un problème...

Et il entreprit de tout raconter : les photos, le chantage du « Prince charmant », son injonction de s'éloigner de la vie de Laura, mais aussi l'adresse du cybercafé d'où il envoyait ses messages.

– Je vois. Très intéressant. Tu me demandes de mettre hors d'état de nuire un psychopathe érotomane. Cela ne devrait poser aucun problème, mais il va falloir agir avec tact et précision. Tout acte demande réflexion et agilité. Agir n'est que le début de la liberté. Trop de gens se croient libres parce qu'ils prennent des décisions, mais la seule vraie liberté, c'est non seulement d'agir, mais surtout de prendre les *bonnes* décisions.

– Je comprends.

– Je n'en doute pas. Il va nous falloir préparer un plan d'action, monter une équipe et surtout, rester discrets. Ne jamais rien révéler à quiconque de ce que nous ferons.

– Vous n'allez pas le tuer ?

– Il m'a posé la même question, intervint Fiona.

– Non, on ne tue personne. Nous sommes du bon côté de la morale.

– Vous voulez dire de la loi.

– Non, la loi est injuste, inventée pour les moutons qui ont besoin d'être guidés et contrôlés. La morale, c'est ce qui différencie l'homme de l'animal. Les animaux ont des lois et ils les respectent. Les fourmis ont des règles, les meutes de loups ont des règles, les troupeaux d'éléphants ont des règles, mais aucun n'a de morale. Seul l'homme a la morale.

– Je comprends, désolé.

– Ne t'excuse pas. Tu poses de bonnes questions. Ne jamais prendre pour argent comptant ce qu'on te dit. Toujours tout remettre en cause, c'est ça l'intelligence. Tu es un vrai petit malin, n'est-ce pas ?

– La flatterie n'a aucun effet sur moi, déclara Nathan.

– Oh ! Encore plus malin que je ne le pensais. Fiona, je vais aider ton frère, mais tu me devras un gage. Es-tu prête à jouer le jeu ?

– Tu as déjà promis que tu allais l'aider.

– Oui, je l'aiderai, et tu n'es pas obligée d'accepter le gage. Considère que c'est simplement quelque chose que je te demande.

Fiona regarda Gareth.

Nathan comprit que bien des choses entre eux le dépassaient, et que ce n'était certainement pas le moment de poser des questions.

– J'accepte ton gage. Sauf si ton plan foire.

– Ai-je une seule fois « foiré » ?

– Il y a toujours une première fois.

– Pas avec moi. Nathan, veux-tu bien aller faire un tour ? Il faut que je parle à ta sœur, seul à seul.

– D'accord, je vous attends dehors.

Nathan s'éclipsa et à peine eut-il franchi le seuil de l'atelier qu'il réalisa qu'il était en sueur, et pas seulement à cause de la chaleur. Cet homme était aussi effrayant que fascinant. Le diable habitait-il la Californie ? Il était à deux doigts de le croire.

– Bonjour, Nathan.

– Salut... tu es qui ?

Une déesse d'à peu près son âge venait de surgir dans le couloir. Brune, de longs cheveux encadrant un visage de madone. Un corps aux proportions parfaites. Un ange.

– Je m'appelle Solène. Fiona m'a beaucoup parlé de toi. J'avais hâte de te rencontrer un jour.

– Fiona vient souvent ici ?

– Pas aussi souvent que j'aimerais.

– Ce n'était pas ma question.

– Mais c'est ma réponse, répliqua-t-elle, énigmatique.

– Qu'est-ce que tu fais ici ? Tu vis avec tous ces gens ? Tu n'as pas de famille ?

– Tu poses beaucoup de questions. Mais si tu veux savoir ce que je fais ici, je vais te montrer.

Elle lui prit la main et le conduisit jusqu'au troisième et dernier étage du ranch.

Une grande salle lambrissée, dont la pièce maîtresse était un magnifique piano à queue.

Solène s'installa sur le tabouret et commença à jouer.

C'était tout simplement sublime. Elle effleurait les touches avec grâce pour en faire émerger la mélodie.

Ce ranch était tout autant un repaire de rednecks et de Hells Angels qu'une maison d'artistes. Hallucinant! Mais qui finançait tout ça? Une ex-gloire du rock, comme le lui avait dit Fiona ?

–Il se dit beaucoup de choses sur ta famille, Nathan, énonça Solène sans cesser de jouer.

–Il s'en dit sur tout le monde, riposta-t-il.

–Ce n'était pas ma question.

–Mais c'est ma réponse.

Le sourire de Solène le fit fondre. Elle était tellement jolie.

–Nous sommes semblables. Dans l'ombre de nos aînés, mais c'est nous qui dirigerons nos familles, le jour venu.

–Mais de quoi tu parles ?

Seul lui répondit le sourire énigmatique de Solène, qui se reconcentra sur sa *Valse triste*.

Les minutes passèrent et Nathan était totalement sous le charme, jusqu'à ce que la porte s'ouvre d'un coup.

–Solène, qu'est-ce que tu fais ici avec lui? l'apostropha Gareth, suivi de Fiona.

–Rien, je lui jouais un morceau de Chopin.

–Tu es sûre ?

–Oui, rien de plus. Promis.

Gareth sembla se radoucir.

–Ok. Allez, Nathan, on y va. J'ai un plan.

Mais à peine sorti de la pièce, Nathan demanda à Fiona :

–C'est qui?

–La jeune sœur de Gareth. Elle est adorable. Mais petit coquin, tu es déjà amoureux d'une autre, si je ne m'abuse.

– Personne ne touche à ma petite sœur. Compris ? intervint Gareth qui avait tout entendu.

– Évidemment. C'était juste une question.

Même si elle était très belle, il était évident pour Nathan qu'elle n'était pas pour lui, et puis de toute façon, il lui tardait trop de revoir Laura.

Mais pour cela, il fallait que le plan de Gareth fonctionne.

- 42 -

– Tu veux jouer avec moi ? demanda Jay en lui tendant son ballon.

Sandy se redressa dans son transat. Ses courbatures se rappelèrent à elle. Elle s'était installée dans le jardin, son iPod sur les oreilles, et écoutait en boucle *Video Games*, de Lana Del Rey.

– Non, tu vois bien que je suis occupée.

– Mais tu fais rien !

– Écouter de la musique, ce n'est pas rien faire.

Jay fit la moue.

– Et Peter, il va revenir aujourd'hui ? Lui au moins il joue avec moi.

– Non, il ne va pas revenir, ni aujourd'hui, ni demain.

– Pourquoi ? Tu t'es fâchée avec lui ?

– Ce sont des histoires de grands. Tu peux me laisser tranquille ? s'agaça-t-elle. Brian ne devait pas venir jouer avec toi ?

– Si, mais il est malade, et maman ne veut plus que je voie Andrew.

Sandy eut un petit rire.

– Il l'a bien cherché.

Le garçon avait gribouillé sur tous les murs de la chambre de Jay la dernière fois qu'il était venu. Meredith était folle de rage. Ce n'est pas parce qu'il avait huit ans que cela excusait tout.

– Qu'est-ce que je fais alors ?

– Tu t'occupes tout seul. Et tu me laisses tranquille.

Jay lui tira la langue et repartit en direction de la maison. Sandy adorait son petit frère mais parfois, il avait le don d'être insupportable.

Elle reprit son téléphone et, pensant à ses propres amis, se décida à le rallumer. Une litanie de notifications de SMS et de messages en absence s'afficha. Tous de Peter.

« Allez, réponds », « Qu'est-ce qu'il se passe ? », « Tu veux qu'on parle ? », et ainsi de suite.

Elle ne parcourut les SMS qu'en diagonale et effaça les messages vocaux dès qu'elle entendait la voix de Peter.

Puis elle sélectionna le numéro de Jason, mais hésita. Elle avait absolument besoin de parler à quelqu'un et c'était le nom de Chelsea qui lui était spontanément venu à l'esprit.

Seule une fille pouvait comprendre ses tourments. Les garçons allaient se moquer d'elle. Sauf que Chelsea n'avait pas de téléphone.

Elle soupira et s'apprêtait à remettre les écouteurs de son iPod quand elle entendit sonner à la porte.

« Maman ira ouvrir », se dit-elle avant de réaliser. Peter. Cela ne pouvait être que lui. Il était prêt à tout pour ses deux mille dollars. Il ne la lâcherait pas !

Son sang ne fit qu'un tour. Malgré ses courbatures, elle se leva d'un bond et, quittant le jardin, traversa le salon comme une furie pour remonter le couloir menant à la porte d'entrée.

Mais Meredith l'avait devancée.

– Bonjour, madame Dawson. Pourrais-je parler à votre fille ?

Sandy tomba des nues.

– C'est à quel sujet ? demanda Meredith.

– Permettez-moi de me présenter. Jack Weston. J'entraîne votre fille pour le concours de danse de ce soir.

– Entrez, monsieur Weston, je vais...

– Je suis là, la coupa Sandy qui s'avança. Qu'est-ce que vous faites ici ? J'ai dit à Peter que j'étais malade.

– Tu es malade ? s'étonna Meredith.

– Maman, laisse-nous, s'il te plaît.

– Si tu es malade, il faut appeler un médecin.

– Je ne suis pas malade. Je ne veux plus jamais danser de ma vie. C'est si compliqué à comprendre ?

Debout dans l'entrée, Jack était resté impassible.

– Pourquoi tu dis ça ? la reprit Meredith. Tu es douée, tu ne dois pas abandonner. Tu peux gagner.

– Je me fous de gagner. Je ne veux pas danser pour l'argent, mais pour le plaisir. Si je n'ai aucun plaisir, alors j'arrête tout !

Toute la colère accumulée s'apprêtait à se déverser sur le premier venu.

– Sandy, je ne suis pas certain de tout comprendre, mais il y a cependant une chose que je sais, c'est que tu es faite pour la danse. Et tu ne dois pas abdiquer à la première épreuve.

– Monsieur Weston, avec tout le respect que je vous dois, je sais ce que j'ai à faire, et...

– Sandy, ne dis pas de bêtises. Monsieur Weston a raison. Tu ne dois pas sacrifier tes rêves pour je ne sais quelle maladresse de Peter !

– Il n'est pas maladroit, c'est juste un connard ! cracha-t-elle au bord des larmes.

Une main apaisante se posa sur son bras.

– Peter n'est pas très malin, je le reconnais, mais ce n'est pas le problème, reprit Jack. Je veux que tu viennes avec moi, je vais te montrer quelque chose. Ensuite, si tu ne veux toujours pas devenir danseuse et que tu restes sur ta décision, je la respecterai et tu ne me reverras plus.

Aussi incompréhensible que cela lui paraisse, l'idée de ne plus jamais revoir cet homme qui l'avait tant fait souffrir la veille, la poussant dans ses retranchements jusqu'au bout de ses forces, lui était insupportable.

Sans doute parce qu'elle avait conscience d'avoir mille fois plus appris en un après-midi à ses côtés qu'en des années d'entraînement devant sa glace, ou même lors de tous les cours qu'elle avait suivis lorsqu'elle était encore une enfant.

Elle se tourna vers sa mère.

– Vas-y, va-t'en, lui souffla cette dernière en joignant le geste à la parole.

Sandy eut du mal à se retenir de pleurer. Sa mère avait toujours été de bon conseil et si elle n'avait pas craint de paraître stupide, elle se serait jetée dans ses bras et lui aurait dit combien elle l'aimait, et à quel point elle était fière d'être sa fille. Au lieu de cela, elle acquiesça en rechignant.

– Ok, je viens, mais je vous préviens, je ne changerai pas d'avis.

– C'est toi et toi seule qui décideras de ton destin, répondit Jack.

Elle le suivit jusqu'à sa voiture. Une banale petite Chrysler.

– Où est-ce qu'on va ?

– Chez moi. Je vais te montrer quelque chose.

– Vous ne pouvez pas me le montrer ailleurs ?

– Non.

Le ton était ferme et catégorique. Sandy regarda par la vitre et aperçut sa mère et Jay qui la regardaient depuis le perron de leur maison. Elle avait l'impression d'être enlevée sous les yeux de sa famille. Et si ce type était un psychopathe ? Peut-être devrait-elle descendre. Elle n'avait rien à faire avec cet inconnu.

Le moteur démarra. Trop tard pour s'enfuir.

Jack alluma l'autoradio. Un air s'en échappa, qu'il lui semblait avoir déjà entendu.

– Je connais ce morceau, dit Sandy, qui n'y connaissait pas grand-chose en matière de musique classique.

– *Le Boléro* de Ravel. Le ballet préféré de ma femme.

Sandy se souvint que Peter lui avait dit qu'elle était morte avec sa fille dans un accident. Pas le moment de commettre un impair.

–C'est très beau.

–Il y a tout dans ce morceau. Ravel était un génie, mais sans la danse, ce morceau n'est que la moitié de ce qu'il est. Je suppose que tu n'as jamais vu l'adaptation qu'en a fait Béjart.

–Béjart ?

Un sourire étira les lèvres de Jack tandis qu'ils quittaient les quartiers résidentiels de Santa Barbara pour monter sur les hauteurs plus prestigieuses.

–Maurice Béjart, un autre génie. Peut-être le plus grand chorégraphe de notre temps.

–Je ne connais pas. Il est Français ? tenta Sandy.

–Il l'était. Il est mort il y a une dizaine d'années. Un homme extraordinaire. Mon épouse faisait partie de sa troupe, avant de tout quitter pour venir vivre avec moi.

Si Peter ne lui avait pas dit qu'elle était morte, elle ne l'aurait jamais supposé. Rien dans l'attitude de Jack ne laissait paraître une quelconque tragédie. Il parlait d'elle comme si elle était encore vivante.

–Il faudra que je regarde des vidéos. Il ne fait que du classique ?

–Oui et non. C'était un touche-à-tout, et surtout un avant-gardiste de la danse.

–De la danse contemporaine ? dit-elle avec un certain dédain.

–Oui, ce genre-là, mais ne sois pas condescendante. La danse est multiple, la danse vit et évolue tout comme l'être humain. N'oublie pas ce que je t'ai dit. L'être humain est un vecteur de la danse. Si l'homme devient moderne, alors la danse se doit de l'être aussi. Rien n'est jamais figé. La danse évolue dans le temps, mais aussi dans l'espace. Je te ferai découvrir, du moins si tu le souhaites, toutes sortes de danses tribales du monde entier.

–J'ai vu un reportage sur les Zoulous, ça m'a beaucoup plu.

–La danse a conquis tous les peuples bien avant que chacun ne se rencontre. Aucune civilisation n'a pu se construire sans danse. De l'Inde à la Chine, en passant par le Japon, l'Afrique, mais aussi l'Amérique latine. Samba, salsa, tango, rien que ces noms me font rêver.

Il semblait comme en transe et Sandy adorait l'écouter. Rien à voir avec les professeurs ennuyeux qui l'avaient tant assommée. Elle avait l'impression qu'elle pourrait l'écouter parler durant des heures.

– J'aime bien le tango. Mais ça a l'air extrêmement technique.

– Et ça l'est. C'est l'une des danses les plus rigoureuses qui soient, mais tellement envoûtante.

– Les couples sont toujours très élégants.

Jack tourna la tête vers elle. Il sentait qu'il était en train de la faire revenir du côté de la lumière. La danse n'était pas perdue pour elle.

– Oui, extrêmement élégants et gracieux. Je suis certain que tu pourrais maîtriser très vite cet art.

– Je préfère les danses plus modernes.

– Le tango est très moderne. Tu n'imagines pas tous les cours de danse qui s'ouvrent chaque année.

– À Santa Barbara ?

Jack eut un petit rire, tandis qu'il s'engageait dans Foothill Road et montait à la lisière de la ville, là où de grands manoirs avaient été construits au début du XXe siècle.

– Non, de ce côté-là Santa Barbara n'est peut-être pas très représentative de ce qui se passe ailleurs dans le monde. Mais à New York, à San Francisco, et surtout en Europe, il est redevenu très à la mode, dit-il avant de conclure : Allez, chut, écoute, cela devient magique.

La musique du *Boléro* prenait de l'ampleur. Après les violoncelles, les flûtes, la harpe, l'orchestre tout entier s'incrustait *crescendo* dans la mélodie hypnotique au rythme *ostinato*. Sandy ferma les yeux et s'imagina danser.

Les minutes s'égrenaient et la mélodie montait en puissance pour la cueillir tel un ouragan. Jack avait augmenté le volume et Sandy avait l'impression d'être prise dans un tourbillon de notes qui s'adressait à elle dans un langage qu'elle n'avait jamais entendu auparavant mais qu'elle comprenait intuitivement.

La voiture s'arrêta, mais Jack attendit la fin du morceau pour couper le contact.

Sandy avait les larmes aux yeux. Elle n'en revenait pas. C'était magique. Jamais elle n'aurait imaginé que la musique classique puisse provoquer de telles émotions.

– Ça va ?

– Oui, excusez-moi, c'est tellement beau.

– Tu n'as pas à t'excuser. Nous vivons dans une société qui refuse l'émotion et qui ne sait plus ce qu'est la beauté. Une société qui refuse de s'ouvrir à ce qu'elle ne connaît pas est une société qui rétrécit. Comme tu l'as vu hier, je n'ai rien contre la musique rock, ou pop, r'n'b, ni même techno, mais on ne doit pas pour autant oublier ce que sont le classique et le jazz.

– Le jazz, je déteste.

La phrase était sortie toute seule.

– Retire cela tout de suite, jeune fille ! tonna Jack en fronçant les sourcils.

Mais Sandy vit bien la flamme rieuse qui brillait dans ses yeux.

– Je retire, pardonnez-moi, professeur.

– Professeur. Oui, appelle-moi professeur. J'aime beaucoup.

Sandy sourit et réalisa qu'elle avait énormément de chance. Là où d'autres auraient été mal à l'aise face à un inconnu de près de trente plus âgé qu'elles, elle se sentait en pleine confiance, consciente de vivre un moment rare.

Reprenant pied dans la réalité, elle sortit de la voiture et découvrit l'un de ces étonnants manoirs qui dominaient la ville.

1431 Lavista Road, lut-elle sur la boîte aux lettres.

De là, le panorama était magnifique. Tout Santa Barbara s'étalait à leurs pieds. Et au-delà, il y avait l'immensité de l'océan.

–Vous n'avez pas choisi la maison la plus laide.

–Ma femme a toujours voulu habiter un manoir.

–Elle a beaucoup de goût.

–Elle en avait. Elle est morte il y a près de douze ans. Je l'ai acheté en son hommage.

–Je suis désolée, je l'ignorais, mentit-elle, ne voulant pas trahir Peter en dépit de la colère que lui inspirait le garçon.

–Tu ne pouvais pas le savoir et, encore une fois, tu n'as pas à être désolée. C'est la vie, c'est tout.

Il s'avança vers l'entrée et ouvrit la porte.

Sandy réalisa que le manoir était bien trop grand pour un homme seul. Avait-il refait sa vie? Ou bien vivait-il avec le seul souvenir de sa femme et de sa fille hantant tels des fantômes ce décor qui s'y prêtait tellement?

–Tu as soif? Tu veux un verre d'eau ?

–Avec plaisir, merci.

Dès l'entrée, spacieuse, la décoration était de style baroque. Partout, sur les murs, des tableaux représentant des danseuses. Ou plutôt, une danseuse. De près, de loin, en solo ou en ballet. Mais pas la moindre photo d'une petite fille.

–C'est votre épouse ?

Jack hocha la tête.

–Milena Lougansky. Elle a reçu bon nombre de récompenses dans son pays avant d'émigrer aux États-Unis.

–Elle était Russe ?

–Oui. Elle aurait pu intégrer le Bolchoï si elle était restée dans son pays. Elle serait certainement devenue danseuse étoile.

Sa voix ne laissait transparaître aucun regret, tout au plus une certaine nostalgie sereine.

–Elle était très jolie.

–C'est vrai. D'ailleurs, je me suis toujours demandé ce qu'elle avait bien pu me trouver.

–Ne dites pas ça, vous n'êtes pas mal du tout. Pour un homme de cinquante ans, je veux dire ! osa Sandy.

Jack rit de bon cœur.

–J'ai quarante-six ans, pas cinquante. Mais ce n'est pas très grave, tu as raison, je ne suis plus tout jeune. Allez, viens, suis-moi.

Ils entrèrent dans une cuisine, dont l'îlot central semblait avoir été conçu pour une famille nombreuse et permettait de profiter d'une vue spectaculaire sur la vallée. Jack sortit une bouteille d'eau du réfrigérateur et en remplit deux grands verres.

–Si tu comptes continuer la danse, il va falloir que tu arrêtes de boire des sodas.

–Vous trouvez que je suis trop grosse? s'inquiéta-t-elle, affolée de voir ressurgir des reproches dont elle pensait qu'ils appartenaient à un passé révolu.

–Excuse-moi. Ma femme disait toujours que je pouvais parfois être indélicat. Je voulais simplement parler de ta santé. C'est pour le bien-être de ton corps. Tu vas devoir le pousser à son maximum et pour cela il te faudra faire très attention à ton alimentation. Tu peux dire adieu aux friandises et aux sodas. C'est le prix à payer.

–Vous auriez mieux fait de commencer par là, dit Sandy, rassurée.

Quand ils eurent fini de boire, Jack claqua dans ses mains.

–Il est temps que je te montre ce pour quoi nous sommes là. Viens.

Ils quittèrent la cuisine et prirent un long couloir qui menait à un étroit escalier en bois. Chaque marche craquait sous leurs pas. L'impression d'être dans un film d'horreur réapparut.

Le vieux fou, le fantôme de la danseuse et la jeune étudiante !

Mais à l'étage, le décor changea totalement.

De nombreuses cloisons avaient dû être abattues pour créer un vaste espace intégralement dédié à la danse. Un immense miroir couvrait la totalité de l'un des murs, à l'opposé d'une grande baie vitrée plongeant sur l'océan.

Une barre horizontale fixée à environ un mètre du sol courait le long du miroir.

Au milieu de la salle, un mannequin de couturière, vêtu d'un tutu et à côté duquel était posée une paire de chaussons.

– Je ne comprends pas, dit Sandy.

– C'est pourtant clair, il me semble ? C'est pour toi. Je veux que tu essayes cette tenue. Juste un essai, et on sera fixé. On saura si tu es faite pour la danse ou pas.

– Aucune chance que je rentre là-dedans. Je n'ai pas la taille anorexique requise.

– Ne dis pas de bêtises, la volupté n'obéit à aucune règle, et sache par ailleurs, jeune fille, que je l'ai achetée ce matin. Tout est à ta taille.

– Comment vous pouvez le savoir sans connaître mes mensurations ?

– Cela fait plus de dix ans que j'enseigne auprès de jeunes gens et je sais reconnaître une taille au premier coup d'œil. Enfile ça et appelle-moi quand tu seras prête.

Jack tourna les talons et referma la porte derrière lui.

Sandy ne se sentait pas totalement en confiance. Et s'il y avait tout un tas de caméras dissimulées dans les coins ? Et si le miroir était sans tain ? Et si les murs étaient percés de trous derrière lesquels de vieux pervers se tripotaient en la matant ? Et si...

– Arrête ta parano, chuchota-t-elle à mi-voix pour se rassurer.

Elle s'avança vers le mannequin et, prenant une grande respiration, commença à se déshabiller. Dès qu'elle fut en sous-vêtements, elle se sentit atrocement mal à l'aise, priant les cieux que son instinct ne l'ait pas trompée. Mais personne ne fit irruption dans la salle, elle ne vit aucune lumière rouge cachée dans les coins, ni de trous incongrus dans les murs.

Elle enfila d'abord les collants, puis attrapa la tenue et se dit qu'elle n'y entrerait jamais. Mais contre toute attente, son corps se glissa dedans sans aucune difficulté, comme dans un maillot de bain. Le plus difficile fut de mettre les chaussons, qui lui écrasèrent les orteils.

Elle put alors enfin se contempler dans le miroir. L'image qu'il lui renvoya l'émerveilla. Comme par magie, elle était devenue une autre. Elle se trouvait adorable. Un vrai petit rat de l'opéra. Son corps, qu'elle n'avait jamais aimé, se trouvait sublimé par cette tenue.

Pour parachever sa métamorphose, elle sortit de son sac sa brosse à cheveux et un élastique. En deux coups de brosse, elle tira tous ses cheveux en arrière et les retint dans l'élastique pour les attacher en queue de cheval, qu'elle enroula sur elle-même afin de créer un chignon. Pas très solide, certes. Mais l'allure était parfaite.

Le sourire aux lèvres, elle alla ouvrir la porte.

Jack attendait près de la rampe de l'escalier.

– J'étais sûr qu'elle t'irait à la perfection.

– Oui, sauf pour les chaussons. J'ai super mal aux pieds.

– Ma chère, ça c'est normal. Ce sont tes pieds qui vont devoir se faire aux chaussons. C'est la vie.

– Et pourquoi ça ?

– Parce que c'est ainsi depuis des siècles et que ce n'est pas Sandy Dawson qui va réinventer les codes de la danse.

– Vous avez dit vous-même que tout devait évoluer !

– Cesse donc de discuter tout ce que je dis. Tu es épuisante !

Sandy sourit et, appréciant l'intimité qui se nouait entre eux, se tut pour suivre scrupuleusement ses indications pour les exercices d'échauffement.

Elle retrouvait spontanément les gestes qu'elle avait eus enfant, quand elle allait à son cours de danse. Même si cela n'avait pas duré très longtemps, elle avait des acquis dont son corps se souvenait.

– Prends appui sur la barre. Tu vas faire exactement ce que je vais te dire.

– Oui, professeur, oui ! répondit-elle avec un phrasé militaire.

Jack leva les yeux au ciel.

– Maintenant tu mets tes bras en arrondi devant toi, à hauteur du nombril. Voilà. Il faut que tes doigts se touchent.

Sandy connaissait cette position. C'était l'une des premières qu'elle avait apprises.

Pour les jambes, elle se mit en quatrième position, les deux pieds tête-bêche.

– Et maintenant tu montes sur la pointe et tends ta jambe de terre et monte la jambe en retiré le plus vite possible pour te donner de l'impulsion en t'aidant de tes bras pour garder l'équilibre.

– Je vais me ramasser.

– C'est fort possible. Rome ne s'est pas faite en un jour.

– Je ne veux pas être ballerine.

– Je veux seulement savoir si tu as le « don ». Si tu ne l'as pas, on arrête tout et je te ramène chez toi.

Sandy savait que c'était perdu d'avance. Mais le pire était qu'elle n'avait aucune envie de rentrer chez elle. Elle voulait absolument réussir ce test.

Elle se mit sur ses demi-pointes et s'étala de tout son long.

– Ce n'est pas grave, relève-toi et recommence.

Sandy se redressa, recommença et retomba aussitôt, puis une autre fois et encore une autre.

Au sixième échec, Sandy ne se releva pas et resta au sol, la rage au ventre.

– Je n'y arriverai jamais, j'ai mal partout, j'ai encore plein de courbatures d'hier.

– Je n'en ai rien à faire. Relève-toi et recommence.

– Vous n'êtes qu'un sadique ! C'est ça qui vous plaît, torturer les gens !

Jack ne comprenait pas ce qu'il se passait. Il était certain de son choix. Cette fille avait le don. Pourquoi était-elle incapable de tourner sur elle-même ? Elle avait les bases et la musculature nécessaires. Se pourrait-il qu'il se soit trompé ?

Il se rappela la séance de la veille. Elle s'était transcendée quand elle avait fermé les yeux, ce qui rendait pourtant l'exercice plus délicat.

– Ferme les yeux. Mets-toi sur les pointes, ferme les yeux et laisse-toi porter. Tu peux le faire.

Sandy regarda son mentor et réalisa qu'il ne paraissait prendre aucun plaisir à la voir souffrir. Au contraire, il semblait au moins autant peiné qu'elle-même.

– Si je ferme les yeux, ça va être pire.

– Essaye, s'il te plaît. Pour me faire plaisir. Et après on arrête.

Sandy se redressa et monta sur la pointe des pieds.

– Attends, ne bouge pas.

Jack attrapa une télécommande posée dans un coin et, après avoir trouvé la bonne sélection, lança un morceau.

– *Le Boléro*, murmura Sandy.

– Ferme les yeux, et laisse-toi emporter.

Retrouvant une certaine vigueur, elle se redressa et chassa toute idée de sa tête, les notes occupant tout l'espace vide de ses pensées. Oui, la musique n'était rien sans la danse, mais la réciproque était également vraie. Les notes étaient vivantes, comme pouvaient l'être les animaux ou la végétation. D'une façon différente, certes, mais néanmoins bien présente.

Elle se mit à tourner, puis elle posa le pied et renouvela l'exercice, ses bras bien tendus, elle tourna et tourna encore, tandis que son rire se mêlait à la musique.

Alors qu'elle aurait dû ressentir un certain vertige, elle se sentait au contraire légère, portée par la musique de Ravel, telles ces déesses hindoues aux multiples bras.

Elle rouvrit les yeux et vit des larmes couler de ceux de son mentor.

Elle perdit l'équilibre et s'effondra lamentablement.

Jack arrêta la musique. Il s'approcha d'elle et lui tendit la main.

– Tu as le don, Sandy. Tu peux devenir une très grande danseuse. Du moins si tu le souhaites.

– Je le veux, professeur, je le veux. On recommence ?

– Non, il faut que tu te reposes. Ce soir, tu as un concours et je veux que tu le gagnes.

– Je ferai tout ce que vous voulez, mais je veux devenir danseuse.

Jamais de sa vie elle n'avait été aussi sûre d'elle. Elle venait de vivre une véritable expérience mystique. Elle qui ne croyait en rien ! Oui, il y avait des forces qui nous dépassaient et qu'il ne fallait pas chercher à comprendre. Elles existaient, un point c'est tout.

– Viens, il faut te détendre. Tes muscles risquent de se tétaniser.

Elle réalisa alors d'un seul coup qu'elle avait mal partout, que chacun de ses muscles était endolori et qu'elle avait les pieds en bouillie.

Jack la conduisit dans une pièce attenante. Les rideaux tirés créaient une ambiance apaisante. Au milieu se trouvait une table de massage en bois exotique recouverte d'un matelas et d'une serviette de bain blancs. Sur une petite table à proximité étaient posées différentes crèmes à l'arnica et des huiles essentielles de lavande, camomille, bergamote et marjolaine.

– Déshabille-toi. Tu gardes tes sous-vêtements, bien sûr.

– Je ne peux pas faire ça, dit Sandy.

– Il faut que tu le fasses. On n'a pas le choix.

– Je ne peux pas. Désolée.

– Si tu crois que je vais abuser de toi, sache que cela fait dix ans que je masse des filles et des garçons. Tu ne crois pas que je serais depuis longtemps en prison si j'avais de mauvaises intentions ?

– Ce n'est pas du tout ça, mais ça me gêne de me déshabiller devant vous...

– Et si je tamise encore plus la lumière, ça te va ?

– On peut essayer.

Jack alla fermer la porte et la pièce ne fut plus éclairée que par la pâle lumière se faufilant à travers les rideaux.

Sandy se débarrassa de ses vêtements et sentit sa timidité reprendre le dessus, ainsi qu'un début d'anxiété.

« Ne me sautez pas dessus, pour l'amour du ciel.... »

En culotte et soutien-gorge, elle s'allongea sur la table de massage.

– Si je te fais mal, tu me le dis, d'accord ?

– D'accord, répondit-elle d'une voix étranglée.

Et soudain, deux mains se posèrent sur ses épaules. Deux mains tièdes, douces et viriles, enduites de crème, qui commencèrent à la masser.

Elle eut un petit rire nerveux. Ses muscles réagissaient positivement et se détendaient.

– Ça va ?

– Oh oui. Continuez, s'il vous plaît. C'est parfait.

Toute pudeur s'était évanouie, et elle se laissa aller. Juste profiter de ce massage tellement relaxant.

Ne plus penser à rien.

Pas même à Peter.

- 43 -

– Surtout, tu ne dis rien et tu me laisses parler, demanda Dodi alors qu'ils arrivaient en vue de l'hacienda.

Les terres de la vaste demeure familiale s'étendaient sur tout l'horizon. Ses immenses vignobles descendaient en cascades bien alignées sur une bonne partie de la colline, où le chaud soleil de Californie mûrissait avec générosité le raisin qui, à l'automne, donnerait l'un des meilleurs vins du pays.

– Je n'ai rien à me reprocher, répondit Jason tandis que l'immense portail s'ouvrait pour laisser entrer la Porsche.

– Je sais, mais tu connais ton père.

Jason hocha la tête. Il se gara sous le préau, entre la McLaren 650 S Spider et le Mercedes Classe G Brabus de son père, et aida sa grand-mère à sortir du véhicule.

Ils contournèrent l'esplanade, profitèrent un bref instant de la fraîcheur bienvenue que procurait le jet d'eau ornant le bassin central, et se retrouvèrent devant l'architecture coloniale de la façade principale.

Au même instant, les portes s'ouvrirent. Terence Zimmer descendait le perron pour venir à leur rencontre.

Corps massif d'ancien sportif, toujours entretenu avec soin à cinquante ans passés, cheveux blonds coupés à ras, yeux bleus, un mètre quatre-vingt-dix de muscles et d'assurance dans un costume sur mesure blanc cassé. Et une voix hiératique.

– Maman, qu'est-ce qui t'est passé par la tête ? As-tu oublié dans quel état tu es ? s'inquiéta le père de Jason.

– Non, bien sûr que non, et c'est bien pour cela que j'ai décidé de sortir. J'en ai assez de passer mes journées enfermée. Cela faisait des mois que je n'avais pas quitté la clinique.

– C'est pour ton bien et tu le sais.

– C'est pour mon bien que je dois passer ma vie dans cette prison ? J'aimerais t'y voir !

– Maman, cette clinique est la meilleure de toute la côte. Je croyais que tu appréciais le personnel et que ta chambre avec vue sur l'océan t'allait à la perfection.

– Certes, j'ai la moins pire des cellules. Mais tu n'imagines pas ce que le monde réel m'a manqué. Et grâce à Jason, j'ai vécu la plus belle journée de toutes ces dernières années. Jamais je n'oublierai la soirée d'hier.

Le regard de Terence se porta sur son fils, qui baissa instinctivement les yeux.

– Et toi, comment as-tu pu entrer dans son jeu ? Ta grand-mère est malade ! Tu imagines si elle avait eu une crise ? Est-ce qu'elle a bien pris ses médicaments ?

– Terence, je déteste qu'on parle de moi en ma présence. Si tu as des reproches à faire, c'est à moi que tu t'adresses. Jason a seulement voulu faire plaisir à sa grand-mère.

– Maman, as-tu oublié ce que tu me disais ? L'enfer est pavé de bonnes intentions !

Dodi eut un petit rire méprisant.

– S'il te plaît, ne travestis pas la réalité. Que tu le veuilles ou non, j'ai encore toute ma tête et j'ai le droit de faire ce que je veux. Ce n'est ni à toi, ni aux médecins de décider ce que je dois faire.

– Même au risque de ta vie ?

– Surtout au risque de ma vie. Elle n'appartient qu'à moi et à personne d'autre. Tu peux le comprendre, ça ?

Terence fit la moue. Lauren Zimmer apparut alors sur le perron, flanquée d'Emily et Claire, les deux sœurs de Jason.

–Mes petits trésors, venez faire un bisou à Dodi.

Du haut de ses sept ans, Emily se rua sur les pavés de la cour pour sauter dans les jambes de sa grand-mère.

–Oh, ma petite chérie, tu sais que tu es ma préférée de tous, déclara Dodi avant de faire un clin d'œil à Jason.

–Tu dis ça à tout le monde ! la reprit la petite fille.

–Mais c'est qu'on est jalouse ! s'en amusa Dodi.

Lauren et Claire arrivèrent plus lentement, un sourire gêné sur les lèvres.

–Bonjour, Dodi, comment vous sentez-vous? Nous allons vous ramener, dit Lauren.

–Me ramener ? Tu plaisantes, je me sens en grande forme, et je n'ai aucunement l'intention de rentrer avant d'avoir déjeuné avec vous. Je veux voir Maria. J'ai envie de tacos au poisson et elle en est la reine. Je suis sûre qu'elle a tout ce qu'il faut pour en préparer.

–Maman, c'est fini. Je vais te ramener, j'ai appelé la clinique. Je ne sais pas encore à qui tu as graissé la patte pour que personne ne s'inquiète de ton départ avant ce matin, mais celui qui a fait ça va le payer, et très cher.

–Terence, je te l'interdis. Personne ne sera puni. Crois-tu que je suis folle ? Je suis responsable de tout ce que je fais, et le personnel qui m'a aidée est sous ma protection. Je t'interdis de les poursuivre.

–Maman, il y a des règles. Si ce n'est pas moi, c'est le directeur de la clinique qui prendra des mesures de rétorsion...

Mais avant même de finir sa phrase, il vit le petit sourire narquois de sa mère.

–Ne me dis pas que c'est lui qui t'a laissé sortir ?

–Je ne dis rien, mais monsieur Bergman est l'homme le plus humain que je connaisse, alors je t'en supplie, je veux que tu me promettes que tu ne porteras plainte contre personne.

–Je ne peux pas te le promettre.

–Si, tu vas le faire. Je suis encore ta mère et tu me dois le respect. Promets-le-moi.

Terence secoua la tête d'énervement.

– Dodi, nous ne porterons pas plainte, la rassura Lauren.

– Oui, renchérit Claire. Papa, je t'en prie, Dodi a raison. Laisse tomber.

– Tu n'as pas à me donner de conseil à propos de ma mère. Il est hors de question que tout cela reste impuni. Il a joué avec ta santé, je ne peux l'accepter.

Dodi s'approcha de son fils et lui passa une main sur la joue, celle où il avait sa cicatrice. Instinctivement, Terence eut un mouvement de recul, mais elle insista et il se laissa faire, mal à l'aise d'être ainsi infantilisé devant toute sa famille.

– Tu n'as jamais su le dire, mais je sais que tu fais ça parce que tu m'aimes et que tu ne penses qu'à mon bien. Justement, si tu m'aimes, ne porte pas plainte. Bergman est un homme de bien. Il m'a offert le plus beau des cadeaux. Ne gâche pas cette journée.

– Évidemment que je t'aime, et c'est pour ça que je ferai tout pour que tu ailles bien.

– Dans ce cas, calme-toi. Je vais retourner à la clinique, mais après déjeuner.

– Ce n'est pas possible, il y a des protocoles médicaux. Tu dois y retourner tout de suite et faire des analyses. Vous avez fait quoi hier soir ? J'espère que tu n'as pas bu d'alcool.

Dodi se mit à rire.

– Jason, je veux toute la vérité. Dis-moi ce que vous avez fait.

– Je ne suis pas une balance, répliqua-t-il en reprenant du poil de la bête.

– On est allé à la plage avec ses amis.

– Quoi ? s'étrangla Terence.

Lauren et Claire ouvrirent elles aussi de grands yeux.

– J'aurais adoré venir avec vous, s'exclama la petite Emily, inconsciente de ce qu'il se passait autour d'elle.

– Tu as bien entendu. J'étais avec Keith, Sandy et Nathan. Cela m'a fait un plaisir fou de les revoir. Ils ont tellement grandi, mais ils sont toujours aussi adorables. Je voulais voir si je pouvais leur faire confiance, et je n'ai pas été déçue. Ce sont des amours. Jason, ne change jamais d'amis.

– Je n'en ai pas l'intention.

Il repensa au pacte de sang qu'ils avaient fait quand ils étaient jeunes adolescents. Ils étaient ses amis pour toujours.

– Tu ne t'es pas baignée tout de même ?

– Bien sûr que si. Nous avons chanté, mangé, et surtout nous nous somme amusés comme jamais. J'avais l'impression d'avoir retrouvé mes vingt ans.

– Si ce n'est que tu en as soixante-douze.

– Merci de me le rappeler.

– Je te rappelle seulement que tu es malade et que cette soirée était une folie.

– C'était un rêve, et je l'ai réalisé. Allez, on arrête avec ça. Je veux voir mes vignes. Emily, tu m'accompagnes.

– Oui Dodi, fit la petite fille en lui prenant la main.

Les autres membres de la famille regardèrent Dodi et Emily contourner la maison sans bouger, ni prononcer le moindre mot.

– Jason, tu me payeras ça ! tempêta Terence une fois sa mère hors de portée de voix.

– Qu'est-ce que je pouvais faire ? Appeler la police pour qu'ils la ramènent à la clinique comme une délinquante ?

– Tu aurais dû m'appeler. Je m'en serais occupé. Ta grand-mère est gravement malade, elle aurait pu mourir. Tu t'en rends compte ?

– Non, elle est en rémission, alors peut-être que ce n'était pas le bon moment, mais elle va bien mieux.

– Qu'est-ce que tu racontes ? Ta grand-mère n'est pas en rémission. C'est ce qu'elle t'a dit ? s'étonna Terence.

Jason prit conscience qu'il s'était laissé avoir comme un débutant. Il connaissait pourtant sa grand-mère et ses facéties.

– Oui... bafouilla-t-il. Ce n'est pas le cas, je suppose.

Lauren s'approcha de son fils et lui prit ses mains dans les siennes.

– Tu l'as crue car tu as voulu croire qu'elle allait mieux. Mais non, les analyses sont formelles, elle n'est pas guérie. Elle doit continuer son traitement.

Jason y avait tellement cru ! Pourquoi lui avait-elle menti ainsi ? Il sentit son visage s'empourprer.

– Elle n'aurait pas dû me mentir. Je ne savais pas, je suis désolé.

– Tu n'as pas à l'être, intervint Claire. On aimerait tous que Dodi aille mieux, et si elle est venue vers toi hier soir, c'est parce qu'elle savait que tu lui offrirais une soirée magnifique. Comme elle l'a dit, oublions tout, et soyons heureux pour elle.

De fines larmes perlèrent aux yeux de Jason.

– Je suis désolé, je te jure que pas une seule seconde je n'ai imaginé qu'elle n'était pas en voie de guérison.

– Que cela te serve de leçon. Je vais devoir retourner au travail. Mais nous reparlerons de ce que tu as fait, dit son père.

– Tu as promis de laisser tomber, lui rappela Claire.

– On verra ça.

– Chéri, reste avec nous. Dodi a avant tout besoin d'avoir toute sa famille auprès d'elle. Ne pars pas. Tu peux annuler tes rendez-vous, non ? Pour une fois.

– Oui, papa, reste pour le repas, et tu la raccompagneras après, d'accord ? insista Claire.

Terence soupira.

– C'est d'accord, je reste.

- 44 -

Chelsea sirotait un cocktail de fruits sur la terrasse de l'appartement de Jason.

Elle s'était habillée avec les vêtements achetés la veille avec Sandy. La première journée de sa nouvelle vie, la seule qu'elle se rappelait.

Les jambes allongées sur la rambarde, elle laissait le soleil du matin caresser sa peau cuivrée. Quelques étages plus bas, la rue commerçante commençait tout juste à s'animer. Jason avait décidément beaucoup de chance de s'être fait offrir un cocon aussi douillet.

La vie n'était pas la même pour tout le monde dans ce pays. Elle repensa à la fille qu'elle était vraiment. Une délinquante, acoquinée à un voyou. Qu'est-ce qui l'avait fait tomber aussi bas ? Car elle en était convaincue, elle n'avait pas mauvais fond.

Nous ne sommes pas réductibles à notre mémoire, ni à la somme de nos actes. Ce que nous sommes vraiment se lit au plus profond de notre âme.

« Arrête de penser à tout ça. Tout va bien se passer », s'admonesta-t-elle.

Elle avait beau retourner sans cesse ces idées dans sa tête, elle ne pouvait rien faire pour changer la situation.

« Profite et apprécie chaque instant. »

Elle avait encore en mémoire la voix de Dodi qui lui assurait qu'elle était une fille bien, et elle voulait la croire.

La sonnerie de l'entrée résonna.

Chelsea serait bien restée seule encore un moment, tant elle se sentait sereine. Mais elle se leva et alla ouvrir.

– Salut, dit Keith.

Il s'était fait particulièrement beau. Un vrai tombeur dans son short de plage, la chemise à moitié ouverte sur son torse.

– Salut, Keith, tu as l'air en forme.

– Juste l'air, je suis crevé. J'ai mal dormi. Et toi, comment tu te sens ?

– Très bien dormi, dit-elle souriante en le laissant entrer.

Elle referma la porte et ils s'avancèrent jusqu'au salon.

– Il n'y a pas à dire, Jason a quand même une sacrée chance. J'adore cet appartement.

– C'est exactement ce que je me disais.

– Ouais, ce ne serait pas mon ami, je crois que je serais mort de jalousie, dit-il en se jetant dans un des fauteuils. Trop moelleux, je ne me relève plus.

– Fais comme chez toi, ne te gêne pas ! le tança Chelsea, l'œil rieur.

Toute fatigue avait disparu en la revoyant. Keith était certain qu'ils étaient faits l'un pour l'autre.

– Quoi ?! Tu es gonflée, dis donc. Tu as oublié que si tu es ici, c'est grâce à moi et à moi seul, se vanta Keith en jouant le jeu.

– Et tu crois que je te suis redevable à vie pour ça ? dit-elle en faisant semblant de se vexer.

– Au minimum, répliqua Keith qui se redressa.

Chelsea était absolument magnifique dans cette nouvelle tenue.

– Tu me dois tout, tu comprends ? continua Keith en se rapprochant d'elle d'un pas assuré.

– Et pendant qu'on y est, je suis ton esclave, peut-être ?

– Exactement. J'ai droit de vie et de mort sur toi.

Quand il fut à moins d'un bras d'elle, elle posa son index sur le torse de Keith.

– Stop, ou je crois que je vais craquer, avoua-t-elle.

– Craque, Chelsea, je t'en supplie, craque.

Elle mourait d'envie de l'embrasser. Mais était-ce vraiment une bonne idée ? Est-ce que ce n'était pas trop tôt, beaucoup trop tôt ?

– Tu me supplies ? Je croyais que j'étais ton esclave.

– C'est moi qui suis le tien. Je ferai tout ce que tu veux pour avoir un simple baiser de toi.

– Ferme les yeux.

Chelsea s'éclipsa à pas de chat.

– Rouvre-les.

– Sadique ! dit-il en la découvrant près de la terrasse.

Elle sourit à pleines dents. Keith vint la rejoindre.

– Tu sais, je ne vais pas pouvoir rester ici, dit-elle en redevenant sérieuse. Jason veut me prendre une chambre dans un hôtel.

– Mais pourquoi ?

– Il sait tout et n'a pas confiance en moi.

Keith sentit la colère monter en lui. Jamais il n'aurait dû se confier à Jason. Il le lui paierait.

– Je lui parlerai. Je le ferai changer d'avis.

– Laisse tomber. Il a peut-être raison, et puis comme ça au moins on pourra se voir sans avoir à se soucier de lui.

Keith n'avait pas envisagé les choses sous cet angle. La remarque de Chelsea le rasséréna.

– Au fait, je t'ai apporté ce dont je t'ai parlé au téléphone, la clé que Nathan a trouvée dans la salle de bain du yacht hier après-midi.

Il mit la main dans sa poche et en sortit une clé qu'il lui tendit.

– Tu as une idée de ce que c'est ?

Chelsea la regarda et très vite, dès qu'elle l'eut dans la main, elle sentit sa vision se brouiller et ses jambes chanceler. Comme chaque fois qu'un souvenir allait apparaître. Mais elle n'avait pas peur. Il suffisait d'attendre.

Et soudain, elle se souvint.

Elle est dans la salle des coffres d'une banque. Elle ouvre l'un des coffres et en sort une longue boîte. Un homme s'avance alors et l'invite à passer dans une pièce plus discrète...

L'image s'effaça peu à peu.

« Non, il t'en faut plus, reste concentrée », se dit-elle en s'efforçant de fouiller dans sa mémoire.

Une façade. Elle déchiffre une enseigne. Celle de la banque.

L'American Riviera Bank.

Elle sentit des bras la soutenir et rouvrit les yeux.

– Chelsea ! Reviens ! s'affolait Keith.

– La clé. Je me souviens.

Le souvenir était encore vivace dans sa tête. Elle revoyait cette boîte devant elle, et avait la certitude que les réponses à bien des questions se trouvaient à l'intérieur.

Elle reprit totalement pied dans la réalité, et Keith la relâcha.

– Il faut qu'on aille à la banque.

– C'est la clé d'une banque ?

Chelsea ne put réprimer un petit rire.

– Non, juste d'un coffre qui m'appartient.

– Tu en es sûre ?

– Certaine.

– Mais cela pourrait être n'importe quelle banque, dans n'importe quelle ville.

– J'ai l'adresse en tête. Je t'en prie, viens, on y va.

Chelsea voulait croire que c'était la fin de cette quête de son passé. Qu'elle allait enfin tout connaître de sa vie antérieure. Un sentiment d'euphorie la portait et elle ne pouvait s'empêcher de sourire. Tout était fini, tout allait rentrer dans l'ordre. Et quoi qu'elle apprenne, elle était certaine qu'elle ne commettrait plus les mêmes erreurs que dans le passé. Un nouveau départ pour une nouvelle vie.

Keith sortit son smartphone.

– Donne-moi l'adresse.

– 1099, Anacapa Street.

C'était à quelques centaines de mètres. En plein centre-ville.

– Tu veux qu'on y aille tout de suite ?

– S'il te plaît.

Elle était tellement impatiente. Si elle avait pu se téléporter, elle l'aurait fait instantanément.

Chelsea prit le sac à main qu'elle avait acheté avec Sandy, puis elle quitta l'appartement, accompagnée de Keith.

Ils descendirent State Street et tournèrent sur Victoria Street. Leurs visages préoccupés tranchaient avec l'air insouciant qu'affichaient la plupart des passants. Santa Barbara, ou la cité balnéaire des gens heureux.

Keith connaissait la réputation de sa ville. Mais derrière chaque paradis se cache toujours un enfer. Il voulait croire cependant que Chelsea n'allait pas à la rencontre du diable en se rendant dans cette banque.

Tandis qu'ils marchaient d'un bon pas, côte à côte, il frôla sa main et pensa qu'ils devaient ressembler à un couple d'amoureux ordinaire. Chelsea se laissa faire et lui adressa un petit sourire.

– On y est presque, c'est la prochaine à gauche.

Le soleil était déjà trop haut dans le ciel pour que l'ombre des palmiers suffise à les protéger contre ses rayons ardents. La tension montait à l'unisson de la chaleur et lorsqu'ils arrivèrent enfin devant la façade imposante de l'American Riviera Bank, l'assurance de Chelsea avait fondu comme neige au soleil et cédé la place à la fébrilité.

Et s'il n'y avait rien dans ce coffre ? Si tout n'était qu'illusion ?

Elle s'obligea à fuir ses idées noires.

– Comment tu vas faire pour accéder à ton coffre sans papiers ? l'interrogea Keith.

Chelsea le regarda d'un air étonné et réalisa soudain toute l'improbabilité de sa démarche. Personne ne la laisserait entrer dans une salle des coffres sans justifier de son identité.

« Pas ça ! » se dit-elle, la rage au ventre. Pas si près du but !

– Il doit bien y avoir une solution, dit-elle en regardant Keith comme s'il était son seul espoir.

– Dans le pire des cas, on pourrait peut-être passer par Jason et Nathan, répondit-il sans trop y croire lui-même. Ils doivent avoir leurs entrées dans les banques et pourraient dire qu'ils ont une clé mais qu'ils ont oublié le numéro du coffre.

– Ça ne marchera jamais, il n'y a rien qui différencie cette clé d'une autre, fit Chelsea en la faisant jouer entre ses doigts.

Pas de numéro, aucun signe distinctif. Rien. Chelsea était à la limite de craquer. Toute la souffrance de sa situation lui revenait en pleine face. Ne pas savoir qui elle était. C'était insoutenable.

Keith voyait qu'elle était désespérée et se maudit de ne pas trouver de réponses. À moins que...

– Et si on tentait le tout pour le tout ?

– Qu'est-ce que tu veux dire ?

– Peut-être que tu es souvent venue ici et qu'on te connaît. Dans ce cas, personne ne te demandera quoi que ce soit.

Chelsea resta bouche bée. Keith avait raison. C'était risqué, mais ça valait le coup d'être tenté. Elle s'avança et lui déposa un petit baiser sur les lèvres.

– Souhaite-moi bonne chance, mon ange gardien.

– Je ne viens pas avec toi ? s'étonna Keith.

Chelsea secoua la tête.

– Si je reprends ton raisonnement, je venais soit seule, soit avec quelqu'un d'autre. Ta présence pourrait éveiller des soupçons.

– Mais si jamais cela tourne mal ?

– Tout va bien se passer. Et puis je suis sûre que l'ancienne Chelsea saura quoi faire.

Elle était loin d'en être aussi certaine qu'elle le prétendait, mais ne voulait surtout pas impliquer Keith en cas de grabuge. Personne d'autre qu'elle ne devait payer pour les erreurs qu'elle avait pu commettre.

Ce fut au tour de Keith de lui voler un baiser.

– Je t'attends ici. Bonne chance.

– Merci.

Elle traversait la rue quand un klaxon retentit, suivi du bruit aigu de crissements de freins.

Chelsea tourna la tête comme au ralenti et aperçut dans la même fraction de seconde une voiture qui fonçait sur elle et le visage de son conducteur, tout aussi sidéré qu'elle.

« Mourir si près du but ! » se dit-elle...

Mais l'automobiliste réussit par miracle à l'éviter et continua sa route.

Chelsea reprit ses esprits, s'empressa de gagner le trottoir et jeta un dernier regard vers Keith, de l'autre côté. Il était aussi blafard qu'elle devait l'être.

Elle se força à lui sourire et attendit de longues secondes avant de retrouver une maîtrise d'elle-même suffisante. Quand elle se sentit prête, elle poussa les majestueuses portes à tambour de l'American Riviera Bank.

De l'autre côté du hall monumental, plusieurs comptoirs, tous identiques, semblaient la narguer. Lequel choisir ? Du regard, elle chercha parmi les employés celui qui réagirait en la voyant. Mais personne ne parut s'intéresser à son arrivée.

Alors qu'elle commençait à perdre espoir, quelqu'un toussota derrière elle. Elle se retourna et se trouva face à un homme de petite taille, âgé d'une soixantaine d'années, arborant une fine moustache.

– Madame Davenport.

L'homme ne lui rappelait aucun souvenir, mais elle réussit à ne rien laisser paraître.

–Bonjour, excusez-moi mais je suis un peu pressée. Il faudrait que j'aille à mon coffre, réagit-elle avec un naturel qui l'étonna elle-même.

–Tout de suite, madame. Votre mari n'est pas avec vous ?

Le ton n'avait rien de soupçonneux, mais elle n'était pas dupe. Une femme qui demandait à se rendre dans une salle des coffres toute seule... Elle supposa que le mari en question devait être Liam Dupré.

–Comme vous le voyez. Si cela vous pose un problème, je peux l'appeler.

Chelsea n'en revenait pas d'une telle aisance. Une autre personnalité venait de prendre possession de son corps et de son esprit. Une fille bien plus sûre d'elle, débarrassée de son habituelle timidité.

–Bien sûr que non, madame. Il n'y a aucun problème. Si vous voulez bien me suivre.

Un magnifique ascenseur, protégé par une cage en fer forgé finement ouvragée, les amena au sous-sol, où ils empruntèrent un couloir étroit dont l'extrémité était barrée par une impressionnante porte blindée. L'employé en ouvrit discrètement la serrure électronique pour révéler à Chelsea le Graal qu'elle attendait avec impatience.

Chacune des parois de l'immense salle était remplie de centaines de coffres, alignés sur plusieurs étages. Mais lequel était le sien ? C'en était presque vertigineux. Elle ferma les yeux et se revit distinctement, dans son souvenir, ouvrir un coffre précis.

Elle s'avança vers ce coffre et mit la clé dans la serrure. Mais elle ne rentrait pas.

–C'est celui de votre mari, madame. Le vôtre est juste à côté.

Elle sourit, comme si elle s'en voulait d'être aussi étourdie, mais n'apprécia pas la remarque. Pourvu que cela ne le rende pas méfiant.

Elle recommença. Cette fois, la clé s'enclencha sans heurt dans la serrure. Elle ouvrit le coffre d'où elle retira un long coffret.

L'homme l'invita à la suivre dans une pièce attenante.

– Je vous laisse, je suis à côté.

Chelsea le remercia et réalisa qu'elle était faite comme un rat s'il lui prenait l'idée d'appeler la police... ou son « mari » !

Elle resta immobile de longues secondes, sentant son cœur palpiter bien trop vite. L'instant de vérité était arrivé et ses doutes revinrent en masse. Et s'il n'y avait rien ? Juste une boîte vide comme un pied de nez à ses espoirs ? Non, c'était impossible. Pourquoi elle aurait fait ça ? Il devait y avoir quelque chose d'important dans ce coffre. Peut-être pas toutes les réponses, mais beaucoup...

À quoi bon attendre. Elle reprit son souffle et ouvrit le coffret.

L'abattement figea ses traits.

À l'intérieur, des liasses de billets de cent dollars.

Elle serra les dents de frustration et les larmes lui piquèrent les yeux. C'était tellement évident. Qu'est-ce qu'on mettait dans un coffre, à part de l'argent ou des bijoux ? Elle s'était bercée d'illusions toute seule et en était pour ses frais.

Elle eut envie de se précipiter dehors, de courir jusqu'à l'océan et de disparaître à tout jamais. Elle avait tellement cru en ce coffre. Son dernier espoir venait de s'envoler.

D'une main molle, elle attrapa une liasse et compta approximativement les billets. Il devait y en avoir cent par liasse. Soit dix mille dollars. Et il y avait une dizaine de liasses, Elle découvrit aussi des liasses de billets de cinq cents euros.

L'abattement laissa place à la stupeur.

Il y avait là une véritable fortune.

« Qu'est-ce que j'ai fait ? » se demanda-t-elle, atterrée. Comment avait-elle pu accumuler autant d'argent ?

Elle sortit toutes les liasses du coffret et découvrit en dessous une enveloppe pleine à craquer.

Encore de l'argent ?

Elle la décacheta et l'espoir rejaillit en elle à la façon d'une bouffée d'oxygène. Un passeport !

« Tu vas enfin savoir qui tu es », se dit-elle.

Elle le garda un long moment entre les doigts. Incapable de l'ouvrir. Comme une enfant qui veut faire durer le plaisir.

– Allez, ma grande, s'encouragea-t-elle en l'ouvrant.

« Helen Davenport. Vingt-trois ans. Résidant au Texas. »

Chelsea sentit l'émotion la submerger. Elle savait enfin qui elle était. Elle ne s'appelait pas du tout Chelsea. Et elle était bien plus âgée qu'elle ne l'imaginait.

Elle hésitait entre rire et pleurs. Elle avait désormais un nom et un – vrai – prénom. Tout allait rentrer dans l'ordre.

Elle glissa la main dans l'enveloppe et en sortit un autre passeport. Celui de Liam Dupré, sans doute.

Elle l'ouvrit en toute innocence, et la stupeur lui coupa le souffle.

C'était encore son propre visage ! Cette fois-ci, elle était brune et portait des lunettes. « Pamela Steinfield. Dix-neuf ans. Résidant à New York. »

Non, non, non ! eut-elle envie de hurler alors qu'une profonde détresse l'envahissait. Des faux papiers.

Elle sortit un troisième passeport. Et découvrit une troisième identité. « Chelsea Van Camp. Vingt ans. Résidant à Miami. »

Elle prit sa tête entre ses mains et laissa couler ses larmes. Elle avait placé tellement d'espoirs dans ce souvenir. Mais ce qu'elle venait d'apprendre était bien pire que ce qu'elle connaissait déjà. Elle n'avait pas d'identité. Elle n'était rien. Une fille qui mentait à tout le monde.

« Je ne suis pas comme ça. Je ne suis pas comme ça », se dit-elle en sanglotant.

Elle pensa à l'employé qui devait attendre de l'autre côté, et son instinct de survie lui hurla de partir. Elle aurait tout le temps de se morfondre une fois dehors.

Elle tenta d'ouvrir son sac et vit que ses mains tremblaient nerveusement. Elle s'efforça de se ressaisir et les tremblements cessèrent.

Chelsea prit les liasses de billets et tous les passeports à pleines mains et les enfourna dans son sac.

Elle avait enfin vidé tout le coffret quand elle découvrit qu'une photo était restée coincée dans le fond. Elle l'attrapa et la retourna. C'était la photo d'une fillette de six ou sept ans. Elle tenait un chien dans les bras.

Elle n'eut pas de flash, ni de vision, mais elle n'en avait pas besoin. Elle connaissait ce chien. C'était celui de son premier souvenir.

Cette petite fille, c'était elle.

Un sourire éclaira un instant son visage défait.

Cette photo suffisait à lui redonner un peu de baume au cœur. Elle adorait ce chien. Elle chercha à se rappeler son nom, mais en fut incapable.

Elle s'essuya les yeux et referma le coffret. Il était temps de partir. Elle n'avait plus rien à faire ici.

Elle prit une grande inspiration et ressortit de la pièce.

L'employé était tout près et crut bon de simuler un intérêt soudain pour une légère éraflure sur l'un des coffres.

– Je vous raccompagne ?

– S'il vous plaît.

Elle remit la boîte à sa place, referma le coffre et refit le chemin inverse sans être inquiétée.

Dans le grand hall, personne ne l'attendait pour lui mettre le grappin dessus. Ni les policiers, ni Liam Dupré, ni ses complices. « Le hold-up du siècle », se dit-elle sans réussir à se faire sourire.

– À bientôt, madame Davenport. Saluez votre époux de ma part.

– Je n'y manquerai pas. Au revoir.

Elle vit Keith qui l'attendait toujours sur le trottoir d'en face, mais réussit à lui faire comprendre qu'il ne fallait pas qu'on les voie ensemble pour l'instant. Ils remontèrent la rue au même rythme, chacun sur son trottoir, puis tournèrent au premier embranchement. Il la rejoignit un peu plus loin, sur Carrillo Street.

– Alors, qu'est-ce que tu as trouvé ?

– Un très beau souvenir, répondit-elle, radieuse.

Elle sortit la photo et la lui montra.

Dès que Keith vit la petite fille et son chien, et même si plus de dix ans s'étaient sans doute écoulés, il comprit qu'il ne pouvait s'agir que de Chelsea. La fillette de la photo s'était transformée en une très belle femme.

– Tu étais très mignonne.

– Pourquoi, je ne le suis plus ?

– Non, et en plus tu es devenue complètement idiote, se moqua-t-il.

Chelsea se sentait désormais sereine. Après l'obscurité de la salle des coffres, elle retrouvait le grand soleil de Santa Barbara et le petit vent qui soufflait depuis la côte. Cette photo ne représentait certes pas grand-chose et ne lui donnait guère d'indices, mais cela lui suffisait pour l'instant. Enfin un vrai souvenir concret. Un moment de bonheur qui avait marqué son enfance. Elle était *quelqu'un*. Restait à savoir qui.

– Au fait, il y avait ça aussi, dit-elle en entrouvrant son sac.

Keith aperçut les dizaines de liasses de billets et fut estomaqué.

– Tu as dévalisé la banque ! s'exclama-t-il en voyant tous ces dollars.

– Hé, parle moins fort ! Cet argent est à moi, le modéra-t-elle.

– Excuse-moi.

– Tu n'as pas à t'excuser, tu es mon ange gardien.

Brusquement, elle se jeta sur Keith et l'embrassa avec fougue. Un vrai baiser, profond, vigoureux, où leurs langues se trouvèrent avec passion.

Quand ils reprirent leur souffle, Keith était abasourdi et savourait encore le goût de ce baiser.

– On rentre, dit-elle.

Keith comprit le message et il leur fallut deux fois moins de temps pour retourner à l'appartement qu'ils n'en avaient mis pour arriver à la banque. Ils montèrent les marches quatre à quatre : hors de question d'attendre l'ascenseur.

À peine Chelsea avait-elle refermé la porte derrière eux qu'elle le plaqua contre le mur et l'embrassa à nouveau avec fureur.

Keith la saisit par la cuisse et lui souleva la jambe pour se coller à elle.

– Viens, lui chuchota Chelsea en reprenant son souffle.

Elle le prit par la main et ils coururent jusqu'à la chambre où, sans aucune pudeur, elle enleva son haut puis son soutien-gorge pour laisser apparaître deux seins magnifiques aux larges tétons durcis.

Keith retira sa chemise et ses chaussures, tandis que Chelsea se débarrassait rapidement de son pantalon en toile et de sa petite culotte.

Keith découvrit alors un sexe garni d'un léger rectangle de poils pubiens qui faillit le rendre fou. Il tenta d'enlever son short, mais perdit l'équilibre et manqua de se casser la figure.

Chelsea éclata de rire, s'assit sur le lit et l'attira jusqu'à elle par l'élastique de son boxer, qu'elle fit glisser en même temps que le short.

– Chelsea… balbutia-t-il tandis qu'elle engouffrait son membre dans sa bouche.

Qu'est-ce que c'était bon ! Sa langue lui titillait le gland avec tant de délicatesse… C'était le Nirvana.

Soudain, elle bascula en arrière.

– Viens. Prends-moi.

Chelsea s'étendit sur le lit. Keith la rejoignit aussitôt, s'allongea sur elle et plongea son sexe dans celui de la jeune femme, si doux, si humide, si attirant.

– Oui, comme ça… gémit Chelsea.

Keith allait et venait en elle sans la lâcher du regard.

Elle posa ses mains dans son dos et lui planta ses ongles dans la chair. Keith gémit à son tour, alors que ses coups de boutoir se faisaient de plus en plus vigoureux.

Ils changèrent de position. Chelsea vint se mettre à califourchon sur lui.

Keith comprit qu'elle aimait prendre les choses en main et cela lui convenait parfaitement. Une vraie tigresse. Elle se déhanchait en cadence au-dessus de lui, son regard rivé au sien.

C'était tellement bon !

– Oui, Chelsea, continue.

Tout en le gardant en elle, elle bascula en avant et ce fut au tour de Keith de lui enfoncer ses ongles dans le dos.

– Oui, vas-y.

Il la griffa et adora l'entendre siffler d'une douleur qu'il savait aphrodisiaque.

Le temps sembla s'arrêter. Toutes les positions défilèrent, puis ils se remirent en missionnaire en se regardant dans le fond des yeux.

C'était lui qui prenait les rênes, désormais. Son bassin claquait contre celui de Chelsea chaque fois que son sexe cognait au fond du sien.

– Oui ! hurla Chelsea qui se laissa emporter par un orgasme dévastateur.

Keith accéléra ses va-et-vient.

– J'arrive, dit-il dans un souffle quand il sentit à son tour l'orgasme l'emporter.

Il ressortit juste à temps pour jouir sur son ventre.

Il bascula à ses côtés et l'embrassa avec passion.

– Je t'aime, Chelsea, je t'aime.

Elle lui sourit et blottit sa tête au creux de son épaule. Leurs deux corps soudés par leur sueur. Leurs deux cœurs battant au même rythme, si proches que chacun pouvait ressentir les pulsations de l'autre. Une plénitude totale.

Tous deux prièrent secrètement pour que le destin ne les sépare pas.

- 45 -

Le clapotis cristallin d'un ruisseau et le pépiement tendre et joyeux d'un oiseau. Des notes égrenées avec délicatesse par un piano lointain. Il fallut un instant à Sandy, lorsqu'elle eut rouvert les yeux, pour reprendre ses esprits et réaliser où elle se trouvait. Le studio de danse à l'étage du manoir. La table de massage. Et cette hypnotique musique new age.

« Pas étonnant que je me sois endormie. »

Elle se redressa et eut un petit rire de surprise : elle ne ressentait plus aucune douleur dans ses muscles. Elle se leva et se sentit complètement détendue.

« Ce type a des doigts en or », se dit-elle en se rappelant la sensation de bien-être que Jack lui avait procurée avant qu'elle ne s'endorme. Son professeur de danse pouvait changer de métier : avec un tel talent, il ferait fortune auprès de la clientèle richissime de Santa Barbara.

Elle trouva ses vêtements posés sur une chaise et se rhabilla lentement, toujours étonnée de ne ressentir aucune gêne quand elle se baissa pour mettre ses chaussures.

Elle sortit de la pièce. Tout au bout du couloir, une porte entrouverte semblait l'inviter.

Mais au lieu d'appeler Jack, comme n'importe qui l'aurait sans doute fait, Sandy, guidée par son instinct, préféra avancer en silence et à pas de chat.

Elle perçut de la musique, d'abord en sourdine, puis de plus en plus forte à mesure qu'elle se rapprochait.

Elle jeta un œil prudent par la porte entrouverte.

Des petites ballerines évoluaient en un ballet plein de grâce et de douceur sur un écran fixé au mur qui lui faisait face.

Elle poussa la porte qui s'ouvrit sans bruit.

Jack était assis dans un fauteuil, les yeux rivés sur l'écran.

– Enfin réveillée ? dit-il en lui souriant.

Il avait les yeux qui brillaient. Avait-il pleuré ? Sandy se rappela ce que Peter lui avait dit : c'était l'anniversaire de la mort de sa femme et de sa fille. Un élan de compassion s'abattit sur elle.

– Je vous dérange ?

– Non, au contraire, c'est bien que tu sois là. C'est seulement que de te voir danser a réveillé beaucoup de souvenirs. Tu es tellement douée.

– C'est gentil.

Sandy jeta un regard circulaire sur la pièce. Le petit lit couvert de peluches, la commode et le bureau miniatures, les images de princesses et les murs roses ne laissaient aucune place au doute, et Jack le lui confirma.

– C'était la chambre de ma fille. C'est elle qui danse, regarde, dit-il en désignant une fillette sur l'écran.

– J'ignorais que vous aviez une fille, mentit-elle à nouveau.

Elle n'était toujours pas certaine que Jack soit ravi que Peter lui ait fait ces confidences sur son passé.

– Elle est morte avec sa mère.

– Je suis vraiment désolée. Excusez-moi.

– Comment aurais-tu pu le savoir, dit-il avec douceur. C'était il y a douze ans tout juste. La voiture a quitté la route et s'est engloutie dans les eaux de l'Hudson. C'est comme ça. C'est la vie.

Sandy sentit une vague d'émotion le traverser et n'osait imaginer la peine qu'il avait dû ressentir en apprenant leur mort. C'était affreux. Elle reporta son regard sur l'écran.

– Elle est très douée.

La petite fille en tutu exécutait avec aisance ses exercices de pliés et de dégagés, au son d'une mélodie classique.

– Maïa avait le don, tout comme sa maman. Elle aurait pu être une très grande danseuse. Mais la vie en a décidé autrement.

– C'est pour ça que vous avez tout quitté pour venir vivre à Santa Barbara ?

– Oui, j'avais besoin de partir, je ne supportais plus New York.

– Je comprends. Votre fille est très jolie.

Elle s'était approchée d'une étagère sur laquelle étaient disposés des cadres. Des portraits, pour la plupart. Une jolie petite fille blonde au visage angélique. Pleine de vie, rayonnante de bonheur.

Sur de nombreuses photos, un chien l'accompagnait. Au milieu d'une prairie, en pleine forêt, dans un jardin, ou dans les allées de ce que Sandy reconnut être Central Park. Maïa semblait en communion avec cet animal. Tellement mignon.

Sur d'autres, elle était entourée de ses parents, jouait avec des amis de son âge, dansait ou se voyait remettre un prix, manifestement fière et émue.

– C'était à la fin de sa première année. Elle était la meilleure.

Jack s'était levé et se tenait derrière elle.

Une autre photo, amusante. Maïa, emmitouflée dans un gros manteau, une chapka sur la tête, posant devant le monument le plus célèbre de Russie.

– Le Kremlin. Milena voulait que sa fille voie la terre de ses ancêtres.

Étrangement, Sandy ne se sentait pas mal à l'aise face à ce mémorial qui aurait pu paraître macabre. Au contraire, elle sentait beaucoup de bienveillance. À croire que l'esprit de la jeune fille était là, avec eux. Du moins c'était certainement ce que Jack devait penser.

Ses yeux se portèrent sur un ours à la peluche toute râpée.

– C'est Max, sa peluche favorite. Elle ne s'en séparait jamais.

– Ça se voit, il n'a plus de poils, s'en amusa-t-elle.

Jack eut un petit sourire triste.

– C'est tout ce qu'on a retrouvé de Maïa après l'accident. Son corps a été emporté par les eaux. Et je vais te dire, je crois que je préfère ça que de l'avoir vue sans vie. Ce fut tellement douloureux de voir le corps de sa mère... Je crois que je ne l'aurais pas supporté.

Sandy le comprenait. Elle avait refusé de voir les dépouilles de ses grands-parents maternels, même si la coutume voulait qu'on leur rende visite au funérarium. Sandy avait résisté à la pression et n'était allée qu'à la mise en terre. Elle voulait garder le souvenir de ses grands-parents tels qu'elle les avait tant aimés, pleins de vie et d'humour. Oui, en un sens, ils étaient toujours en vie dans sa tête.

Et sans y prendre garde, elle posa une main réconfortante sur le bras de Jack. Le grand sourire avec lequel il la remercia peinait cependant à contredire ses yeux chargés de larmes.

– Il va falloir partir. Peter t'attend. À moins que tu n'aies changé d'avis, dit-il après s'être ressaisi.

– Non, au contraire. Je sais que je veux devenir danseuse.

– Comment tu te sens ? Mon massage t'a fait du bien ?

– Vous plaisantez ? J'ai l'impression que vous m'avez changé les muscles !

– Parfait. Je compte sur toi, car il nous reste peu de temps.

– Je vais me défoncer, je vous le promets.

Jack lui sourit et, portant un dernier regard sur la commode, il tomba sur l'une des plus belles photos de Maïa et maudit les dieux de la lui avoir enlevée.

- 46 -

–Nathan, ça va être à toi, dit Fiona au téléphone, assise à l'arrière de la Harley Davidson de Gareth. On est en place.

Ils s'étaient garés en face du cybercafé, en compagnie d'autres bikers.

Nathan, de son côté, attendait leur top départ, en embuscade sous un acacia non loin du pavillon des parents de Laura.

–Vous ne le ratez pas, promis ?

–Non, on est huit. Il n'a aucune chance de nous échapper. Du moins s'il se montre.

C'était bien là le problème. Comme disait le proverbe chinois, rien de plus difficile que d'attraper un chat noir dans une chambre obscure, surtout quand le chat n'y est pas.

Nathan raccrocha, se connecta sur Facebook et cliqua sur la page de Laura. Il avait préféré ne pas la prévenir pour l'instant. Si jamais les choses tournaient mal, mieux valait qu'elle ne soit au courant de rien.

Une fois sur sa page, il tapa « Salut, Laura, juste un petit coucou pour te dire que je suis presque arrivé chez toi ». Il hésita puis valida l'envoi du message, et marcha d'un pas volontaire vers le petit pavillon.

Personne dans la rue. Quelques voisins occupés dans leur jardin. Aucun regard suspect, mais cela ne suffisait pas à le rassurer. « Prince charmant » devait être très prudent pour l'avoir espionnée aussi longtemps sans se faire remarquer.

Il capta le regard d'un vieil homme qui arrosait ses fleurs.

Et si c'était lui ?

Après tout, il avait très bien pu faire un faux profil Facebook, où il se décrivait comme jeune et plein d'allant, alors qu'il n'était qu'un vieux pervers libidineux.

Nathan fit la grimace, mais ne voulait pas y croire.

Il passa devant un autre jardin et parvint à la maison mitoyenne de celle de Laura.

Une famille modèle déjeunait, attablée sur sa terrasse. Les enfants étaient trop jeunes, mais le père ?

Aussi souriant soit-il, cachait-il une face sombre ? S'était-il lassé d'un devoir conjugal devenu mécanique et routinier ? Avait-il commencé à fantasmer en regardant par la fenêtre de sa chambre qui donnait, comme par hasard, sur celle de Laura ?

Nathan croisa le regard de l'homme qui le dévisagea d'un air inquisiteur, et il ne put s'empêcher de baisser les yeux.

Le type avait un physique patibulaire. Si jamais ils en venaient à se battre, l'issue du combat ne faisait aucun doute. Cependant, il ne croyait pas un seul instant que « Prince charmant » soit de l'étoffe dont sont faits les tueurs. Quelqu'un qui se cache derrière une fausse identité est forcément un lâche, se rassura-t-il.

Il arriva enfin devant le pavillon. Il remonta l'allée et sonna à la porte.

Ce fut Laura qui lui ouvrit. Mais rien, dans son expression, ne montrait qu'elle était heureuse de le voir.

– Qu'est-ce que tu fais là ? Imagine s'il nous voit, dit-elle, inquiète.

– Laura, c'est pour toi ? demanda Amanda Thompson de l'intérieur de la maison.

– C'est Nathan, répondit la jeune fille, qui reprit un ton plus bas : Tu ne peux pas rester ici. Peut-être qu'il nous espionne. Hier, il savait que tu étais passé.

–C'est bien ce que j'espère, dit Nathan. Je vais tout t'expliquer, mais il faut que tu me fasses confiance.

Laura était partagée entre deux émotions contraires, la peur et le désir.

–D'accord. Advienne que pourra.

–Tout va bien se passer, je te le promets.

–Bonjour, Nathan, dit Amanda en les rejoignant. J'allais justement partir. Si vous sortez, n'oubliez pas de fermer à clé.

–Oui, maman.

–Amusez-vous bien.

Nathan et Laura restèrent sur le pas de la porte. Ils la regardèrent monter dans sa voiture, faire marche arrière, puis s'engager sur la route.

–Ça veut dire qu'on est tout seuls dans la maison ? sourit Nathan tout en adressant un au revoir de la main à madame Thompson.

–Oui, mais tu ne crois tout de même pas que je vais te céder à chaque fois que tu vas venir ici ? le taquina Laura.

Dès que la voiture fut hors de vue, elle referma la porte et dans un même élan, Nathan et elle se jetèrent dans les bras l'un de l'autre.

–Tu m'as manqué. Tu aurais pu appeler plus tôt, lui reprocha-t-elle alors qu'elle le conduisait jusqu'à l'escalier.

–Je n'étais pas chez moi ce matin. Mais je ne peux rien te dire. Si ce n'est que j'ai un plan pour attraper ton « Prince charmant ».

–J'espère que tu es sûr de toi, car s'il nous surveille, tu sais ce que je risque.

–Toi et moi tout nus sur une plage. Ça me va, dit Nathan alors qu'ils grimpaient à l'étage.

–Ne ris pas avec ça. Je crois que je ne le supporterais pas.

–Ne crains rien, ça n'arrivera pas. J'ai employé les gars qu'il faut.

–Les gars ?

–Oups, j'en ai trop dit. Moins tu en sauras, plus tu seras à l'abri d'éventuelles poursuites.

– Des poursuites ? Tu me fais peur. Qu'est-ce que tu as fait ? Tu n'as quand même pas engagé un tueur à gages ?

– Non, non, pas vraiment, hésita Nathan, voyant Laura se décomposer devant lui.

– Nathan, dis-moi ce que tu as fait. Je t'en prie, il n'est peut-être pas trop tard pour tout annuler.

– En fait, je crois bien que si.

Ils étaient dans le couloir. Nathan avait la chambre de Laura en vue et des idées autrement plus salaces tournaient dans sa tête.

– Dis-moi, s'il te plaît.

– D'accord, dit-il en arrivant dans la chambre où il la prit dans ses bras et la fit basculer sur le lit.

Qu'est-ce qu'il aimait son corps ! Si chaud et si tendre. Il passa sa main sous son T-shirt et sentit un téton se durcir sous ses doigts.

– Arrête ! s'écria Laura qui se dégagea.

Nathan réalisa qu'il était allé trop loin. Maudites hormones !

– Je suis désolé. Je ne sais pas ce qui m'a pris.

– Moi, je sais. Mon charme irrésistible, minauda-t-elle. Je suis toute à toi, espèce d'idiot, mais d'abord, je veux tout savoir.

– Toute à moi ?

– Toute, absolument toute, mais il faut que tu me promettes qu'on ne se cachera jamais rien.

– Je te le promets.

Laura le retrouva tel qu'elle l'aimait. Tellement attachant. Quelle bouille trop mignonne ! Elle avait envie de l'embrasser pendant des heures.

– Eh bien, je t'écoute. Qu'est-ce que tu as manigancé ?

Nathan prit un petit air désolé.

– Tu connais le Wild Ranch ?

– Il me semble. C'est un repaire de voyous. Ne me dis pas que...

– Si, mais ne fais pas cette tête, ils ne sont pas aussi méchants qu'ils en ont l'air. Ma sœur est amie avec leur chef, et ils ont décidé de nous aider.

– Je ne vois vraiment pas comment.

– C'est simple. Comme je te l'ai dit hier, on a l'adresse d'où « Prince charmant » opère. Ils se sont mis en planque devant le cybercafé et ils sont prêts à intervenir. Le plan est qu'en entrant chez toi, je déclenche la colère de « Prince charmant » qui va sans doute s'empresser de te menacer. Et là...

– Mais comment ils sauront de qui il s'agit ?

– Je ne sais pas. Je suppose qu'ils vont mettre des gars dans le cybercafé. Ou alors tous les arrêter pour les interroger.

– Ce ne sont pas des flics. Ils n'ont pas le droit.

Nathan en avait bien conscience, mais se moquait de la façon dont ils procéderaient. Seul le résultat comptait.

– Écoute, fais-moi confiance. Tout va bien se passer.

– Est-ce que j'ai vraiment le choix ?

– Non ! rétorqua Nathan.

– Et si « Prince charmant » ne réagit pas ? Il n'est peut-être pas tout le temps dans les parages à m'espionner.

– Dans ce cas, on avisera, mais on n'aura pas perdu notre temps, dit malicieusement Nathan en glissant sa main sous sa jupe.

– Hey ! Est-ce que je t'ai donné l'autorisation ?

– Bien sûr, tes yeux me l'ont dit !

Laura posa sa main sur la braguette de Nathan.

– Ça, ça veut dire que tu peux, dit-elle avant de descendre la fermeture éclair.

- 47 -

Jason n'en pouvait plus. Il était incapable de s'arrêter de rire. Dodi avait le don pour transformer la moindre anecdote en péripétie extraordinaire, avec un final immanquablement tordant.

Sur la terrasse, la famille au grand complet était assise autour de la large table en teck installée à l'ombre d'un olivier centenaire. Le soleil proche de son zénith nappait de lumière les collines verdoyantes alentours.

Jason avait l'impression de retomber en enfance. Son père n'avait pas été aussi souriant depuis longtemps. Et les verres de Chardonnay qui avaient accompagné les tacos au poisson de Maria n'expliquaient pas tout. Jason voyait bien que Terence regardait Dodi avec ravissement. Pour quelques heures au moins, il n'était plus le businessman toujours préoccupé par ses affaires et qui s'occupait de moins en moins des siens.

Claire et Emily, elles aussi, étaient aux anges. Il était évident qu'il se passait quelque chose de particulier en ce déjeuner familial. Une sorte de bienveillance euphorique semblait animer chacun des convives.

– Dodi, vous êtes extraordinaire, la félicita Lauren Zimmer.

– Tout est vrai, absolument tout.

– Maman, je sais que je ne te le dis peut-être pas assez souvent, mais tu es incroyable, déclara Terence.

Lui aussi avait les larmes aux yeux d'avoir trop ri.

– Vous ne pouvez pas savoir combien je suis contente d'avoir toute ma famille auprès de moi. Et dans ce décor somptueux. Plus jamais je ne retournerai à la clinique.

D'un coup, les visages perdirent de leur bonhomie.

– Dodi, ne vous inquiétez pas. Je vous promets qu'il y aura beaucoup d'autres repas en famille comme aujourd'hui, lui promit Lauren.

Maria arriva avec les cafés.

– Et voilà la plus merveilleuse, annonça Dodi. Maria, je te remercie pour ce repas. Tu n'as rien perdu de ton savoir-faire. Tes tacos sont une merveille. Cela fait combien de temps que tu travailles pour nous ? Quinze ans ?

– Vingt-cinq, madame Zimmer.

Dodi ouvrit de grands yeux.

– Le temps passe tellement vite, s'étonna-t-elle. C'est pour cela qu'il ne faut pas en gâcher une minute. Bon, il va falloir que je vous quitte. Mais voilà, je tenais à tous vous revoir avant de partir.

– On dirait que tu vas à l'échafaud. Cette clinique est la meilleure... commença Terence.

– La clinique, c'est terminé pour moi, le coupa-t-elle. À quoi bon vivre, si c'est pour s'éteindre peu à peu dans une petite chambre loin des siens ?

– Qu'est-ce que tu racontes ? On passe te voir au moins une fois par semaine, s'insurgea Terence.

– Jason, Claire et Emily, mais toi ?

– Si les enfants passent, c'est comme si c'était moi.

– Non, mon très cher fils, ce n'est pas pareil. J'aurais aimé que tu passes plus souvent.

– Je suis désolée, dit Lauren qui se sentait aussi fautive que lui.

Elle non plus ne passait guère souvent. Elle laissait juste un message à ses enfants pour leur demander d'embrasser leur grand-mère de sa part.

–Je ne vous en veux pas. Je sais combien vous êtes occupés et combien c'est désagréable d'aller dans de tels établissements. Si j'étais vous, moi aussi j'irais à reculons, et c'est d'ailleurs pour cela que je n'y retournerai plus.

–Maman, tu es malade. Sans traitement, tu sais ce qu'il va arriver. Et je ne l'accepterai pas.

–C'est gentil, mais tu crois que Dodi va se laisser mourir à petit feu sans réagir ? répliqua-t-elle.

Jason n'en revenait pas. De quoi parlait-on ? De la mort de Dodi ? Depuis la soirée à la plage jusqu'à ce repas familial, tout était pourtant si parfait !

–Il n'y a pas d'autre solution, dit Claire. Sois raisonnable.

–Ma très chère petite-fille, est-ce que je t'ai déjà dit à quel point je suis fière de toi ? Si ce n'est qu'il serait temps que tu te trouves un mari.

De petits sourires amusés éclairèrent les visages.

–De mon côté, je sais ce que je fais. J'ai eu tout le temps de me renseigner sur ma maladie. À vrai dire, je n'ai que ça à faire. Il se trouve qu'il existe de nouvelles expérimentations, et je me suis inscrite pour un protocole.

–Maman, tu n'es pas un rat de laboratoire. Attends un peu, laisse-toi le temps de voir si ces nouvelles méthodes donnent de bons résultats.

–C'est tout vu. Je n'ai pas le temps d'attendre. Tu sais pourquoi la plupart des patients meurent à l'hôpital ? Ce n'est pas à cause de la maladie, mais c'est qu'ils n'ont plus la patience d'attendre. Le mental lâche le premier. Je crois que je suis arrivée à ce stade. Je ne supporte plus cette clinique et je vais tenter autre chose.

–Qui sont ces médecins ? Pourquoi le docteur ne m'en a jamais parlé ?

–Parce que je le lui ai interdit. Tu connais la loi sur le secret médical ?

–Tu vas partir loin ? demanda Emily de sa petite voix.

–Oui, malheureusement, je vais aller très loin.

–Où ça ? demanda Lauren.

– En Inde.

Terence leva les yeux au ciel.

– Ne me dis pas que tu vas chez un charlatan bouddhiste qui compte te guérir avec des herbes et toutes sortes de prières à l'adresse de divinités à tête d'éléphant.

– Ne sous-estime pas les médecines traditionnelles. Mais non, si cela peut te rassurer, leur protocole s'appuie sur des technologies de pointe et des médicaments issus des plus grands laboratoires pharmaceutiques. Mais bref, mon choix est fait. Je pars ce soir.

– Ce soir ! répéta toute la famille en écho.

– Oui, cela fait des semaines que je voulais vous en parler, mais je ne trouvais pas le courage. Je craignais que vous réussissiez à me convaincre de renoncer. En vérité, je comptais partir sans en parler à personne. Mais vous me connaissez, je vous aime trop. J'ai profité de la soirée de Jason et de cette matinée pour garder les plus belles images de ma famille avant mon grand départ.

– Tu pars pour longtemps? demanda Emily.

– Je ne sais pas. Quelques mois. Mais je serai toujours avec vous.

– On dirait que tu parles comme si tu allais mourir, s'inquiéta Jason.

– Mais non, espèce de grand nigaud. Je parle d'internet. On se parlera par Facetime ou Skype. Arrêtez de croire que l'Inde est un pays d'arriérés.

– Promets-moi que tu reviendras, dit Emily.

– Non seulement je te le promets, mais je reviendrai en vie.

– C'était bien la question, compléta Jason qui vit alors Dodi lui faire un clin d'œil.

– Terence, il va falloir que tu m'accompagnes en ville. J'ai une dernière chose à faire avant de partir.

– Quel genre de chose ?

– Des papiers à signer. Tu comprendras en temps utile. Mais ne t'inquiète pas, je n'ai pas l'intention de toucher à ton héritage.

–Maman ! dit-il dans un soupir. Je suppose que quoi je dise, rien ne te fera changer d'avis ?

–Détrompe-toi. Si tu veux que je reste, je reste. Comme je te l'ai toujours dit, tu es ce qu'il m'est arrivé de meilleur dans ma vie, avant les trois petits-enfants que tu m'as offerts. Aussi, si vraiment tu insistes, je resterai.

Tous les regards se portèrent sur Terence.

Mais il secoua la tête, conscient qu'en réalité, il n'avait pas le choix.

–Maman, comme tu le dis, on ne te changera pas. Ok, va te faire soigner en Inde, mais je te jure que je ne vais pas te lâcher.

Dodi regarda toute sa famille et remercia les cieux de la vie qu'elle avait eue. Elle avait vécu pleinement chaque jour. Malgré les douleurs, malgré les tragédies, elle avait tout surmonté. Elle surmonterait aussi la maladie. Elle essaierait, du moins. Mais quoi qu'il advienne, elle était heureuse de laisser sa famille dans un tel halo de paix.

- 48 -

– Où est-ce que vous m'emmenez ? s'étonna Sandy.

Ils s'étaient enfoncés au cœur de la vallée, dans un endroit qu'elle n'avait jamais vu de sa vie. Ils suivaient un petit chemin de terre qui s'enfonçait parmi les séquoias.

– C'est Peter qui l'a voulu. Ne me demande pas pourquoi. Je crois que c'est important pour lui.

La forêt s'éclaircit, formant une clairière au fond de laquelle se trouvait une petite cabane en rondins. La voiture de son partenaire était garée juste à côté.

– Voilà, j'ai rempli ma mission, dit Jack en coupant le moteur. Tu peux descendre.

Au même moment, la porte de la cabane s'ouvrit. Peter apparut, souriant. Il avait revêtu un costume de danse qui lui rappelait un vague souvenir.

– Vous descendez aussi, n'est-ce pas ?

– Non, j'ai des rendez-vous. En fait, j'avais beaucoup de rendez-vous, mais je les ai déplacés pour te réserver ma matinée afin de te convaincre que tu étais bien une danseuse. Mais il va falloir que j'y retourne.

– Mais comment on va faire sans vous ?

– On va se revoir, Sandy. Et si tu veux parler de ce concours, vous allez l'emporter haut la main. Peter est le meilleur danseur de cette ville, et toi, tu es la meilleure aussi. Vous n'avez rien à craindre des autres couples.

– Vous savez, je n'oublierai jamais ce que vous avez fait pour moi.

– Je le fais aussi pour moi. Tu n'imagines pas quel supplice cela peut être d'entraîner des filles qui n'ont aucun talent mais dont les parents payent des fortunes pour le leur faire croire. Avec Peter, vous êtes mes bouffées d'oxygène.

– Vous serez quand même là ce soir ?

– Je ne manquerais ça pour rien au monde.

Sandy fut touchée par le regard qu'il lui adressa et elle repensa à la petite fille qu'il avait perdue. Elle danserait pour lui faire honneur.

Elle laissa parler son cœur et déposa spontanément un baiser sur la joue de Jack.

– À ce soir, dit-elle avant de sortir de la voiture.

Jack ralluma le moteur et fit marche arrière. Sandy le regarda partir.

– Je suis content que tu sois venue. J'ai vraiment cru que je ne te verrais plus, fit Peter en la rejoignant. Vous avez fait quoi ?

Allait-elle lui parler de sa séance de massage et de sa longue sieste ?

– Ça ne te regarde pas. Chacun sa vie privée.

– Je parle de Jack et de toi. Il n'y a rien de privé là-dedans, que je sache.

La Chrysler finit son demi-tour et Sandy repensa à tout ce que Jack lui avait dit sur le destin funeste de sa famille. Il n'était pas simplement un professeur ou même un mentor, il était bien plus que cela. Un second père ?

Sandy n'en revenait toujours pas. Elle qui avait fait une croix sur son rêve était en train de le vivre. Du moins en partie. Si seulement cet abruti de Peter n'avait pas une pierre à la place du cœur.

– Bon, je peux savoir ce qu'on fait là ? Tu n'as pas trouvé plus loin ? demanda-t-elle sèchement.

– Tu m'en veux toujours pour hier soir ?

–Oui, mais nous ne sommes pas obligés de nous apprécier pour gagner ce concours. J'ai promis à Jack que je le gagnerais, et je tiens toujours mes promesses.

Peter perdit son sourire et pinça les lèvres.

–Très bien, on s'en tient à des rapports professionnels alors. On gagne les deux mille dollars et on ne se voit plus. C'est ça que tu veux ?

Dite comme ça, la phrase était terrible. Sandy sentit sa belle assurance se fendre de tous bords, mais elle ne devait pas céder. Juste le concours, surtout ne pas se rabaisser devant lui.

–Exactement. Je n'aime pas l'ambiguïté. Je t'avais invité avec mes amis, et tu m'as humiliée devant eux.

–Daria est ma copine.

–Dans ce cas, il ne fallait pas venir à la plage avec moi.

–Je croyais qu'on était juste amis. Je ne savais pas que tu ne croyais pas à l'amitié entre un garçon et une fille.

–Maintenant tu le sauras.

–Nathan, Jason et Keith, ce sont des garçons, si je ne m'abuse.

–Non, pour moi ce sont des filles. Autre question ?

Peter éclata de rire.

–Je n'ai jamais rencontré quelqu'un d'aussi mauvaise foi. Mais bon, admettons. Ils seront ravis d'apprendre ce que tu penses d'eux.

–Tu ne le leur diras pas. Sinon...

–Laisse tomber les menaces. Bien sûr que je ne leur dirai pas. Je ne voulais pas te blesser, et je ne compte pas le faire à l'avenir. Je suis désolé pour ce qu'il s'est passé.

–Excuses acceptées. Je peux enfin savoir pourquoi on est là ?

Sandy réalisa que le fait de lui avoir dit ses quatre vérités en face lui faisait un bien fou. Ne jamais rien garder sur le cœur. Toujours évacuer ses démons.

–Justement, c'est pour me faire pardonner. Je voulais te montrer l'endroit qui m'est le plus cher au monde.

–Ce coin perdu dans la forêt ? s'étonna-t-elle.

– Ce n'est pas n'importe quel coin, expliqua Peter avec un franc sourire. Mon père était garde-forestier. On passait tous nos week-ends ici avant qu'il ne meure.

– Tu as perdu ton père ?

– Mon vrai père. Ma mère s'est remariée et mon beau-père est un homme formidable, mais il ne remplacera jamais mon père.

– Je suis désolée.

Tout comme Jack un peu plus tôt, il répondit :

– Tu n'as pas à l'être, tu ne pouvais pas savoir.

Sandy songea qu'elle avait beaucoup de chance d'avoir toute sa famille en vie. C'était ça, le vrai bonheur. Avoir ceux que l'on aime auprès de soi.

– Je voudrais te montrer un endroit magique.

– Tu veux dire que Gandalf va sortir de la forêt avec des hobbits ?

Peter sourit de plus belle. Cette fille était incroyable. Quel caractère ! Oui, il avait bien fait de l'amener ici...

– Non, pas magique dans ce sens. Suis-moi.

Ils longèrent la cabane. Juste derrière, un pont de bois enjambait un petit ruisseau où courait une eau cristalline. Sandy ouvrit de grands yeux.

– C'est incroyable. C'est clair qu'on s'attend à tout moment à voir débarquer des trolls et des fées.

Un ghetto blaster était posé au sol, sur un tapis de mousse végétale.

– Ça existe encore, ce genre de truc ? s'étonna Sandy en voyant l'imposant radio-cassette.

– Il était à mon père.

Il lança la musique, et dès la première note elle reconnut le morceau qui lui avait donné envie de danser lorsqu'elle était encore une enfant.

– J'ai pensé que ça te ferait plaisir...

– Tu le savais ? Comment tu le savais ?

– Tu me fais penser à Jennifer Grey.

– Et toi tu te prends pour Patrick Swayze ?

– Oui. Ne me dis pas que je n'ai pas sa classe ?

Dirty Dancing. Sandy connaissait toute la chorégraphie par cœur. C'était son film préféré avec *Flashdance*.

Instantanément, elle oublia tout le ressentiment qu'elle avait à l'encontre de Peter. Elle ne pensait plus qu'à la danse.

« *Now, I've had the time of my life, no I never felt like this before...* »

Il lui passa les mains dans le dos, elle se cambra en arrière tout en pivotant légèrement, avant qu'il ne se retrouve derrière elle et ne lui soulève le bras qu'elle glissa derrière sa tête en lui effleurant les cheveux.

La rythmique commença et la danse démarra vraiment. Leur duo s'accorda dès les premiers pas, comme s'ils avaient répété durant des heures. Pourtant c'était la première fois qu'ils dansaient sur ce morceau.

« *I've been waiting for so long, now I finally found someone to stand by me...* »

C'était tellement ça, se dit Sandy, tandis que Peter, qui dansait le mambo avec une élégance folle, ne la quittait pas des yeux.

Il la fit tourner, virevolter sur le petit pont de bois dont les planches craquaient au rythme de leurs pas, pendant que, inlassablement, l'eau limpide du ruisseau filait vers l'océan.

« *With my body and soul, I want you more than you'll ever know...* »

Et la danse continua à monter en intensité. Son regard était foudroyant, flamboyant. Il la tenait avec une douce fermeté qui la guidait harmonieusement.

Ils étaient en totale symbiose. C'était comme une évidence.

« *But I've had the time of my life...* »

Oui, l'un et l'autre avaient été choisis par la danse et ils ne pourraient échapper à leur destin.

Sandy, radieuse, faisait bouger son corps avec une aisance et une grâce envoûtantes. Elle voyait bien que Peter était, lui aussi, dans le même état de transe.

« Quelle fille t'a jamais fait cet effet-là, espèce d'abruti ! » avait-elle envie de lui hurler. Mais aucun son ne franchit ses lèvres figées dans un sourire de façade.

« *No I've never felt this way before, yes I swear it's the truth, and I owe it all to you...* »

Non, jamais elle n'avait ressenti cela avant de danser dans ses bras. Et elle ne le devait qu'à lui, rien qu'à lui. Elle aimait se sentir si proche de Peter. Il la fit tourner une dernière fois, puis la plaqua contre lui. Il lui prit une main dans la sienne et de l'autre lui enserra la taille.

La chanson terminée, il ne relâcha pas son étreinte.

– Tu sais pourquoi je t'ai emmenée ici ?

– La magie.

– Oui, c'est ici que mon père a embrassé ma mère pour la première fois.

Et sans prévenir, il se pencha vers elle et posa ses lèvres sur les siennes.

- 49 -

– Je commence à en avoir marre, râla Gareth.

Cela faisait deux heures qu'ils étaient en planque devant le Coconut Internet Café. Plusieurs hommes y étaient entrés, puis en étaient ressortis. Chaque fois, ils avaient pris des photos et les avaient envoyées par SMS à Nathan et Laura qui n'avaient reconnu personne. Aucune nouvelle de « Prince charmant » de leur côté non plus. À croire qu'il avait décidé d'arrêter de harceler Laura.

– Encore une heure, tu m'as promis, demanda Fiona.

Elle ne passait certainement pas le meilleur moment de sa vie, mais pour son petit frère, elle était prête à tout.

– Ok, mais tu as intérêt à tenir ta promesse.

– Je te l'ai dit. Si on met la main sur ce type, tu pourras me demander ce que tu veux.

Habillé en biker, Gareth était encore plus séduisant que dans sa tenue d'artiste peintre. Fiona avait toujours eu un faible pour ce genre de mauvais garçon à gueule d'ange. Rien à voir avec ces fils de riches qu'elle côtoyait dans son milieu. Tellement moins formatés, tellement plus libres, tellement incontrôlables. Tellement tout...

– Tu sais très bien ce que je veux.

– On verra.

– On ne verra rien du tout. Tu me le donnes ou on ne se voit plus jamais.

Gareth rêvait depuis longtemps d'un tableau de l'artiste maudit Ezra Templeton, une fresque de près de trois mètres sur deux représentant la chapelle de la Mission de Santa Barbara. Il appartenait à la famille de Fiona depuis des décennies et était accroché dans un des salons de la villa des Harper. Pas évident que son père soit fou de joie quand elle l'enlèverait pour conclure son pacte avec Gareth.

– Je te manquerais et tu reviendrais en rampant pour que j'accepte de te revoir.

Gareth lui passa un doigt sur la joue.

– Tu es une sorcière. Tu te joues des hommes. Tu n'en respectes aucun.

– Tu serais capable de m'envoyer au bûcher ?

– Non, je te sauverais des flammes, même si je devais y perdre mon âme.

Fiona le regarda droit dans les yeux. Si seulement il avait pu être fidèle. Mais depuis quand un biker pouvait-il se contenter d'une seule femme ?

– Très chevaleresque. Mais j'en doute.

– Pourquoi ?

– Parce que rien n'est gratuit avec toi. La preuve.

– Ce n'est pas toi que j'aide, mais ton frère.

– Aider mon frère, c'est m'aider moi.

– Rien à voir.

– Ah oui ? Donc si ta sœur avait des problèmes et que tu me demandes de venir à son secours, tu le prendrais comment, si je te demandais une compensation ?

– Jamais quelqu'un ne s'en prendra à Solène.

– Mais si...

Son téléphone sonna. Nathan.

Elle décrocha aussitôt.

– Oui ?

– Laura vient de recevoir un message du « Prince charmant ». Il dit qu'il va la tuer. Il sait que je suis chez elle. Je t'en supplie, attrapez-le.

– Calme-toi, on va l'avoir.

Elle raccrocha et se retourna vers Gareth :

– Il est à l'intérieur. Il a menacé de mort Laura.

Gareth ne répondit pas mais, d'un léger mouvement de tête, fit comprendre aux autres bikers que le moment était venu.

Ils se dirigèrent vers le cybercafé. Aucune chance que le type s'en sorte. Il était fait comme un rat.

Sept armoires à glace se présentèrent à la porte du café et y entrèrent. Fiona était juste derrière eux.

Le Coconut Internet Café était à moitié vide. Une douzaine d'ordinateurs. Cinq utilisateurs, dont deux filles.

– Je peux vous aider ? demanda le patron de l'établissement depuis son comptoir.

La soixantaine, grosses lunettes, chauve.

– T'en mêle pas, claqua Gareth.

Il croisa le regard d'un garçon à moitié caché sous sa casquette des Dodgers. Le jeune homme lui sourit timidement. En trois pas, Gareth était derrière lui.

– Si vous voulez ce poste, je vous le laisse, il n'y a pas de problème.

– Montre-moi ce que tu faisais.

Gareth se pencha. Le jeune homme avait fermé la page sur laquelle il était. Mais avait-il eu le temps d'effacer son historique ?

– Maintenant, vous sortez. Je ne vous le dirai pas deux fois ! tonna le tenancier.

– La ferme, pépé ! grogna un des bikers.

– Vous êtes dans mon commerce, il y a des lois. Je ne veux pas de problème. Sortez d'ici tout de suite !

Ned l'attrapa par le col de sa chemise.

– Tu veux vraiment qu'on discute ?

– Oui, on va discuter, mon gros.

L'homme sortit un petit Luger de sous le comptoir.

– Maintenant, tu me relâches ou je te tue, pauvre sac à merde !

– Tu ferais jamais ça.

– Me tente pas.

Gareth avait laissé le fan des Dodgers pour se rapprocher du sexagénaire.

– On ne veut pas de problèmes, on veut juste parler à ce...

– Gareth ! Il se tire ! s'écria Fiona.

Le jeune homme avait profité de l'incident pour se lever et courir se réfugier dans la réserve.

Tous les bikers s'y ruèrent comme un seul homme.

– Il y a une porte qui donne sur l'arrière ? demanda Gareth qui sortit un Beretta de la poche intérieure de son blouson.

Tous les clients étaient à terre, et le patron du cybercafé avait perdu de sa superbe.

– Oui, elle donne sur Garden Street.

– Merci, fit Gareth qui rangea son pistolet et ressortit en courant, Fiona sur ses talons.

Ils allèrent directement vers la Harley garée à quelques mètres de là. Gareth mit le contact, pria pour que la chance soit avec eux et, d'un coup d'accélérateur, se propulsa vers l'avant.

Au moment de tourner à gauche, une voiture les klaxonna, à laquelle Fiona répondit par un doigt d'honneur. Ils virent le jeune homme courir au loin, les bikers à sa poursuite. Mais ces empotés perdaient du terrain. Trop de bière, trop de farniente.

Gareth se jura de remettre ses troupes à la diète et au sport dès que cette histoire serait réglée. Les Hells Angels avaient une réputation à tenir, bon sang !

Les phares arrière d'une Mustang garée plus loin bipèrent, et Gareth vit le jeune homme en ouvrir la portière et s'y engouffrer.

Avant que le premier biker n'ait eu le temps de le rejoindre, la voiture fit un bond en avant, manquant d'écraser une jeune mère de famille qui traversait avec sa poussette à un passage piéton.

– Putain de taré, grogna Gareth qui tourna l'accélérateur de sa Harley.

Il passa devant ses comparses qui le regardèrent d'un air désolé.

–Ne le perds pas. Je t'en supplie, ne le perds pas ! l'implora Fiona.

Jamais de sa vie elle n'avait souhaité la mort de quelqu'un. Mais cette petite ordure avait voulu s'en prendre à son frère et allait en payer le prix.

La Mustang arriva à un croisement où, au mépris du danger, son conducteur doubla sur la file de droite. Si une voiture était arrivée en face, c'en était fini, et des innocents auraient été victimes de sa folie criminelle.

–Ce mec est malade ! hurla Fiona.

–Accroche-toi !

Gareth poussa derechef la manette et prit à son tour tous les risques. Surtout ne pas le perdre de vue. Le type était un as du volant. « Mais tu sais pas à qui tu as affaire, espèce d'ordure », se dit le biker en se mettant en mode Mad Max.

Ils traversèrent tout Santa Barbara et ce ne fut que par miracle qu'ils n'emboutirent personne.

Ils arrivaient sur l'embranchement de la voie rapide longeant les plages quand Fiona entendit un crissement de pneus assourdissant; un camion lui frôla le bras. Son cœur rata un battement. Elle venait d'échapper à l'horreur d'être écrasée sous les roues de ce mastodonte de plusieurs tonnes.

Heureusement, Gareth réagit avec un certain savoir-faire et évita le choc fatal. Il réussit à garder le contrôle de sa Harley tandis que la Mustang s'élançait sur la voie rapide et augmentait son avance. Mais le trafic se densifiait, ce qui serait plus problématique pour une voiture que pour une moto.

–On va l'avoir, dit Gareth entre ses dents.

Son niveau d'adrénaline était au maximum, et aussi périlleuse que soit cette course-poursuite, il adorait ça. La vie ne méritait d'être vécue que pour des moments comme celui-ci. Tout risquer sur un coup de tête. Et tant pis si la mort était au bout de la route.

– On y est presque, dit Fiona qui reprenait ses esprits.

Elle voyait encore le camion et ses énormes roues passer à quelques centimètres d'elle.

– Prends mon flingue. Dès que tu es près de lui, tu lui tires dans les pneus.

– Je n'ai jamais tiré.

– Il n'y a pas la sécurité, tu appuies sur la gâchette, c'est tout.

Fiona attrapa son arme et réalisa qu'elle tremblait.

– Je n'y arriverai jamais.

Elle croisa le regard du conducteur d'une voiture qu'ils étaient en train de doubler. L'homme avait l'air totalement effaré.

Nul doute que la police n'allait pas tarder à s'en mêler. Il fallait agir au plus vite.

« Papa gérera tout le bordel », se dit-elle.

Ils étaient presque dans les roues de la Mustang qui se mit à rouler en plein milieu de la route, puis freina brusquement. Gareth avait anticipé et s'était déporté sur la droite. Fiona ne perdit pas un instant et tira trois coups d'affilée dans les roues.

Un pneu éclata et le conducteur perdit le contrôle de la Mustang qui quitta la route pour basculer sur le terre-plein situé sur sa droite. C'était un moindre mal. Si elle avait atterri sur la voie d'en face, le carnage aurait été épouvantable.

L'airbag avait fonctionné et le garçon ne bougeait plus.

Gareth sauta de sa moto, reprit son pistolet et s'approcha de la Mustang.

– Chelsea, Chelsea, marmonna le « Prince charmant », bloqué entre son siège et l'airbag.

Il parlait dans le vide, l'air complètement hébété. Gareth ouvrit la portière et le sortit de la voiture sans ménagement. Avant qu'il ne reprenne pleinement ses esprits, il lui balança un coup de crosse dans la tempe, et il perdit vraiment connaissance.

Plusieurs voitures s'étaient arrêtées, mais toutes étaient aussitôt reparties à la vue du Beretta.

Cependant, un conducteur plus téméraire que les autres sortit d'une Lincoln Continental.

–Fiona ?

–Stanley ?

–Qu'est-ce qui se passe ?

–Tu crois que tu peux me rendre un grand service ?

–Tout ce que tu veux.

Elle avait couché plusieurs fois avec lui quand ils étaient encore au lycée. Depuis, il s'était marié et avait trois enfants à seulement vingt-cinq ans.

–On doit conduire ce type quelque part. Je peux compter sur toi ? demanda Gareth qui avait rangé son arme.

Le bruit pétaradant des motos annonça l'arrivée de la horde sauvage.

–Je ne suis pas trop sûr, hésita Stanley en réalisant la situation.

–Aide-nous et on te revaudra ça, dit Gareth. Le jour où tu auras un problème, tu pourras compter sur nous.

Toutes les motos s'étaient garées sur le bas-côté.

Stanley déglutit difficilement, mais accepta.

–D'accord.

Ils transportèrent le jeune homme jusqu'à la Lincoln et l'enfermèrent dans le coffre.

Gareth revint près de Fiona.

–Monte avec lui et dis-lui de nous suivre. On va au ranch.

–Non, je préfère le yacht. On n'a pas besoin de toute ta bande. Au contraire, on a intérêt à être discrets.

–Très bien, c'est moi qui te suis.

–Tu sais que je t'aime, toi, dit Fiona.

–Si seulement je pouvais te croire, répondit Gareth qui lui passa une main câline sur les fesses. Allez, faut pas traîner.

Ils redémarrèrent au moment où des sirènes de police se faisaient entendre dans le lointain.

- 50 -

– Alors ? demanda Nathan, debout devant la fenêtre de la chambre de Laura.

Fiona venait de l'appeler et il avait mis son smartphone sur haut-parleur.

– On l'a eu.

– C'est vrai ? se réjouit Laura.

– Oui, vous ne risquez plus rien.

Laura se serra très fort contre Nathan.

– Vous allez en faire quoi ? la questionna Nathan, surexcité.

– Ce qu'il faut pour qu'il ne parle pas. Mais je crois savoir qui est derrière tout ça.

– Comment ça ? Ils sont plusieurs ?

Laura fit la moue.

– C'est bien possible. Mais je ne peux rien te dire de plus. Tu peux dire à tous tes amis de venir ?

– Mes amis ? s'étonna Nathan.

– Oui, Peter, Keith, Sandy et cette Chelsea. La nouvelle copine de Keith, c'est ça ?

– Pas tout à fait, enfin, c'est compliqué, éluda-t-il.

– Je le crois aussi. Je t'attends sur le yacht. Laura n'est pas obligée de venir.

– Je veux venir ! cria-t-elle.

– D'accord, tu viens, mais tu dois promettre de ne rien dire à personne de ce que tu verras.

–Je l'ai déjà promis à Nathan, mais je peux vous le redire. Jamais je ne vous trahirai, et je ne saurai jamais comment vous remercier pour tout ce que vous avez fait.

Nathan aurait dû être totalement soulagé, et pourtant il sentait bien que quelque chose clochait. Fiona n'était pas dans son état normal. Elle lui cachait un truc. Était-ce si grave ?

–Fiona, il y a un problème ? s'inquiéta-t-il.

–Non, aucun, tout va bien se passer, mais comme tu le sais, je déteste qu'on tente de s'en prendre à toi. Appelle tes amis et rejoins-moi sur le yacht.

La façon sèche avec laquelle sa sœur raccrocha ne fit qu'accroître la perplexité de Nathan, qui se tourna vers Laura.

–Fiona me cache quelque chose.

–Tu crois que c'est grave ? Ça a un rapport avec moi ?

–Je ne pense pas. Ce que je ne comprends pas, c'est pourquoi elle veut voir tous mes amis.

–Peut-être que l'un d'eux est complice de ce type ?

Nathan secoua la tête. C'était tout bonnement impossible. Jamais aucun d'entre eux ne le trahirait. Jamais.

–Elle a aussi parlé de Chelsea. Qu'est-ce qu'on sait d'elle, après tout ? fit Laura.

Nathan regarda Laura. Évidemment ! Depuis le début, elle les menait en bateau. Mais dans quel but ? Pourquoi faire croire qu'elle s'était échouée sur la plage ? Cela n'avait aucun sens...

Il reprit son téléphone et fit ce qu'il avait à faire.

* * *

–Tu me promets de bien traiter Chelsea ? demanda Dodi.

–Je te le promets, même si je ne comprends pas ce que tu lui trouves, répondit Jason.

Ils se tenaient sous le porche de l'hacienda. Terence était au volant de sa McLaren et tout le reste de la famille s'était rassemblé pour dire au revoir à Dodi.

– Je ne le comprends pas moi-même, mais je le ressens au plus profond de moi. Un jour, elle te sera d'une grande aide, j'en suis persuadée.

– Je crois que c'est plutôt l'inverse.

– Justement, cela s'appelle l'équilibre cosmique. Un jour tu aides quelqu'un, un autre jour il te le rend.

– Si tu le dis.

Dodi lui prit ses mains dans les siennes.

– On va se revoir, je te le promets.

Jason sentit les larmes lui monter aux yeux et il serra les lèvres pour contenir son émotion.

– Je t'aime, Dodi.

– Je t'aime aussi, mon petit cœur. Tu embrasseras tes amis pour moi. Ils m'ont fait passer une des plus belles soirées de ma vie. Surtout, quoi qu'ils fassent, fais tout pour préserver cette amitié.

– C'est bien mon intention.

Dodi monta enfin dans la voiture. Lauren, Claire et Emily se resserrèrent.

– Elle va nous manquer à tous, dit Lauren.

Jason s'approcha de sa mère.

– On ira la voir en Inde ? demanda Emily de sa voix enfantine.

– Très bonne idée, approuva Claire. Depuis le temps que je rêve de visiter ce pays.

Un téléphone sonna. Jason s'excusa et se mit à l'écart, tandis que le Spider de Terence franchissait le large portail de l'hacienda, quittant leur petit paradis.

– Salut, Nathan.

– Jason, est-ce que tu peux venir tout de suite ?

– Pourquoi ?

– Fiona a mis la main sur le « Prince charmant ». Elle veut que tu sois là quand il va parler.

– C'est une très bonne nouvelle, mais là je suis un peu bloqué.

– Viens, c'est important pour moi. Tu verras.

Tu es où ?

– Ils sont sur le yacht, je suis en chemin. Viens avec Chelsea.

– Elle n'est pas avec moi, je l'ai laissée à l'appartement. Keith devait la rejoindre.

– D'accord, je l'appelle. À tout de suite.

Jason raccrocha et se retourna vers sa mère et ses sœurs.

– Je dois y aller, c'est Nathan, il a besoin de moi.

* * *

Dans un dernier coup de reins, Peter se répandit en Sandy, avant de s'allonger sur la couverture posée à même le sol de la cabane.

– Ça t'a plu ? lui demanda-t-il, essoufflé.

Sandy fit courir un doigt sur son torse humide de sueur. Rien à voir avec les deux autres garçons avec qui elle avait fait l'amour.

– À ton avis.

– Je crois que j'ai pas été mauvais.

Sandy eut un petit rire et bascula sur lui avant de l'embrasser à nouveau.

Ce n'était que la troisième fois de sa vie qu'elle se retrouvait nue sur un garçon, et pourtant cela lui semblait absolument naturel. Peter avait su s'y prendre pour la mettre à l'aise. Jamais elle n'aurait cru qu'une langue experte pouvait lui donner autant de frissons.

Elle avait essayé de lui rendre la pareille et à entendre les gémissements de Peter, elle pouvait penser qu'elle ne s'était pas trop mal débrouillée.

Mais quand il l'avait pénétrée, l'excitation avait atteint un tout autre niveau. Son corps s'était transformé en réceptacle de plaisir qui ondulait de muscle en muscle sans jamais vouloir s'arrêter.

Elle n'avait pu s'empêcher de se souvenir d'Edward, ce crétin maladroit qui l'avait dépucelée et lui avait fait hyper mal. Quel abruti ! Faire l'amour était un art, ou une danse sexuelle qu'il fallait savoir maîtriser au risque de blesser sa partenaire. Peter avait été parfait.

Nul ne pouvait mieux faire l'amour qu'un danseur.

– Il serait peut-être temps de s'entraîner maintenant, dit Peter en la regardant droit dans les yeux.

– Tu plaisantes, on remet ça tout de suite ! dit Sandy qui s'écarta de lui pour caresser son sexe endormi.

Peter eut un petit rire et se dégagea.

– Sandy, il faut toujours rester sur une bonne impression, et surtout être frustré. L'amour n'est qu'une longue suite de frustrations. Si tu es rassasiée, tu te lasses, et si tu te lasses, tu me quittes.

– Jamais je ne te quitterai.

– Arrête, dit Peter qui attrapa son boxer. Quand tu seras danseuse étoile, tu ne me regarderas même plus.

– Tu deviendras une star bien avant moi.

Sandy s'assit sur la couverture. Les volets de la cabane étaient fermés. C'est elle qui y avait tenu, contre l'avis de Peter qui lui avait assuré que jamais personne ne passait par là.

Mais au-delà de la crainte de se sentir épiée, elle préférait faire l'amour dans la pénombre. Son problème avec son propre corps et sa nudité n'était pas totalement réglé.

Un téléphone sonna.

– C'est le tien, dit Peter.

Sandy regarda qui l'appelait. Nathan.

– Allô ?

– Sandy, je te dérange ?

– Un petit peu, je fais une balade dans les bois avec mes parents, mais je t'écoute, dit-elle en faisant un clin d'œil à son amant qui enfilait son pantalon.

– Il faut que tu me rejoignes au yacht.

– Quoi ?

–Fiona a capturé le « Prince charmant ». Elle veut que tu sois présente quand il parlera.

–Et pourquoi ça ?

–Je ne sais pas. Mais elle y tient beaucoup.

–Écoute, ça ne va pas être possible. En fait je suis avec Peter, on s'entraîne pour le concours.

–Menteuse, chuchota Peter qui bouclait sa ceinture.

Sandy lui tira la langue.

–C'est très important. S'il te plaît, insista Nathan.

–Je vais faire au mieux. Je t'embrasse.

–Sandy, je te sens bizarre. Tu as bu ?

–Non, mais c'est tout comme. Je t'expliquerai.

Elle raccrocha et Peter lui demanda :

–Tu lui expliqueras quoi ?

–Que je suis dingue de toi !

Et elle se jeta à nouveau dans ses bras.

* * *

–J'adore déjeuner en décalé. Je déteste quand il y a trop de monde, dit Keith.

Il était près de 15 heures et ils étaient installés à la terrasse de la pizzeria où ils avaient prévu de venir dîner la veille, avant que Jason ne les convainque de venir à sa soirée sur la plage.

–Et moi j'adore cette vue, déclara Chelsea.

Sur la plage, des barres de sport avaient été installées et de nombreux jeunes hommes s'adonnaient à toutes sortes d'exercices mettant en valeur chacun de leurs muscles, particulièrement leurs abdominaux et leurs biceps.

–De la gonflette, dit Keith.

–Jaloux.

–Non, réaliste, rien de mieux que ça, dit-il en montrant ses propres biceps.

Chelsea eut un petit rire.

–T'es bête.

–Je sais.

Il n'en revenait pas de sa chance. Il avait face à lui la perle rare. La femme que tout le monde rêvait d'avoir. Jason et Nathan pouvaient garder leurs millions, c'était lui le plus heureux de tous.

–Arrête de me regarder comme ça, minauda Chelsea.

–Pourquoi ?

–J'ai l'impression que tu vas me manger.

–J'en serais bien capable.

Chelsea reporta son attention sur sa pizza dont elle découpa une large tranche, qu'elle enfourna d'un seul coup dans sa bouche.

–Je te plais toujours autant, marmonna-t-elle en parlant la bouche pleine, sans cesser de mastiquer avec énergie.

–Tu ne me dégoûteras jamais.

Il coupa à son tour une part encore plus large, qu'il mit d'un bloc dans sa bouche.

–Je ne pourrais pas te retourner le compliment. Tu ressembles à un hamster géant !

La part était tellement grosse que Keith parvint péniblement à tout avaler, et dut s'aider de plusieurs gorgées de Coca.

–Tu te sens comment ? lui demanda-t-il en redevenant enfin sérieux.

–Comme une fille qui vient d'apprendre qu'elle est une arnaqueuse.

–Ne dis pas ça. On ne sait rien sur toi.

–Et comment tu expliques les milliers de dollars trouvés dans mon coffre ? dit-elle un ton plus bas.

–Je te l'ai dit hier, tu es une agent du FBI ou de la CIA. Tu as infiltré le milieu.

–J'aimerais te croire. Mais non, je suis une arnaqueuse, c'est comme ça.

Le téléphone de Keith sonna. C'était Nathan.

–Allô ?

–Salut Keith, tu es avec Chelsea ?

–Oui, elle est en face de moi. Tu veux lui parler ?

–Non, en fait si, mais pas ici. Il faut que vous me rejoigniez au yacht.

Ça tombe mal. On est en train de manger au Vesuvio.

–Keith, je suis désolé, mais c'est urgent. Je te rembourserai le repas, mais est-ce que vous pouvez venir tout de suite ? On a capturé le « Prince charmant ».

–Comment ça, capturé ?

–Rejoins-moi, je t'expliquerai tout.

–Tu m'inquiètes. Tu n'as pas fait de conneries, j'espère ?

–Non, du moins je ne crois pas. Tu peux venir maintenant ?

–On arrive.

Il raccrocha et soupira.

–Qu'est-ce qu'il se passe ? demanda Chelsea.

–Nathan a capturé le « Prince charmant », le type qui faisait chanter sa petite amie. Il veut qu'on le rejoigne. Mais tu peux rester si tu veux, j'irai tout seul.

–Hors de question. On est deux, maintenant.

- 51 -

Nathan se gara sur le parking de la marina et coupa le contact.

– Tu es sûre que tu veux venir ? demanda-t-il une dernière fois à Laura.

C'était peut-être stupide, mais il n'avait pas envie qu'elle le voie. Si le « Prince charmant » était fou d'elle, pourquoi lui donner satisfaction ? Il valait mieux, au contraire, le frustrer de sa présence.

– Oui, je veux voir à quoi il ressemble. D'ailleurs, peut-être que je le connais.

Il sentait sa colère, mais aussi sa peur.

– Alors allons-y.

Ils descendirent de sa Ferrari. De nombreux bateaux étaient déjà en mer, d'autres se préparaient à prendre le large. Mais un seul attirait l'attention tant il était majestueux : l'*Ocean's Pearl*.

– C'est celui-là, indiqua-t-il.

– Dis donc, tu ne t'embêtes pas. Il est énorme !

– À mon image, quoi !

– Oui, magnifique et puissant, rectifia Laura qui lui prit la main.

Nathan la saisit et ne put s'empêcher de rougir. Il n'avait jamais eu l'occasion de sortir en public accompagné d'une fille aussi jolie que Laura. Tellement gracieuse, et si sensuelle.

–Ma princesse à moi, lui souffla-t-il, se sentant fier d'avoir su conquérir son cœur.

Ils montèrent sur la passerelle arrière. *When we stand together* de Nickelback s'échappait par les portes du salon du premier niveau.

Ils avancèrent et découvrirent un tableau impressionnant. Fiona, Gareth et un type ligoté à une chaise, la tête inclinée sur le torse. Il devait avoir entre vingt-cinq et trente ans.

–Bonjour, marmonna Laura, troublée par la scène.

Elle avait l'impression glaçante de débarquer en plein tournage d'un film de Tarantino.

–Bonjour, Laura. Alors comme ça c'est toi qui as ravi le cœur de ce jeune homme, dit Gareth de sa voix suave.

–Oui, répondit-elle toute intimidée.

Sa façon de parler et de se tenir détonnait totalement avec son look de motard et ses nombreux tatouages.

–Je te présente l'ordure qui vous a maltraités. Le « Prince charmant » ! Ou plutôt le prince sanglant, ironisa Gareth en redressant le visage tuméfié du garçon.

Des croûtes de sang avaient séché sur son arcade sourcilière gauche.

–Qu'est-ce que vous lui avez fait ? demanda Nathan, horrifié.

–Rien, on a simplement dû le maîtriser pour l'emmener jusqu'ici. On vous attendait pour le réveiller, expliqua Fiona. Vous avez soif ?

Nathan avait la gorge sèche et malgré le sordide de la situation, il répondit :

–Je veux bien un Coca, s'il te plaît.

–Et ?

–Une bière, si vous avez.

–Bien sûr.

Nathan regarda Laura d'un air stupéfait. Il n'aurait jamais imaginé qu'elle buvait de l'alcool.

–Quoi ? J'ai le droit, non ? se défendit Laura.

–Tout le monde boit de la bière, déclara Gareth. Ça devrait être obligatoire à tous les repas. File-m'en une aussi.

Fiona en sortit trois du frigo installé sous le bar, plus un Coca.

–Tes amis vont arriver ? demanda-t-elle en lui tendant sa canette.

–Oui, Sandy risque d'être un peu en retard. Elle s'entraîne pour son concours.

–Pas grave, ce sont surtout Keith, Jason et « Chelsea » que je veux voir.

–Mais pourquoi ?

–Sois patient, tu vas tout comprendre.

Ils entendirent des pas se rapprocher sur le ponton, et très vite Jason apparut dans l'encadrement de la porte du salon.

–Salut, Nathan, Fiona, Laura, et...

Gareth s'avança et lui tendit la main.

–Gareth. Tu es Jason ou Keith ?

–Jason, se présenta-t-il en lui serrant la main.

Une poigne extrêmement ferme. Mais loin de se laisser impressionner, il appuya tout aussi fort avant de relâcher la main du biker.

–Je suppose que c'est lui, le « Prince charmant » ? dit-il en s'approchant de l'homme encore endormi.

–Fine déduction, ironisa Gareth.

Le jeune homme bougea légèrement et poussa un petit râle.

–Il revient à lui, dit Nathan qui recula malgré lui.

–Dommage, il aurait pu attendre que tout le monde soit là, se désola Gareth qui se tourna vers Fiona : Tu veux que je le rendorme ?

–Non, ça va aller. Ils ne vont pas tarder.

Plus personne ne parla et ils s'installèrent tous face à lui, canette ou bouteille à la main.

–Qu'est-ce que je fais là ? Qu'est-ce que vous me voulez ? bredouilla le captif.

– Tu sais très bien pourquoi tu es ici. On attend que tu passes aux aveux. Fiona, tu filmes ? dit Gareth.

– J'en loupe pas une seconde.

Elle avait sorti un caméscope et l'avait posé sur un pied

– Je comprends rien à ce que vous dites.

– Tu ne reconnais pas cette jeune fille et son petit ami ? demanda Gareth en désignant Laura et Nathan.

– De quoi vous parlez ? Libérez-moi ou je hurle !

Gareth s'approcha et lui envoya une gifle qui lui rouvrit la lèvre. Une gerbe de sang gicla sur le sol.

– Arrête de faire l'idiot, si tu ne veux pas t'en prendre une autre. Réponds juste à la question : est-ce que tu reconnais ces deux jeunes gens ?

– Non, je ne les ai jamais vus de ma vie.

– À croire que tu es maso.

Cette fois ce fut un coup de poing en plein thorax qui laissa le captif sans souffle, les yeux exorbités.

– Ce n'est peut-être pas lui, dit timidement Laura. Vous vous êtes peut-être trompés.

– Non, c'est lui. Il n'y a aucun doute là-dessus. Il a fui dès que nous sommes entrés dans le cybercafé. Il savait que nous venions pour lui, assura Fiona.

– Bien sûr que j'ai fui. Dès que le type a sorti son arme, j'ai pris peur, c'est normal. Je ne voulais pas prendre une balle perdue, se justifia le jeune homme.

– Qu'est-ce qui s'est passé au juste dans le cybercafé ? s'inquiéta Laura.

– Je t'expliquerai mais il n'y a pas de doute, c'est bien ton « Prince charmant ».

– Je suis innocent. Je vous jure que je ne vous connais pas, pleurnicha le jeune homme.

Nathan regarda Laura et ne sut quoi penser. Il paraissait tellement sincère.

– Je vous en prie, je n'ai rien fait, vous faites erreur.

Il se remit à pleurer comme un enfant.

– Vous êtes certains que c'est lui ? demanda Jason qui commençait à douter.

–Je crois bien, dit Gareth qui à son tour n'était plus très sûr de lui.

–J'ai rien fait, je vous le jure.

Les regards se baissèrent. Et s'ils avaient fait fausse route ? Et alors que le doute s'installait, une voix surgit de l'entrée du salon :

–Ne jure pas, espèce d'ordure ! s'exclama Chelsea.

Tout le monde se retourna.

–Chelsea ? s'étonna Nathan.

Sans répondre, elle s'approcha du prisonnier et, se penchant sur lui, le regarda bien en face.

–Salut, Liam Dupré ! dit-elle d'un ton plein de rage.

Ainsi, c'était lui le « Prince charmant » ! Cette ordure de petit arnaqueur. L'homme de ses souvenirs. Celui qui l'avait frappée avec une batte de baseball sur la plage, celui qui lui avait dit à la terrasse d'un café que « tout se passait comme prévu ».

–Qu'est-ce que tu fous ici ? s'étonna Liam.

–Qu'est-ce que je fous ? Je rétablis la vérité.

Chelsea se sentait sur le point de devenir folle. Même si aucun souvenir ne lui revenait, elle comprenait tout. Et elle se détesta pour cela. Dodi avait eu tort. Elle était une garce, une véritable garce !

–Chelsea, pourquoi tu fais ça ? Ils t'ont payée ! J'étais sûr que c'était toi qui m'avais trahi ! Espèce de sale pute !

Et il lui cracha au visage.

La gifle partit toute seule et rouvrit la blessure à la lèvre.

–Personne ne m'a payée, sale connard...

Et alors qu'elle allait le gifler une nouvelle fois, elle se sentit défaillir et sa vision se brouilla.

« Pas maintenant, laissez-moi lui faire la peau... » Mais les souvenirs jaillirent. Comme les autres fois, mais en beaucoup plus violent. Des dizaines, des centaines de souvenirs qui revenaient dans un flot ininterrompu d'images se superposant les unes aux autres, sans logique, comme un torrent fougueux qui se déverserait dans son cerveau après l'effondrement d'un barrage.

Chelsea perdit l'équilibre et tomba au sol sans ressentir aucune douleur, tant le chaos était immense dans sa tête.

Elle essaya en vain de se focaliser sur l'un de ses souvenirs. Elle squattait une villa à Malibu, dont le propriétaire était absent. Elle était avec un gang de filles et riait aux éclats. Elle était dans la rue et vomissait toutes ses tripes. Elle tenait un pistolet et tirait sur des bouteilles en verre. Elle sautait en parachute d'un avion au-dessus des montagnes du Colorado. Elle braquait une épicerie, mais aussi un magasin de chaussures, un glacier et toutes sortes de commerces, seule ou avec d'autres filles.

Elle vit défiler toute sa carrière de délinquante. Jamais de meurtres, mais des vols et des braquages à travers tous les États-Unis. Jamais attrapée. Des dizaines de passeports à son nom. Une vraie dure.

Et elle réalisa deux choses.

La première, c'était que tous ces souvenirs ne remontaient pas plus loin que ses seize ans. Rien avant. Pas un seul. Hormis l'image de la femme ensanglantée et celle de son chien mort dans ses bras.

La seconde, c'était que jamais elle n'avait aimé. Tous les hommes qui avaient croisé sa route n'avaient fait que servir ses intérêts. Elle se vit faire l'amour avec une fille. Pas mieux. Aucune émotion. Totalement incapable d'aimer. Son seul plaisir, c'était de monter des coups et des arnaques. Rien d'autre.

Le retour de la « vraie » Chelsea la mettait au supplice.

– Je ne suis pas comme ça, marmonna-t-elle en pleurs, recroquevillée dans un coin du salon.

C'était atroce, absolument terrible. Rien à voir avec l'image qu'elle avait d'elle-même.

« Je ne suis pas cette fille ! » se dit-elle tremblante, alors qu'une autre voix répondait « Mais bien sûr que si ! »

Le silence régnait et plus personne ne bougeait. Tous étaient sous le choc de la réaction de Chelsea. Mais Keith se ressaisit le premier et s'approcha d'elle :

–Chelsea, qu'est-ce qui se passe ?

–Laissez tomber, cette fille est folle ! dit Liam qui avait compris qu'il ne servait plus à rien de nier. Je vais tout vous dire, mais éloignez-la de moi.

–Parle ! tonna Gareth, pas certain de comprendre tout ce qui se jouait devant lui.

–C'est elle qui a tout manigancé. Elle avait repéré un garçon plein aux as qui ne s'était jamais tapé une seule fille. Un gros lard dont personne ne voudrait jamais.

Fiona eut un sourire cruel et lui balança une claque encore plus violente que celle de Chelsea.

–Parle encore de mon frère comme ça et je te castre.

–C'est Chelsea qui parlait de lui comme ça.

Liam continua son récit.

Il avait rencontré Chelsea six mois plus tôt, grâce à une relation commune. Elle connaissait son passé et lui avait promis beaucoup d'argent s'il lui enseignait sa méthode pour « arnaquer les cœurs à prendre ».

Incapable d'aimer, elle savait qu'elle n'arriverait pas non plus à donner l'illusion à quiconque qu'elle était amoureuse. Elle lui avait promis deux cent mille dollars s'il l'aidait à tout faire pour que Nathan Harper tombe amoureux d'elle.

Outre le fait d'être un bourreau des cœurs, Liam se targuait d'être un expert en informatique. Et après avoir hacké tous les comptes personnels de Nathan, il avait vite compris que la mission que lui avait assignée Chelsea s'annonçait complexe. Car Nathan était terriblement amoureux de Laura et totalement insensible au genre mannequin et bimbo. Ils allaient devoir agir avec ruse et habileté, et prendre leur temps.

Ils avaient loué une maison en face de celle de Laura, installé des caméras de surveillance et commencé à l'espionner.

C'est là qu'ils avaient créé le « Prince charmant », espérant que Laura tombe sous son charme et ignore

Nathan. Ce qui aurait laissé le temps à Chelsea d'entrer dans la vie de Nathan.

Jamais ils n'auraient pensé que Nathan ait le courage d'inviter Laura à l'accompagner au bal. Mais ils s'étaient trompés et, quand ils les avaient vus partir vers la plage, ils avaient compris que tout allait se jouer dans la soirée.

–On avait souvent vu Laura aller dans ce coin. On savait que cet endroit lui plaisait, continua Liam. Alors Chelsea a eu l'idée de la mise en scène : elle jouerait la fille échouée, victime d'une tentative d'assassinat, et avec un peu de chance Nathan aurait l'impression de l'avoir sauvée... Pas le plan du siècle, mais si Chelsea est très forte pour les braquages, pour les histoires d'amour... c'est pas son truc.

Depuis un moment, Chelsea s'était arrêtée de pleurer et, assise dans son coin, elle écoutait Liam sans réagir. Peter et Sandy étaient enfin arrivés et écoutaient silencieusement toutes ces révélations.

–Bref, on a foncé comme des malades vers la crique préférée de Laura. Chelsea s'est trempée dans l'eau, puis s'est roulée dans le sable et m'a demandé de la frapper très fort à la tête. J'ai pas hésité. J'ai frappé aussi fort que je le pouvais, juste au moment où Nathan et Laura arrivaient. J'ai cru qu'ils m'avaient repéré, mais ils étaient tellement amoureux qu'ils ne m'ont pas vu disparaître pour me cacher et les prendre en photo.

Liam soupira et ajouta :

–Voilà, c'est tout. Chelsea devait me contacter tous les jours pour me tenir au courant, mais elle ne l'a pas fait. Je suppose que tu comptais me doubler ? dit-il en la regardant droit dans les yeux. Et c'est ce que tu as fait, n'est-ce pas ?

Le torrent de souvenirs s'était finalement tari et Chelsea se sentait capable de reprendre le dessus. Quand elle rouvrit les yeux, tous les regards étaient tournés vers elle. Et elle y lut de la peur.

–Non, j'avais perdu la mémoire.

Son visage était souillé de rimmel mêlé aux larmes qui avaient coulé sur ses joues.

Liam la regarda sans comprendre, puis explosa de rire.

–Et tu t'imagines qu'ils vont te croire? dit-il en désignant l'assemblée.

–Moi, je la crois, riposta Sandy. Par contre, toi, je ne crois pas un traître mot de ce que tu racontes.

–Chelsea, dis-leur qu'on formait une équipe ! Arrête de mentir, merde !

Les regards se portèrent de nouveau sur Chelsea. Elle semblait comme possédée. Son visage affichait une dureté qu'ils n'y avaient jamais lue jusqu'à présent. Et dont, à vrai dire, nul ne la croyait capable.

–Il a raison. C'était bien le plan, dit-elle d'une voix sourde en se redressant.

Gareth sortit son arme et la braqua sur elle :

–C'est donc toi qui es la responsable de toute cette histoire?

–On peut dire ça comme ça, dit-elle d'un ton froid.

Keith n'en revenait pas. C'était impossible. Pas Chelsea. À quoi jouait-elle ? Était-ce une forme de suicide?

–Je n'y crois pas. Je veux dire, il t'a obligée, il a fait pression sur toi !

–Certainement pas! C'est elle qui a eu cette idée de merde, réagit Liam.

Tout comme Keith, Sandy n'y croyait pas une seconde.

–Bien essayé, mais on connaît Chelsea. Elle n'est pas tordue comme toi !

De son côté, Nathan tenait la main de Laura et ne savait quoi penser. Était-il possible que Chelsea ait été d'accord pour monter ce piège immonde ? Et dire qu'il avait tout fait pour la sauver !

–Dis-leur que c'est toi. Je croyais que tu assumais tout ce que tu faisais, la provoqua Liam.

Lorsque Chelsea s'avança, Keith se dit que même sa démarche avait changé.

– Et c'est le cas, dit-elle. C'est moi le cerveau, et cet abruti est mon complice. Je suis désolée, Nathan, mais tu as bien trop d'argent pour toi tout seul. Je ne pouvais pas passer à côté.

– Mais pourquoi ? Ça ne t'a pas gênée de te foutre de nous durant ces deux jours ?

Il était effondré. Il se sentait trahi, sali au plus profond de lui-même.

– C'est triste à dire, mais je crois que non, cela ne m'aurait pas gênée du tout de vous mentir. Pour te dire la vérité, ce n'est pas moi que vous avez vue durant ces deux jours, mais une fille sans mémoire qui n'avait plus aucun repère.

La bataille était perdue d'avance. La Chelsea qui avait possédé ce corps durant des années avait étouffé la Chelsea candide, joviale et amoureuse que tous avaient aimée, mais qui n'avait vécu que l'espace de deux jours.

Maintenant que ses souvenirs récents lui étaient revenus en mémoire, sa vraie personnalité reprenait le dessus.

– Tu veux dire que tu as vraiment été amnésique? s'étonna Jason.

Pour le coup, lui qui n'avait jamais eu confiance en elle se sentait rassuré sur son jugement. Mais il s'en voulait d'avoir fait confiance à ses amis. Cette fille était dangereuse et aurait pu tous les tuer.

– Malheureusement, oui. C'est en voyant cette face de rat que tout m'est revenu. Je ne suis pas une gentille fille, loin de là. Alors, je vais vous dire ce qu'il va se passer à présent.

– Tu ne vas rien dire du tout. On va appeler la police et ils vont vous arrêter ! fulmina Fiona.

– La police ? ricana Chelsea qui se tourna vers Gareth. Toi, tu es un des Hells Angels de Wild Ranch, n'est-ce pas ?

– Comment tu sais ça ?

– Je sais tout. Et vu que Fiona t'appelle Gareth, je suppose que ta petite sœur s'appelle Solène.

–Ne prononce pas son nom, espèce de garce.

Il lui braqua son pistolet sous le nez et était à deux doigts de tirer.

Personne ne bougeait dans le salon. Fiona eut alors un déclic.

–On s'est déjà vues, n'est-ce pas ?

Chelsea eut un sourire amer.

–Oui, je t'ai approchée à une soirée, il y a quelques semaines. Je me disais que si je devenais ta meilleure amie, je pourrais rencontrer Nathan et lui faire du charme très facilement. Mais tu m'as envoyée chier !

Fiona se souvenait maintenant parfaitement de ce moment. C'était dans une boîte de nuit. La fille était hyper maquillée et atrocement vulgaire.

–Les filles comme toi, je les renifle à dix kilomètres. Tu m'as posé trop de questions sur lui. J'ai tout de suite compris. Tu n'es qu'une pute à fric !

Fiona revit Nathan lui montrer une photo de Chelsea, la veille, ici même. Si seulement elle avait fait le rapprochement plus tôt !

–Je vous en prie, ne l'énervez pas. Vous ne savez pas de quoi elle est capable ! supplia Liam, toujours attaché sur son fauteuil.

–Pourquoi ? Tu crois qu'elle nous fait peur ? s'indigna Gareth, qui détourna son regard de Chelsea pendant une seconde.

Une seconde qu'elle mit à profit avec toute l'expérience acquise lors de ses années de cavale. D'un geste que le biker ne vit pas venir, elle lui envoya brusquement son genou dans l'entrejambe. Il lâcha son arme et avant qu'elle ne touche le sol, Chelsea l'avait récupérée et la braquait désormais sur lui, un sourire sarcastique sur les lèvres.

–Je vous avais prévenus, dit Liam en retrouvant le sourire.

–Bon, tout le monde se calme, je vais me tirer, fit Chelsea. Mais d'abord, vous le détachez et vous le laissez partir.

Soudain, des sentiments incongrus l'envahirent. Elle prit conscience qu'elle détestait voir tous ces regards stupéfaits et pleins d'incompréhension. Toutes ces personnes avec qui elle avait passé des moments merveilleux. Ils lui avaient sauvé la vie...

« Ce n'est pas toi qui as connu ça, mais une autre... », se dit-elle alors qu'une petite voix qui ne voulait pas mourir se mit à hurler en elle : « Tu n'es plus la même, tu peux être heureuse ! »

Keith avait détaché Liam qui se leva en se massant les poignets.

– Tu as vu comment j'ai détourné l'attention de ce connard ! dit Liam à Chelsea en désignant Gareth.

Ce dernier ne bougeait plus, le canon de sa propre arme pointé sur sa tête.

– Au plaisir de ne jamais vous revoir ! Quant à toi, Chelsea, merci quand même et... qui sait ? salua-t-il avant de filer vers le ponton.

Dès que Liam eut disparu, Keith s'approcha de Chelsea, les mains en l'air.

– Regarde-moi et ose me dire que tout ce qui s'est passé entre nous n'était que du vent.

Chelsea se sentait désemparée. Jamais elle n'était tombée amoureuse, et même si elle était redevenue la jeune fille froide et imperméable aux sentiments qu'elle avait toujours été, elle avait encore en elle les souvenirs magnifiques des deux derniers jours.

Son réveil sur ce bateau, le shopping avec Sandy, la balade en vélo avec Keith, la soirée sur la plage avec Dodi, sans oublier le sexe avec Keith. Oui, cela avait été comme un doux rêve... mais justement, ce n'était qu'un rêve, rien de tout cela ne lui appartenait. C'était une autre qui l'avait vécu, et cette autre venait de mourir.

« Non, je suis là ! J'aime ces gens, ce sont mes amis, ne les trahis pas ! Laisse-moi vivre ! Laisse-moi être heureuse ! »

Chelsea serra les dents et se sentit vaciller, mais se reprit aussitôt en voyant Gareth prêt à profiter de sa moindre faiblesse. Elle lui fit un signe, et il se figea.

– Tu doutes, intervint Keith. Je comprends que tu sois perturbée, on le serait à moins, mais tu peux changer, tu dois changer, et je suis là pour toi.

Chelsea fit taire la petite voix qui la suppliait de ne rien oublier de ces deux journées.

– Personne ne change jamais. Je suis ce que je suis. Malheureusement.

– Non, je t'aime !

Comme c'était romanesque. Le pauvre garçon, tombé amoureux de la fille qu'il ne fallait pas aimer. Très mélodramatique, s'en amusa-t-elle.

– Tu ne m'aimes pas, tu ne me connais pas, tu ne sais ni qui je suis, ni ce que j'ai fait.

– Je me moque de ce qu'a pu faire l'ancienne Chelsea. Celle qui m'intéresse, c'est la nouvelle Chelsea. Écoute-la, je suis sûr qu'elle est encore en toi.

Tiraillée entre tant d'émotions contradictoires, Chelsea réalisa qu'elle avait envie de pleurer. C'était n'importe quoi ! Son cœur s'emballait. Qu'est-ce que c'était que cette sensation ? Elle sentit ses yeux piquer. Elle qui ne pleurait jamais !

Et si Keith avait raison ? Et si on pouvait réellement changer ? Et si elle avait droit à l'amour ? Et si...

– C'est une garce, elle ne changera jamais ! éclata Fiona d'un ton péremptoire.

Chelsea prit la sentence comme un coup de fouet et oublia ses doutes.

– Tu as raison. C'est ce que je suis.

– Qu'est-ce qu'on fait maintenant ? Tu crois que tu peux t'en tirer comme ça ? dit Gareth.

– Oui. Je vais partir et vous n'entendrez plus jamais parler de moi.

– On se reverra, je te le promets.

–Si on se revoit, je serai beaucoup moins gentille, Gareth. Pense à Solène.

Elle recula encore d'un pas, son arme toujours braquée devant elle, puis sortit du salon, un petit sourire narquois aux lèvres.

C'est alors que Sandy remarqua une photo qui était tombée par terre, à l'endroit où Chelsea s'était recroquevillée un instant auparavant. Elle s'en empara et n'en crut pas ses yeux.

–Nom de Dieu ! cria-t-elle.

–Qu'est-ce qui se passe ? demanda Jason.

–Je vous expliquerai plus tard, dit Sandy qui partit comme une flèche du salon.

Arrivée sur le pont du yacht, elle sauta rapidement à terre. Chelsea était déjà sur le parking et s'éloignait en courant.

–Chelsea, attends-moi ! hurla Sandy.

Et, prenant tous les risques, elle courut à sa poursuite.

Réalisant qu'il y avait trop de témoins et que les cris de Sandy risquaient d'attirer l'attention, Chelsea préféra s'arrêter et l'attendre.

–Qu'est-ce que tu veux ? Tu n'as pas compris que je ne suis pas ton amie ?

Sandy détesta l'entendre dire ça, mais ne céda pas.

–Regarde cette photo. Dis-moi comment s'appelle cette fille.

–Comment tu as eu ça ? C'est la seule photo que j'aie de mon enfance.

–Alors donne-moi le nom de cette fille !

–Tu es sourde ou tu le fais exprès ? C'est moi, Chelsea !

Et soudain sa vision devint floue.

–Maman, c'est encore loin ? s'impatienta Maïa en serrant Max, son nounours, dans ses bras.

La voiture roulait le long du fleuve Hudson depuis plus d'une heure.

–Non, on y est presque, répondit Milena, les mains sur le volant.

Milena ne s'était jamais sentie aussi heureuse de sa vie. Pourtant, tout le monde lui avait dit que c'était une folie que de suivre un Américain et de quitter la mère-patrie. Mais elle n'avait écouté que son cœur, et pas un seul jour elle n'avait regretté sa décision. Encore moins depuis la naissance de Maïa. Si l'amour qu'elle portait à Jack était immense, celui qu'elle avait pour sa fille n'avait pas de limite.

–Tu crois que mamie m'aura préparé une surprise ? demanda Maïa.

Elles avaient quitté New York pour aller passer le week-end dans la maison familiale des parents de Jack, qui n'avait pu se libérer mais les rejoindrait dans la soirée.

–Si c'est le cas, ne compte pas sur moi pour te le dire, sinon ce ne serait plus une surprise.

Maïa prit son petit air espiègle.

–Je ferai semblant, ça sera notre petit secret.

Milena ne put réprimer un éclat de rire. Non, jamais elle ne regretterait d'avoir quitté la Russie…

Soudain, elle n'arriva plus à contrôler le véhicule. La direction ne marchait plus. La voiture quitta la route et dévia sur la gauche. Pas de barrière de sécurité. Milena avait freiné de toutes ses forces, mais la Ford avait basculé dans le fossé et était partie en tonneaux.

Maïa se mit à crier. Milena ne mettait jamais sa ceinture de sécurité et son visage était allé frapper contre le pare-brise pendant que la voiture continuait ses tonneaux pour finir par tomber dans les eaux du fleuve. La scène semblait à la fois se dérouler au ralenti mais ne durer qu'une fraction de seconde.

Assise à l'arrière et maintenue par sa ceinture, Maïa était terrifiée.

–Maman, maman ! hurla-t-elle alors que la voiture s'enfonçait dans l'Hudson.

Mais Milena ne bougeait plus. Tandis que l'eau commençait à s'infiltrer dans l'habitacle, Maïa se détacha et, se faufilant entre les sièges, se retrouva à l'avant. Sa mère avait le visage en sang, le regard vitreux.

– Maïa, sauve-toi, sauve-toi ! parvint-elle à articuler avant de sombrer dans l'inconscience.

– Non ! Maman, réveille-toi !

Maïa était en larmes. Ce n'était pas possible, elle devait se réveiller. L'eau glacée rentrait par tous les interstices.

Une silhouette apparut derrière une vitre. Il y eut un bruit sourd. L'homme avait cassé une vitre. L'eau s'engouffra en trombes et la petite Maïa hurlait de toutes ses forces. Une main lui saisit le bras et la tira en arrière, vers l'extérieur du véhicule immergé.

– Maman, maman !

Mais l'eau avait rempli presque tout l'habitacle, et formait un linceul autour de la voiture.

Chelsea rouvrit des yeux pleins de larmes. Elle était assise sur le parvis de la marina. Sandy l'avait attrapée avant qu'elle ne s'effondre.

Tout était clair à présent. Et tellement atroce. Elle revoyait sa mère mourir sous ses yeux. Si seulement elle avait été plus grande et plus forte ! Elle aurait pu la sauver.

Sandy s'assit face à elle. Chelsea la détestait de lui avoir fait revivre un tel cauchemar. Mais s'obligeant à ne pas montrer ses failles, elle s'essuya les yeux et la regarda d'un air morne.

– Va-t'en.

– Non. Je sais qui tu es. Tu t'appelles Maïa.

C'était le prénom que Chelsea avait entendu sa mère prononcer avant de perdre connaissance. Le visage couvert de sang.

Un flot de colère l'envahit. Elle attrapa Sandy par l'encolure de son T-shirt.

– Comment tu sais ça ? Comment tu le sais ? hurla-t-elle.

Autour d'elles, les promeneurs s'éloignèrent. Malgré la haine qu'elle lisait dans le regard de son amie, Sandy ne se démonta pas :

–Ton père vit dans cette ville. Il te croit morte dans un accident de voiture.

Son père était à Santa Barbara ?

–Tu mens. S'il était en vie, il m'aurait recherchée.

–Il croit que tu t'es noyée. On n'a jamais retrouvé ton corps, et pour cause ! Il vit au 1431 Lavista Road. Il s'appelle Jack Weston. Vas-y, je t'en prie. Ne perds pas une minute.

En arrière-plan, Chelsea aperçut alors Nathan, Laura, Fiona, Keith, Jason, Peter et Gareth qui les observaient depuis le pont de l'*Ocean's Pearl.*

Ils allaient appeler la police.

–C'est un piège, c'est ça ?

–Non. Je te le jure sur tout ce que j'ai de plus précieux.

–Pourquoi tu me fais ça ?

–Parce que je suis ton amie et que je veux ton bonheur. Va au 1431 Lavista Road, je t'en supplie. Fais-le au nom de notre amitié.

Chelsea ferma les yeux et se reprit.

–Non, bien essayé, mais c'est raté.

Elle fit demi-tour et se remit à courir. Elle ne tarda pas à disparaître dans la foule qui déambulait sur la marina.

Sandy se sentait complètement vidée. Elle était certaine qu'il s'en serait fallu de peu pour que Chelsea revienne du côté de la lumière.

L'âme déchirée, elle retourna au bateau et retrouva ses amis.

Ils rentrèrent dans le salon, laissant la tension s'évaporer peu à peu.

Jason sortit du frigo toutes les bières qu'il y trouva et les distribua avant de s'en prendre une.

–La bonne nouvelle, c'est qu'on est encore tous en vie, se réjouit-il.

–Tais-toi, s'il te plaît, implora Keith, le cœur brisé.

- 52 -

–À Sandy ! À notre nouvelle star ! dit Jason en portant un toast.

Tout le monde s'était donné rendez-vous dans son appartement pour fêter la victoire de Peter et Sandy. Une soirée incroyable qui leur avait presque fait oublier la tragédie de l'après-midi.

Le concours de danse avait eu lieu au Velvet Jones, le night-club le plus branché de Santa Barbara, en plein *downtown.*

Quand Sandy était montée sur scène, Nathan, Keith et Jason n'en menaient pas large. Une ambiance de feu régnait dans la boîte, où l'alcool coulait à flots. Tous les autres couples avaient été plutôt très bons et s'étaient fait acclamer par le public, et jamais ils ne pouvaient imaginer que leur amie soit capable de les surpasser, même si elle les avait impressionnés pendant le bal. Mais cette fois, on était dans la cour des grands, un vrai concours que certains devaient préparer depuis des mois.

Les spotlights se concentrèrent sur la piste. Sandy et Peter s'étaient avancés et dès que les premières notes de *Thinking out loud* d'Ed Sheeran étaient sorties des enceintes, la magie avait de nouveau opéré. Il y avait tant de grâce et de virtuosité dans leur interprétation. Même les supporters des autres couples avaient dû se rendre à l'évidence. Ils étaient largement au-dessus du lot.

Nathan n'avait pu s'empêcher de pleurer d'émotion tant il était heureux pour son amie. Elle semblait si heureuse. Elle flottait sur la piste, emportée par quelque chose qui la dépassait. Le bonheur ?

– Tu as été incroyable, la félicita Nathan en levant son verre.

– Tu étais tellement belle, dit Laura.

– Tu cachais bien ton jeu, ajouta Tiffany.

– Le papillon est sorti de sa chrysalide, conclut Keith.

Lui aussi avait versé quelques larmes au cours de la soirée, mais c'était surtout d'avoir perdu Chelsea. Pourquoi toucher de si près le bonheur pour se le voir enlever aussitôt après ? Keith se força à garder le sourire ; il aurait tout le temps pour se morfondre plus tard.

– Je vous remercie, mais sans Peter jamais je n'en serais arrivée là, déclara Sandy.

Elle se tourna vers son petit ami et leva son verre devant lui.

– Tu plaisantes ! N'oublie pas que seul, il a été incapable de gagner *Dance with the juniors* ! se moqua Jason.

– Vraiment pas drôle, dit Sandy. Peter est le meilleur danseur de la côte, et bien plus que ça.

Elle s'avança vers lui et lui passa les bras autour du cou avant de l'embrasser, sous les « Ooouhhhh ! » de leurs amis.

En enlaçant Peter, Sandy ne put s'empêcher de penser à Chelsea, cette fille de la plage qui avait traversé leur vie durant deux journées. Deux journées qu'aucun d'entre eux ne pourrait jamais oublier.

Elle ferma les yeux, fit une prière silencieuse pour Chelsea et osa croire qu'un jour, elle reviendrait les voir.

- Épilogue -

– Vous êtes certaine que vous en voulez un autre ? demanda le serveur.

– J'ai de quoi payer, si c'est ce qui vous inquiète, dit Chelsea qui sortit un nouveau billet et le posa sur le comptoir.

L'homme haussa les épaules et lui remplit un nouveau verre de whisky. Cela faisait plus de deux heures qu'elle avait atterri dans ce bar en bordure de la ville.

Beaucoup de camionneurs y faisaient une pause avant de monter vers San Francisco ou, à l'inverse, de descendre vers Los Angeles.

Un repaire de types pas forcément recommandables, dont elle se sentait bien plus proche que les jeunes gens avec qui elle avait partagé sa vie ces dernières quarante-huit heures. Pourtant elle avait le même âge qu'eux ; mais sa vie n'avait rien à voir.

Elle avait connu tant de douleurs et de souffrances. Pour survivre, elle avait vite appris à se forger une carapace qui s'était solidifiée au fil des années, jusqu'à étouffer la petite fille insouciante qu'elle avait sans doute été un jour.

Alors qu'elle s'était juré de quitter cette ville maudite et d'oublier ce premier fiasco de sa carrière de criminelle, elle n'avait pu mettre les voiles. Elle revoyait Sandy lui montrer la photo et lui assurer que son père habitait en ville.

Si une multitude de souvenirs lui étaient revenus, aucun ne remontait avant ses seize ans, hormis la scène de l'accident. Peut-être qu'en voyant son père, tout le reste suivrait ?

Mais si c'était un piège ? Comment Sandy avait-elle pu apprendre tout cela ? Elle mourait d'envie de la revoir pour le lui demander, mais elle était quasiment certaine que la police l'arrêterait. Oui, décidément, elle devait quitter cette ville et ne plus jamais y revenir.

Et pourtant il restait tant de questions sans réponses. Elle revit la silhouette qui l'avait sortie de l'eau. Un homme de forte stature. Pourquoi ne l'avait-il pas rendue à son père ? L'avait-il laissée sur la berge de l'Hudson ? S'était-elle enfuie et perdue ?

Maudite mémoire. Si seulement tout pouvait lui revenir ! Elle secoua la tête, dépitée.

– De toute façon, qu'est-ce que ça changerait? marmonna-t-elle sous le regard blasé du serveur.

Tout ! Cela changerait tout. Elle avait encore en mémoire les multiples émotions qu'elle avait vécues. Elle avait ri à gorge déployée avec Keith et Sandy, avait été attendrie par Nathan et ses affaires de cœur, mais aussi extrêmement touchée par Dodi, cette femme à la vie incroyable. Une femme qui avait pris son destin en main.

Mais surtout lui revenait la sensation de plénitude qu'elle avait éprouvée quand elle avait fait l'amour avec Keith. Elle avait été électrifiée par la jouissance qui avait balayé tout son corps. Elle se souvenait de chacun de ses tendres baisers sur sa peau. Il avait été tellement adorable. Elle qui n'avait jamais eu d'empathie, ni ressenti quoi que ce soit envers une autre personne...

Elle avait vécu deux jours merveilleux. Une exquise parenthèse dans une vie misérable.

Chelsea prit son verre et le vida d'un trait avant de se lever et de sortir.

À son passage, des réflexions salaces fusèrent sur son physique voluptueux. En temps normal, elle aurait remis à leur place ces malotrus, mais ce soir elle n'avait pas l'esprit à ça.

Elle sortit à l'air libre. Et le petit vent frais de cette nuit d'été lui fit un bien fou.

Elle monta dans la voiture qu'elle avait « empruntée » sur un parking et, alors qu'elle s'était juré de ne pas le faire, elle prit la route du 1431 Lavista Road.

Elle savait que c'était la décision la plus stupide de sa vie. Il n'y avait rien de bon à en attendre. Une chance sur deux que ce soit un piège inventé par Sandy pour se venger d'elle et de son arnaque à l'encontre de Nathan, et que la police l'y attende.

Mais si ce n'était pas le cas ?

Elle arriva devant un grand manoir et fut prise d'un doute. Un seul homme dans une telle bâtisse ? N'importe quoi ! C'était un piège.

Il y avait de la lumière au premier étage.

Chelsea tapota le volant, plus indécise que jamais.

« Tu aurais dû boire un verre de plus », se dit-elle, sentant son courage s'évanouir.

Mais parvenant à surmonter son angoisse, elle ouvrit la portière et se décida à remonter l'allée menant jusqu'à la porte du manoir.

« Qu'est-ce que tu risques ? Finir en prison ? » se dit-elle, en pointant un doigt hésitant vers la sonnette. Et elle appuya.

Aussitôt, Chelsea se mit à frissonner, prise de tremblements irrépressibles. Elle fit volte-face et, tandis qu'elle retournait vers sa voiture, elle entendit la porte du manoir s'ouvrir dans son dos. Elle s'arrêta net.

– Qui êtes-vous ? demanda une voix d'homme.

Une indicible émotion la foudroya. Elle connaissait cette voix, elle en était sûre. Elle se retourna et au milieu des larmes qui lui brouillaient la vue, elle découvrit la plus belle image qui soit. Un homme qu'elle voyait parfois dans ses rêves. Sauf qu'à l'évidence, cela n'était pas un rêve.

– Papa, dit-elle en tombant à genoux.

Jack sembla totalement dérouté, mais s'avança jusqu'à elle et l'aida à se relever.

– Qui êtes-vous ? Pourquoi avez-vous dit...

Apercevant son visage à travers ses cheveux épars, il n'en crut pas ses yeux. Douze années avaient passé, mais quel père ne reconnaîtrait pas son enfant quel que soit le temps écoulé ?

– Maïa ? Comment est-ce possible ? balbutia Jack, le cœur cognant dans sa poitrine.

Chelsea était incapable de répondre. Elle-même avait la gorge serrée. Elle secoua juste la tête et tomba dans ses bras, submergée par une vague d'émotion et des larmes de joie.

« Tout le monde peut changer. Je peux changer », se dit Maïa qui se blottit très fort dans les bras de son père.

FIN ?

La playlist de la fille de la plage

Daughtry : *Waiting for Superman*
Britney Spears : *Circus*
Rihanna : *Don't stop the music*
Rihanna : *Diamonds*
Nelly Furtado : *All good things*
Sting : *Fields of gold*
Ke$ha : *TiK ToK*
Pink : *Fuckin' Perfect*
Linkin Park : *One more light*
Bob Seger : *Old time rock'n'roll*
Ellie Goulding : *Love me like you do*
The Weeknd : *I feel it coming*
Earth, Wind and Fire : *September*
Kool and the Gang : *Ladies Night*
Maroon 5 : *Sugar*
Irene Cara : *Fame*
Michael Sembello : *Maniac*
Ed Sheeran : *Shape of you*
Drake : *Hold on, we're going home*
The Mamas & the Papas : *California dreamin'*
Procol Harum : *A whiter shade of pale*
The Moody Blues : *Nights in white satin*

Marvin Gaye: *What's going on*
The Doors: *Riders on the storm*
Simon & Garfunkel: *The Sound of silence*
The Beatles: *Here comes the sun*
Extreme: *More than words*
Mr. Big: *To be with you*
Sting: *Fragile*
Léo Delibes: *Le duo des fleurs*
Frédéric Chopin: *Valse triste*
Lana Del Rey: *Video Games*
Maurice Ravel: *Le Boléro*
Bill Medley & Jennifer Warnes: *The Time of my life*
Nickelback : *When we stand together*
Ed Sheeran: *Thinking out loud*

Remerciements

Un immense merci à Hugues de Saint Vincent et Bertrand Pirel.

Cela faisait des années que j'avais cette histoire en moi, et peut-être ne serait-elle jamais sortie si je n'avais pas rencontré ces deux personnages incroyables.

Je n'oublierai jamais cette soirée autour d'un bon repas où tout a commencé...

Du même auteur

Aux éditions Calmann-Lévy
La trilogie River Falls
La trilogie Nuits Noires à Seattle

Aux éditions Robert Laffont
Tout le monde te haïra
Aurore de sang

Aux éditions Bragelonne
Retour à River Falls
Des larmes sur River Falls

Aux éditions J'ai lu
Ne crains pas la Faucheuse
Tu ne manqueras à personne

Aux éditions du Toucan
Stone Island
Canyon Creek
Les disparues de Lousiane

DÉCOUVREZ LES NOUVEAUTÉS
DE LA COLLECTION
HUGO NEW ROMANCE®

COLLEEN HOOVER

TOO LATE

LE RENDEZ-VOUS SAISONNIER 2018

SAISON ÉTÉ
JUILLET 2018

SAISON PRINTEMPS
AVRIL 2018

SAISON AUTOMNE
OCTOBRE 2018

hugonewromance

www.festivalnewromance.fr

www.hugoetcie.fr